JULIE LEUZE

# Der Duft von Hibiskus



GOLDMANN
Lesen erleben

*Buch*

Australien, 1858: Die 22-jährige Emma Röslin soll für den Botaniker Oskar Crusius die exotischen Pflanzen zeichnen, die er für seinen Auftraggeber sammelt. Da Emma ihrem Vater, einem Apotheker und leidenschaftlichen Pflanzensammler, schon oft geholfen hat, fürchtet sie sich nicht allzu sehr vor ihrer verantwortungsvollen Aufgabe – wohl aber vor ihrer Erinnerung. Denn zu Hause in Süddeutschland muss vor wenigen Monaten etwas geschehen sein, das so schrecklich war, dass Emma einen Gedächtnisverlust erlitten hat. Aus Verzweiflung hatte sie in das Angebot von Oskar Crusius eingewilligt, sie mit nach Australien zu nehmen. Jetzt, da dieser Plan Wirklichkeit wird, überfluten sie jedoch Angst und Zweifel. Zu Recht, wie sie bald merkt, denn das Forscherteam um den attraktiven Expeditionsleiter Carl Scheerer begegnet ihr mit befremdeter Ablehnung. Vor allem Carl sträubt sich dagegen, eine Frau in den gefährlichen Busch mitzunehmen. Doch durch ihre Klugheit und ihren Mut macht Emma sich im Team bald unentbehrlich, und Carl, der immer wieder in brenzlige Situationen gerät, profitiert mehr als einmal von ihrer beherzten Hilfe. Sein Bild von Emma wandelt sich grundlegend. Auch Emma empfindet längst mehr für den Expeditionsleiter, ist er doch der erste Mann in ihrem Leben, der mehr in ihr sieht als ein hübsches Fräulein. Während langer Abende am offenen Feuer wird er ihr immer vertrauter. Die Zukunft könnte so verheißungsvoll sein – wären da nicht der besitzergreifende Oskar und die dunklen Geheimnisse aus der Vergangenheit. Wie viel Schuld hat Emma auf sich geladen, von der sie nichts mehr weiß? Sie ist entschlossen, die Tür zur Vergangenheit endlich aufzustoßen. Nur der Aborigine Birwain kann Emma dabei helfen …

*Autorin*

Julie Leuze, geboren 1974, studierte Politikwissenschaften und Neuere Geschichte in Konstanz und Tübingen, bevor sie sich dem Journalismus zuwandte. Mittlerweile widmet sie sich ganz dem Schreiben von Auswanderersagas und Frauenromanen. Julie Leuze lebt mit ihrem Mann und drei Kindern in Stuttgart.

Weitere Romane der Autorin sind bei Goldmann in Vorbereitung.

Julie Leuze

# Der Duft von Hibiskus

Roman

GOLDMANN

MIX
Papier aus verantwortungsvollen Quellen
FSC® C014496

Verlagsgruppe Random House FSC-DEU-0100
Das FSC®-zertifizierte Papier *München Super* für dieses Buch
liefert Arctic Paper Mochenwangen GmbH.

1. Auflage
Originalausgabe April 2013

Gestaltung des Umschlags und der Umschlaginnenseiten:
UNO Werbeagentur München
Umschlagfoto: © FinePic®, München
Umschlaginnenseiten: © FinePic®, München
Redaktion: Karin Ballauff
BH · Herstellung: Str.
Satz: omnisatz GmbH, Berlin
Druck und Bindung: GGP Media GmbH, Pößneck
Printed in Germany
ISBN: 978-3-442-47646-6

www.goldmann-verlag.de

*Für Oli*

# 1

## Pazifischer Ozean, Oktober 1858

Emma Röslin stand an der Reling des Klippers *Helene* und starrte auf die glänzende Fläche der spiegelglatten See. Wohl zum tausendsten Mal seit ihrer Abreise stellte sie sich die Frage, die sie bis in ihre Träume hinein verfolgte: Was, in Gottes Namen, hatte sie getan, dass sie Oskar Crusius' verrücktes Angebot hatte annehmen müssen?

Wie immer fand sie nicht die Spur einer Antwort.

Emma seufzte, wandte sich ab und schritt langsam das Hinterdeck entlang.

Es ist unsinnig, dachte sie, über etwas zu grübeln, was ich nie erfahren werde, es sei denn, meine Erinnerung kehrt zurück.

Doch das war wenig wahrscheinlich. Sie war bereits mehr als vier Monate auf See, und die Gedanken, die in ihrem Kopf kreisten wie ein hungriger Vogelschwarm, hatten sie noch keinen Schritt weitergebracht. Nein, es hatte keinen Sinn. Sie würde sich wohl einfach damit abfinden müssen, dass es in ihrer Erinnerung eine Lücke von drei Tagen gab und dass das, was in dieser Zeit geschehen war, ihr altes Leben unwiderruflich zerstört hatte.

Emma hatte das Beiboot am Ende des Hinterdecks erreicht; hier hörte der Teil der *Helene* auf, der den Passagieren der ersten Klasse vorbehalten war. Also mir, dachte sie mit einem Anflug von schlechtem Gewissen, war sie doch die einzige Reisende, die den Luxus einer Kajüte genießen durfte. Die anderen Passagiere – es mussten Hunderte sein – drängten sich im schwülwarmen Bauch des Schiffes, dem Zwischendeck.

Emma hatte bald erfahren, dass es sich ausnahmslos um Auswanderer handelte, Bauern meist, die der wirtschaftlichen Not daheim entkommen und in Australien ihr Glück suchen wollten. Fast alle stammten aus Württemberg wie sie selbst, doch damit endeten die Gemeinsamkeiten auch schon: Weder hatte Emma ihr altes Leben freiwillig aufgegeben, noch hatte sie vor, auf dem fremden Kontinent als Bäuerin zu arbeiten.

Statt Pflanzen anzubauen, zeichne ich sie lieber, dachte sie und ging langsam über das Deck zurück. Dass ich dafür einmal in den australischen Busch gehen würde, hätte ich mir zwar niemals träumen lassen. Doch schlimmer als die Hölle zu Hause kann es dort wohl auch nicht sein.

Sie strich sich mit dem Handrücken über die feuchte Stirn. An daheim wollte sie jetzt nicht denken.

Die brennende Sonne trieb Emma hinunter in ihre Kajüte. Je länger die Reise sich hinzog, desto weniger konnte sie ihren kurzen, einsamen Spaziergängen an Deck abgewinnen. Ihre Lust auf Neues, die ihre Eltern immer belächelt und so manches Mal getadelt hatten, wurde auf diesem Klipper kaum befriedigt. Seit Wochen bekam sie nichts zu sehen als das endlose Ultramarinblau des Ozeans. Kaum ein Mensch sprach mit ihr, und es gab keinerlei Abwechslung.

Nun ja, fast keine, verbesserte sie sich, während sie die hölzernen Stufen hinabstieg. In den ersten Tagen hatte sie geglaubt, vor Übelkeit zu sterben, das immerhin hatte sie in Stuttgart nie erlebt. Mehrmals hatte das Schiff bei Stürmen so geschwankt, dass sie vom Stuhl gerutscht war; auch das kam auf dem Festland eher selten vor. Und dann das Klima! Diese subtropische Hitze war ärger als alles, was die Hundstage daheim einem antun konnten. Wenn das keine Abwechslung war … Sie lächelte schief.

Nun, es war ja bald vorbei. Wenn nur endlich ein ordentlicher Wind aufkäme! Die anhaltende Flaute machte Passagiere wie Matrosen reizbar, weil sie seit Tagen dafür sorgte, dass die *Helene* nicht vom Fleck kam. Dabei war Australien – das hatte der Kapitän ihr gestern anvertraut – zum Greifen nah.

Ihr neues Leben – zum Greifen nah. Trotz der Hitze lief ihr ein Schauer über den Rücken; ob vor Aufregung oder Furcht, das wusste sie nicht zu sagen.

Emma ging in ihre Kajüte, setzte sich an den kleinen Waschtisch und holte tief Luft. Sie spritzte sich lauwarmes Wasser ins Gesicht und betrachtete sich im Spiegel.

»Bin das wirklich ich?«, murmelte sie mit leiser Verwunderung. Eine ernste Frau mit salzgegerbter brauner Haut und ausgebleichtem Haar sah ihr aus blauen Augen nachdenklich entgegen.

Sie dachte daran, wer sie in Württemberg gewesen war, noch im zeitigen Februar, vor den drei schwarzen Tagen: Emma Röslin, einundzwanzig Jahre alt, Apothekertochter aus Stuttgart, frei von materiellen Sorgen, hübsch und immer gut gekleidet.

Und jetzt?

Jetzt war sie Emma Röslin, zweiundzwanzig Jahre alt, die ihren Geburtstag mutterseelenallein auf hoher See gefeiert hatte. Sie, die Tochter aus gutem Hause, würde sich für ein paar Pfund als Assistentin eines deutschen Botanikers in Australien verdingen; sie war nun eine in sich gekehrte Frau, die gezwungen war, für ihren Lebensunterhalt selbst aufzukommen.

Sie hatte sich sehr verändert. Nicht einmal, dass sie jemals so etwas wie Modebewusstsein besessen hatte, sah man ihr noch an: Ihre Krinoline trug sie schon längst nicht mehr, und an besonders heißen Tagen spielte sie ernsthaft mit dem Gedanken, ihr scheußlich enges Korsett über Bord zu werfen. Seit die subtropische Sonne Tag für Tag auf das Schiff niederbrannte, verzichtete Emma sogar auf die züchtigen Unterärmel ihrer Kleider. Die Strafe für all das waren braune Arme und eine formlose Silhouette, sodass Emma sich, wie sie fand, kaum mehr von den armen Auswandererfrauen unterschied.

Doch was machte das schon? Alle Kajüten außer ihrer standen leer, im Salon hielt nur sie sich auf, und auch das Hinterdeck war ihr allein vorbehalten. Sah man von Kapitän Karnshagen und seiner Gattin ab, so war schlicht niemand da, vor dem sie sich blamieren konnte. Folglich, fand Emma, konnte sie sich anziehen, wie es ihr gefiel.

»Viel bedenklicher als mein Aussehen ist doch die Tatsache, dass ich neuerdings Selbstgespräche führe. Ich werde schon langsam wunderlich«, sagte sie vorwurfsvoll zu der neuen Emma im Spiegel. Es wurde wirklich Zeit, dass die Monate auf See ein Ende fanden! Wenn sie erst in Australien war, würde sie endlich wieder eine Beschäftigung haben, unter Menschen sein und abgelenkt werden. Vielleicht würde sie sogar aufhören, Nacht für Nacht von zu Hause zu träumen.

Energisch stand sie auf, um aus der Kiste neben ihrer Schlafstatt Papier und Bleistift zu holen. Sie würde zeichnen. Ja, sie musste einfach etwas tun, statt sich dem Müßiggang hinzugeben, dann würde es ihr sofort besser gehen. Hatte ihr das Studium der englischen Sprache in den vergangenen Monaten nicht aus so manch trauriger Stimmung herausgeholfen? Gottlob hatte sie ein entsprechendes Lehrwerk mitgenommen! Denn die Sprache ihrer neuen Heimat – das hatte sie sich noch vor der Abreise fest vorgenommen – wollte sie beherrschen, wenn sie in Australien ankam. Es machte sie bereits nervös, dass sie so gut wie nichts über den fernen Kontinent wusste; wenigstens wollte sie sich mit den dort lebenden Menschen verständigen können.

Nun aber war eine botanische Übung an der Reihe. Emma beschloss, eine der Heilpflanzen aus ihrem Lieblingsbuch abzuzeichnen, einem Werk von Friedrich Gottlob Hayne, »Getreue Darstellung und Beschreibung der in der Arzneykunde gebräuchlichen Gewächse, wie auch solcher, welche mit ihnen verwechselt werden können«. Das Buch mit dem sperrigen Titel war neben der Bibel die wichtigste Schrift im Hause Röslin gewesen, und Emma hatte vor ihrer Abreise nichts unversucht gelassen, um sich ein Exemplar zu verschaffen. Zwar hatte der Vater sich standhaft geweigert, Emma Geld dafür zu geben, doch schließlich hatte er ihr sein eigenes Buch geschenkt. Bei dieser Gelegenheit hatte er sogar ein paar Worte mit ihr gesprochen; barsch hatte er gesagt: »Das abgegriffene Ding ist gerade im rechten Zustand für Australien. Ich wollte es schon lange ersetzen.«

Auch wenn es ein Geschenk wider Willen gewesen war, hielt Emma das Buch nun hoch in Ehren. Schon in Stuttgart hatte sie oft hineingeschaut, namentlich dann, wenn sie eine Pflanze nicht erkannte, die ihr Vater gesammelt hatte und die sie abzeichnen sollte. Doch erst an Bord der *Helene* hatte sie gelernt, dieses und ihre anderen Bücher wahrhaft zu lieben. Ebenso wie das Zeichnen. Denn wenn sie zeichnete, hatte die Grübelei für ein, zwei Stunden ein Ende. Dann war sie vollkommen konzentriert und dachte an nichts anderes als an das Objekt, das sie möglichst naturgetreu zu Papier bringen wollte.

»Herr Crusius kann sich also nicht beschweren«, murmelte sie, als sie ihre Utensilien unter den Arm klemmte und sich auf den Weg zum Salon machte, wo ein schwerer Eichenholztisch ihr als Zeichenplatz dienen würde. »Wenn ich in Brisbane ankomme, werde ich nicht nur Englisch sprechen, sondern auch so viel Übung im Zeichnen haben wie nie zuvor!«

Zeichenstunde und Abendessen waren vorüber, und wieder stand Emma an der Reling. Doch jetzt war ihre Stimmung deutlich besser als am Nachmittag. Sie fühlte sogar ein wenig Stolz, denn Haynes Werk hatte ihr gute Dienste geleistet, und sie hatte eine sehr genaue Zeichnung zustande gebracht. Das Ergebnis – Gesamtpflanze, Blüte, Frucht – war nicht nur hübsch anzusehen, sondern würde jedem kritischen wissenschaftlichen Blick standhalten, da war Emma sich sicher. Natürlich war es einfacher, aus einem Buch abzumalen, als nach der Natur zu zeichnen, aber Letzteres würde sie in Australien noch oft genug tun.

Australien …

Unwillkürlich schweifte ihr Blick über den Horizont. Zu gerne hätte sie ihre neue Heimat endlich gesehen! In ihrem Kopf spukten die wildesten Vorstellungen herum, und sie brannte darauf, sie alle mit der Wirklichkeit zu vergleichen.

Zwar durchfuhr Emma auch jetzt noch, nach so vielen Wochen, ein heftiger Schmerz, wenn sie an daheim dachte; an ihre überstürzte Abreise, die eher einer Flucht geglichen hatte denn einem würdevollen Abschiednehmen. Doch es gab auch Momente, in denen ihre natürliche Wissbegierde über den Schmerz siegte, und dann malte sie sich Australien in den buntesten Farben aus. Würde sie die vielen verschiedenen Arten der Eukalyptusbäume sehen mit ihren wachsüberzogenen Blättern und der seltsamen Schälrinde? Würden Lianen sie umschlingen? Würden Flughunde über sie hinwegflattern, Riesenkängurus ihren Weg kreuzen, würde sie gar die gefährlichen Krokodile zu Gesicht bekommen? Ach, und die farbenprächtigen Papageien, die wollte sie allzu gerne sehen!

Vorerst sah sie allerdings nichts als Wasser. Und aus den Augenwinkeln … War da nicht ein kleines Mädchen?

Emma wandte den Kopf und erkannte die fünfjährige Wilhelmine Schreiber, Tochter verarmter Bauern aus der Nähe von Tübingen. Emma hatte Wilhelmine in den letzten Wochen des Öfteren eine Leckerei zugesteckt. Als Passagierin des Zwischendecks war es der Kleinen zwar verboten, zu Emma aufs Hinterdeck zu kommen, doch da sich niemand sonst hier aufhielt, wagte die Kleine es von Zeit zu Zeit, sich über dieses Verbot hinwegzusetzen. Freundlich winkte Emma dem Mädchen näher zu kommen.

»Na, langweilst du dich?«, fragte sie Wilhelmine. Die schüttelte den Kopf, trat dicht an Emma heran und deutete auf den Becher in Emmas Hand. Emma stieg der Geruch von Urin und Erbrochenem in die Nase, und sie musste sich beherrschen, nicht vor dem Kind in seinen schmutzstarrenden Kleidern zurückzuweichen. Grundgütiger, jedes Mal, wenn sie sich trafen, roch Wilhelmine strenger!

Wie würdest du selbst riechen, wenn du im Zwischendeck hausen müsstest?, wies Emma sich im Stillen zurecht. Wenn regelmäßig der Eimer für die Notdurft umkippen und sein Inhalt sich über meine sämtlichen Habseligkeiten ergießen würde? Wenn ich meine Kleider monatelang nur mit Salzwasser waschen könnte, weil das Süßwasser kaum reicht, um nicht zu verdursten?

»Du möchtest trinken, hm?«, sagte sie und zwang sich zu lächeln. »Hier, nimm.«

Gierig griff die Kleine nach dem Becher. Es hatte lange nicht mehr geregnet, und der Frischwasservorrat auf der *Helene* ging zur Neige. Sicher wurde das faulige Wasser in den Fässern unter Deck noch stärker rationiert als sonst. Wilhelmine hatte wahrscheinlich trotz der Hitze kaum etwas zu trinken bekommen.

Emma schluckte, plötzlich spürte sie den Durst des Kindes wie ihren eigenen. Dass sie selbst eben nach Herzenslust hatte essen und trinken dürfen, kam ihr wie ein königliches Privileg vor, und sie wusste genau, dass sie dieses Privileg nur Herrn Crusius zu verdanken hatte.

An jenem entscheidenden Abend in Stuttgart, als sie sich dazu entschieden hatte, ihm nach Australien zu folgen, hatte Herr Crusius ihr feierlich versprochen, dass er sich gut um sie kümmern würde.

»Ich selbst«, hatte er bedauernd gesagt, »schiffe mich leider schon in den kommenden Tagen ein, sodass ich Ihre Reisevorbereitungen nicht abwarten kann. Doch ich werde dafür sorgen, dass Sie auch ohne mich eine angenehme Reise haben werden, Fräulein Röslin.«

Herr Crusius hatte Wort gehalten: Als Passagierin der ersten Klasse erfuhr Emma alle nur erdenklichen Vergünstigungen. So durfte sie allabendlich am Tisch des Kapitäns und seiner Gattin speisen und kam auf diese Weise in den Genuss frisch gefangenen Fisches, gebratener Hühner oder feiner Terrinen. Sie musste zugeben, dass die Verköstigung an Bord gar nicht übel war. »Unser Smutje ist ein wahrer Zauberer«, sagte Kapitän Karnshagen gerne und strich sich jedes Mal zufrieden seinen Bart.

In der Holzklasse allerdings – das wusste Emma von der kleinen Wilhelmine – versagte die Zauberkraft des Smutjes: Seit das Sauerkraut ausgegangen, das letzte Obst verfault und der Speck madig geworden war, mussten die Menschen sich mit dünner Suppe, Graupen und Kartoffeln begnügen. Ab und zu gab es Salzheringe oder einige Brocken Pökelfleisch, das mangels Süßwassers in Meerwasser gelegt und zu zähen Klumpen »gefrischt« wurde. Einmal hatte Emma den Smutje dabei beobachtet, wie er angeschimmelten Schiffszwieback nicht etwa über Bord geworfen hatte, sondern unter Deck hatte schaffen lassen, damit er als Abendessen an die Auswanderer verteilt wurde.

»Das rohe Gesindel da unten braucht nichts anderes«, hatte die Gattin des Kapitäns gesagt, als Emma sie auf die Missstände in der Holzklasse angesprochen hatte. »Gibst du denen einen Finger, wollen sie die ganze Hand. Wenn die Weiber für ihre kranken Angehörigen Wein oder Bier verlangen und mein lieber Mann sich erweichen lässt, beschweren sie sich auch noch! Und warum? Bloß weil er den dreifachen Preis dafür nimmt.«

»Finden Sie das denn gerecht?«, wagte Emma einzuwerfen.

»Aber natürlich. Würde mein lieber Mann anders handeln, so hätten wir bald keinen Tropfen Wein mehr in den Fässern, weil das Pack sich darüber hermachen würde. Also müssen derlei Köstlichkeiten so teuer sein, dass niemand auch nur auf die Idee kommt, uns darum anzugehen – außer in Krankheitsfällen. Da ist dem Gesindel das Geld plötzlich egal.«

Frau Karnshagen lachte verächtlich. Doch als sie Emmas befremdeten Gesichtsausdruck sah, setzte sie rasch hinzu: »Warum haben die Leute auch ihre Landwirtschaft daheim aufgegeben? Gieriges Bauernvolk, das von Goldbergen und unendlichen Viehherden in Australien träumt! Die Wirklichkeit wird sie bald eines Besseren belehren.« Sie legte Emma eine blasse Hand auf den Arm. »Aber lassen Sie uns doch von netteren Dingen plaudern, Fräulein Röslin. Erzählen Sie mir, welche Blumen Sie heute gezeichnet haben. Sie sind ja so begabt!«

Emma hatte ihr Entsetzen über das mitleidslose Kapitänspaar verborgen, so gut sie konnte, und war der Aufforderung höflich nachgekommen. Doch im Stillen hatte sie sich vorgenommen, der kleinen Wilhelmine am nächsten Tag noch mehr Leckerbissen als sonst zuzustecken. Dabei hatte sie gewusst, dass das Stück Schokolade hier und die Scheibe frisch gebackenen Brotes dort lediglich Tropfen auf den heißen Stein waren.

*Auf diesem Schiff weiß ich wenigstens, wofür ich mich schäme*, war es ihr durch den Kopf gegangen. *Zu schlemmen, während andere hungern, das ist wahrlich nichts, worauf man stolz sein kann.*

Wilhelmines Stimmchen brachte Emma zurück ins Hier und Jetzt. Die Kleine reichte ihr den leeren Becher und sagte dankbar: »Das war gut. Zum Abendessen gab's fast nichts, wissen Sie. Aber Mutter hat uns versprochen, dass wir jeden Tag Wasser bekommen, so viel wir wollen, wenn wir erst in Australien sind. Und Milch!«

»Dann freu dich schon mal.« Emma lächelte. »Es ist bald soweit, sagt der Kapitän.« Sie kramte in ihrem Beutel nach dem Dörrobst, das sie vorsorglich für Wilhelmine eingepackt hatte. Hungrig machte das Kind sich darüber her, dann verabschiedete es sich und rannte über das leere Hinterdeck zurück zu ihren Eltern und Geschwistern.

Emma schaute der Kleinen nach, und plötzlich überfiel sie absurder, heißer Neid. Wilhelmine hatte zwar nicht genug zu trinken und zu essen, löcherige Kleider und mit Sicherheit Läuse auf dem Kopf, aber sie hatte ihren Platz und wusste unverbrüchlich, zu wem sie gehörte. Sie war nicht allein.

Tränen schossen Emma in die Augen.

Reiß dich zusammen, ermahnte sie sich streng, bevor der Schatten, der stets in einem Winkel ihres Herzens auf einen Augenblick der Schwäche lauerte, Macht über sie bekommen konnte. Selbstmitleid hatte noch niemandem genützt. Ärgerlich tupfte sie die Tränen mit ihrem Taschentuch ab.

Die Dämmerung verdichtete sich, es wurde rasch dunkel, und Emma warf einen letzten Blick auf den Ozean. Er war nicht mehr so ruhig wie noch am Tag; weiße Schaumkronen glänzten im Sternenlicht und hoben sich von der grundlosen Tiefe des schwarzen Wassers ab. Der Wind hatte deutlich aufgefrischt. Vielleicht würden sie ja tatsächlich an Fahrt gewinnen, so dass sie endlich, endlich die Moreton Bay erreichten.

Emma warf sich in ihrem schmalen Bett hin und her, ohne Schlaf zu finden. Die bevorstehende Ankunft beschäftigte sie, und sie spürte, wie sich Angst in ihr ausbreitete. Was erwartete sie in ihrem neuen Leben? War es wirklich richtig gewesen, alles so weit zurückzulassen?

Ihre Gedanken wanderten zurück nach Stuttgart, zu der Verzweiflung, die ihrem Erwachen aus der Bewusstlosigkeit gefolgt war. In ihrer Erinnerung hatte eine drei Tage lange Lücke geklafft wie eine blutige Wunde, und niemand hatte ihr helfen wollen, sie zu schließen. Mehr noch: Niemand hatte auch nur mit ihr gesprochen.

Emma hatte sich bis zur Erschöpfung bemüht, ihr Gedächtnis wiederzufinden, doch es war vergebens. Sie kam zu dem Schluss, dass das, was geschehen war, so schrecklich gewesen sein musste, dass etwas in ihr die Erinnerung daran unwiderruflich gelöscht hatte. Geblieben war nur das diffuse Gefühl ungeheurer Schuld, und gerade weil es so wenig greifbar war, machte es sie in ihren schlaflosen Nächten fast verrückt. Doch so sehr sie sich auch den Kopf zermarterte – der Anlass für das Schuldgefühl blieb in den Tiefen ihrer Seele verborgen. Sie wusste nur noch, dass sie sich auf den Klavierunterricht bei Ludwig vorbereitet hatte, und dann – nichts mehr.

Emmas Gedächtnisverlust war das eine; die rätselhafte Veränderung, die sie an ihrem Vater wahrgenommen hatte, das andere. Er, zu dem sie ein solch herzliches Verhältnis gehabt hatte, wechselte seit ihrem Erwachen kein Wort mehr mit ihr. Auch die Dienstmädchen hatte Herr Röslin angewiesen zu schweigen, und auf Emmas wiederholte Frage, was denn um Himmels willen geschehen sei, bekam sie nur stumme Verachtung zur Antwort. Sie wurde behandelt wie eine Gefangene: Der Vater verbot ihr auszugehen, Briefe zu schreiben, Freundinnen zu empfangen, ihren Klavierunterricht fortzusetzen. Ludwig kam nicht mehr ins Haus und machte auch sonst keinerlei Anstalten, mit Emma in Kontakt zu treten. Und da sie nicht allein hinausdurfte – wenn überhaupt –, war es ihr unmöglich, mit ihm zu sprechen.

Anfangs war sie zu schwach, um sich darüber zu grämen, doch als ihre Kräfte zurückkehrten, empfand sie die Situation als unerträglich. Fieberhaft überlegte sie, wie sie ihrem Gefängnis entkommen konnte. Doch jeder Ausweg, den sie in Gedanken durchspielte, endete in derselben Sackgasse: Wenn sie tatsächlich fliehen wollte, würde sie heimat- und mittellos auf der Straße landen. Ohne Referenzen und ohne geordnete Familienverhältnisse würde niemand sie einstellen, weder als Kindermädchen noch als Hausmädchen, wahrscheinlich nicht einmal als Küchenhilfe. Nein, so ging es nicht.

Aber wie dann?

Sie litt sehr darunter, dass sie sich mit niemandem austauschen konnte. Allein in ihrem Zimmer, drehten Emmas Gedanken sich unaufhörlich im Kreis, doch sie kam einer Lösung ihrer Probleme keinen Schritt näher. Auch von ihrer Mutter konnte sie keine Hilfe erwarten: Frau Röslin war ohne Abschied abgereist, Gott allein wusste, wohin, und Emma erfuhr weder, wo sie sich aufhielt, noch, wann sie zurückzukommen gedachte. Sie schien Emma also noch mehr zu grollen als der Vater. Emma vermisste ihre Mutter fast ebenso stark, wie sie Ludwig vermisste. Nach mir hingegen, dachte sie oft verzweifelt, sehnt sich offensichtlich niemand.

Erst als eines Abends im Frühling der ehrgeizige Forscher und Botaniker Oskar Crusius zu Gast war, dessen Besuch eine hohe Ehre für Herrn Röslin bedeutete, wendete sich das Blatt. Herr Crusius bemerkte nichts von der frostigen Stimmung, die im Hause Röslin herrschte, und fing an, charmant mit Emma zu plaudern. Er fragte Emma nach ihrer liebsten Beschäftigung, lobte sie für ihr botanisches Interesse und ließ sich ihre Pflanzenzeichnungen zeigen. Scherzhaft schlug er vor, das »hübsche und begabte Fräulein Röslin« statt seines erkrankten Assistenten mit nach Australien zu nehmen. Er, Crusius, sollte dort im

Auftrag des Hamburger Reeders und Überseekaufmanns Cesar Godeffroy unbekannte Pflanzen sammeln. Er musste sie zeichnen, konservieren und nach Deutschland verschicken. Godeffroy wolle seine naturkundliche Sammlung nämlich zu einem Museum erweitern, ferner wolle er die Dubletten der konservierten Pflanzen verkaufen.

»Ich bin«, sagte Herr Crusius, »schon einige Jahre lang für Godeffroy in der Welt unterwegs, und das höchst erfolgreich. Doch leider«, er zwinkerte Emma zu, »mangelt es mir an Zeichentalent, sodass ich stets auf die Hilfe eines kundigen Assistenten angewiesen bin. Na, Fräulein Röslin, wie wäre es? Hegen Sie keine romantischen Sehnsüchte nach fernen Ländern?«

Emma spürte den Blick ihres Vaters und wagte es zum ersten Mal seit Wochen, ihn offen zu erwidern. Doch was sie in seinen Augen sah, erschreckte sie. Denn sie fand keine Liebe, sondern Hass.

Er würde mich nur allzu gerne am anderen Ende der Welt wissen, fuhr es ihr durch den Kopf. Und in genau diesem Augenblick traf sie ihre Entscheidung.

Spontan sagte sie: »Einverstanden. Ich komme mit Ihnen, Herr Crusius. Ich zeichne schon lange Heilkräuter für meinen Vater, und ich werde mir alle Mühe geben, Sie nicht zu enttäuschen.«

Herr Crusius hatte die Augenbrauen hochgezogen und sie erstaunt gemustert. Doch da von Herrn Röslins Seite kein Wort des Protests gekommen war und Emma ihre Zustimmung offensichtlich ernst gemeint hatte, war es eine Sache von nicht einmal einer Stunde gewesen, den Handel perfekt zu machen. Die Herren hatten sich zurückgezogen, und als es Emma erlaubt worden war, wieder zu ihnen zu stoßen, hatte sich alles geändert: Sie war nicht länger die Gefangene ihrer eigenen Eltern, sondern bezahlte Assistentin des Herrn Oskar Crusius.

Und damit vollkommen allein verantwortlich für ihr zukünftiges Leben.

Die unverhoffte Befreiung aus ihrer Gefangenschaft war ihr wie ein Geschenk des Himmels vorgekommen. Nun jedoch, da sie Herrn Crusius in einem fremden Lande wiedersehen sollte, stieg Panik in Emma hoch. Sie lag auf ihrem schmalen Bett und starrte an die dunkle Decke ihrer Kajüte. Hatte sie ihre botanischen Kenntnisse überschätzt? Würde sie Herrn Crusius' hohen Erwartungen an ihr zeichnerisches Können genügen? Hätte er nicht doch lieber einen Wissenschaftler wählen sollen? Vielleicht würde er sie nach den ersten Wochen zornig und enttäuscht entlassen, um sich einen fähigeren Assistenten zu suchen – und wohin sollte sie dann gehen, an wen sich wenden, wovon leben?

Der Vogelschwarm in Emmas Kopf flatterte aufgeregter denn je umher, an Schlaf war nicht zu denken. In der Schwärze der Nacht wünschte sie sich nichts sehnlicher, als ihr Verbrechen, worin auch immer es bestand, ungeschehen machen und wieder in ihr altes Leben schlüpfen zu können – wie in ein Kleid, das alt, gemütlich und vertraut war.

Die Erinnerung an Stuttgart und die Eltern, denen sie vor so kurzer Zeit noch in gegenseitiger Liebe verbunden gewesen war, legte sich über Emma wie ein grauer Schleier. Der lang unterdrückte Jammer brach sich Bahn, und sie schluchzte heiser auf. Sie hatte sich nicht von ihrer Mutter verabschieden können, sie hatte keine guten Reisewünsche ihres Vaters erhalten, und sie würde ihre Eltern höchstwahrscheinlich niemals wiedersehen.

Und das Schlimmste von allem: Ihre Mutter und ihr Vater waren offensichtlich froh darüber.

# 2

## Moreton Bay, November 1858

Land in Sicht!«

Der triumphierende Schrei gellte über das ganze Schiff und wurde augenblicklich aus Hunderten von Kehlen beantwortet. Die zerlumpten Männer, Frauen und Kinder des Zwischendecks stimmten ein Jubelgeheul an, das nach der gedrückten Stille der letzten Tage noch stürmischer klang.

»Land in Sicht!«

Drei unscheinbare Worte trugen die Hoffnung von Monaten in sich. Jeder der Auswanderer musste sie gehört haben, und doch rief einer es dem anderen zu, ungläubig, glücklich, wie erwacht aus der dumpfen Furcht, niemals in Australien anzukommen, doch noch einem Schiffsunglück, einem Überfall oder einem Sturm zum Opfer zu fallen.

Emma stand allein auf dem Hinterdeck, als sie es hörte, und obwohl sie nach einer weiteren schlaflosen Nacht Kopfschmerzen gehabt hatte, waren diese nun wie weggeblasen. Eine fiebrige Aufregung ergriff sie, und sie starrte in den Horizont. Da, in der Ferne – war da nicht ein grünlicher Küstenstreifen? Nein, nicht grün, eher graublau, in sanften Dunst gehüllt.

»Fräulein Röslin!«

Wilhelmine stand am Ende des Hinterdecks und winkte Emma wild zu.

»Fräulein Röslin, wir sind da, wir sind in Australien!«

Emma vergaß ihre gute Erziehung und rannte quer über das Deck zu Wilhelmine. Sie hob das Kind empor und wirbelte es durch die Luft. »Ja, meine Kleine, wir haben es endlich geschafft!«

Wilhelmine quietschte und zappelte, und Emma setzte sie wieder auf den Planken ab. Dass sie nach diesem engen Körperkontakt selbst sicherlich ebenso streng roch wie das Kind, war ihr egal. Hauptsache, die Fahrt war zu Ende, und sie alle würden bald wieder festen Boden unter den Füßen haben!

»Ich kann's gar nicht mehr erwarten«, sagte Wilhelmine aufgeregt. »Meinen Sie, wir können schon heute an Land?«

»Mit Sicherheit nicht«, keifte eine weibliche Stimme hinter Emma. »Erstens ist das noch gar nicht das Festland, du dummes Gör, sondern eine Insel, und zweitens«, die Stimme klang nun schrill, »hast du auf diesem Deck nichts zu suchen!«

Wilhelmine duckte sich wie in Erwartung eines derben Schlages, dann rannte sie davon, so schnell ihre Füßchen sie trugen.

»Dass ich dich nie mehr hier erwische!«, rief die Gattin des Kapitäns ihr ungnädig nach.

»Dazu werden Sie kaum mehr Gelegenheit haben, die Fahrt ist ja bald vorüber«, sagte Emma verstimmt. »Mussten Sie dem Kind unbedingt die Freude verderben?«

»Na, na, na, mein liebes Fräulein«, sagte Frau Karnshagen und drohte ihr scherzhaft mit dem Finger. »Wer wird sich denn mit dem Gesindel verbünden? Kommen Sie, ich weiß etwas Besseres. Nehmen Sie mein Fernglas und schauen Sie sich die Insel an.«

Obwohl sie verärgert war, konnte Emma dem verlockenden Angebot nicht widerstehen; zu lange hatte sie auf diesen Augenblick gewartet. Mit einem ebenso knappen wie nervösen »Danke« griff sie nach dem Fernglas und hielt es sich vor die Augen.

Zuerst sah sie gar nichts. Enttäuscht bewegte sie das Fernglas hin und her, doch dann …

»Da! Da ist was! Ich sehe … oh, ich sehe Bäume!«, jubelte sie.

Sogleich biss sie sich auf die Lippen. Wollte sie sich vor Frau Karnshagen etwa die Blöße geben zu jauchzen wie ein Kind? Aber ach, es war einfach zu schön: Sanfte Hügel wurden von undurchdringlichen Wäldern bedeckt, das satte Grün der Bäume reichte bis zum Strand hinab. Goldgelber Sand und türkisfarbenes Wasser leuchteten unter einem wolkenlosen Himmel, und schäumende Wellen umspielten vereinzelte Felsen. Alles erschien Emma unberührt und rein.

Sie ließ das Fernglas sinken. »Das Paradies«, flüsterte sie ergriffen.

Die Kapitänsgattin lachte abfällig. »Keineswegs, Fräulein Röslin. Oder haben Sie schon einmal gehört, dass es im Paradies Menschenfresser gibt?«

Mit einem Ruck wandte Emma ihr den Kopf zu. »Was reden Sie denn da?«

»Ich hole Sie in die Wirklichkeit zurück, meine Liebe. Australien ist eher die Hölle als das Paradies. Nicht, dass ich Sie verunsichern will, aber die Wilden dort verhindern sehr gekonnt, dass man sich fühlt wie im Garten Eden. Die Trockenheit übrigens auch. Und der Staub. Und die langweilige Vegetation.« Frau Karnshagen nahm ihr das Fernglas aus der Hand und setzte es selbst an die Augen. »Ich sag's ja: Nichts als Gummibäume überall! Diese Inseln sehen doch eine wie die andere aus. Und glauben Sie mir: Auf dem Festland ist es noch schlimmer.«

Emma schwieg verunsichert. Wenn sie nun Recht hat?, flüsterte eine furchtsame Stimme in ihrem Kopf. Wird es dir gefallen, unter Menschenfresser zu fallen, Staub zu schlucken und dich auf das Zeichnen von Gummibäumen zu beschränken?

Aber nein, beruhigte sie sich, zumindest im letzten Punkt musste Frau Karnshagen sich irren. Hatte Herr Crusius ihr nicht erzählt, dass die deutschen Botaniker von jeder noch so kurzen Forschungsreise mit grünen Schätzen beladen zurückkehrten? Unzählige Pflanzen warteten darauf, entdeckt, systematisiert und der Welt gezeigt zu werden!

Sie beschloss, sich ihre Vorfreude nicht von einer Frau verderben zu lassen, die nicht nur ein Kinderschreck war, sondern offensichtlich auch eine Australienhasserin.

Entschlossen reckte Emma das Kinn vor. Wenn ihre neue Heimat tatsächlich die Hölle war, dann wollte sie das zumindest selbst herausfinden!

Der launische Wind ließ die *Helene* im Stich, und es dauerte noch quälende zehn Tage, bis sie die Moreton Bay erreichten. Als es endlich soweit war, wagte Emma es kaum mehr, sich zu freuen. Welche Verzögerungen würden wohl noch auf sie warten?

Doch just in diesem Moment erblickte sie ein kleines Boot, das geradewegs auf die *Helene* zusteuerte.

»Ah, der Lotse«, sagte Frau Karnshagen, die ihr wieder einmal ihre Gesellschaft aufgedrängt hatte, mit Kennermiene. »Nun werden wir gleich in die Bay einfahren können.«

»Können wir das denn nicht alleine?«, fragte Emma. »Bis hierher haben wir es doch auch ohne Lotsen geschafft.«

Frau Karnshagen schüttelte den Kopf. »Wie wenig Sie wissen, meine Liebe! Hier ist doch alles voller Untiefen und Sandbänke. Dazu die Brandung … ts, ts, ts, wenn Sie der Kapitän wären, würde unsere Reise wohl in einem nassen Grab enden.«

Wenn ich der Kapitän wäre, würde ich Sie auf der nächsten unbewohnten Insel aussetzen, dachte Emma gereizt. Zu Frau Karnshagen sagte sie: »Dann lassen Sie mich doch an Ihrem reichen Wissen teilhaben und erzählen Sie mir, wie es nun weitergeht.«

»Gerne.« Frau Karnshagen lächelte geschmeichelt. »Wir werden dem Lotsen in die Bay folgen und dann auf Reede ankern. Dort werden Sie noch nicht viel vom Festland sehen, meine Liebe, die Bay ist nämlich riesig. Es gibt Hunderte von Inselchen dort, schrecklich unübersichtlich. Irgendwann kommen dann der Health Officer und der Customs Officer an Bord …«

Also der Arzt, übersetzte Emma in Gedanken, und ein Zolloffiziant. Endlich profitierte sie von den langen Stunden mit ihrem Englischlehrwerk.

»… und erst wenn das alles erledigt ist, dürfen die Passagiere an Land«, schloss Frau Karnshagen. »Sofern sie keine Seuchen einschleppen, natürlich.«

»Natürlich«, echote Emma abwesend. In Gedanken setzte sie bereits ihren Fuß auf die rote australische Erde, und sie musste sich beherrschen, um nicht wie ein wildes Tier auf und ab zu laufen. Jetzt, wo das Ziel ihrer Reise so nahe war, konnte sie ihre Ungeduld, endlich von Bord zu gehen, kaum mehr bezähmen.

Zwar lag die *Helene* noch eine ganze Nacht auf Reede, bevor der Health Officer und der Customs Officer endlich vom Lotsen abgeholt und an Bord gebracht wurden. Doch dann überschlugen sich für Emma die Ereignisse.

Der Customs Officer persönlich ließ sie rufen, um ihr eine wichtige Mitteilung zu machen. Emma fragte sich verwundert, was der Engländer von ihr wollte. Da er ihr hatte ausrichten lassen, er wünsche sie unverzüglich zu sehen, blieb ihr kaum Zeit, die lange verschmähte Krinoline anzulegen, geschweige denn ihre Fingernägel zu säubern. Nervös nestelte sie an ihrer Frisur herum, die kaum mehr diesen Namen verdiente, und kniff sich aus alter Gewohnheit in die Wangen – völlig sinnlos, wie ihr sogleich aufging, denn ihr Gesicht war so braun, dass rote Wangen darin überhaupt nicht auffielen.

Mit klopfendem Herzen trat sie dem Customs Officer schließlich entgegen und begrüßte ihn in seiner Landessprache.

»Das nenne ich einen viel versprechenden Anfang in unserer schönen Kolonie, Miss Röslin«, lächelte der Mann, der sich als Mr. Flinner vorstellte.

Emma lächelte sittsam zurück, musterte ihn dabei aber verstohlen. Mr. Flinner war gedrungen und ältlich, doch er war sehr elegant gekleidet: Ein leichter, blütenweißer Rock spannte sich über seinem Bauch, auch die Hosen waren aus dünnem, weißem Stoff, und hätte Mr. Flinner nicht diesen beeindruckenden Helm auf dem Kopf gehabt, so hätte man in ihm niemals eine Amtsperson vermutet. Wie anders alles hier war als in Württemberg!

»Darf ich erfahren, weshalb Sie mich rufen ließen?«, fragte sie höflich.

»Aber natürlich. Ich wollte Sie ersuchen, rasch zu packen, sofern Sie das nicht schon getan haben, und mir dann auf das Lotsenboot zu folgen.«

Eisiger Schrecken durchzuckte Emma, und ihr war, als hole das Geheimnis ihrer Vergangenheit sie mit einem Paukenschlag ein. Wusste man auch hier schon von ihrem Verbrechen, woraus auch immer es bestand? Wollte man sie verhören?

Doch dann atmete sie tief durch und ermahnte sich, nicht albern zu sein. Bestimmt war alles ganz harmlos und leicht zu erklären. Vielleicht hatte Herr Crusius sich mit Mr. Flinner in Verbindung gesetzt und ihn gebeten, Emma möglichst rasch vom Schiff zu bringen. Bis jetzt hatte Herr Crusius doch auch sehr gut für sie gesorgt. Und hatte er ihr nicht in Stuttgart angekündigt, dass sie in der Moreton Bay abgeholt würde? Ihr Ziel war das Städtchen Brisbane, das fünfundzwanzig englische Meilen von der Bay entfernt am Brisbane River lag. Dorthin würde sie ein Dampfschiff bringen.

Jetzt ärgerte Emma sich über sich selbst, dass sie nicht nachgefragt hatte, wer sie wo genau in Empfang nehmen würde. Doch sie erinnerte sich, dass die unbekannten Namen von Orten, Flüssen und Buchten sie verwirrt hatten. Ich werde schon irgendwie ankommen, hatte sie damals gedacht, Hauptsache, ich bin weg von daheim.

Tja, das hatte sie nun davon.

Um sich keine Blöße zu geben und sich weder ihre Unwissenheit noch ihre Angst anmerken zu lassen, beschied sie ihm mit gesenktem Blick, dass sie sich beeilen würde, und hastete zurück zu ihrer Kajüte, um fertig zu packen.

Nun ging alles sehr schnell.

Während sie noch das letzte Buch verstaute, trugen die Matrosen bereits ihr Gepäck hinaus und verluden es vom Segelschiff aufs Boot des Lotsen.

Frau Karnshagen rief ihr allerlei Warnungen bezüglich giftiger Tiere und mörderischer Eingeborener nach. Emma blickte sich einige Male suchend nach Wilhelmine um, doch natürlich ließ die Kleine sich angesichts der Respekt einflößenden englischen Herren nirgends blicken. Mr. Flinner mahnte währenddessen fortgesetzt zur Eile. Er verwies auf das Dampfschiff in Richtung Brisbane, dessen Abfahrt unmittelbar bevorstehe, woraus Emma schloss, dass sie gar nicht erst an Land gehen würde. Offensichtlich wurde sie an Bord des Dampfschiffes bereits erwartet.

Aber von wem?

Wer auch immer es war: Er war offenbar ziemlich ungeduldig. Nachdem die *Helene* Wochen später als erwartet eingetroffen war, schien es ihm nun nicht schnell genug gehen zu können, so dass er alle Hebel in Bewegung gesetzt hatte, damit Emma in Windeseile das Schiff wechseln konnte.

Viel Zeit, über all das nachzusinnen, blieb Emma allerdings

nicht. Ehe sie sich versah, hatte sie die *Helene* verlassen und stand schwankend neben den Engländern auf dem Lotsenboot. In rascher Fahrt durchpflügten sie die Bay, immer näher kamen sie dem Festland.

Emma drehte sich um und blickte zurück. Der Klipper war bereits so weit entfernt, dass sie die Menschen an Bord nicht mehr erkennen konnte, und erst jetzt wurde ihr bewusst, dass sie ohne Abschied gegangen war. Vor allem um Wilhelmine tat es ihr leid, ihr hätte sie gerne alles Gute gewünscht.

Noch eine endgültige Trennung ohne Lebewohl, dachte Emma bitter.

Unwillkürlich kam ihr Ludwig in den Sinn.

# 3
## Brisbane River

Da ist ja die Nachzüglerin! Hurtig, hurtig, liebes Fräulein, wir haben schon lange genug gewartet!«

Diese missbilligenden Worte, mit denen Emma auf dem Dampfschiff begrüßt wurde, sagte ein Mann, bei dessen Anblick sie in jeder anderen Situation innerlich gelacht hätte. Er mochte in seinen späten Zwanzigern sein, sah aber streng wie ein alter Patriarch auf sie herab. Sein imposanter blonder Schnurrbart ragte rechts und links über die Konturen des Gesichts hinaus, das strohige Haupthaar hatte er wie einen Helm nach hinten gebürstet und die buschigen Augenbrauen missbilligend zusammengezogen. Er trug einen cremeweißen Flanellanzug – jeder in diesem Land schien Weiß zu tragen, bemerkte Emma –, doch während die helle Farbe bei Mr. Flinner elegant gewirkt hatte, sah sie an diesem jungen Mann entschieden seltsam aus. Vielleicht weil sie nicht zu seinen derben schwarzen Stiefeln und dem zerknitterten Hut passte, an dessen hinterem Rand ein Schleier flatterte.

Ein Mann mit Schleier?!

Er sagte knapp: »Nackenschutz. Braucht man hier in Australien. Es ist heiß, wie Sie bemerkt haben dürften.«

Emma senkte rasch den Blick und stammelte: »In der Tat.« Sie war peinlich berührt, dass er ihr Befremden über seinen Aufzug sofort gespürt hatte. Sie hatten sich einander ja noch nicht einmal vorgestellt!

»Pagel«, sagte der Mann nun, als errate er jeden ihrer Gedanken. »Georg Pagel, Arzt, Botaniker und Zoologe. Mit einer Passion«, er stützte sich lässig auf das Gewehr in seiner rechten Hand, »für die Jagd.«

»Sehr erfreut, Herr Pagel. Wer ich bin, scheinen Sie ja zu wissen.« Emma schenkte ihm ein freundliches Lächeln.

»Selbstredend weiß ich das«, schnarrte er. »Sie sind die Pflanzenzeichnerin. Crusius hat uns eine Nachricht zukommen lassen und uns angewiesen, Sie mitzubringen. Scheerer wird nicht begeistert sein, dass Sie sich so verspätet haben.« Vorwurfsvoll runzelte er die Stirn.

»Scheerer? Wer ist denn das?«, fragte Emma verwirrt.

»Unser Leiter. Wird Crusius Ihnen doch gesagt haben!«

Nein, hatte er nicht. Doch das würde sie diesem zackigen Menschen nicht auf die Nase binden, denn er würde sie, vermutete Emma, umgehend in die Schublade »kleines Dummerchen« stecken.

Sie verlegte sich darauf, vage zu sagen: »Selbstverständlich hat Herr Crusius mir alles mitgeteilt, was vonnöten war. Mir war nur nicht klar, dass er und ich nicht alleine auf Pflanzenjagd gehen, sondern mit, ähm, Scheerer.«

»Der Forscher und das zarte Fräulein allein im Busch – das ist gut!« Pagel lachte dröhnend. »Noch mehr Jungmädchenträume auf Lager?«

Langsam fing Emma an, sich zu ärgern. Was dachte dieser Mensch sich eigentlich dabei, sich sofort nach ihrer Ankunft über sie lustig zu machen?

»Meine ›Jungmädchenträume‹ habe ich schon lange begraben, Herr Pagel, und als zart würde ich mich auch nicht mehr bezeichnen«, sagte sie scharf. »Ich möchte mir hier meinen Lebensunterhalt verdienen. Nur deshalb habe ich das großzügige Angebot des … Bekannten meines Vaters angenommen.«

Pagel hörte auf zu lachen. »Entschuldigen Sie. Wollte Sie

nicht beleidigen.« Er kratzte sich unter seinem Schleier am Nacken. »Sind nicht viel mit Damen zusammen hier unten. Da vergisst man mit der Zeit seine Manieren.«

»Wie lange weilen Sie denn schon in Australien?«, fragte Emma.

»Paar Monate«, brummte er.

Da hat er seine Manieren aber schnell vergessen, dachte Emma, wider Willen belustigt.

Pagel fixierte nun schweigend einen Punkt irgendwo hinter Emmas linkem Ohr; er schien wenig geneigt, das Gespräch fortzusetzen. Emma brannten tausend Fragen auf der Zunge, doch sie wagte es nicht, den fremden Herrn allzu sehr zu bedrängen. Vielleicht sollte sie es mit einer kleinen Zusammenfassung versuchen. »Unsere Gruppe besteht also aus Ihnen, Herrn Crusius, Herrn Scheerer und mir«, sagte sie.

»Und Krüger.«

Emma hob fragend die Augenbrauen, doch Pagel schien nicht bereit, seine im Telegrammstil ausgestoßenen Informationen auszuweiten. Das wurde ja immer verwirrender! Wer war Krüger? Und wie hingen all diese Männer denn nun eigentlich zusammen?

Da trat ein weiterer junger Mann zu ihnen, der sich bisher abseits gehalten hatte.

»Guten Tag, Fräulein Röslin, und willkommen in Australien«, sagte er mit leiser, warmer Stimme. »Ich bin Hermann Krüger, Georgs Freund und Kollege. Und ich habe den Eindruck, wir sollten ein wenig Licht ins Dunkel unserer Forschergruppe bringen.«

»Das klingt gut«, lächelte Emma und setzte verlegen hinzu: »Ich muss gestehen, ich bin nicht ganz auf dem Laufenden. Ich weiß noch nicht einmal, wer Sie beide und Herr Scheerer eigentlich sind.«

»Wer ich bin? Sagte ich doch schon!«, polterte Pagel los. »Georg Pagel, Arzt, Botaniker und …«

»Georg, Fräulein Röslin hat eine monatelange Seereise hinter sich, und hier ist alles neu für sie«, unterbrach Hermann Krüger ihn sanft. »Ich schlage vor, wir besorgen ihr zunächst eine Tasse Tee, und dann erklären wir ihr in aller Ruhe, was es mit unserer Forschungsreise auf sich hat. Zeit genug haben wir ja.« Er zwinkerte Emma zu. »Wir brauchen nämlich gute vier Stunden bis Brisbane.«

Emma atmete auf. Dass dieser Fremde ihr alles erklären wollte und ihr zudem eine Tasse Tee anbot, ohne dass sie darum gebeten hatte – eine Geste der Fürsorglichkeit, die sie seit Monaten nicht mehr erfahren hatte –, trieb ihr vor Dankbarkeit fast die Tränen in die Augen. Ach ja, eine Tasse Tee, an der sie sich festhalten konnte! Mit einem Mal wurde ihr bewusst, wie erschöpft sie war. Die Anspannung der letzten Monate, die Aufregung des Vormittags, die Ungewissheit, wie es nun weitergehen würde: Alles, so kam es ihr in diesem Moment vor, würde sich besser ertragen lassen, wenn sie erst vor einem tröstlich dampfenden Tee saß.

Kaum bin ich in einer englischen Kolonie, benehme ich mich wie eine Engländerin, dachte sie mit müdem Spott, während sie Krüger und dem leise murrenden Pagel in den Salon folgte. War das nun gut oder schlecht? Was hätte Ludwig wohl dazu gesagt?

Die Klavierstunde im letzten Herbst fiel ihr ein, in der sie Ludwig gebeten hatte, ihr ein Stück des englischen Komponisten Henry Purcell beizubringen. Ludwig hatte gelacht und sich einen Kuss gestohlen, und dann hatte er ihr ins Ohr geflüstert: »Bleib mir mit den Engländern vom Leib, Liebchen. Es reicht mir schon, dass Auguste mir ständig mit einer Reise auf die Insel in den Ohren liegt! Aber die Reise wird sie nicht bekommen, denn das würde ja bedeuten, dass ich dich«, noch ein gestohlener Kuss, »allein lassen müsste.« Die Erwähnung Augustes hatte Emma wie immer einen Stich versetzt, den sie, ebenfalls wie immer, mit einem Lächeln überspielt hatte.

Sie schüttelte die Erinnerung ab und konzentrierte sich auf die Gegenwart. Eine Tasse Tee und genügend Informationen, um Crusius und – wie hieß er noch? Scheerer? – nicht völlig unwissend gegenüberzutreten: Das war es, was sie jetzt brauchte.

Denn es gab wohl nichts, was in Australien unnötiger war als die Sehnsucht nach gestohlenen Küssen.

Eine halbe Stunde später fühlte Emma sich nicht mehr ganz so verloren. Dank Hermann Krügers geduldigen Erklärungen wusste sie nun, dass Carl Scheerer der Leiter der kleinen Forschungsgruppe war, der sie zukünftig angehören würde. Scheerer war vor Jahren aus Deutschland eingewandert und stand seitdem in Diensten der Kolonialregierung New South Wales, die ihn in den Busch schickte, um Flora und Fauna zu erforschen. Mittlerweile hatte er sich einen exzellenten Ruf als Forscher erworben, was auch seinen Expeditionen zugutekam: Sie wurden von der Regierung sehr gut ausgestattet, was, wie Krüger anmerkte, in Australien keineswegs der Normalfall war.

Was Krüger und Pagel betraf, so waren sie unmittelbar nach ihrem Medizinstudium nach Australien gekommen. »Abenteuer, Sie verstehen«, mischte Pagel sich ein und strich fast zärtlich über sein Gewehr.

Krüger sah weniger glücklich drein. »In zwei Jahren wollen wir aber wieder daheim sein«, sagte er.

Pagel klopfte ihm auf die Schulter. »Sehnsucht nach deinem Liebchen, was? Die ist noch nicht reif für die Ehe, Hermann, die gehört noch für eine Weile auf die Weide. Ich dachte, darüber seien wir uns einig.«

Krügers Gesicht wurde bei diesen Worten so rot wie sein Vollbart, doch er wehrte sich nicht gegen den wenig schmeichelhaften Vergleich seiner Liebsten mit einem Stück Vieh.

Als er schwieg, fügte Pagel streng hinzu: »Durchhalten, Kamerad.«

Emma fragte sich unwillkürlich, was diese ungleichen Freunde wohl zusammenhielt.

Jedenfalls hatten Pagel und Krüger sich nach ihrer Ankunft sofort darum beworben, für die Kolonialregierung an Forschungsreisen teilzunehmen. Dass sie mit diesem Ansinnen Erfolg hatten und überdies dem renommierten Forscher Carl Scheerer zugeteilt wurden, war, wie Emma heraushörte, vor allem Georg Pagels großbürgerlicher Herkunft zu verdanken: Er stammte aus einer reichen Hamburger Kaufmannsfamilie, die ihr Geld im Überseehandel verdiente, und sein Vater verfügte über gute Kontakte nach Australien.

»Mit dem richtigen Schreiben an die richtige Person«, sagte Pagel selbstgefällig, »öffnen sich die richtigen Türen ganz von selbst.«

»Das richtige Selbstbewusstsein haben Sie ja schon«, rutschte es Emma heraus. Im gleichen Moment hätte sie sich für ihre vorlaute Art ohrfeigen können. Was musste er von ihr denken!

Pagel musterte sie mit zusammengekniffenen Augen. »Haare auf den Zähnen, was?«, sagte er schneidend. Doch dann grinste er. »Umso besser. Werden Sie brauchen, wenn Sie Scheerer kennen lernen. Der hält nichts von Weibern im Busch. Wundert mich, dass er überhaupt zugestimmt hat, Sie mitzunehmen.«

»Na, na, mach unserem Fräulein keine Angst«, sagte Krüger besänftigend. Er wandte sich an Emma: »Wir sind seit mehreren Monaten mit Herrn Scheerer unterwegs, und ich meine behaupten zu dürfen, dass er ein sehr verantwortungsbewusster Mann ist. Nur deshalb möchte er keine Frauen mitnehmen. Er ist der Meinung, sie seien den Strapazen im Busch nicht gewachsen.«

Emma runzelte die Stirn. »Aber ich stehe doch gar nicht in Herrn Scheerers, sondern in Herrn Crusius' Diensten! Er wird wohl selbst entscheiden dürfen, wer ihn begleitet, oder nicht?«

»Irrtum«, sagte Pagel barsch. »Alles, was die Forschungsreisen betrifft, entscheidet Scheerer, und auch Crusius muss sich seinen Anweisungen beugen. Soll froh sein, dass er mitkommen darf!«

»Wir kennen Herrn Crusius noch gar nicht, er begleitet uns zum ersten Mal«, erklärte Krüger. »Als Scheerer, Georg und ich in der Moreton Bay unterwegs waren, um die Fauna dort zu untersuchen, erreichte uns die Nachricht der Kolonialregierung, zukünftig würden uns ein deutscher Forscher und sein Assistent begleiten. Der Auftraggeber der beiden, Cesar Godeffroy, wolle sich dafür großzügig an den Kosten für Lohn, Ausrüstung und Verpflegung der ganzen Gruppe beteiligen. Diesem Angebot konnten die Herren der Regierung offenbar nicht widerstehen …«

»… und drückten uns Crusius aufs Auge«, knurrte Pagel. »Und jetzt auch noch eine Frau.«

Unbehaglich fragte Emma: »Godeffroy bezahlt Sie also dafür, dass Sie Crusius und mich mitnehmen?«

Krüger nickte. »Genau. So müssen Sie beide sich nicht alleine durch den Busch schlagen, sondern können auf unsere Hilfe und unser Wissen zurückgreifen.«

»Höhere Überlebenschance«, sagte Pagel. »Tote Forscher können nichts mehr sammeln. Das weiß auch Godeffroy.«

»Georg will damit sagen, dass es nicht ganz ungefährlich im Busch ist, vor allem dann nicht, wenn man zum ersten Mal hier ist. Da ist es von Vorteil, erfahrene Männer an seiner Seite zu wissen.«

»Deshalb hält Scheerer auch nichts von Weibern im Busch«, wiederholte Pagel. »Reicht schon, sich ums Überleben zu kümmern. Für Ohnmachten und anderen Weiberkram ist da kein Platz.«

»Dann ist es ja gut, dass ich kein Weib bin«, sagte Emma und schaute ihm fest in die Augen. »Sondern eine junge Dame, die über genügend Selbstdisziplin verfügt, um sich unter widrigen Umständen zu behaupten.«

Pagel brummte etwas Unverständliches.

Krüger lachte. »Chapeau«, sagte er und neigte seinen Kopf mit den rotblonden Locken.

Obwohl Emma sich keineswegs so stark und zuversichtlich fühlte, wie ihre Bemerkung es vermuten lassen sollte, kam sie nicht umhin, sich über Krügers Anerkennung zu freuen.

Gleichzeitig schlich sich zum ersten Mal eine Ahnung in ihr Bewusstsein, dass sie es als Frau unter all diesen Forschern nicht leicht haben würde. Sie hatte geglaubt, mit Crusius allein zu sein; dass sie sich aber vor drei weiteren studierten Herren würde beweisen müssen, die Crusius und sie nur widerwillig in ihrer Gruppe duldeten, machte sie nun doch nervös. Wenn dieser Scheerer wirklich solch ein Frauenfeind war, würde er sie dann überhaupt mitnehmen? Viel zu sagen hatte Crusius anscheinend nicht. Würde er sich mit seinem Wunsch, eine Frau als Pflanzenzeichnerin dabei zu haben, durchsetzen können?

Emma spürte ein flaues Gefühl im Magen. Jetzt nur keine Panik bekommen! In wenigen Stunden würde sie Crusius und Scheerer begegnen, und dann würde sie wissen, wie es weiterging. Völlig unnötig, sich bis dahin den Kopf zu zerbrechen.

Einen Punkt allerdings gab es noch, den sie klären wollte.

»Warum haben eigentlich Sie beide mich abgeholt?«, fragte

sie. »Wenn Herr Crusius und ich gar nicht richtig zur Gruppe gehören, sondern nur«, sie schluckte, »aufgrund von Godeffroys Zahlungen geduldet werden, dann wäre es doch Herrn Crusius' Aufgabe gewesen, mich abzuholen, oder?«

»Meine Rede«, sagte Pagel.

»Eigentlich schon. Aber wir waren von unserer letzten Forschungsreise her ja sowieso noch in der Gegend«, erklärte Krüger. »Während Georg und ich die Sammlung abgeschlossen und verpackt haben, damit sie nach Sydney geschickt werden kann, ist Scheerer schon nach Brisbane gereist. Er wollte Crusius kennen lernen und in Ruhe die nächste Expedition vorbereiten. Sie soll in den Busch um Brisbane herum gehen und ein bis zwei Monate lang dauern. Das erfordert gute Planung.«

Emma nickte, als sei ihr das selbstverständlich klar, und Krüger fuhr fort: »Wir wurden also angewiesen, Scheerer später zu folgen. Tja, und dann erreichte uns dieser Brief von Crusius. Er schrieb, dass Scheerer und er sich kennen gelernt hätten und Scheerer ihm vorgeschlagen habe, Georg und ich könnten die Assistentin in Empfang nehmen. Dann müsse Crusius die Fahrt zur Moreton Bay nicht extra auf sich nehmen. Dass das Schiff so viel später als erwartet einlaufen würde, konnte ja niemand ahnen.«

»Verdammte Zeitverschwendung«, ließ Pagel sich vernehmen. »Und das für einen Mann, den ich noch nicht einmal kenne.«

Emma ließ sich von seiner Unfreundlichkeit nicht beeindrucken, denn ihr war gerade ein sehr erleichternder Gedanke gekommen: »Aber dann muss Herr Scheerer ja damit einverstanden sein, mich mitzunehmen, obwohl ich eine Frau bin! Sonst hätte er Herrn Crusius wohl kaum dieses großzügige Angebot gemacht.«

Krüger wiegte den Kopf. »Das klingt logisch. Dennoch wundert es mich … Es passt so gar nicht zu Scheerer, eine Frau den Gefahren einer Expedition auszusetzen.«

»Na, Sie machen mir ja Mut«, sagte Emma mit einem schiefen Lächeln. »Wobei ich Ihre Sorge nicht ganz nachvollziehen kann. Ich soll nur Pflanzen zeichnen, meine Herren – so gefährlich kann das doch nicht sein, oder?«

Krüger zuckte hilflos die Achseln; er war wohl von zu ehrlicher Natur, um sie zu beruhigen, wo es keine Beruhigung gab.

Doch Emma hatte sich inzwischen so weit erholt, dass mit ihren Lebensgeistern auch Mut und Zuversicht wieder erwacht waren. Hauptsache, Scheerer hatte nichts dagegen, dass sie als Frau die Expedition begleitete. Den Gefahren im Busch würde sie schon trotzen! Schließlich war sie nicht allein.

Sie trank den letzten Schluck des mittlerweile lauwarmen Tees und fragte sich, ob es wohl unschicklich sei, Pagel und Krüger zu bitten, sie aufs Deck zu begleiten. Als sie vorhin aufs Schiff gekommen war und die Bekanntschaft der Forscher gemacht hatte, war sie viel zu aufgeregt gewesen, um viel von ihrer Umgebung mitzubekommen. Doch jetzt wollte sie endlich einen Blick auf ihre neue Heimat werfen. Herrgott, sie war in Australien! Sie fuhr einen australischen Fluss entlang, durch australische Wildnis, und sie sah nichts als die Wände des Salons um sich herum!

Nun ja, auch Menschen, räumte sie in Gedanken ein. Sehr vornehme Menschen, gegen die sie sich recht schäbig vorkam. Obwohl sie so gepflegt aussah wie seit Wochen nicht mehr, fiel sie gegen die Damen und Herren auf diesem Boot doch sehr ab. Emma kaute auf ihrer Unterlippe und blickte sich um. Wohin sie auch sah, überall leuchteten ihr weiße, cremefarbene und vor allem vollkommen saubere Kleider und Anzüge entgegen. In ihrem dunkelblauen, zerknitterten Reisekleid fühlte Emma sich wie eine Schmeißfliege unter weißen Schmetterlingen, und sie konnte ihr Erstaunen darüber, in diesem unzivilisierten Land auf so große Eleganz zu stoßen, kaum verbergen.

Krüger hatte ihren Blick wohl richtig gedeutet, denn er lachte leise.

»Sie hatten damit gerechnet, nur Viehtreibern zu begegnen, Fräulein Röslin?« Als sie verlegen nickte, sagte er: »Keine Sorge, so ging es uns allen, als wir hier ankamen. Aber man wird schnell eines Besseren belehrt. Viehtreiber gibt es natürlich, aber auch hübsche Häuser und Kaufläden, in denen die feinsten Waren angeboten werden. Sie werden sehen, Brisbane ist ein guter Ort zum Leben.«

»Schön für die, die dort bleiben dürfen«, sagte Emma trocken. »Wir hingegen machen uns doch gleich in den Busch auf, oder habe ich Sie da falsch verstanden?«

»Keineswegs. Schließlich haben wir schon genug Verspätung. Aber ich hoffe doch, dass die Zeit für einen Spaziergang durch die Stadt reichen wird.«

»Wie wäre es vorerst mit einem Spaziergang an Deck?«, wagte Emma zu fragen.

Pagel wischte ihren Vorschlag mit einem geknurrten »Werde in der nächsten Zeit noch genug in der Sonne sein« vom Tisch.

Rasch stand sie auf. »Ich würde mich gerne ein wenig bewegen«, sagte sie. »Bleiben Sie ruhig sitzen, meine Herren, ich kann auch alleine an Deck gehen.«

Feuchte, heiße Luft. Novemberluft.

Emma schüttelte leicht den Kopf. Immer noch kam es ihr seltsam vor, dass nicht Kälte und Graupelschauer sie umfingen, wenn sie ins Freie trat, sondern Sonnenglut. Die Vorstellung, dass hier der November ein Spätfrühlingsmonat war und dass das Weihnachtsfest im Sommer stattfinden würde, fand sie nach wie vor gewöhnungsbedürftig.

Zu Hause schneit es vielleicht schon, dachte sie träumerisch.

Sie lehnte sich an die Reling und schaute auf das grüne, schäumende Wasser des Flusses unter sich. Dann hob sie den Kopf und kostete bewusst den Augenblick aus, auf den sie so lange gewartet hatte. Sie fühlte sich fast feierlich: Zum ersten Mal sah sie in aller Ruhe australisches Festland.

Es war dicht bewaldet. Nichts wies auf die Existenz von Menschen hin. Grün in allen Schattierungen, ein undurchdringliches Gewirr starker Stämme mit sattgrün glänzenden Blättern, darüber der tiefblaue, vor Hitze flirrende Himmel. Erstaunt registrierte Emma, dass manche der Bäume bis ins Wasser hineinwuchsen; ihre Wurzeln ragten aus dem Fluss wie dürre Knochen. Konnten das Mangroven sein? Von ihnen hatte Herr Crusius an jenem Abend in Stuttgart erzählt.

Wie merkwürdig, dachte Emma, einen ganzen Wald zu sehen, ohne auch nur einen einzigen Baum sicher benennen zu können!

Das war sie nicht gewöhnt, hatte sie Bäume, Blumen und Gräser daheim doch stets mit geübtem Blick einzuordnen gewusst. Würden ihr diese Kenntnisse hier überhaupt nichts nützen?

Spontan wandte sie sich an die vornehme junge Dame neben ihr, die, von einem zierlichen Sonnenschirm geschützt, ebenfalls das Ufer betrachtete. In unsicherem Englisch brachte sie hervor: »Entschuldigen Sie, können Sie mir sagen, ob es sich bei den Bäumen im Wasser um Mangroven handelt?« Zumindest hoffte Emma, dass sie das gesagt hatte.

Offensichtlich hatte die junge Dame sie verstanden, denn sie antwortete sogleich. »Das weiß ich leider nicht«, sagte sie gelangweilt.

Oh.

»Und die Bäume mit den hellen Stämmen, sind das Eukalypten?«, wagte Emma einen zweiten Anlauf.

»Mag sein«, sagte die Dame gleichgültig. »Vielleicht aber auch nicht. Möglicherweise haben sie noch gar keinen Namen.«

»Es gibt Abertausende namenloser Pflanzen hier, und viele sind höchstens einigen Forschern bekannt«, mischte sich ein älterer Herr ein. »Wenn Sie sicher sein wollen, müssen Sie sich an den Botanischen Garten in Sydney wenden.«

Emma verschlug es die Sprache. Sie sollte sich an einen endlose Meilen entfernten Botanischen Garten wenden, um zu erfahren, wie eine Baumart hieß, deren Vertreter zu Hunderten am Ufer dieses Flusses wuchsen? Waren den Menschen hier denn nicht einmal die häufigsten Pflanzenarten bekannt?! Das war absurd, fand sie; als würde sie zu Hause in Stuttgart einen gebildeten Menschen nach einem Veilchen fragen und als Antwort auf den Botanischen Garten in Hamburg verwiesen.

»Danke«, murmelte sie und wandte sich ab. Sie schaute wieder auf die Bäume mit den seltsamen Wurzeln. Offensichtlich würde ihr das Wissen, das ihr Vater ihr vermittelt und an das sie anzuknüpfen gehofft hatte, hier tatsächlich nichts nützen. Nun, es blieb immer noch ihr Zeichentalent – der Bleistift, das geschulte Auge und die geübte Hand.

Wie es schien, würde das genügen müssen.

# 4

## Brisbane

Dann stand Emma endlich auf australischem Boden.

Er war nicht rot, wie sie es sich ausgemalt hatte, und auch nicht grau gepflastert wie die Straßen in Stuttgart, sondern grün.

Brisbane, dachte sie, als sie neben Krüger und Pagel die Anlegestelle verließ – ihre Seekiste schleppten die beiden Forscher gemeinsam, Krüger stumm, Pagel vor sich hin schimpfend –, Brisbane ist wahrlich keine Stadt, wie ich sie kenne. Die Bezeichnung Stadt schien ihr überhaupt sehr hochgegriffen …

Mit großen Augen blickte sie sich um. Der Ort kam ihr vor wie aus dem Spiel eines kleinen Mädchens: ein Stück Wiese am Fluss, auf das ohne jede erkennbare Ordnung einzelne Häuschen gestellt worden waren, Kirchen, Kaufläden, Gasthöfe. Straßen gab es nur sehr vereinzelt, die Menschen – vornehme Damen und Herren ebenso wie die derb gekleideten Männer, in denen Emma Viehzüchter vermutete – nahmen mit grasigen Wegen vorlieb. Auch Straßennamen und Hausnummern entdeckte Emma nirgends. Dennoch herrschte ein geschäftiges Leben, ganz wie in einer normalen Kleinstadt, und das Stimmengewirr wäre Emma fast vertraut vorgekommen, hätte es sich nicht um Englisch gehandelt und hätte nicht das Gekreische fremdartiger Vögel die Luft erfüllt.

Die einstöckigen Häuser duckten sich unter niedrigen Dächern. Manche Gebäude waren aus Holz, andere aus Backstein, fast alle unverputzt, aber mit hübschen Veranden versehen.

Schutzlos lagen sie in der Sonne, denn Schattenspender gab es kaum. Nur hier und dort stand eine Gruppe von Gewächsen mit riesigen, saftiggrünen Blättern.

»Bananen«, sagte Krüger, als er Emmas fragenden Blick bemerkte. »Hübsch, nicht?«

Emma nickte, froh, dass zumindest er die auffälligsten Gewächse hier zu kennen schien. Nach ihrem Erlebnis mit den Mangroven, wenn es denn welche gewesen waren, erschien ihr das nicht mehr selbstverständlich.

Sie kamen nur langsam vorwärts, da die Forscher sich nicht nur mit ihrem eigenen Gepäck abmühten, sondern zusätzlich mit Emmas Seekiste. Das verursachte ihr einerseits Gewissensbisse, kam ihr andererseits aber sehr zupass, denn in der lähmenden, schattenlosen Hitze war jede Bewegung anstrengend, obwohl Emma nur ihre Botanisiertrommel umgeschnallt hatte. Ihre Hände waren klebrig, die Haut unter Korsett und Hemd schweißnass. Ihr dunkles Kleid, so kam es ihr vor, speicherte die Sonnenstrahlen und verstärkte sie noch, und nun wurde ihr auch klar, weshalb alle Welt hier Weiß trug.

Verstohlen wischte sie sich mit ihrem Taschentuch über Stirn und Hals. Eine Dame schwitzte nicht, allerhöchstens glühte sie – wie oft hatte ihr die Mutter das eingebläut!

Nun, sie ist nie in Australien gewesen, dachte Emma in einem Anflug späten Trotzes. Hier bleibt einem auch als Dame nichts anderes übrig, als zu schwitzen.

Ihr Gesicht war sicher schon ganz rot, und Emma roch selbst, dass ihr ein Bad mal wieder gutgetan hätte. Sehr ärgerlich, dass sie in diesem derangierten Zustand Herrn Crusius wiedersehen sollte.

Vor ihr ließen Krüger und Pagel schnaufend Emmas Seekiste auf den Boden poltern.

»Wir sind da«, sagte Krüger schwer atmend. Er wies auf das

Gasthaus einige Schritte weiter. »Hier übernachten wir. Scheerer und Crusius treffen wir ebenfalls in diesem Gasthaus.«

»Sind sicher unterwegs«, keuchte Pagel und stützte sich auf sein Gewehr. »Donnerkiel, Fräulein Röslin, haben Sie Wackersteine im Gepäck?«

»Nein. Bücher«, sagte Emma kleinlaut. Dass die beiden Forscher schon jetzt Mühe mit ihr hatten, ließ sie in Pagels und Krügers Ansehen ganz sicher nicht steigen.

»Machen wir uns doch erst einmal ein wenig frisch«, schlug sie vor. »Danach geht es uns allen besser, und wir können die Herren Crusius und Scheerer wohlgemut …«

»Höre ich da meinen Namen?«, fragte jemand hinter ihr.

Sie fuhr herum. »Herr Crusius!«

Da stand er, die Arme ausgebreitet, als wollte er sie an sein Herz drücken, den Mund unter dem dunklen Schnurrbart zu einem breiten Lächeln verzogen. Freude kam in Emma auf. Jetzt bin ich wirklich angekommen, dachte sie erleichtert. Am liebsten wäre sie Herrn Crusius um den Hals gefallen.

Stattdessen ergriff er ihre Hand und führte sie an die Lippen. »Mein liebes Fräulein Röslin! Haben Sie es also tatsächlich bis ans Ende der Welt geschafft! Ich freue mich sehr, dass ich nun solch eine charmante Begleitung habe.«

Emma errötete leicht und schaffte es kaum, ihre Freude zu unterdrücken. Crusius' Willkommensworte unterschieden sich so völlig von denen Pagels auf dem Dampfschiff, dass sie ihr vorkamen wie ein kostbares Versprechen. Ein Versprechen, dass ihre Zukunft doch nicht nur schwarz sein würde.

»Ich werde alles tun, um Ihnen eine hilfreiche Assistentin zu sein«, sagte sie aufrichtig.

»Daran habe ich keinen Moment gezweifelt«, sagte Crusius leise. Sein Lächeln vertiefte sich, und Emma schlug die Augen nieder.

Dann stellten die Männer sich einander vor. Crusius bedankte sich herzlich dafür, dass Pagel und Krüger Emma wohlbehalten zu ihm gebracht hatten, und rasch entwickelte sich ein lebhaftes Gespräch über die Fahrt auf dem Brisbane River, die anstehende Expedition und die Vorbereitungen, die noch getroffen werden mussten.

Emma hielt sich höflich zurück, verfolgte aber aufmerksam jedes Wort. So erfuhr sie, dass Carl Scheerer seit Tagen darauf brannte, endlich loszukommen, und bereits angekündigt hatte, dass er ihnen nach ihrer Ankunft nur eine einzige Nacht im Gasthof zugestehen würde.

»Alter Menschenschinder«, lachte Crusius, und Krüger erwiderte, um Wahrheit und Gerechtigkeit bemüht: »Aber nein. Er ist eben mit Leib und Seele Forscher!«

»Und als solcher froh, dass Sie alle endlich eingetroffen sind«, sagte ein fremder Mann und trat zu ihrer kleinen Gruppe.

Es gab ein großes Hallo, Schultern wurden geklopft und Hände gedrückt, und Emma folgerte daraus, dass es sich bei dem Fremden um Carl Scheerer handeln musste. Noch beachtete sie keiner, die Männer waren mit sich selbst beschäftigt, und so nutzte sie die Zeit, um Scheerer genauer in Augenschein zu nehmen.

Verwegen sah er aus – mit seinen leuchtend blauen Augen und dem lockigen, schwarzen Haar, das ihm beinahe bis zu den Schultern reichte. Er war jünger, als sie es aufgrund seiner Stellung vermutet hatte, dreißig vielleicht. Dennoch strahlte er eine natürliche Autorität aus, die ihn von den anderen Forschern abhob. Er sprach nicht laut, doch keines seiner Worte ging unter; seine Stimme war dunkel, ruhig und zugleich bestimmt. Vielleicht rührte seine überwältigende Präsenz aber auch von seiner Statur: Er war groß, kräftig und – Emma gestand es sich nur zögernd ein – äußerst gut gebaut.

Als habe er gespürt, dass sie sich Gedanken über ihn machte, fiel der Blick seiner blauen Augen auf sie. »Verzeihen Sie, kann ich Ihnen helfen?«, fragte er höflich. »Suchen Sie vielleicht den Weg?«

Emma räusperte sich verlegen. Ich gehöre doch dazu, wollte sie sagen, aber das kam ihr zu plump vor. Noch ehe ihr etwas Eloquenteres einfiel, mischte Crusius sich ein: »Darf ich Ihnen meine Assistentin vorstellen, lieber Scheerer: Emma Röslin, Pflanzenzeichnerin aus Stuttgart.«

Scheerers Gesichtsausdruck veränderte sich vollkommen. Seine Augen wurden schmal, der Kiefer angespannt. Ohne den Blick von ihr zu lassen, sagte er langsam: »Sie haben nie etwas davon gesagt, dass Ihr Assistent eine Frau ist, Crusius.« Und nach einer kurzen Pause: »Krüger, Pagel, wussten Sie davon?«

»Natürlich, Crusius hatte uns den Namen in seinem Brief doch mitgeteilt«, sagte Krüger verwirrt. »Wie hätten wir sonst wissen sollen, wen wir abholen müssen? Auch dem Zolloffizianten, der das Fräulein vom Schiff geholt hat, mussten wir schließlich einen Namen sagen.«

Pagel ergänzte: »Crusius hatte uns geschrieben, dass wir so vorgehen sollten, falls das Schiff Verspätung hätte. Hätte Mr. Flinner uns nicht geholfen, wären wir noch später hier angekommen.«

Mit erzwungener Ruhe sagte Scheerer: »Sehr umsichtig gedacht. Allerdings missfällt mir, dass meine Forscher offensichtlich mehr wissen als ich. *Mir* haben Sie nur gesagt, Herr Crusius, Sie erwarteten Ihren Assistenten. Männliche Form.«

Emma stand wie erstarrt vor dem Forschungsleiter, der, obgleich er mit Crusius sprach, immer noch sie fixierte. Sie fühlte sich jämmerlich unter diesem Blick – eine schwitzende, rotgesichtige junge Dame in einem dunklen Kleid, das nicht hierher passte.

»Männlich, weiblich, wer nimmt es da schon so genau«, sagte Crusius leichthin. »Fräulein Röslin wird eine Bereicherung der Gruppe sein, glauben Sie mir. Ihre Zeichnungen sind gut.« Pragmatisch setzte er hinzu: »Außerdem ist sie nun schon mal hier.«

»Was nicht der Fall wäre, wenn Sie mir von Anfang an gesagt hätten, dass sie eine Frau ist«, versetzte Scheerer und wandte sich endlich von ihr ab. Scharf sagte er zu Crusius: »Ich hätte niemals zugelassen, dass meine Forscher sie auch nur vom Schiff holen ließen! Fräulein Röslin hätte gleich zurück nach Deutschland reisen können.«

»Dann ist es ja gut, dass ich Ihnen ihr Geschlecht verschwiegen habe.« Crusius lachte, als habe er einen kleinen Scherz gemacht. »Wie dem auch sei: Fräulein Röslin gehört zu mir, ich trage für sie die Verantwortung.«

»Irrtum«, sagte Scheerer schneidend. »Die Verantwortung für die gesamte Forschungsgruppe obliegt mir. Und damit auch die Entscheidungsgewalt.«

»Sie ist meine Assistentin.«

»Sie ist eine Frau, und ich werde sie nicht mit in den Busch nehmen.«

»Sie können sie nicht zurückschicken!«

»Sie werden sich wundern, was ich alles kann, Crusius!«

Emma, die dem Schlagabtausch der beiden Männer mit wachsendem Unbehagen zugehört hatte, stockte der Atem. Er würde doch nicht …

»Sie wird gehen«, sagte Scheerer kühl. »Das ist mein letztes Wort.«

Emma schlug sich die Hand vor den Mund. Crusius warf ihr einen raschen Blick zu. Fast unmerklich zwinkerte er ihr zu.

»Sie bleibt«, sagte er ruhig. »Sie ist nämlich nicht nur meine Assistentin, sondern auch meine Verlobte.«

Emma schnappte nach Luft.

Scheerer drehte sich langsam zu ihr um.

»Stimmt das?«, fragte er.

Ihr Blick flog von ihm zu Crusius, der sie stumm beschwor, auf seine Finte einzugehen. Blitzartig wurde ihr klar, dass es ihre einzige Chance war, bleiben zu dürfen.

»Ja«, sagte sie leise. »Es stimmt.«

Einige Atemzüge lang sagte keiner etwas, und Emma musste sich zusammenreißen, um vor lauter Anspannung nicht die Fassung zu verlieren. Wie würde der Leiter sich entscheiden? Würde er ihre Zukunft mit einem Kopfschütteln besiegeln, sie in die völlige Ungewissheit stoßen? Sie hörte ihr eigenes Blut in den Ohren rauschen, dazu das Kreischen der großen, bunten Vögel über ihnen – laut, viel zu laut, als machten die Tiere sich über Emma lustig.

Crusius kam mit raschen Schritten zu ihr, legte ihr den Arm um die Schultern und schaute Scheerer herausfordernd an. Unwillkürlich versteifte sie sich, doch sie ließ die Berührung zu. Wenn sie beide vorgeben wollten, verlobt zu sein, würde Emma mit solchen Beweisen in Zukunft wohl leben müssen.

Pagel kratzte sich am Nacken und brach die Stille: »Hol's der Teufel, da haben Sie beide uns aber schön an der Nase herumgeführt!«

Auch Krüger war bass erstaunt. »Wir dachten ehrlich, Ihr Verhältnis sei ein rein geschäftliches. Ihre Begrüßung war doch sehr … distanziert.«

»Wir wollten nicht gleich mit der Tür ins Haus fallen, nicht wahr, meine Liebe?« Crusius lächelte auf Emma herunter. »Welch süßes Band uns bindet, sollte eine kleine Überraschung für die Gruppe sein.«

»Ist Ihnen gelungen, Crusius«, dröhnte Pagel. »Alter Geheimniskrämer!«

Crusius grinste, dann richtete er seinen Blick wieder auf Scheerer. Dieser war dem Wortwechsel regungslos gefolgt. Eine kurze Zeit lang schien er noch mit sich zu ringen, doch dann sagte er: »In Ordnung, Crusius. Als Fräulein Röslins Verlobter tragen natürlich Sie die Verantwortung. Sie darf mit.«

Vor Erleichterung wurde Emma schwindelig, nun war sie froh, dass Crusius sie hielt. Sie schloss kurz die Augen, zwang sich jedoch sofort dazu, sie wieder zu öffnen. Nur keine Schwäche zeigen! Nicht vor Scheerer, der genau darauf wartete.

Der Leiter nickte Emma knapp zu. »Willkommen im Team. Aber sagen Sie niemals, ich hätte Sie nicht gewarnt.«

Emma nickte. Als er sich umdrehte und mit schweren Schritten davonstapfte, stieß sie zitternd die Luft aus.

»War das wirklich nötig?«, flüsterte sie Crusius zu, dessen Arm immer noch auf ihrer Schulter lag.

»Aber ja«, flüsterte er zurück. »Scheerer ist ein harter Brocken, den hätten wir anders nicht rumgekriegt. Von ein bisschen Schauspielerei werden Sie sich doch nicht Ihr neues Leben verderben lassen, hm?«

»Nein«, sagte Emma zögernd. »Ich denke nicht.«

»Braves Mädchen.« Crusius ließ sie los und wandte sich an Pagel und Krüger. Laut sagte er: »Ich zeige meiner Verlobten nun ihr Zimmer. Sie beide haben nach der Schlepperei sicher auch eine Pause nötig. Bis später, meine Herren.«

Er hievte die Seekiste hoch und verschwand damit im Gasthaus, und Emma folgte ihm mit gemischten Gefühlen. Sie hörte Pagel und Krüger hinter sich kichern, doch sie drehte sich nicht um.

Anzügliche Blicke konnte sie nicht auch noch gebrauchen.

# 5

*Ludwigs Hände auf ihren Armen, ihrem Rücken, sein Mund auf ihrem Hals. Sie trägt ein wunderschönes, jadegrünes Kleid, der Ausschnitt ist ein bisschen zu tief. Das Klavier spielt im Hintergrund wie von Geisterhand ein Liebeslied, doch es mischen sich falsche Töne hinein. »Dissonanzen«, flüstert Ludwig seiner Schülerin zu. Emma wird unruhig, Angst steigt in ihr auf, sie will sich von Ludwig losmachen, doch als sie ihre Hände gegen seine Brust stemmt, sind sie voller Blut. Rote Abdrücke auf Ludwigs Hemd, auf ihrem jadegrünen Kleid, Blut überall, klebrige Nässe, sie beginnt zu schreien …*

… und erwachte, in kaltem Schweiß gebadet, in ihrem kargen Gasthauszimmer. Vor Entsetzen wie gelähmt lag Emma in ihrem harten Bett, nur die Hände krallten sich in die raue Wolldecke. Erst als langsam ihr Verstand wieder einsetzte, dieses gnädige Bewusstsein des Tages, das die Erinnerung so standhaft verbannte, spürte sie, wie das Leben in ihre Glieder zurückkehrte.

Sie wandte den Kopf und starrte aus dem Fenster in die graue Dämmerung. Der Schlaf drohte sie bereits wieder zu umfangen, doch sie hielt die Augen krampfhaft geöffnet. Wenn sie wach war, lebte sie in der Gegenwart; Schlaf und Träume hingegen gehörten ihrer Vergangenheit.

Verzweifelt fragte sie sich, ob das jemals wieder anders sein würde.

Emma war das einzige Kind ihrer Eltern gewesen. Vielleicht erklärte dies die Nachsicht mit der Tochter, die sich so ganz anders entwickelte als die Mädchen aus der Nachbarschaft. Schon als Kleinkind war sie ungebärdiger als die Töchter von Frau Röslins Freundinnen. Gab man jenen einen Klaps, ließen sie sofort davon ab, Sessel zu erklimmen oder ihre Puppen auf den Boden zu werfen, statt sie zu wiegen. Nicht so Emma: Wenn man sie bestrafte, dann schämte sie sich nicht, sondern brüllte, aber weniger aus Schmerz denn aus Ärger, weil man sie in einer spannenden Tätigkeit unterbrach. Frau Röslin schüttelte oft bekümmert den Kopf über ihr Töchterlein, und ihr Mann äußerte den Verdacht, es liege an der allzu sanften Erziehung seiner jungen Frau, dass ihr Kind so wild war. Doch Frau Röslin brachte es nicht übers Herz, Emma ernstlich zu züchtigen. Dieses engelhafte Kind mit den dicken blonden Zöpfen und den rosigen Wangen sollte sie schlagen? Unmöglich.

So wuchs Emma mit halbherzigen Klapsen und den ewig gleichen Vorhaltungen heran, denen sie schon bald keine Beachtung mehr schenkte. Zwar grämte sie sich ab und zu, dass sie den Eltern Kummer bereitete, doch Neugierde und Abenteuerlust waren stets stärker. Im Alter von acht Jahren dämmerte ihr langsam selbst, was der Grund für ihr Verhalten war: Es war ihr einfach zu langweilig, immer brav zu sein! Es gab so viel zu entdecken, so viel auszuprobieren! Wenn man sich verhielt, wie die Erwachsenen es von einem verlangten, verpasste man einfach zu viel – das sah Emma an ihrer gleichaltrigen Freundin Sophie.

Sophie war alles, was Emma nicht war: artig, immer sauber und der ganze Stolz ihrer Eltern, obwohl diese noch vier weitere kleine Mädchen hatten. Emma bewunderte Sophie aus ganzem Herzen, doch sie bemitleidete die Freundin auch. Denn Sophie wagte es niemals, des Vaters Bierseidel mit Wasser zu füllen und damit die Puppenküche zu putzen, was natürlich verboten war und dem Teppich unter der Puppenküche nicht guttat, aber unendlich viel Spaß machte. Sophie machte auch niemals Unfug im Gemüsegarten. Hinter vorgehaltener Hand lachte sie zwar, als Emma Tulpen herausriss und die Blumenköpfe eingrub, so dass die Zwiebeln hoch in der Luft schwebten. Aber mitgemacht hätte Sophie bei so etwas niemals!

Sophies Artigkeit hatte indes auch einen großen Vorteil, nämlich den, dass sie höchst selten bestraft wurde. Zu dieser Erkenntnis kam Emma regelmäßig dann, wenn sie in ihrem Zimmer eingesperrt wurde und ohne Nachtmahl zu Bett gehen musste. Mit knurrendem Magen nahm sie sich vor, von nun an braver zu sein; und stets erinnerte sie sich an alles, was die Welt um sie herum noch für sie bereithielt, sobald sie am nächsten Morgen frisch und ausgeschlafen vor ihrem Frühstück saß.

Trotz der Strafen und der ständigen Ermahnungen war Emma ein glückliches Kind. Manchmal – wenn die Augen der Mutter vor Lachen blitzten, wenn sie Emma bei einem Streich ertappte, oder wenn der Vater ihr aus seinen Büchern vorlas, was Sophies Vater niemals für seine Tochter tat – hatte sie sogar das Gefühl, dass die Eltern ganz zufrieden mit ihr waren. Ja, sie war ein Wildfang.

Aber sie wurde geliebt.

Nach einem gewöhnungsbedürftigen Frühstück aus schwarzem Tee, Hammelfleisch und *damper* – Brot, das aus Weizen in der Asche gebacken wurde – machte Emma sich auf die Suche nach den Forschern. Sie traf sie vor dem Gasthaus an.

»Hoho, immer noch so elegant, heute geht's doch los!«, begrüßte Pagel sie lautstark.

Emma blickte an sich herab. Viel Auswahl bot ihr die Seekiste, die als Ersatz für einen Kleiderschrank herhalten musste, nicht: Insgesamt fünf Kleider hatte sie dabei, dazu Wäsche, ihr

Korsett und ihre Krinoline. Heute trug sie ein mattgelbes Kleid, das noch am ehesten zu der hiesigen Mode passte. Es war recht hübsch, aber elegant?

»Fräulein Röslin kann sich kaum in einen australischen Männeranzug werfen, Georg«, schmunzelte Krüger.

»Selbst dann wäre meine Verlobte noch eine Schönheit«, ließ Crusius sich charmant vernehmen. Er trat zu ihr und fragte: »Hast du gut geschlafen, meine Liebe? Und hoffentlich von mir geträumt?«

Emma fand, dass er seine Rolle als ihr Verlobter etwas zu ernst nahm. Offensichtlich gehörte dazu auch, dass sie sich nun duzten. Oder wollte er sie necken? Nun, das konnte sie auch!

»Ich schlafe immer gut, wenn du in meiner Nähe bist, mein lieber Oskar«, sagte sie süß. »Aber von wem ich träume, musst du schon mir selbst überlassen.«

»Hört, hört!«, lachte Krüger, und Pagel stieß einen Pfiff durch die Zähne aus. Oskar, denn so würde sie ihn wohl in Zukunft nennen müssen, lachte halbherzig mit, doch seine Ohren verfärbten sich rosa. Emma verkniff sich ein Grinsen. Nett, wenn zur Abwechslung mal der Herr schamhaft errötete.

In diesem Moment trat Carl Scheerer zu ihnen. »So heiterer Stimmung? Das lässt auf einen guten Expeditionsbeginn hoffen.« Wohlwollend nickte er nacheinander Krüger, Pagel und Oskar zu, dann blieb sein Blick an Emma hängen und wurde merklich kühler.

Der Leiter musterte sie von oben bis unten und sagte: »Guten Morgen, Fräulein Röslin. Wir brechen noch diese Stunde auf. Ich schlage also vor, Sie ziehen sich um. Eleganz ist im Busch nicht nötig.«

Schon wieder dieser Vorwurf! Dabei war sie sich keinerlei Schuld bewusst. Was sollte sie denn anziehen, wenn nicht eines ihrer Kleider? Rasch unterzog sie die Herren einer Musterung.

Sie waren alle ähnlich gekleidet: ein leichtes wollenes Hemd, darüber ein buntes aus Leinen, das am Hals offen war. Die Ärmel bis zum Ellenbogen hochgestreift. Die Hosen aus fester weißer Baumwolle, dazu weiße Strümpfe und derbe Schuhe sowie breit geränderte Filzhüte, in Pagels Fall mit dem unvermeidlichen Schleier.

So kann ich jedenfalls nicht herumlaufen, Busch hin oder her, dachte Emma ratlos. Sogar die Herren sehen in diesem Aufzug zum Lachen aus.

»Normales australisches Kostüm, perfekt für den Busch«, sagte Pagel, der ihre Musterung bemerkt hatte.

»Mag sein. Aber leider besitze ich kein solches Kostüm«, antwortete Emma. »Und als Frau kann ich ja auch schlecht Hosen tragen.«

»Es reicht schon, meine Liebe«, sagte Oskar, »wenn du nicht etwas anderes *an*-, sondern nur ein bisschen was *aus*ziehst.« Emma warf ihm einen erschrockenen Blick zu, und er erklärte sehr freundlich: »Damit meinte ich natürlich nur deine Krinoline.«

Pagel feixte, Krüger lachte leise.

Das ist also die Revanche für meine freche Bemerkung vorhin, dachte Emma halb amüsiert, halb beunruhigt. Ich sehe schon, Oskar, du bleibst mir nichts schuldig.

»Schluss mit den Albernheiten, meine Herren, ich bitte Sie!«, mischte Scheerer sich ungeduldig ein. »Kommen Sie mit, Fräulein Röslin, ich zeige Ihnen Ihr Pferd. Dann entscheiden Sie selbst, in welcher Aufmachung Sie heute aufbrechen wollen.«

Überrascht folgte sie Scheerer, der bereits die grüne Straße hinunterging. Ihr Pferd? Reisten sie denn nicht mit der Kutsche oder zumindest auf einem der Ochsenkarren, die hier überall über die Wege rumpelten?

»Ich werde reiten?«, fragte sie vorsichtig.

»Natürlich.« Scheerer warf ihr einen flüchtigen Blick zu. »Was dachten Sie denn?«

»Oh, ich dachte … ähm …« Sie verstummte. Sie würde nicht den Fehler machen, ihm noch vor dem Aufbruch in den Busch den ersten Angriffspunkt zu bieten. Sorgfältig wog sie ihre Worte ab. »Ich bin nur erstaunt, dass Sie sich um mein Pferd kümmern. Ich bin davon ausgegangen, das gehöre zu … Oskars Pflichten.«

»Ich bin der Leiter, ich sorge für die Ausrüstung«, sagte Scheerer knapp. »Crusius beteiligt sich lediglich an den Kosten.«

Er hatte es nicht verächtlich gesagt, doch Emma spürte deutlich seinen Widerwillen gegen die zahlenden Mitreisenden, die man ihm aufgedrängt hatte.

Ihr Mut sank. Das waren ja schöne Aussichten: wochenlang im Busch, allein mit Männern, die sie jeder auf seine Weise herausforderten. Mit Ausnahme vielleicht von Krüger – aber auch er, das hatte sein Feixen ihr gezeigt, wusste sehr wohl, auf welche Seite er gehörte. Und es war nicht die weibliche.

»Wir sind da«, unterbrach Scheerer Emmas Gedanken.

Sie hatten eine Holzhütte erreicht, vor der mehrere Rösser in der Sonne standen. Scheerer band einen furchterregend großen Rappen los und hielt Emma die Zügel hin.

»Hier ist Ihr Pferd. Jung und stark genug, um Sie durch halb Australien zu tragen.«

Sie schluckte und legte den Kopf in den Nacken, um das nervös tänzelnde Riesentier genauer betrachten zu können. Jung und stark sah es aus, das schon, aber auch sehr … groß. Feurig. Oh Himmel, es sah unbezähmbar aus!

»Sie sagen ja gar nichts.« Scheerer runzelte die Stirn. »Gefällt er Ihnen nicht?«

»Doch. Es ist nur … ich kann nicht …«

»Nun erzählen Sie mir bloß nicht, Sie könnten nicht reiten!«

»Ich kann reiten«, beeilte Emma sich zu sagen. »Das heißt, ich habe es ein paar Mal versucht, in den Wäldern um Stuttgart. Aber mein Pferd war deutlich kleiner, und außerdem …« Sie biss sich auf die Zunge. Nein, das konnte sie ihm nicht sagen. Unmöglich!

»Außerdem?«, fragte Scheerer unerbittlich.

Emma wand sich. »Ich habe nicht die richtige Ausstattung dabei. Die eine Dame braucht, um zu reiten. Ach, Sie wissen schon!« Wie deutlich musste sie denn noch werden, damit er sie verstand?

Er hob fragend die Augenbrauen und verschränkte die Arme vor der Brust. Es war ihm anzusehen, dass er sie so lange herumstottern lassen würde, bis sie klare Worte für ihr Problem gefunden hatte.

Ärger stieg in Emma hoch. Nun gut, er wollte es nicht anders. Würde sie eben zum zweiten Mal an diesem Tag einen Mann zum Erröten bringen.

Sie hob ihr Kinn und sagte: »Ich habe kein Reitkorsett. Also kann ich nicht reiten. Punkt.«

Wenn sie erwartet hatte, dass er sich, schockiert von ihrer Offenheit, abwenden würde, so hatte sie sich getäuscht. Er schaute ihr weiterhin in die Augen, und um seine Mundwinkel herum zuckte es.

»Kein Reitkorsett. So, so«, sagte er. »Was denken Sie denn, wofür Sie das brauchen?«

Statt seiner wurde nun sie rot. Gott, konnten Männer begriffsstutzig sein! Ihr Korsett bedeckte die Hüften so weit, dass es den Seitsitz, bei dem sie ein Bein stark anwinkeln musste, unmöglich machen würde. Außerdem war es mit so vielen Stäben versteift, dass sie mehr oder weniger unbeweglich auf dem Pferd hängen würde.

»Ein Reitkorsett ist an den Hüften verkürzt und weniger steif. Mit einem normalen Korsett kann ich nicht auf dem Pferd sitzen«, sagte sie. »Wenn ich überhaupt in den Sattel komme. Meinen Sie, ich kann hier irgendwo ein Reitkorsett kaufen?«

Sie wagte es nicht, ihn anzusehen, so sehr schämte sie sich, mit ihm über dieses Thema zu sprechen. Deshalb merkte sie erst, wie belustigt er war, als sie das Lachen in seiner Stimme hörte.

»Kaum. Aber Sie werden auch keines brauchen. Denn Sie werden nicht im Damensitz reiten.«

Vor Verblüffung vergaß Emma ihre Scham. »Nicht?«, fragte sie. »Wie denn dann?«

»Im Spreizsitz, wie wir Männer auch«, sagte Scheerer. »Und damit das gelingt, werden Sie – verzeihen Sie, wenn ich genauso offen spreche wie Sie – sowohl auf ein normales als auch auf ein Reitkorsett verzichten müssen.«

»Ich soll mein Korsett ausziehen?!« Genauso gut hätte er ihr vorschlagen können, sie solle im Nachthemd reiten!

»Nun schauen Sie mich nicht so entsetzt an. Sie wussten doch, dass im Busch keine deutsche Kleiderordnung herrschen würde, oder?«, fragte er.

»Ja«, sagte sie mit dünner Stimme. »Aber … ohne Krinoline und Korsett fühle ich mich wie … wie eine Wilde.« Nackt, fügte sie im Stillen hinzu.

»Dann werden Sie sich wundern, wie viel mehr Sie immer noch tragen werden als die Frauen der Wilden.« Scheerer wurde ernst. »Machen Sie sich mit dem Gedanken vertraut, dass hier nichts ist wie zu Hause. Oder, noch besser, sagen Sie Ihrem Verlobten, dass Sie es sich anders überlegt haben und lieber in Brisbane bleiben, wo Sie Ihr Korsett tragen können. So oder so: Treffen Sie Ihre Entscheidung, Fräulein Röslin.«

Ihr Herz klopfte, und einen winzigen Moment lang war sie

versucht, alles abzusagen. Sich in Brisbane eine Stellung als Hausmädchen zu suchen und so ihr Dasein zu fristen.

Doch der Moment ging vorüber. »Selbstverständlich komme ich mit«, sagte sie.

Er nickte kurz, als habe er nichts anderes erwartet. Der Rappe, den er immer noch am Zügel hielt, schnaubte und riss den Kopf hoch. Scheerer tätschelte ihm den Hals.

»Tut mir leid, Junge. Ich glaube, wir brauchen ein frommeres Tier als dich.«

Er band das Pferd wieder an und trat in die dunkle Holzhütte. Über die Schulter sagte er zu ihr: »Ich besorge Ihnen ein ruhiges Pferd. Über die Ebene sprengen wie eine Amazone werden Sie dann zwar nicht, aber immerhin«, seine Augen funkelten spöttisch, »bleiben Sie im Sattel. Und jetzt gehen Sie und entledigen sich Ihrer unnötigen Utensilien. Lassen Sie sie bei Ihrem Gepäck, Sie werden sowieso nicht viel mitnehmen können.«

Emma nickte. Die Seekiste und der Großteil des Inhaltes würden im Gasthaus auf Emma warten, bis sie von der Expedition zurückkäme. Nun würde sie eben auch noch Korsett und Krinoline zurücklassen. Ein paar Stücke mehr oder weniger, was machte das schon aus?

Im Zurücklassen, flüsterte eine leise Stimme in ihrem Kopf, bist du mittlerweile wirklich gut.

# 6

## Im Busch

Gleich hinter Brisbane begann die Wildnis.

Emma hatte sich einen üppig wuchernden, feucht-tropischen Dschungel vorgestellt und war nun erstaunt, dass »der Busch« ein lichter, dürrer Eukalyptuswald war. Seltsamerweise spendeten die Eukalypten, deren aufgeplatzte Rinde in Fetzen herunterhing, kaum Schatten; ihre matten, schmalen Blätter ließen die Sonne fast ungehindert auf den trockenen Boden brennen.

Und auf die Forschergruppe.

Emma und die vier Männer waren erst zwei Stunden unterwegs, und schon klebten ihnen allen die Kleider am Körper. Obwohl Emma noch gar nicht ritt, sondern ihr Pferd am Zügel führte, war sie nun heilfroh, kein Korsett zu tragen. Von der engen Schnürung befreit atmete sie so leicht wie seit ihrer frühen Kindheit nicht mehr, was die Anstrengung des Laufens und die Hitze etwas erträglicher machte. Auch wenn sie ihr Kleid über der ungeschnürten Taille kaum zu schließen vermocht hatte und sie jetzt, wie sie fand, den ästhetischen Reiz eines Kartoffelsacks ausstrahlte, genoss sie die ungewohnte Bewegungsfreiheit in vollen Zügen. Froh war sie auch über den Strohhut mit Moskitonetz, den sie auf Scheerers Rat hin in letzter Sekunde erstanden hatte.

»Wenn wir unterwegs sind, werden die Tiere in der ersten Tageshälfte grundsätzlich nur die Ausrüstung tragen«, hatte der Leiter am Vormittag bestimmt, als die Forscher sich mit ihren Pferden und mehreren Lastochsen zum Aufbruch gerüstet hatten. »Erst gegen Nachmittag werden wir reiten. Genügend zu fressen und ausreichend Wasser werden nämlich ein Luxus sein, den wir den Tieren nicht immer werden bieten können. Wenn wir sie überfordern, halten sie nicht lange durch.«

Oskar, Pagel und Krüger hatten unbekümmert genickt, aber Emma war es mulmig geworden. Eben erst hatte sie sich mit dem Gedanken angefreundet, reiten zu müssen, da wurde ihr eröffnet, dass sie stundenlange Fußmärsche vor sich hatte?

Sie hatte sich rasch entschuldigt und war ins Gasthaus zurückgelaufen, wo sie ihre hochhackigen Halbstiefel gegen die klobigen Stiefel der Wirtin getauscht hatte. Gottlob passten sie, sonst hätte sie über kurz oder lang barfuß laufen müssen – ihre Absätze hätten die australische Wildnis schwerlich mehr als ein paar Stunden überlebt.

Pagel hatte gegrinst, als Scheerer Emma die Zügel ihres Schimmels überreicht hatte. Mit ihrer seitlich herauslugenden Zunge und den gemächlichen Bewegungen war Emmas Stute auf den ersten Blick als das zu erkennen, was sie war: eine lahme Mähre, gerade gut genug für eine Frau, die kaum reiten konnte. Emma hatte sich auf die Unterlippe gebissen und darauf gewartet, dass Scheerer den Forschern von ihrer Angst vor dem Rappen erzählen würde, doch er hatte es nicht getan.

»Wir wollen Fräulein Röslin doch nicht bei einem Sturz verlieren«, hatte er ruhig zu dem feixenden Pagel gesagt. »Es reicht, dass sie gezwungen sein wird, auf ungewohnte Weise im Spreizsitz zu reiten. Da sollte wenigstens das Pferd brav sein, finden Sie nicht?«

Solcherart zurechtgewiesen, hatte Pagel sich jede Bemerkung über Emmas Reittier verkniffen, und auch als Scheerer ihr probeweise in den Sattel geholfen hatte und ihr dabei der Rock bis zu den Knien hochgerutscht war, hatten weder er noch Oskar oder Krüger sich zu Anzüglichkeiten hinreißen lassen.

Dennoch war Emma die Hitze ins Gesicht gestiegen. Da saß sie nun mit gespreizten Beinen auf einem Pferd, und vier Männer hatten freien Blick auf ihre bestrumpften Beine und Füße – die noch dazu in diesen grässlichen Stiefeln steckten! Sie hatte ihren Rock so rasch über ihre Beine geworfen, dass sie von der hektischen Bewegung umgehend wieder vom Pferd gefallen wäre, hätte Scheerer sie nicht blitzschnell gehalten und wieder in den korrekten Sitz geschoben. Die Berührung währte nur wenige Augenblicke lang, doch Emma hatte es danach für geraume Zeit vermieden, ihn anzusehen.

Und nun ritt sie überhaupt nicht, sondern stapfte verbissen über den mit stacheligem Gras und trockenen Eukalyptusblättern bedeckten Boden, die Zügel ihrer Stute fest umklammernd. Princess, so der unpassende Name für das Pferd, wollte alle paar Schritte stehen bleiben. Am liebsten, mutmaßte Emma grimmig, hätte Princess sich wohl hingelegt. Aber was beschwerte sie sich? Immer noch besser, eine lahme Mähre hinter sich herzuziehen, als von einem schwarzen Höllenross bei der ersten Gelegenheit ins Jenseits befördert zu werden.

Neben ihr führte Oskar einen hübschen Fuchs, Dusty, der wie Emmas Schimmel schwer mit Proviant beladen war, unter anderem mit Mehl, Zucker, Tee und Limonensaft. Oskar hatte noch kurz vor ihrem Aufbruch bemängelt, dass Pökelfleisch und Trockenfrüchte fehlten, doch Scheerer hatte ihnen erklärt, die Pferde nicht unnötig belasten zu wollen.

»Fleisch können wir uns selbst schießen. Und frische Früchte werden wir überall finden«, hatte er gesagt.

»Auch essbare?«, hatte Oskar spöttisch gemurmelt. Er war sichtlich verstimmt gewesen, dass Carl Scheerer ihm keinerlei Mitspracherecht eingeräumt hatte.

Doch mittlerweile hatte Oskar seine gute Laune wiedergefunden und pfiff ein fröhliches Lied. Emma bewunderte ihn im Stillen dafür, wie er bei geschätzten vierzig Grad Hitze nicht nur laufen, sondern auch noch pfeifen konnte. Auch Scheerer, Pagel und Krüger schien die Temperatur nicht viel anhaben zu können; sie unterhielten sich miteinander und wiesen sich gegenseitig auf Vögel oder prächtige Exemplare des Eukalyptusbaumes hin. Und das, obwohl sie nicht nur ihre Pferde führten, sondern zusätzlich die Lastochsen vor sich her trieben!

Die Ochsen trugen eigens für sie angepasste Packsättel, in denen sich Munition, Gewehre, Feldkessel, gegen die Feuchtigkeit geölte Decken, Mäntel und Wechselkleidung für Emma und die Forscher verbargen. Auch das Material für die wissenschaftlichen Forschungen wurde dem Rücken der Ochsen anvertraut: kleine Flaschen mit Branntwein zum Konservieren von Insekten. Pappendeckel, Löschpapier und lederne Pressen zum Trocknen der Pflanzen. Vergrößerungsgläser für die Untersuchung feiner Blütenteile. Packpapier, Wachsleinwand und Schnüre zur Verpackung der Sammlungen …

Emma waren die Augen übergegangen, als sie einen Blick in die prallen Taschen hatte werfen dürfen. Oskar hatte Recht, Carl Scheerers Expedition *war* gut ausgestattet!

Die Ausrüstung für Emmas Zeichnungen nahm sich dagegen bescheiden aus. Sie bestand vor allem aus Bleistiften, einem kleinen Messer zum Spitzen, Feder, Tusche, Papierbögen und einigen Büchern.

Geplant war, an diesem und dem nächsten Tag möglichst weit ins Inland vorzudringen und dann mehrere Tage lang an einem Ort zu bleiben. Erst wenn die Forscher genügend Pflanzen gesammelt und Tiere erlegt hätten, würden sie das Lager abbrechen und weiterwandern, vormittags zu Fuß, nachmittags zu Pferd, so lange, bis Fauna und Flora ihnen Neues bieten würden. Nach vier bis acht Wochen – je nachdem, wie reich die Ausbeute sein würde – wollten sie nach Brisbane zurückkehren.

Der erste Tag bestand also nur aus einem: laufen, laufen, laufen.

Anfangs unterhielt Oskar seine Assistentin, indem er ihr von sich und seiner Karriere erzählte. Wie es schien, verdankte er seinen Stand als angesehener Forscher ganz allein sich selbst. Sein Vater war Gärtner gewesen und hatte Oskar kein Studium ermöglichen können.

»Aber ich war ehrgeizig und begabt genug, um ein Stipendium für die Pépinière zu bekommen«, sagte Oskar mit grimmigem Stolz.

»Die Pépinière? Was ist das denn?«, fragte Emma neugierig.

»Eine Chirurgenschule in Berlin, die Militärärzte ausbildet«, erklärte er. »Ich habe dort vier Jahre lang studiert, musste mich aber als Ausgleich für das Stipendium für acht Jahre dienstverpflichten.«

»Dann hast du als Militärarzt gearbeitet, bevor du Forscher wurdest?«

»So ist es.« Oskar strich sich den Schnurrbart. »War eine harte Zeit. Ich war froh, als sie vorbei war und ich als normaler Arzt wirken konnte.«

»Und wie hat es dich dann von Berlin hierher verschlagen?«

»Tja, mein liebes Kind, ich habe sehr bald gemerkt, dass ich für Höheres berufen bin. Ich wollte nicht in einer armseligen Praxis versauern; ich wollte gutes Geld verdienen. Deshalb bin ich in Godeffroys Dienste getreten.«

»Und ich in deine«, sagte Emma nachdenklich. »Du bietest mir das, was Godeffroy dir bietet: von zu Hause wegzugehen. Und Geld zum Leben.«

»Ja, es ist angenehm, dass Godeffroy so gut zahlt. Ist doch eine feine Sache, dass ich mir nicht nur eine erstklassige Ausrüstung, sondern obendrein eine hübsche kleine Assistentin leisten kann.« Er zwinkerte ihr zu.

Das Zwinkern gefiel ihr nicht, und auch seine Worte lösten Ablehnung in ihr aus. Er redete, als habe er sie gekauft, nicht angestellt. Aber nein, beruhigte sie sich, bestimmt meinte er es gar nicht so. Sie war nur zu empfindlich.

Ablenkend fragte sie: »Wie hast du eigentlich meinen Vater kennen gelernt?«

»Das hat er dir nicht gesagt?«

Sie mied seinen Blick. »Es stand zwischen uns nicht zum Besten, als ich mich dazu entschloss, nach Australien zu gehen.«

»Verstehe«, sagte er, obwohl das kaum der Fall sein konnte. »Nun, dann will ich es dir erzählen. Wir haben uns auf einem Kongress kennen gelernt und waren uns gleich sympathisch. Dein Vater ist zwar nur Apotheker, aber er verfügt über ein so außerordentlich breites Wissen über Heilpflanzen, dass sich manch ein Arzt eine Scheibe davon abschneiden könnte. Das hat mich beeindruckt.«

Erinnerungen stiegen in Emma hoch. Ihr Vater mit vor Aufregung glänzenden Augen, wenn er ihr eine seltene Heilpflanze überreicht hatte, die sie abzeichnen sollte. Die gemeinsame Arbeit an seinem Herbarium. Der nachsichtige Tadel im Blick der Mutter, wenn Emma und Herr Röslin zu spät zu Tisch kamen, weil unbedingt noch einige Blüten gepresst werden mussten.

Emmas Magen zog sich schmerzhaft zusammen. Vater und Mutter waren so unendlich weit weg, so unerreichbar, und das vielleicht für immer.

Gott, wie sie ihre Eltern vermisste!

Als Emma mit sechzehn Jahren die private Töchterschule verlassen hatte, war sie zumindest äußerlich kein Wildfang mehr gewesen. Sie hatte sich zu einer schönen jungen Frau entwickelt, die Freude an hübschen Kleidern hatte – und zahlreiche Verehrer. Doch Emma dachte nicht ans Heiraten. Sie war gerade erst der Schule entkommen, da sollte sie sogleich ein neues Gefängnis betreten, und das freiwillig? Nein.

In den letzten Schulmonaten hatte Emma sich oft überlegt, was sie daheim anfangen sollte. Für Sophie, die dieselbe Schule besuchte wie Emma, war das keine Frage gewesen: Sie wollte in der Gesellschaft glänzen und so rasch wie möglich eine gute Partie machen. Doch Emma drängte es nicht nach Soireen und Theaterbesuchen. Sie zog es vor, den freien Himmel über sich zu haben, und so stattete sie lieber dem Gemüsegarten einen Besuch ab – wenn sie auch keine Tulpen mehr ausrupfte – oder ging mit Frau Röslin und der Köchin auf den Markt. Dort boten Metzger ihre Würste und Kutteln feil, die Bäcker verkauften duftendes Brot und die Gärtnermeister Blattpflanzen und rotwangige Äpfel. Emma und ihre Mutter schlenderten untergehakt von Stand zu Stand, und die Köchin watschelte mit dem schweren Korb hinterdrein.

Frau Röslin war nun eine Frau von Mitte dreißig, doch wenn sie mit Emma plaudernd und lachend über den Marktplatz ging, wirkte sie fast selbst wie ein junges Mädchen. Emma bemerkte die interessierten Blicke, die die Männer nicht nur ihr selbst, sondern auch der Mutter zuwarfen. Einmal ertappte sie die Mutter sogar dabei, wie diese einem fremden Herrn ein Lächeln schenkte.

Ihre Mutter? Kokett?!

Emma war schockiert und begann, die Eltern genauer zu beobachten. Wie gingen sie miteinander um? Wie war es, verheiratet zu sein? Sie hatte ihre Eltern nie als Mann und Frau wahrgenommen. Nun aber betrachtete sie die Mutter, als sei diese eine Fremde, und erkannte, dass Frau Röslin immer noch eine blühende Schönheit war. Warum war Emma das bisher bloß nie aufgefallen? Und warum fiel es Herrn Röslin nicht mehr auf?

Während Sophie ihrer Freundin aufgeregt von den potentiellen Heiratskandidaten erzählte, die ihr – wollte man ihr Glauben schenken – tagtäglich vorgestellt wurden, fielen Emmas Gedanken über die Ehe wesentlich düsterer aus. Hatte sie bisher geglaubt, zwischen ihren Eltern herrsche nichts als Harmonie, belehrten sie ihre Beobachtungen nun eines Besseren. Sie sah den traurigen Blick, den Frau Röslin ihrem Mann manchmal zuwarf. Herr Röslin hingegen beachtete seine Frau kaum. Er ging völlig in seiner Arbeit als Apotheker auf, und wenn er Anwandlungen von Zärtlichkeit hatte, strich er eher Emma über den Kopf, als seine Frau zu berühren. Nein, folgerte Emma, für Zärtlichkeit gab es in der Ehe offensichtlich keinen Platz. Die Ehe bot der Frau einen sicheren Hafen. Das war alles. Natürlich war sie von Gott eingerichtet worden, um das Fortbestehen der Menschheit zu sichern, wie sonst sollten Männer und Frauen zu Kindern kommen? Verheiratet zu sein hatte also durchaus seinen Sinn – nur eben nicht den, den Hunger nach Liebe zu stillen.

Emma fand diese Schlussfolgerungen deprimierend. Mit acht Jahren hatte sie vage geahnt, dass ihr das Leben als artiges Mädchen zu langweilig sein würde; mit sechzehn ahnte sie, dass ein Leben wie das ihrer Mutter sie erdrücken musste.

Sie beschloss, den Gedanken an Ehe und Mutterschaft so lange wie möglich zu verdrängen und das Leben im Hier und Jetzt voll auszukosten. An Vergnügungen dachte sie dabei nicht. Stattdessen wollte sie lernen. Allerdings andere Dinge als die, die man ihr in der privaten Töchterschule beigebracht hatte – Handarbeiten, Tanz, Moral und Haushaltungskunst. Damit hatte Emma sich lange genug herumgequält! Jetzt wollte sie endlich ihren eigenen Interessen folgen, ihre Wissbegierde befriedigen und ihre Talente zur Entfaltung bringen. Sie wollte ihre Zeit sinnvoll ausfüllen.

Aber wie?

Die Idee reifte so schnell und vollständig in ihr heran, dass Emma sich staunend fragte, wie lange sie wohl schon in ihr geschlummert hatte. Es lag ja auch auf der Hand: Emmas Freude am Zeichnen, ihre Liebe zur Natur, des Vaters Ausflüge in Wald und Wiesen, die hingebungsvolle Arbeit an seinem Herbarium – alles verwob sich zu einem harmonischen Ganzen, und alles lief auf das Eine hinaus: Sie musste bei ihrem Vater in die Lehre gehen!

Natürlich nicht, um später zu arbeiten, schließlich war sie eine Frau. Aber sie würde ihrem Vater helfen können, und dabei würde sie wundervolle, anregende Jahre verbringen, Jahre, von denen sie später im Geiste zehren würde. Eigentlich war es doch ganz einfach, fand sie: Die Beschäftigung mit Heilpflanzen würde ihr die Ehe versüßen, wenn ihr eigener Gatte sie nicht mehr beachten würde. Statt zu leiden wie Frau Röslin, würde Emma sich in ihrer freien Zeit sinnvoll beschäftigen können, und ihre Tätigkeit würde ihr stets vor Augen halten, dass die Liebe nicht alles war.

Diese Vorstellung tröstete sie. Überhaupt erschien Emma ihre Idee logisch, sinnvoll und rundum erfreulich. Es blieb nur eine Schwierigkeit.

Ihr Vater.

Oskars Stimme brachte Emma in die Gegenwart zurück.

Gerade sagte er: »… geschäftlich in Stuttgart weilte, dachte ich mir, Oskar, besuch doch den Apotheker Röslin! War wohl eine Schicksalsentscheidung, denn so bin ich zu dir gekommen, meine Liebe. Und du nach Australien. Was für ein Glück, dass mein Assistent schwer erkrankt war!« Er lachte. »Sonst liefe jetzt ein pickeliger Jüngling neben mir her statt einer schönen Frau.«

Emma zwang sich, nicht mehr an Stuttgart zu denken, und konzentrierte sich wieder auf Oskar. »Ist der junge Mann denn mittlerweile gesundet?«, fragte sie höflich.

»Bei meiner Abreise noch nicht«, erwiderte Oskar. »Seitdem habe ich nichts mehr von ihm gehört.«

»Er wird doch nicht gestorben sein?«, fragte Emma erschrocken.

»Wer weiß?« Oskar zuckte mit den Schultern und fing wieder an zu pfeifen.

Seine Gleichgültigkeit stieß Emma ab, und sie schwieg. Ohnehin fiel es ihr zunehmend schwer zu reden: Ihr Mund war trocken, der Speichel schmeckte nach Staub.

Längere Zeit gingen sie stumm nebeneinander her. Emma griff immer wieder nach ihrer Kalebasse, um ihrem ausgedörrten Gaumen einen Schluck Wasser zu gönnen. Am liebsten hätte sie sich einige Minuten lang hingesetzt und ausgeruht. Doch den anderen ging es offenbar besser als ihr, denn niemand bat um eine Pause.

Da sie nicht die Einzige sein wollte, die Schwäche zeigte, lenkte sie sich von ihren müden Füßen, dem Schweiß und dem Durst ab, indem sie ihre Aufmerksamkeit bewusst auf ihre Umgebung richtete.

Die Landschaft war von einer seltsamen, unbarmherzigen Schönheit. Die gleißende Sonne tauchte den Wald, der keiner war, in weißes, flirrendes Licht. Die hellen Stämme der Eukalypten reflektierten die Strahlen zusätzlich, und Emma kniff immer wieder geblendet die Augen zusammen. Flüsse, Weiher oder sonstige Wasserstellen gab es keine; Oskar hatte sie schon vorgewarnt, erinnerte sie sich schuldbewusst, dass sie mit dem Wasser in ihrer Kalebasse sparsam sein musste.

Wie ist es den Tieren und Pflanzen nur möglich, in dieser glühenden Trockenheit zu überleben?, fuhr es ihr durch den Kopf.

Trotz der unwirtlichen Bedingungen konnte sie etliche Lebewesen beobachten: kleine grüngelbe Vögel, die mit ohrenbetäubendem Gekreische in Schwärmen über sie hinwegflogen. Unheimliche, urzeitlich aussehende Reptilien, die im trockenen Laub raschelten und die Pferde erschreckten. Aber auch possierliche, mausgroße Tiere, die wohl noch nie einen Menschen gesehen und deshalb kaum Angst vor den Forschern hatten. Das wurde einem von ihnen zum Verhängnis: Oskar bückte sich, schnappte es sich mit raschem Griff und hielt es Emma unter die Nase.

Wenn er gehofft hatte, dass sie schreien würde, musste sie ihn enttäuschen, denn vor Mäusen hatte ihr noch nie gegraust, und sehr anders sah das kleine Wesen nicht aus. Neugierig betrachtete Emma das zitternde Tierchen. Als sie den Beutel entdeckte, rief sie: »Oh, dann ist das ja gar keine Maus! Ist das etwa ein Känguru?«

Oskar lachte. »Nein, die sind schon etwas größer. Das hier scheint mir ein unbekannter Beutler zu sein, jedenfalls habe ich noch nie einen dieser Art gesehen. Ich werde ihn Godeffroy schicken. Was für ein Glück! Kaum einen halben Tag im Busch, und schon die erste Jagdtrophäe …« Er lachte wieder, dann brach er dem Tierchen mit einem schnellen, hässlichen Knacken das Genick.

Emma zuckte zusammen.

Oskar sagte leichthin: »Den kannst du nachher zeichnen, Emma. Danach lege ich ihn in Alkohol ein. Godeffroy wird zufrieden mit uns sein.« Lächelnd fügte er hinzu: »Es gefällt mir übrigens, dass ich meine kleine Assistentin duzen darf. Unsere Schwindelei hat überaus angenehme Auswirkungen, hm? Ich denke, wenn man vertraulicher miteinander umgeht, als es sonst zwischen Herr und Dame üblich ist, kann sich das nur positiv auf die Zusammenarbeit auswirken.«

Da bin ich mir nicht so sicher, dachte Emma und wandte den Blick von der kleinen Leiche in Oskars Hand ab.

Sie versuchte, sich mit der stummen Versicherung zu beruhigen, dass das Verhältnis zwischen Oskar und ihr ein rein berufliches blieb, erfundene Verlobung hin oder her. Was machte es schon aus, dass sie sich duzten? Da sie darauf angewiesen war, dass er mit ihr als Assistentin zufrieden war, würde sie ihm seinen Willen lassen, solange dieser Wille nicht allzu unschicklich wurde.

Oskar steckte den Beutler in seine Jackentasche, und Emma ertappte sich bei dem Gedanken, dass sie wenig Lust verspürte, das tote Tier zu zeichnen.

Diese Empfindlichkeit wirst du dir schleunigst abgewöhnen!, ermahnte sie sich. Wenn Oskar wollte, dass sie nicht nur Pflanzen, sondern auch Tiere zeichnete, dann gehörte eben auch das zu ihrer Arbeit.

Die nächste halbe Stunde stapften sie schweigend durch den Busch, nur die Vögel sorgten für lautstarke Unterhaltung. Bald hatte Emma sowieso das Gefühl, nicht mehr sprechen zu können, selbst wenn sie gewollt hätte: Der Durst wurde übermächtig, ihre Kalebasse aber war schon fast leer. Ihre Füße wurden immer schwerer, die Hand, mit der sie die Stute führte, immer kraftloser. Ihr Kopf glühte unter dem Strohhut, und vor ihren Augen flimmerte die Luft. Außerdem hatte sie seit dem kargen Frühstück im Gasthaus nichts mehr gegessen. Plötzlich stolperte sie über eine Wurzel und fiel auf den trockenen Boden, und als sie sich hastig wieder aufrappelte, tanzten Sterne vor ihren Augen. Carl Scheerer drehte sich stirnrunzelnd zu ihr um.

Nur nicht ohnmächtig werden!, fuhr es ihr durch den Kopf. Nicht am ersten Tag! Nicht vor Scheerer! Nicht …

Alles um sie herum wurde dunkel. Doch da war er auch

schon neben ihr, fing sie auf und vertrieb die Schwärze. Behutsam half er ihr, sich auf den Boden zu setzen, und sie lehnte Kopf und Rücken gegen einen weißen Baumstamm. Scheerer öffnete rasch seine Kalebasse. Er schüttete ein wenig Wasser in seine Hände und rieb ihr damit das Gesicht ab. Vor ihrem Hals zögerte er kurz, dann benetzte er auch ihn mit Wasser.

»Danke«, sagte sie leise, ohne ihn anzusehen.

Sie schämte sich entsetzlich. Nicht deshalb, weil er sie so vertraulich berührt hatte – oder weil sich seine Hände auf ihrer Haut so angenehm angefühlt hatten. Sondern weil sie gleich in den ersten Stunden all seine Vorurteile über Frauen im Busch bestätigt hatte. Nun würde er sie nach Brisbane zurückschicken, bevor sie auch nur eine Nacht im Busch verbracht hatte. Gut gemacht, Emma!

In diesem Moment hasste sie sich für ihre Schwäche.

Da sagte Scheerer zerknirscht: »Verzeihen Sie mir, ich bin ein schlechter Leiter. Sie stundenlang laufen zu lassen! Ich hätte wissen sollen, dass Sie sich erst an das Klima hier gewöhnen müssen. Das war bei uns allen zu Anfang nicht anders.«

Sie hob überrascht den Kopf. Er gab sich selbst die Schuld – für *ihr* Versagen?

»Können Sie reiten, oder sollen wir unser Lager gleich hier aufschlagen?«, fragte er besorgt.

»Natürlich kann ich reiten!« Emma schaute zu ihm hoch und wagte ein Lächeln.

Er erwiderte ihren Blick ernst. Eine schwarze Strähne fiel ihm vor die blauen Augen, und er strich sie nachlässig zurück. Emma wurde bewusst, dass er sehr gut aussah, auch wenn ihm das ziemlich egal zu sein schien.

Dann endlich – als er sich überzeugt zu haben schien, dass es ihr wirklich besser ging – lächelte er zurück.

Umgehend korrigierte Emma im Stillen ihre Einschätzung

seines Äußeren. Er sah nicht sehr gut aus. Er sah *umwerfend* aus! Vor allem, wenn er sie so anlächelte wie im Moment.

Oskar brach den Bann, indem er neben Scheerer trat und Emma fragte: »Geht's wieder, meine Liebe? Dann steig auf deine Mähre. Ich helfe dir. Den Proviant habe ich schon umgeladen, mein Fuchs schafft das, denke ich.«

Scheerers Lächeln verschwand. Er maß Oskar mit einem schwer zu deutenden Blick und sagte: »Ihre Hilfe kommt etwas spät, Crusius. Achten Sie bitte in Zukunft besser auf das Befinden Ihrer Verlobten, möglichst *bevor* sie in Ohnmacht fällt. Ich darf Sie daran erinnern, dass Sie die alleinige Verantwortung für Fräulein Röslin tragen. Das war die Bedingung dafür, dass wir sie mitnehmen, Sie erinnern sich?«

Er drehte sich um, ohne Oskar Zeit für eine Erwiderung zu lassen, und ging zu Pagel und Krüger zurück. Erst jetzt wurde Emma gewahr, dass die beiden Forscher die ganze Szene gespannt beobachtet hatten. Pagel hielt die Ochsen in Schach, Krüger die Pferde an den Zügeln, und alle, Männer wie Tiere, äugten stumm und neugierig zu ihnen herüber.

Wenigstens wird den Herren mit mir nicht langweilig, dachte sie sarkastisch und stand auf, um sich von Oskar aufs Pferd helfen zu lassen. Als sie in den Sattel sank, rutschte ihr, wie schon am Morgen, das Kleid über die Knie.

Doch diesmal war es ihr egal. Sie war die Belustigung der ganzen Gruppe, jedermann sah ihre Beine, sie trug hässliche Stiefel ohne Absatz und saß im unzüchtigen Herrensitz – doch was tat's? Ihre wunden Füße mussten nicht mehr laufen, die brave Stute würde sie geduldig tragen, und Scheerer schickte sie nicht zurück nach Brisbane.

Nichts anderes zählte.

# 7

Am späten Nachmittag erblickten sie nicht weit entfernt das glitzernde Band eines gewundenen Flusses. Emmas Lebensgeister erwachten. Wasser!

Magisch davon angezogen verdoppelten auch die Pferde und Ochsen ihre Anstrengung. Schon trabten sie durch die fruchtbare Uferzone, in der saftiges Grün und Buschwerk sprossen. Scheerer befand, dass dieser *creek* sich wunderbar als Lagerplatz eignete und sie deshalb in der Nähe ihre Zelte aufbauen würden. Doch zuerst sollten sie sich alle erfrischen.

Die Forscher führten ihre Pferde und die Ochsen an eine seichte Uferstelle, wo die Tiere gierig tranken. Auch Princess strebte dem Wasser zu. Steifbeinig stieg Emma ab und ließ das Pferd vorauslaufen.

Sie unterdrückte ein Stöhnen, als sie ihm ans Wasser folgte. Jeder Knochen, jeder Muskel schmerzte, als sei sie windelweich geprügelt worden. Ihr war klar, dass das vom Reiten kam, und sie hoffte nur, dass ihr Körper sich mit der Zeit daran gewöhnen würde. Heute jedenfalls rebellierte er energisch: Kaum erlaubten die Beine es ihr, sie bis zum *creek* zu tragen.

Als sie endlich das Ufer erreicht hatte, beugte sie sich hinunter, schöpfte das Wasser mit der hohlen Hand und trank. Selten, so kam es ihr vor, hatte sie etwas Köstlicheres getrunken als dieses von Schlammpartikeln durchsetzte Flusswasser. Nach kurzem Zögern befeuchtete sie auch ihr erhitztes Gesicht. Sofort ging es ihr besser!

Aufatmend ließ sie sich auf einem großen Stein am Ufer nieder.

Sie sah, dass Oskar, Pagel und Krüger einige Schritte von ihr entfernt bis zu den Knien im *creek* standen. Die Männer scherzten und lachten, sie spritzten sich gegenseitig nass wie die Kinder, und während Emma sie beobachtete, stieg der Wunsch in ihr hoch, es ihnen gleichtun zu dürfen. Aber sie war ja leider eine Dame.

Obgleich, dachte sie selbstkritisch, man mir das im Moment kaum ansieht.

Seufzend löste sie das Band ihres Strohhutes und legte ihn neben sich auf den Stein. Wenigstens den Nacken wollte sie sich kühlen. Sie trat wieder ans Wasser, befeuchtete mit der Hand ihren Hals und dann den Haaransatz, wo sich die blonden, aufgesteckten Locken schweißfeucht kringelten. Wie gut das tat! Noch etwas mehr Wasser auf den Nacken und aufs Haar, wodurch sich ihre Frisur endgültig auflöste. Sie zog die Spangen aus dem Haar, und ihre Locken fielen weich über ihre Schultern.

Weich und leider sehr warm. Ob sie ihr Haar …?

Sie bückte sich und tauchte kurz entschlossen ihren Kopf unter Wasser. Prustend richtete sie sich wieder auf, die nassen Haare kühlten herrlich ihren Oberkörper. Aaaah, wie wunderbar! Endlich ließ das Pochen hinter ihrer Stirn nach, und sie fühlte sich nicht mehr wie ein Stück Trockenfleisch. Auch ihre Arme mussten die Erfrischung spüren, nichts leichter, als sie bis zu den Ellbogen einzutauchen, und wer würde es schon sehen, wenn sie ihre Schuhe auszog und die Strümpfe, wenn sie ihren Rock raffte und einige Schritte ins Wasser ging …

»Nur bis zu den Knien«, hörte sie Scheerers tiefe Stimme hinter sich. »Es sei denn, Sie wollen den Krokodilen ein zartes Nachtmahl bescheren.«

Emma stieß einen spitzen Schrei aus, war wie der Blitz aus dem *creek* gesprungen und sah sich, tropfnass und mit aufgelöstem Haar, Carl Scheerer gegenüber. Während sie ihn mit weit aufgerissenen Augen anstarrte, im Kopf dieses eine Wort – *Krokodil!* –, kam sie langsam wieder zur Besinnung.

Wie eine Vision stand ihr das Bild ihrer Mutter vor Augen. Die Mutter machte ein bekümmertes Gesicht und sagte: »Manchmal denke ich, Kind, all meine Versuche, dich zu bändigen, sind frucht- und nutzlos.« Wie oft hatte Emma sich das anhören müssen! Und in diesem Moment, am anderen Ende der Welt, musste sie zugeben, dass die Mutter recht gehabt hatte.

Carl Scheerers Blick glitt rasch über ihre nasse Gestalt, dann wandte er sich taktvoll ab.

Emma senkte beschämt den Kopf. Sie hätte gerne wie ein kleines Mädchen gesagt: »Ich kann nichts dafür, ich bin ins Wasser gefallen«, oder »Das macht man so in Stuttgart, wo ich herkomme.« Nur dass es nichts nützen würde. Carl Scheerer kannte die Wahrheit genauso gut wie sie: Junge Damen, egal ob aus Stuttgart oder sonst woher, zeigten sich niemals in einem Zustand, der dem glich, in dem Emma sich momentan befand. Höchstens der eigene Gatte durfte eine Dame mit feuchtem, offenem Haar sehen, barfuß und tropfend.

*Ludwigs Küsse auf ihrem nassen Mund, das heiße Wasser schwappt über den Wannenrand auf den Boden, ihre Gefühle schwanken zwischen Angst und Lust …*

Scheerer sagte: »Ihr Verlobter nimmt es mit seinen Pflichten Ihnen gegenüber nicht sehr genau. Er hätte Sie vor der hiesigen Tierwelt warnen müssen.« Er blickte zu Oskar hinüber, der mittlerweile plaudernd mit Pagel und Krüger am Ufer stand, und schüttelte den Kopf. Dann wandte er sich wieder an Emma: »Sehen Sie das da hinten?«

»Den Baumstamm im Wasser?«

»Das Krokodil im Wasser.«

»Oh!«

»Seien Sie um Gottes willen nicht mehr so leichtsinnig, Fräulein Röslin. Wir sind hier nicht am Neckar, und ein *creek* ist keine Badewanne.«

»Ich weiß«, sagte Emma mit dünner Stimme. Mehr brachte sie nicht heraus.

Zum ersten Mal, seit sie hier war, dankte sie der australischen Sonne für ihre Kraft, denn als die Forscher sich ans Errichten des Lagers machten, waren Emmas Haare und Kleidung bereits getrocknet. Die Haarspangen hatte sie im Ufergras nicht wiedergefunden, doch sie behalf sich damit, ihre Locken zu einem langen Zopf zu flechten.

»Hübsch«, lächelte Oskar, als sie gemeinsam die Pferde absattelten. »Ich wusste gar nicht, dass dein Haar bis zur Hüfte reicht.«

»Woher auch?« Emma lachte unsicher.

Er stimmte in ihr Lachen ein und warf ihr einen Blick zu, der ihr kaum besser gefiel als das Zwinkern am Vormittag.

Nach den Pferden kamen die Zelte an die Reihe. Für jedes Zelt wurden zwei Bäume gesucht, zwischen die Oskar und Emma Leinen spannten. Der schwere Zeltstoff wurde darüber geworfen, starke Äste – sie zu suchen war Emmas Aufgabe – dienten als Formgeber. Heraus kam eine leidlich stabile Konstruktion, die Oskar mit Schnüren und Zeltpflöcken verankerte. Nachdem er den letzten Pflock des zweiten Zeltes in den Boden geschlagen hatte, richtete er sich auf und klopfte sich zufrieden den Staub von der Hose.

»Fertig, meine Liebe. Du wirst zwar nicht so weich schlafen wie im Gasthaus, aber es ist ungleich romantischer.«

Emma dachte an die Krokodile und daran, dass es hier bestimmt auch Schlangen gab. Sehr romantisch. Doch sie unterdrückte ihre Furcht und sagte tapfer: »An harte Schlafstätten bin ich ja mittlerweile gewöhnt. Härter als die Betten auf dem Schiff und im Gasthaus kann auch der Boden nicht sein.«

Und meine Träume nicht schlimmer, fügte sie stumm hinzu.

Sie begann, ihr Zeichenmaterial auszupacken, und brachte es zusammen mit Kernseife, Zahnpulver und Zahnbürste in ihr Zelt. Ob sie wohl noch einmal zum Ufer gehen und sich waschen sollte? Aber dies vor den Forschern zu erledigen – undenkbar! Sie würde eine versteckte Stelle suchen müssen. Am besten wartete sie, bis es dunkel war.

So ließ sie sich zunächst im Schatten vor ihrem Zelt nieder. Sie genoss es, nach den Strapazen der letzten Stunden ein paar Minuten lang einfach nur zu sitzen.

Wie glücklich es einen Menschen machen kann, dachte sie mit müder Belustigung, bewegungslos wie ein Fels auf dem Boden zu hocken!

Bald jedoch forderten lautstarke Unmutsbekundungen Emmas Aufmerksamkeit: Pagel und Krüger bemühten sich, die widerspenstigen Ochsen abzuladen, was denen gar nicht gefiel. Pagel musste ein ums andere Mal fluchend den gefährlichen Hörnern ausweichen. Krüger bekam derweil einen Huftritt gegen das Schienbein ab. Oskar eilte ihm zur Hilfe, um die erbosten Tiere zu bändigen, und Emma war heilfroh, dass sie selbst mit der Versorgung der Ochsen nichts zu schaffen hatte.

Derweil kümmerte sich Scheerer völlig gelassen um einen weiteren Ochsen und gleichzeitig um sein Pferd. Emma beobachtete ihn unter halb gesenkten Lidern. Bei Scheerer, fand sie, wirkte alles mühelos und gelassen. Im Nu hatte er die Tiere abgesattelt, ihnen die Vorderbeine zusammengebunden, damit sie sich auf ihrer Futtersuche nicht allzu weit vom Lager entfernten, und sie dann mit einem Klaps auf die mächtigen Hinterteile aus dem Dienst des Tages entlassen. Man sah Scheerer an, dass er Übung im Umgang mit Tieren hatte, aber das war es nicht allein. Irgendetwas ging von ihm aus, das die Tiere Vertrauen zu ihm fassen und ihm gehorchen ließ.

Mit den Händen auf den Hüften sah Scheerer Pferd und Ochsen nach, dann warf er einen Blick auf Pagel, Krüger und Oskar, die immer noch mit den Lasttieren kämpften. Er grinste, dann kam er zu Emma herüber.

»Wenn die Herren mit ihren Ochsen fertig sind, werden wir die Verteilung der täglichen Aufgaben besprechen«, informierte er sie. »Und wir müssen uns ums Essen kümmern. Unser Braten sollte geschossen sein, bevor es dunkel wird.«

»Warum wird es denn schon dunkel?«, wunderte sich Emma. »Wir haben doch Sommer, und es kann kaum sechs Uhr sein.«

»Hier geht die Sonne früh unter«, erklärte Scheerer. »Dafür wird es schon vor fünf Uhr morgens wieder hell. Das heißt für uns: früh ins Bett und früh aufstehen.«

»Und früh zu Abend essen«, sagte Oskar und trat händereibend zu ihnen. »Ich habe Hunger wie ein Bär. Wie steht's mit dir, Emma?«

»Ich auch«, gab sie zu. Flüchtig dachte sie daran, dass Damen keinen Hunger verspürten, sondern höchstens Appetit.

Aber Damen schwitzten ja auch nicht, und sie zeigten sich auch nicht tropfnass einem fremden Mann.

»Dann hole ich uns mal einen Vogel vom Baum. Pagel leistet mir gewiss Schützenhilfe.« Oskar zwinkerte ihr zu. »Nicht dass meine kleine Assistentin wieder umfällt. Diesmal nicht vor Hitze, sondern vor Hunger.«

Eine Stunde später kehrten Oskar und Pagel gut gelaunt von ihrem Jagdausflug zurück. Sieben Vögel hatten sie geschossen, schöne, weiße Geschöpfe mit blau umränderten Augen. Einen davon drückte Oskar Emma in die Hand.

Sie hielt das noch warme Tier widerwillig an den dünnen Beinchen fest und fragte sich, was sie wohl mit ihm anstellen sollte.

Oskar sagte: »Mir ist schon klar, dass das in Stuttgart eure Köchin erledigt hat. Aber hier müssen wir den Vogel selbst küchenfertig machen, Emma. Oder besser: lagerfeuerfertig.« Er lachte.

»Du meinst, ich soll ihn rupfen?«

Oskar nickte. »Und was sonst noch so dazu gehört.«

Oh Himmel! »Ausnehmen muss ich ihn aber nicht?« Sie bemühte sich, den flehenden Unterton aus ihrer Stimme herauszuhalten.

»Auch ausnehmen musst …«, fing Oskar an, doch Krüger trat hinzu und unterbrach ihn: »Das übernehme ich. Für den ersten Abend im Busch ist das eine zu blutige Arbeit. Jedenfalls für eine Dame.«

Erleichtert lächelte sie Krüger an. »Dafür rupfe ich mit doppelter Geschwindigkeit. Versprochen!«

»Nicht schnell rupfen, sondern sorgfältig«, polterte Pagel. »Will nachher nicht auf Federn rumkauen!«

»Ich rupfe schnell *und* sorgfältig«, sagte sie bestimmt. »Sie werden schon sehen, Herr Pagel.«

Als sie jedoch wenig später alle zusammen um das prasselnde Feuer saßen, fragte sie sich, woher sie ihre Zuversicht eigentlich genommen hatte. So einen Vogel zu rupfen war eine Heidenarbeit! Wie Scheerer vorausgesagt hatte, dämmerte es bereits, und nicht nur Emma, sondern auch die Forscher beeilten sich, um im Hellen mit dem Rupfen fertig zu werden. Die Hektik machte die Arbeit nicht leichter. Zwar waren die Tiere noch warm, so dass die weißen Federn sich relativ leicht ausreißen ließen. Aber *wie viele* Federn so ein Vogel hatte! Im Nachhinein bedauerte Emma, dass sie es nie richtig gewürdigt hatte, wenn die Köchin daheim ein Huhn auf den Tisch gebracht hatte. Hatte sie sich je dafür bedankt? Nein, natürlich nicht.

»So, kommen wir zur Sache«, sagte Scheerer. Er war bereits mit dem ersten Vogel fertig und griff nach dem nächsten. »Jeder von uns wird bestimmte Aufgaben übernehmen, damit der Tagesablauf sich reibungslos gestaltet und wir möglichst viel Zeit für unsere Forschungen haben. Also: Aufstehen werden wir mit dem lachenden Hans.«

»Wer ist das denn?«, fragte Emma. Würde etwa noch ein Mann zu ihrer Gruppe stoßen? Warum wusste sie nichts davon?

Scheerer grinste. »Ein Vogel. Man nennt ihn auch des ›Ansiedlers Uhr‹.«

»Ach so.« Emma wurde rot.

»Wenn es Ihnen recht ist, werden Sie für das Frühstück sorgen, Fräulein Röslin. Sie können Mehlfladen backen. Krüger, zeigen Sie Fräulein Röslin morgen früh, wie man das macht?«

Krüger nickte. »Gerne. Es ist ganz einfach, Fräulein Röslin. Trotzdem bin ich froh, wenn von nun an Sie dafür zuständig sind. Seit ich mit Scheerer und Georg auf Expeditionen gehe, habe ich schätzungsweise fünfhundert solcher Fladen gebacken. Das reicht für ein Männerleben.«

»Dann such dir nach der Hochzeit gleich eine gute Köchin«, feixte Pagel und boxte Krüger gegen die Schulter. »Deine Zukünftige bringt nicht einmal einen einfachen Eierkuchen zustande. Als die Köchin ihr die Grundlagen der Hauswirtschaft beibringen sollte, ist sie jeden Tag mit rot verweinten Augen rumgerannt. Die Köchin, nicht deine Kleine.« Er lachte laut.

Krüger lachte halbherzig mit. Wie schon auf dem Dampfschiff wehrte er sich auch diesmal nicht gegen die Verunglimpfung seiner Liebsten. Seltsam, fand Emma.

»Kennen Sie Krügers Zukünftige gut?«, wollte Oskar wissen.

Pagel schmunzelte. »Das will ich meinen. Wenn auch nicht auf die Art, wie Krüger sie kennt.« Er warf seinem Freund einen vielsagenden Blick zu und fing wieder an zu lachen.

Krüger wurde dunkelrot im Gesicht. Abrupt stand er auf, nahm die ersten gerupften Vögel an sich und verschwand mit einem gemurmelten »Muss sie ausnehmen« in der Dämmerung.

»Bleiben Sie in Hörweite, Krüger!«, rief Scheerer ihm nach. »Wir sind immer noch bei der Tagesplanung!«

Mit hängenden Schultern blieb Krüger stehen. Langsam drehte er sich um und kam zurück ans Feuer. »Entschuldigen Sie. Ich … Manchmal übermannen mich meine Gefühle. Es soll nicht wieder vorkommen.«

»Das hoffe ich«, sagte Scheerer. Doch der scharfe Blick, der diese Worte begleitete, traf nicht Krüger, sondern Pagel.

Ungerührt grinsten Pagel und Oskar sich an.

»Kommen Sie, Herr Krüger, setzen Sie sich zu mir«, sagte Emma spontan. »Sehnsucht nach den Lieben daheim zu haben ist doch ganz normal. Dafür braucht man sich nicht zu schämen, finde ich. Auch nicht als Mann.«

Krüger ließ sich neben Emma nieder. »Danke für Ihre guten Worte«, sagte er leise.

Scheerer sah Emma über das Feuer hinweg aufmerksam an. Sofort biss sie sich auf die Lippen und drehte den Kopf weg. Hatte ihre eigene Sehnsucht ihre Stimme zu stark gefärbt? Ahnte der Leiter, dass Emma nicht freiwillig ein Leben gewählt hatte, das aus Lagerfeuern, blutigen Vögeln und dreckigen Kleidern bestand?

Über ihnen hob Vogelgeschrei an. Froh über die Ablenkung legte Emma den Kopf in den Nacken. Was sie sah, entlockte ihr ein Lächeln: Hunderte von kleinen, grüngelben Vögeln bildeten eine farbige Wolke in der Dämmerung und flatterten dann davon.

Es war ein wunderschöner Anblick.

»Haben wohl Angst, gegrillt zu werden«, grinste Pagel und zerstörte damit Emmas andächtige Stimmung. Aufgeräumt sagte er: »Scheerer, alter Freund, was ist denn nun mit der Verteilung unserer Aufgaben? Mit dem Rupfen sind wir bald fertig, und sobald es hier nach Gebratenem riecht, kann ich an nichts anderes mehr denken als an meinen Bauch, das sage ich Ihnen.«

»Dann mache ich's kurz«, erwiderte der Leiter. »Fräulein Röslin, Sie backen also die Fladen und kochen Tee. Das Wasser dafür hole ich, außerdem sammle ich Holz und entfache ein neues Feuer. Crusius, Sie sammeln Früchte, die wir zu den Fladen essen können. Krüger, Sie übernehmen die Versorgung der Pferde. Pagel, Sie kümmern sich um die Ochsen.« Als Pagel protestieren wollte, sagte Scheerer rasch: »Ich weiß, bei unseren bisherigen Expeditionen waren keine Ochsen dabei, und Sie waren auch dagegen, dieses Mal welche mitzunehmen. Aber die Ochsen leisten uns wirklich gute Dienste als Lastenträger, das müssen Sie doch zugeben.«

Pagel gab nichts zu. Er murrte.

Leichthin sagte Scheerer: »Aller Anfang ist schwer. Doch ich bin sicher, Sie schaffen es, sich gegen ein paar Ochsen durchzusetzen. Oder nicht?«

Emma verkniff sich ein Grinsen. Wollte Pagel sein Gesicht nicht verlieren, blieb ihm nun kaum etwas anderes übrig, als sich Scheerers Wunsch zu beugen.

Pagel knurrte etwas, das mit viel gutem Willen als Zustimmung gedeutet werden konnte, und Scheerer fuhr gelassen fort: »Dann wären die morgendlichen Aufgaben also geklärt. Am Tage wandern wir weiter oder sammeln Forschungsobjekte, und am frühen Abend erledigen wir gemeinsam, was eben anfällt: Kleider waschen und ausbessern, Sättel und Gewehre fetten, Tiere fürs Abendessen schießen. Von Letzterem nehme ich Fräulein Röslin natürlich aus. Und jetzt«, er lächelte und hob zwei gerupfte Vögel in die Höhe, »lassen Sie uns endlich das Essen zubereiten! Ich kann Ihnen aus Erfahrung sagen: Kakadus schmecken ganz hervorragend.«

Der Leiter behielt auch diesmal Recht, und als die Forschergruppe sich nach dem Mahl zerstreute, schien jeder einzelne satt und zufrieden.

Emma beschloss, im Schein des Lagerfeuers den kleinen Beutler zu zeichnen, den Oskar getötet hatte. Zwar reichte das Licht nicht aus, um die Feinheiten erkennen zu können, doch sie wollte zumindest schon einmal mit der Arbeit anfangen. Fertigstellen würde sie die Zeichnung am nächsten Tag.

Oskar saß vor seinem Zelt und rauchte eine Zigarre. Als sie ihn um den Beutler bat, griff er sofort in seine Tasche und reichte in ihr.

»Braves Mädel, auch nach Sonnenuntergang noch fleißig. Du wirst einmal eine gute Ehefrau.«

Er lächelte und schien ihren erfreuten Dank für das Kompliment zu erwarten, doch sie brachte es nicht fertig, ihm etwas vorzuspielen.

Sie hatte sich schon vor Langem damit abgefunden, dass sie keine Ehefrau werden würde, und sie hatte stets vermieden, darüber nachzudenken, ob das immer noch galt, jetzt, da alles anders war. Und Ludwig verloren.

»Danke«, sagte sie knapp und ging mit dem Tier in der Hand zurück zu ihrem Platz am Feuer.

Papier, Bleistift, ihr Messer zum Spitzen und zwei Bücher als Unterlage hatte sie schon bereitgelegt. Dass sie zum ersten Mal in ihrem Leben zum Zeichnen auf dem Boden sitzen würde – nun, das ließ sich nicht ändern.

Sie machte es sich so bequem wie möglich, legte das Papier auf das eine Buch, den Beutler auf das andere und griff nach ihrem Bleistift. Ihre Hand schwebte über dem Papier, doch irgendetwas hielt sie davon ab, den ersten Strich zu wagen. Sie betrachtete das mausartige Wesen, das auf dem Buch lag, als würde es schlafen. Den Gedanken, dass es in Alkohol eingelegt die Zeiten überdauern würde, fand sie gruselig. Blitzartig wusste sie, weshalb sie es nicht zeichnen wollte.

Der Tod gehört in meine Träume, dachte sie. Aber meine Tage und meine Arbeit gehören dem Leben. Deshalb bin ich ans andere Ende der Welt gereist – weil ich den ständigen Schatten des Todes nicht mehr ertragen habe.

Sie ließ die Hand sinken und starrte ins Feuer. Die Frage, hundert Mal unterdrückt, ließ sich nicht mehr abwimmeln.

Wer ist in den schwarzen Tagen gestorben?

Sie schloss die Augen, niedergedrückt von dem Wissen, das sich in ihr Bewusstsein gedrängt hatte. Jemand war gestorben, und sie hatte mit seinem Tod zu tun. Doch wer war es, und warum hatte man um diesen Tod ein solches Geheimnis gemacht?

War es Ludwig?

Sie wusste es nicht.

Sie wusste es einfach nicht, Herrgott! Die Tür zu ihrer Erinnerung hatte sich einen winzigen Spalt geöffnet, aber nur, um gleich wieder zuzufallen. Vielleicht, weil die Antwort sie zerreißen würde?

Emma strich mit dem Zeigefinger über den gekrümmten Rücken des Beutlers. Dann atmete sie tief durch, verschloss ihre Gefühle fest in ihrem Inneren und fing an zu zeichnen.

Große, runde Augen. Zartrosa Krallen. Eine spitze Schnauze, papierdünne Öhrchen und erstaunlich kräftige Hinterbeine.

Emmas Blick wanderte zwischen dem Tier und ihrem Blatt hin und her. Der Bleistift zog feine Linien, bildete Konturen, hauchte dem Gesicht des Beutlers Leben ein, und während Emma das Tier zu neuem Leben erweckte, verschwanden ihre schrecklichen Ahnungen, ihre Bedrückung und die Angst. Sie konzentrierte sich vollständig darauf, dem Wesen des Tieres gerecht zu werden, seine Eigenheiten perfekt abzubilden, sogar seine Seele einzufangen – wenn es denn eine hatte. Doch während sie den Beutler zeichnete, zweifelte sie daran keine Sekunde lang.

Die Nacht brach herein, und die Flammen warfen flackernde Schatten auf das Bleistiftwesen, das Emma erschaffen hatte. Der Stift flog über das Papier, hier noch eine Schraffur, dort eine kleine Verbesserung. Emma hörte weder das leise Wiehern der Pferde noch die vereinzelten Schreie der Nachtvögel oder das unmelodische Quaken der Frösche. Eine wunderbare Stunde lang lebte sie in einer Welt, in der nichts ihr etwas anhaben konnte, in der sie den Tod bezwang und Leben schuf, statt es zu vernichten.

Eine wunderbare Stunde lang war sie glücklich.

Sie merkte erst, dass Carl Scheerer hinter sie getreten war, als er sie vorsichtig ansprach. »Nicht erschrecken, ich bin's nur.«

Sie blinzelte, als erwachte sie aus einem Traum, dann ließ sie den Bleistift sinken und schaute über die Schulter zu ihm hoch. In der Dunkelheit wirkten seine Locken noch wilder, seine Haut im Schein des Feuers fast golden. Er deutete auf ihre Zeichnung. »Darf ich?«

Sie nickte, und er setzte sich neben sie. Eingehend betrachtete er die beiden Beutler, den toten und den papiernen.

»Auch wenn Sie nicht gut reiten können«, sagte er ruhig, »und bei der ersten Gelegenheit in Ohnmacht fallen: Sie sind eine begnadete Zeichnerin, Fräulein Röslin. Wissen Sie das eigentlich?«

Sie starrte ihn an, konnte kaum glauben, dass dieses ungeheure Lob wirklich aus seinem Mund gekommen war. Doch da erhob er sich bereits wieder und ging davon; seine breiten Schultern hoben sich scharf gegen den Nachthimmel ab.

Verwirrt schaute sie ihm nach. Seine Worte hatten ein unerwartetes Gefühl in ihr ausgelöst, fremd und gleichzeitig vertraut, erschreckend und köstlich. Wenn sie ehrlich war, hing das Lustvolle dieses Gefühls nicht nur mit dem Lob zusammen. Sondern ebenso mit Scheerers Nähe, seiner atemberaubenden Attraktivität, die der Schein des Feuers noch verstärkt hatte.

Aber durfte sie so empfinden?

Hätte sie es sich in Stuttgart erlaubt, mit Ludwig an ihrer Seite?

Er war nie an meiner Seite, flüsterte es bitter in ihrem Kopf. Außer wenn wir allein waren. Oh ja, da hat er mir gehört.

Die Ungewissheit darüber, was zwischen Ludwig und ihr in jener letzten Klavierstunde geschehen war, vermischte sich mit der Trauer über ihre verlorene Liebe und mit der Sehnsucht nach ihren Eltern. Und doch …

Merkwürdig, sie spürte weiterhin mit völliger Klarheit den Herzschlag der warmen australischen Nacht. Ihre Sinne schienen vollkommen konzentriert auf die Gegenwart: Sie roch den scharfen Duft der Eukalypten, spürte den leichten, samtweichen Wind ihre Haut streicheln, und plötzlich wünschte sie sich nichts sehnlicher, als wieder unbeschwert sein zu dürfen. Sich auf die Schönheit dieser australischen Sommernacht einzulassen, als wäre nie etwas Schlimmes geschehen; als wäre sie einfach eine junge Frau, die die Abenteuerlust hierher verschlagen hatte und die sich in diesem Moment über die Anerkennung des Expeditionsleiters freute.

Aber so war das Leben nicht.

Emmas Vater hatte sie minutenlang fassungslos angestarrt, als sie ihm ihre große Bitte vorgetragen hatte. Er hatte so schwer geatmet, dass Emma bereits um sein körperliches Wohlbefinden gefürchtet hatte, und beinahe hätte sie gesagt, dass ihr Ansinnen nur ein dummer Scherz gewesen sei.

Doch da sagte Herr Röslin: »Hol mir den Rousseau, Emma.«

Stirnrunzelnd kam sie seiner Aufforderung nach, verließ des Vaters Arbeitszimmer und ging in den Salon, wo die Bücher standen. Sie musste eine Weile suchen, doch dann fand sie es: Jean-Jacques Rousseaus »Émile oder über die Erziehung«. Mit dem schweren Buch in der Hand eilte sie zurück zum Vater.

Er blätterte darin, murmelte etwas Undeutliches und rief dann aus: »Ha, hier ist es! Hör mir zu, Emma, hör mir gut zu!«

Verwirrt setzte sie sich auf den zierlichen Sessel am Fenster, und ihr Vater begann, mit unheilvoller Stimme vorzulesen.

»So muss sich die ganze Erziehung der Frauen *im Hinblick auf die Männer* vollziehen. Ihnen gefallen, ihnen nützlich sein, sich von ihnen lieben und achten lassen, sie großziehen, solange sie jung sind, als Männer für sie sorgen, sie beraten, sie trösten, ihnen ein angenehmes und süßes Dasein bereiten: Das sind die Pflichten der Frauen zu allen Zeiten, das ist es, was man sie von Kindheit an lehren muss.«

Herr Röslin ließ das Buch sinken und sah Emma finster an. »Und nun antworte mir, Kind: Wie passen dein Wunsch und diese Pflichten zusammen?«

Emma fühlte sich überrumpelt. Auf die Schnelle kam ihr keine andere Antwort in den Sinn als die, die ihr Vater hören wollte: Gar nicht.

Denk nach, Emma, feuerte sie sich an. Überleg dir was, überzeuge ihn! Denn wenn er deinen Wunsch abschmettert, ist das Thema ein für alle Mal erledigt.

»Ich höre«, sagte der Vater streng.

Da fiel ihr die Lösung ein. »Rousseau hat natürlich Recht«, sagte sie. »Gerade deshalb möchte ich bei dir in die Lehre gehen, Vater. Sieh mal, auch wenn ich meinen zukünftigen Gatten noch nicht kenne, bin ich doch schon jetzt entschlossen, ihm eine gute Frau zu werden. Und das schließt ein, dass er sich nicht mit mir langweilt! Soll ich ihn anöden durch geistige Kurzsichtigkeit, ihn abstoßen durch Engherzigkeit? Nein! Ich will ihm zur Seite stehen bei all seinen Nöten und Problemen, und das kann ich nur, wenn ich zu denken gelernt habe.«

Ihr Vater schwieg skeptisch.

Gut, dann musste sie eben noch weiter gehen. Zähneknirschend sagte sie: »Ich tue das alles doch nur für meinen zukünftigen Mann. Du hast immer gesagt, ich solle einmal einen Apotheker heiraten, damit deine Apotheke in der Familie bleibt, Vater. Glaubst du nicht, ich könnte deinem Schwiegersohn eine gute Hilfe sein, wenn ich ein bisschen was von Heilpflanzen verstehe? Ihn beim Botanisieren unterstütze? Oder ihm Zeichenarbeit abnehme, wenn er abends müde ist und in Ruhe am Kamin sitzen möchte?« Uff, jetzt hatte sie dick aufgetragen. Zu dick?

Herr Röslin schaute Emma lange an. Dann sagte er bedächtig: »Wenn das so ist …«

Emma verknotete ihre Hände ineinander. Gib dir einen Ruck, beschwor sie ihren Vater stumm. Sag ja!

»Aber nur unter der Bedingung, dass du dein Klavierspiel und deine Handarbeiten nicht vernachlässigst«, sagte Herr Röslin und drohte Emma vorsorglich mit dem Finger.

Sie fiel ihm um den Hals. »Danke«, flüsterte sie in sein Ohr, und er drückte sie an sich. Kurz durchzuckte Emma das schlechte Gewissen, weil sie ihn mit einem Argument umgestimmt hatte, das bei ihrer Entscheidung in Wirklichkeit überhaupt keine Rolle gespielt hatte. Doch dann sagte sie sich, dass sie ja vielleicht wirklich einen Apotheker heiraten würde; dann würde alles genau so werden, wie sie es sich und ihrem Vater gerade ausgemalt hatte.

Aber daran wollte sie jetzt noch nicht denken. Nein, bis es soweit war, würde sie einfach nur glücklich sein – glücklich sein, lernen und arbeiten.

Nachdenklich hatte Emma ihr Zeichenmaterial zusammengeräumt und ins Zelt gebracht. Nun stand sie in einiger Entfernung zum Lager am *creek,* im Schutz eines struppigen Gebüschs, das bis zum Wasser reichte. Die Luft war immer noch warm, so dass sie nicht fror, obwohl sie nackt war. Sie hatte ihre schmutzige Kleidung über einen Ast gehängt und das frische Kleid so zurechtgelegt, dass sie im Notfall blitzschnell hineinschlüpfen konnte. Noch ein Vorteil, wenn man kein Korsett trug, in das man sich erst mühsam schnüren musste.

Das Wasser war jetzt, in der Nacht, schwarz und ein wenig unheimlich, und sie watete nur zwei Schritte hinein. Ob auch Krokodile Nachtruhe kannten? Sie hoffte es. Was sich unter der Wasseroberfläche wohl sonst noch alles verbarg? Ob es hier Wasserschlangen gab? Sie hatte von fabeltierähnlichen Wesen gehört, die halb Ente, halb Biber waren – ob sie wohl sehr groß waren?

Ob sie Menschen angriffen?

Schluss jetzt, befahl sie sich streng und begann, sich kräftig mit der Kernseife einzureiben. Die Sterne glitzerten im Wasser und am Himmel, und während Emma ihre Haut bearbeitete, bis sie sich rötete, schaute sie hinauf in die Nacht. Überrascht hielt sie inne. Die Sichel des Mondes sah aus, als sei sie auf den Rücken gefallen!

Alles, dachte sie und betrachtete staunend die silberweiß glänzende Barke, die am Himmel schwamm, wirklich alles ist in Australien anders als zu Hause.

Obwohl der Gedanke sie eigentlich hätte traurig stimmen müssen, lächelte sie.

# 8

Guten Morgen, es ist Zeit! Aufstehen, aufstehen, der Tag bricht an!«

Carl Scheerers Weckrufe mischten sich mit dem keckernden Lachen eines Vogels. Emma blinzelte verschlafen und gähnte.

Wieder keckerte der Vogel, diesmal unmittelbar über ihrem Zelt. Das musste des »Ansiedlers Uhr« sein.

»Diesem Hans wird sein Lachen bald vergehen, wenn er mir nicht wenigstens fünf Minuten Zeit zum Aufwachen gönnt«, murmelte sie. Sie drehte sich auf den piksenden Wolldecken um, die als Matratzenersatz dienten, und schloss wieder die Augen. Gerade wollte sie zurück in den Schlaf gleiten, als etwas sie endgültig weckte.

Etwas fehlte.

Als sie wusste, was es war, setzte sie sich ruckartig auf.

Sie hatte nicht schlecht geträumt! Zum ersten Mal seit Ewigkeiten war sie nicht von Alpträumen heimgesucht worden! Stattdessen hatte sie die ganze Nacht selig durchgeschlafen.

Emma zog die Knie an, umschlang sie mit den Armen und lachte leise. Sie war noch müde, vom Vortag schmerzten ihre Muskeln, und ein weiterer anstrengender Tag erwartete sie. Doch sie fühlte sich so gut wie schon lange nicht mehr.

Nachdem jeder die Aufgabe, die ihm am Abend vorher von Carl Scheerer zugeteilt worden war, erledigt hatte, brachen sie auf, um weiter in den Busch vorzudringen. Emma musste als

Einzige nicht gehen, Scheerer hatte ihr wie selbstverständlich in den Sattel geholfen.

Die kleine Gruppe folgte dem *creek*, der sich nordwestlich ins Inland schlängelte. Allmählich veränderte sich die Landschaft. Zu den Eukalypten gesellten sich kleinere Gewächse, die Emma an Apfelbäume erinnerten. Oskar konnte ihr leider nicht sagen, wie sie hießen, doch er erkannte manch andere Pflanze: niedrige, in Gruppen wachsende Orangenbäumchen; Brigalow-Akazien, deren Stämme mit schwarzer, rissiger Borke bedeckt waren und die weit in den Himmel ragten; einen merkwürdigen Baum, die Kasuarine, die kein richtiges Laub trug, sondern schachtelhalmblättrige Zweige.

Sehen Sie, Frau Karnshagen, dachte Emma triumphierend, Australien hat keineswegs bloß Gummibäume vorzuweisen!

Bald wurde das Grün in der fruchtbaren Region um den Fluss herum so dicht, dass es für die Forscher mit ihren Tieren zunehmend schwierig wurde hindurchzukommen. Die Ochsen blieben immer wieder mit ihren Packsätteln an den Zweigen hängen, was die Gurte einer harten Zerreißprobe aussetzte. Emmas sonst so brave Stute spielte aufgeregt mit den Ohren und scheute vor jedem zurückschnellenden Ast. Kurz entschlossen saß Emma ab und führte das Pferd am Zügel. Oskar und Pagel fluchten, und sogar Krüger verlor seine übliche Ruhe. Gereizt trieben die Männer die Ochsen durch das Dickicht und zogen dabei die nervösen Pferde unsanft hinter sich her.

Nur Carl Scheerer blieb gelassen. Er ging mit seinem Rappen Orlando voraus, bahnte den anderen einen Weg, so gut es ging, und beruhigte dabei mit leisen Worten nicht nur sein Pferd, sondern immer wieder auch die Ochsen. Emma sah, wie Scheerer das Pferd losließ, um einen Ochsen zu befreien, dessen Gurt sich mit einem spitzen Ast verhakt hatte. Orlando wartete geduldig auf seinen Herrn, und sogar der Ochse hielt still, als wüsste er, dass der Leiter ihm helfen wollte.

Oskar drehte sich zu Emma um. »Ein Tausendsassa, unser Scheerer, was?«, sagte er spöttisch. »Alles gehorcht ihm, alles ordnet sich ihm unter. Fehlt nur noch, dass er zum König der Wilden wird, wenn wir welchen begegnen.« Er lachte abfällig.

Emma blieb ihm die Antwort schuldig. Insgeheim gestand sie sich ein, dass sie Scheerers Souveränität bewunderte. Und das, obwohl sie sich auf dem Schiff geschworen hatte, die Erinnerung an ihre verlorene Liebe niemals durch Gefühle für einen anderen Mann zu beschmutzen.

Tue ich das denn?, fragte sie sich nachdenklich. In einem anderen Leben würde Carl Scheerer mir vielleicht gefallen. Aber in diesem …

Nein, aus ihrer Bewunderung würde niemals etwas Stärkeres werden, schon weil ihre Anwesenheit ihn nach wie vor störte. Sie konnte beruhigt sein: Scheerer würde sie immer als Oskars unwillkommene Assistentin sehen.

Ludwig, wo er auch sein mochte, brauchte sich also keine Sorgen zu machen.

Wenn er überhaupt noch an sie dachte.

Wenn er überhaupt noch lebte.

Es war eine glückliche Zeit gewesen. Emma war bei ihrem Vater in die Lehre gegangen, und er hatte ihr alles beigebracht, was, wie er sich selbst beruhigt hatte, ihrem zukünftigen Gatten einmal die Langeweile daheim vertreiben würde. Emma begleitete ihren Vater auf seinen Streifzügen durch die Natur, beobachtete ihn, wie er Moose, Gräser und Blüten mit der Lupe betrachtete, und hielt Beutel aus weißem Mull bereit, in denen sie seine Funde unversehrt nach Hause bringen konnten. Sie lernte die Namen der Heilpflanzen und vieler weiterer Gewächse, die in ihrer schwäbischen Heimat wuchsen, und begann, sie nach dem Linnéschen Sexualsystem zu ordnen. Herr Röslin erklärte ihr den Aufbau der Gewächse und brachte ihr bei, wie man Pflanzen systematisch sammelte, presste, trocknete und auf großen Papierbögen befestigte. Herbarien anzulegen oder zumindest zu besitzen war sehr in Mode, und schon bald konnte der Vater seiner Tochter berichten, dass er zum ersten Mal einen ihrer Herbarbögen verkauft hatte: Ein Doktor wollte ihn als Anschauungsmaterial verwenden. Emma sah in Herrn Röslins leuchtende Augen und wusste nicht, wer von ihnen beiden stolzer war: ihr Vater oder sie selbst.

Sie liebte die gemeinsame Arbeit mit ihm. Aber fast noch mehr liebte sie die Abendstunden, in denen sie mit den am Tage gesammelten Pflanzen alleine war. Samen, Wurzeln, Blätter und Blüten mussten getrennt, gepresst, getrocknet werden, und Emma arbeitete unermüdlich, während ihr Vater im Zimmer nebenan Tinkturen und Salben für seine Apotheke zubereitete.

Als sie achtzehn Jahre alt war, war sie nach Meinung des Vaters reif für eine neue Aufgabe. Emma kannte sich in der Welt der Pflanzen mittlerweile sehr gut aus, und so kam eine neue Übung hinzu: das Zeichnen. Viele Pflanzen und vor allem die Früchte vertrockneten rasch, nicht alle ließen sich problemlos konservieren, und selbst wenn eine Pflanze ihre Form behielt, verlor sie doch oft ihre Farbe. Das detailgetreue Zeichnen und Kolorieren der Pflanzen, erklärte Herr Röslin, war deshalb von höchster Wichtigkeit. Auch bei noch so genauer Beschreibung einer Pflanzenart war ein dazugehöriges Bild als Erklärung und Ergänzung unbedingt notwendig.

»Deshalb«, verkündete Herr Röslin, »wirst du deine Zeit zukünftig mit Farben und Bleistift verbringen.«

Da Emma schon immer gerne gezeichnet und gemalt hatte, machte sie sich mit Feuereifer an die neue Aufgabe. Bei ihren ersten Bildern achtete sie, wie sie es auf der privaten Töchterschule gelernt hatte, besonders auf die Schönheit: Sie malte die Blüten größer und leuchtender, als sie in Wirklichkeit waren, und vernachlässigte die unscheinbaren Pflanzenteile wie Staubbeutel oder Wurzeln. Den Hintergrund gestaltete sie mit blauem Himmel und duftigen Wolken aus, oder sie stellte mehrere Exemplare der gleichen Pflanze in eine bemalte Porzellanvase, die mit aufs Bild kam.

Ihr Zeichenlehrer wäre stolz auf sie gewesen – ihr Vater war es nicht.

»Wir wollen Sachinformationen vermitteln«, sagte er streng, »und keine Bilder für den Salon malen.«

Ihre Salonbilder wegzuwerfen brachte er jedoch nicht übers Herz, also hängte er sie im Wohnzimmer auf, wo sie der Mutter und Besuchern einen erfreulichen Anblick bieten sollten.

»In Zukunft wird aber naturgetreu gearbeitet, verstanden?«, ermahnte er Emma mit einem Augenzwinkern.

Von nun an ließ Emma den ästhetischen Gesamteindruck außer Acht, und schon bald gewöhnte sie sich an die neue, nüchterne Art der Darstellung. Sie zeichnete jeweils ein einzelnes Pflanzenexemplar vor weißem Hintergrund, dazu Detailfiguren zur exakten Darstellung von Frucht, Blüte und Besonderheiten. Sie lernte, mit dem Mikroskop umzugehen, um auch winzige Details erkennen und zu Papier bringen zu können. Wenn sie ihre Zeichnungen kolorierte, achtete sie peinlich genau auf naturgetreue Farben, und sie ließ es sich nicht nehmen, auf die Rückseite der fertigen Bilder zahlreiche Erläuterungen zu schreiben.

»Du arbeitest so wissenschaftlich, dass einem – bedenkt man, dass du eine Frau bist – angst und bange werden kann«, sagte der Vater einmal und schüttelte den Kopf. Doch Emma wusste, dass er sich insgeheim über ihren Eifer freute.

So könnte es ewig weitergehen, dachte sie oft, und dann fühlte sie einen Stich im Herzen, der sie daran erinnerte, dass all dies ein Ende haben würde, und das vielleicht schon bald. Sie war nun neunzehn Jahre alt, hatte mehr als einen Heiratsantrag bekommen und abgelehnt, und irgendwann – das wusste sie – würden die Eltern ihre Weigerung zu heiraten nicht mehr akzeptieren. Die Mutter betrachtete ihre Entwicklung schon seit Längerem mit Sorge, und Emma hatte sie erst kürzlich mit scharfer Stimme zum Vater sagen hören: »Sie sollte sich um einen Mann kümmern, nicht um Grünzeug! Willst du etwa, dass unsere schöne Tochter eine alte, vertrocknete Jungfer wird? Von den Frauen bemitleidet, von den Männern verachtet … und ohne Geschwister, bei denen sie wohnen könnte. Ihr bleibt ja nicht einmal die Rolle der lieben Tante für ihre Nichten und Neffen!«

Tatsächlich klangen diese Zukunftsaussichten nicht sehr verlockend. Aber heiraten und mit der Arbeit für den Vater abschließen, die sie so leidenschaftlich gerne ausübte? Nein, das konnte Emma sich genauso wenig vorstellen, wie als alte Jungfer zu vertrocknen.

Dann, kurz nach ihrem zwanzigsten Geburtstag, hatte sie Ludwig kennen gelernt.

Als die Forschergruppe am frühen Nachmittag eine Lichtung im Dickicht erreichte, die Platz für mehrere Zelte anbot, waren Menschen, Pferde und Ochsen gleichermaßen erleichtert und erschöpft. Obwohl der *creek* ein gutes Stück entfernt war, widersprach niemand, als Scheerer vorschlug, hier das Lager aufzuschlagen, zumal so viel Unbekanntes an dieser Stelle wuchs, dass die Forscher für Tage genug zu botanisieren haben würden.

Nachdem sie Pferde und Ochsen von ihrer Traglast befreit hatten, begannen sie, ihre Behausungen aufzubauen.

Emma wählte für ihre den Platz zwischen zwei Kasuarinen. Als Oskar hinzutrat, um ihr beim Aufbau zu helfen, fiel sein Blick auf den Boden, und er pfiff leise durch die Zähne.

»Es würde mich nicht wundern, wenn wir von Dutzenden Augenpaaren beobachtet würden«, sagte er zu Emma.

Sie schaute sich um, entdeckte aber nichts als Bäume, Gesträuch und einen großen bunten Papagei, der damit beschäftigt war, sein Gefieder zu putzen.

»Wie kommst du denn darauf?«, fragte sie erstaunt.

Oskar deutete auf den Boden. »Gräten, Muschelschalen und die Gehäuse von Schildkröten. Die Wilden haben hier ein Festmahl abgehalten, will mir scheinen.«

Er sah sich um.

»Bestimmt lungern sie noch irgendwo zwischen den Bäumen herum. Sie neigen dazu, sich zu verstecken, wenn der weiße Mann kommt. Nun, ich werde mein Zelt in deiner Nähe aufbauen. Wir wollen kein Risiko eingehen. Schließlich soll meiner kleinen Assistentin nichts geschehen.«

»Danke«, sagte Emma, der ein wenig mulmig wurde. »Aber glaubst du wirklich, die Wilden wagen sich in unser Lager?«

»Denen ist alles zuzutrauen«, sagte Oskar.

Emma schwieg und sah noch einmal unsicher in das Dickicht hinter dem Zelt. Sie beschloss, am Abend lieber nicht im *creek* zu baden. Für eine Katzenwäsche reichte der Wassertopf, und ihr Kleid könnte sie waschen, wenn auch die Männer sich um ihre Kleidung kümmern würden. Dann brauchte sie nicht alleine im dunklen Fluss zu stehen, weit weg von den anderen … Ihr blieb jedoch nicht viel Zeit, sich zu sorgen, denn die Forscher wollten das Nachmittagslicht ausnutzen und mit ihrer Arbeit beginnen.

Emma holte den toten Beutler und packte Papier und Bleistift aus, um ihre Zeichnung zu vollenden. Im hellen Sonnenschein würde sie genaue Angaben zur Farbe von Fell, Augen und Krallen machen können. Sie wusste ja, dass wissenschaftliche Zeichnungen ohne Bemerkungen wie diese wertlos waren. Das war bei Tieren gewiss nicht anders als bei Pflanzen.

Krüger und Oskar schnallten sich ihre Botanisiertrommeln um und verschwanden im Busch. Pagel griff sich sein Gewehr und machte sich auf die Jagd nach Tieren, einerseits fürs Abendessen, andererseits für die Forschung.

Carl Scheerer war der Letzte, der aufbrach. Er wollte zum *creek* gehen, um das Leben im Wasser zu untersuchen.

Emma sah ihm nach und ertappte sich bei dem Wunsch, mit ihm gehen zu dürfen.

Kindskopf, schalt sie sich. Du gehst gefälligst deiner Arbeit nach, statt dich nach Scheerers Gesellschaft zu sehnen.

In diesem Moment drehte er sich noch einmal zu ihr um. Zögernd sagte er: »Ich weiß, es geht mich nichts an, da Crusius die Verantwortung für Sie übernommen hat … Aber macht es Ihnen gar nichts aus, so allein im Lager zu bleiben?«

Doch!, wollte sie rufen. Stattdessen schüttelte sie den Kopf und sagte: »Ach wo. Was soll mir hier schon passieren?« Außer von Wilden überfallen oder von Schlangen gebissen zu werden, vollendete sie stumm den Satz.

»Dann ist es ja gut«, sagte er, rührte sich aber nicht vom Fleck. Über die Lichtung hinweg sahen sie sich an, beide unschlüssig, so schien es Emma, ob sie den Schein wahren oder ehrlich sein sollten.

Schließlich gab sie sich einen Ruck. »Ich könnte auch am *creek* weiterzeichnen«, sagte sie mit betont gleichgültiger Stimme.

Er nickte. »Worauf warten Sie noch?«

Auf dem Weg zum Fluss ging Emma hinter Scheerer her. So blieb ihr nichts anderes übrig, als beständig auf seinen Rücken zu starren – einen muskulösen Rücken, dessen Anblick, musste sie zugeben, sehr erfreulich war. Scheerer trug nur ein dünnes Hemd, und sie fragte sich unwillkürlich, ob seine Haut am restlichen Körper wohl genauso braun war wie am Nacken und an den Armen. Als er sich zu ihr umwandte, fürchtete sie im ersten Augenblick, er habe ihren unzüchtigen Blick gespürt. Doch er wies sie lediglich auf ein pelziges Tier hin, das mit seinem Jungen in der Astgabel eines Eukalyptusbaums hockte.

Sie blieben stehen und schauten zu den bewegungslosen Tieren hoch.

»Koalabären«, sagte Scheerer leise. »Sie tragen ihre Jungen ständig bei sich.«

»Haben sie Angst vor uns, oder warum stellen sie sich tot?«

»Sie sind schlicht und ergreifend faul. Ich habe einen Koala noch nie bei etwas anderem gesehen als beim Fressen oder Schlafen.«

»Was für ein Leben«, grinste Emma.

»Ja«, sagte Scheerer und erwiderte ihr Grinsen. »Was für ein ödes, todlangweiliges Leben!« In seinen Augen blitzte die Abenteuerlust.

Emma sah ihn an und begriff plötzlich, dass dieser Mann mit Haut und Haaren Forscher war. Er würde niemals ein Leben in der Stadt mit gepflegter Unterhaltung und einem geregelten Arbeitstag führen. Was für Emmas Vater alles gewesen war – Ansehen, Wohlhabenheit und ein fester Platz in der Gesellschaft –, das war für Carl Scheerer nichts.

Ob er deshalb nicht verheiratet war? Weil sich ein Leben als Buschforscher nun einmal nicht vertrug mit dem Dasein als Gatte und Vater? Oder hatte er am Ende eine Frau und ließ sie ständig allein?

»Einen Schilling für Ihre Gedanken«, sagte er.

Spontan antwortete Emma: »Ich habe mich gerade gefragt, wie Ihre Frau es wohl aushält, so lange von Ihnen getrennt zu sein.« Sie spürte, wie die Hitze in ihre Wangen stieg, und hoffte, dass sie nicht schon wieder rot wurde.

Er betrachtete sie schweigend, und ihr fiel wieder ein Tadel ihrer Mutter ein. »Du redest dich noch mal um Kopf und Kragen«, hatte sie missbilligend zu Emma gesagt, wenn diese wieder einmal gesprochen hatte, ohne sich die Wirkung ihrer Worte vorher genau zu überlegen.

So wie gerade eben. Verflixt.

»Sie wollten es doch wissen«, murmelte sie schuldbewusst.

»Wie bitte?«

»Na, was ich gedacht habe. Sie wollten es wissen. Also habe ich geantwortet.«

Sein Mund verzog sich zu einem Lächeln. »Stimmt. Und ich hoffe, Sie sind immer so herzerfrischend ehrlich. Das gibt es selten genug.«

Geschmeichelt wollte sie sein Lächeln erwidern, doch da fiel ihr die erfundene Verlobung ein. Und das Geheimnis ihrer Vergangenheit, von dem niemand etwas wusste. Wie auch? Sie konnte sich ja selbst nicht erinnern! Offensichtlich wagte ihre Seele es nicht einmal, zu sich selbst ehrlich zu sein, geschweige denn anderen gegenüber. Wahrlich herzerfrischend. Bitterkeit stieg in ihr auf.

»Ich bemühe mich«, sagte sie, ohne Scheerer anzusehen. Ihre gute Laune war wie weggeblasen.

Erst als sie wortlos ihren Weg zum Fluss fortsetzten, fiel ihr auf, dass er ihr die Antwort auf die Frage nach seiner Frau schuldig geblieben war.

Emmas ältliche Klavierlehrerin hatte beschlossen, zu einer ihrer Töchter nach Oberschwaben zu ziehen, und so war der Klavierunterricht für einige Wochen ausgefallen. Doch dann eröffnete der Vater Emma, dass er einen Ersatz für die alte Dame gefunden habe: Am nächsten Mittwoch habe Emma ihre erste Stunde bei ihrem neuen Lehrer, Herrn Heyn.

Es war ein kalter, sonniger Oktobertag, und die glatt rasierten Wangen des jungen Klavierlehrers waren vom Herbstwind leicht gerötet, als er zu ihr ins Wohnzimmer trat. Das Sonnenlicht fiel durch die großen Fenster schräg auf sein blondes Haar und ließ es aufleuchten. Er lächelte mit entwaffnendem Charme und verbeugte sich vor seiner Schülerin.

»Es ist mir eine Ehre, Ihnen Unterricht geben zu dürfen«, sagte er mit dieser rauen Stimme, die so gar nicht zu seinem blonden Haar, der hellen Haut und den feingliedrigen Händen passen wollte.

Emma schaute in seine glänzenden Augen, erwiderte befangen sein Lächeln und war in ihn verliebt, noch bevor sie ein einziges Wort zu ihm gesagt hatte.

Frau Röslin führte ihn ans Klavier und erklärte, Herr Ludwig Heyn sei trotz seiner Jugend ein hervorragender Musiker, und Emma könne sich glücklich schätzen, einem solchen Lehrer unterstellt zu werden. Damit ließ sie die beiden für ihre erste Unterrichtsstunde allein.

Emma erinnerte sich kaum daran, was sie an jenem Tag von Ludwig gelernt hatte, dafür erinnerte sie sich umso besser an ihr Herzklopfen. Er hatte sie ein kurzes Stück von Bach vorspielen lassen, um sich ein Bild von ihrem Können zu machen, und hatte sie gefragt, ob sie auch Interesse daran habe, die Stücke modernerer Komponisten zu erlernen. Sie nickte, aber sie hätte allem zugestimmt. Was er ihr beibringen würde, war nicht wichtig; wichtig war, dass er neben ihr auf der Klavierbank saß. Er war ihr so nahe, dass ihre Körper sich beinahe berührten, und sie roch seinen Duft nach Herbstlaub und Tabak. Wärme durchflutete sie, als er die Stellung ihrer Finger korrigierte und seine Hände zu diesem Zweck auf ihre Hände legte. Kaum hörte sie, was er sie fragte, so sehr war sie erfüllt von der Nähe dieses Mannes, und als sie irgendetwas antwortete, lächelte er, als wüsste er genau, was in ihr vorging.

Emma hatte nie so viel Klavier geübt wie nach dieser ersten Stunde mit Ludwig. Schon nach drei Tagen vermochte sie das kleine Stück, das er ihr aufgegeben hatte, auswendig zu spielen, und nach fünf Tagen spielte sie es mit geschlossenen Augen. Doch ob sie die Augen geschlossen hatte oder weit offen, stets sah sie ihn vor sich: Ludwig Heyn, dessen Hände Emma immer noch auf ihren eigenen spürte, als habe er sie mit dieser Berührung verbrannt.

Sie hatten den *creek* erreicht. An der Stelle, die Scheerer für seine Forschungen aussuchte, war das Wasser ruhig und tief, sandfarbene Felsen bildeten eine kleine Bucht, und mächtige Eukalypten mit ausladenden Kronen säumten das Ufer.

»Setzen Sie sich nicht direkt unter die Bäume«, warnte er sie. »Sie heißen nicht umsonst ›Witwenmacher‹.«

Als Emma fragend die Augenbrauen hob, setzte er erklärend hinzu: »Diese Eukalypten werfen völlig unvermittelt dicke Äste ab. Wer darunter sitzt, hat Pech gehabt.«

»Oh!« Erschrocken trat Emma einige Schritte beiseite, um Platz zwischen sich und den nächststehenden Baum zu bringen – auch wenn sie schwerlich jemanden zur Witwe machen konnte.

Sie kletterte auf einen Felsen, der von dem riesigen Vertreter einer anderen Baumart beschattet wurde. Der Stamm dieses Baumes verdickte sich auf halber Höhe, was Emma an eine Flasche erinnerte. Tatsächlich erzählte Scheerer ihr später, dass er Flaschenbaum hieß.

Ansonsten sprachen sie wenig miteinander. Der Forscher watete konzentriert im *creek* herum, fing kleine Fische, zupfte Wasserpflanzen ab, füllte Glasröhrchen und Blechdosen mit seinen Funden und schien Emma über alldem völlig zu vergessen. Aber sie war ja auch zum Arbeiten hier, erinnerte sie sich. Pflichtbewusst beugte sie sich über das Papier.

Bald war auch sie in ihrer eigenen Welt versunken. Sie perfektionierte die zarten Linien des Tierchens, rang um die vollkommene Beschreibung der Fellfarbe und fragte sich flüchtig, ob Oskar mit dieser ersten Kostprobe ihres Könnens wohl zufrieden sein würde.

Erst als es beim besten Willen nichts mehr zu perfektionieren gab, hob sie den Kopf und suchte die Bucht mit den Augen nach Scheerer ab. Als sie ihn entdeckte, musste sie schlucken. Dort stand er, bis zu den Hüften im Wasser, mit nacktem, feucht glänzendem Oberkörper. Er war genauso gut gebaut, wie sie ihn sich vorgestellt hatte, und obwohl sie den Blick sofort wieder hätte abwenden sollen, starrte sie ihn unverwandt an.

Wie von selbst griffen ihre Hände nach einem frischen Bogen Papier, den sie für den Fall mitgenommen hatte, dass sie eine besonders interessante Pflanze zu Gesicht bekommen würde. Doch statt des Flaschenbaums, der einer Zeichnung durchaus wert gewesen wäre, malte sie nun Carl Scheerer. Seine Schultern, die kräftigen Arme, den Oberkörper, der zu den nassen Hosen hin schmaler wurde, die feuchten, schwarzen Locken und schließlich sein Gesicht, die blau strahlenden Augen, seine gerade Nase, seinen Mund.

»Hätte ich doch Farben dabei, die ich mischen könnte«, murmelte sie vor sich hin, »ich werde nie die richtige Bezeichnung für seine Augenfarbe finden.«

Indigoblau? Kobaltblau? Kornblumenblau? Schade, dass er so weit weg war. Sie hatte seine Augen zwar erstaunlich gut in Erinnerung, aber für die genaue Nuance wäre es hilfreich gewesen, sie … Oh Himmel, er kam auf sie zu!

Hektisch griff sie nach der unverfänglichen Zeichnung des Beuteltiers und legte sie über das Bild, das sie wie im Rausch aufs Papier geworfen hatte. Was war bloß in sie gefahren? Hätte sie nicht den Flaschenbaum zeichnen können?!

Mit verkrampftem Lächeln rief sie ihm zu: »Sind Sie schon fertig mit Ihren Forschungen?«

»Schon ist gut«, grinste er, blieb unterhalb ihres Felsens stehen und schaute zu ihr hoch. »Wir sind seit drei Stunden hier. Die Sonne geht bereits unter. Außerdem bin ich ziemlich nass, ich sollte also zurück ins Lager, um mich umzuziehen.«

Ja, das sah sie. Obwohl umziehen es nicht ganz traf, schließlich trug er außer seiner tropfenden, eng anliegenden Hose nichts mehr, das er hätte ausziehen können.

Sie schaute von ihrem Felsen auf ihn hinunter, und das merkwürdige Gefühl, das sie beim Zeichnen gehabt hatte, breitete sich in ihrem ganzen Körper aus, warm, betörend und beunruhigend. Hastig wandte sie den Blick ab, packte ihre Sachen zusammen und sprang auf.

»Gehen wir!«, sagte sie eine Spur zu fröhlich, kletterte vom Felsen und huschte an ihm vorbei, ohne ihn anzusehen.

Er griff von hinten nach ihrer Schulter, und sie zuckte zusammen.

»Warten Sie«, sagte er.

Mit klopfendem Herzen drehte sie sich um.

»Darf ich vorstellen: Ihre ersten Kängurus.« Er deutete auf eine seichte Stelle am Ende der kleinen Bucht.

Im orangefarbenen Abendlicht hatte sich eine kleine Herde graubrauner Tiere versammelt. Das also waren die berühmten Kängurus! Sie waren größer, als Emma erwartet hatte, mit kräftigen, langen Schwänzen, großen Ohren und possierlichen Schnauzen. Zwei Jungtiere boxten übermütig miteinander, ein anderes hatte den Kopf in den Beutel seiner Mutter gesteckt.

Die restlichen Kängurus hockten in einer langen Reihe nebeneinander am Ufer und tranken. Platschend landete ein langschnäbeliger Vogel – ein Reiher? – nahe den Kängurus im Wasser. Blitzschnell fing er ein silbernes Fischlein. Es zappelte in seinem Schnabel, und Wassertropfen funkelten in der untergehenden Sonne.

»Australien kann grausam sein, und viel zu heiß sowieso«, sagte Scheerer. »Aber auch magisch schön, finden Sie nicht?«

»Ja«, sagte sie leise. »Magisch, das trifft es wohl.«

Womit sonst als mit Magie war es zu erklären, dass Ludwig in diesem Moment zu spinnwebzartem Dunst verblasste? Dass nichts mehr zählte als die Freude daran, mit Carl Scheerer im Abendlicht Kängurus zu beobachten?

Einige Augenblicke lang gab Emma sich dem unerwarteten Glücksgefühl hin. Doch dann rief sie sich zur Ordnung. Schluss mit der albernen Schwärmerei! Zugegeben, diese Bucht hatte etwas vom Garten Eden, und zugegeben, der Forscher neben ihr war ein Mann, der Frauen zum Träumen bringen konnte. Doch er war auch ein Mann, der keine Weiber im Busch mochte, wie sein Kollege Pagel es grob, aber treffend ausgedrückt hatte. Und zudem war er verheiratet. Zumindest hatte er es nicht geleugnet.

Überhaupt war die ganze Sache merkwürdig, fand Emma, während sie den Kängurus beim Trinken zusah. Bei Scheerer passte nichts zusammen: seine anfängliche Abneigung dagegen, Emma mitzunehmen, und seine wenn auch distanzierte Freundlichkeit, seit sie aufgebrochen waren; seine Bestimmtheit, mit der er Oskar die Verantwortung für Emma übertragen hatte, und die Selbstverständlichkeit, mit der er sich dennoch um sie kümmerte, wenn Oskar seinen Pflichten nicht nachkam. Sie spürte, dass sie diese Widersprüche auflösen, Scheerers Geheimnisse ergründen, ihn kennen lernen wollte, besser kennen lernen als irgendjemanden sonst …

Stopp! Magie hin oder her, das war zu viel!

Bevor sie ihre verrückten Wünsche durch einen Blick oder ein unbedachtes Wort verraten konnte, drehte Emma sich um und entfernte sich mit raschen Schritten vom Ufer.

»Moment mal, ich muss noch mein Hemd und meine Ausrüstung holen! Warum haben Sie es denn plötzlich so eilig?«, rief Scheerer hinter ihr her.

Sie blieb widerwillig stehen und wartete auf ihn. In der untergehenden Sonne warfen die Eukalypten lange Schatten, und wo das Licht noch hinreichte, erglühte der Boden orangerot. Es war unglaublich romantisch, und Emma kämpfte verbissen darum, sich gegen die Schönheit ihrer Umgebung abzuschotten. Gegen die schmeichelnde Brise, die die Eukalyptusblätter zum Rascheln brachte. Vor allem gegen Carl Scheerers Anblick, als er – vollbepackt und nach wie vor sparsam bekleidet – auf sie zukam. Als sie zum Lager gingen, war er dicht hinter ihr, und sie nahm seinen Atem so intensiv wahr, als hörten ihre Ohren hundertmal schärfer als sonst. Ob auch er ihren Rücken betrachtete, so wie sie vorhin seinen betrachtet hatte? Ob ihr Äußeres ihm gefiel? Warum fragte sie sich das überhaupt?

Endlich waren ihre Zelte in Sicht, und Pagel rief ihnen schon von Weitem vorwurfsvoll zu: »Da sind Sie ja endlich! Wir haben alle schon Hunger!«

Selten hatte Emma sich beim Anblick eines übellaunigen Mannes so erleichtert gefühlt.

# 9

## Dezember 1858

Dass ich einmal in einem Baum sitzen und dort zeichnen würde, hätte ich mir niemals träumen lassen, dachte Emma und musste schmunzeln.

Gut geschützt vor der Mittagssonne saß sie in einem hohlen Eukalyptusbaum, der sie von drei Seiten umschloss wie ein hölzernes Schlupfloch. Die vierte, offene Seite bildete den halbrunden Eingang und bot einen freien Blick auf den Lagerplatz. Die Höhlung war so groß, dass Emma aufstehen und einige Schritte umhergehen konnte. Sie spielte schon mit dem Gedanken, ihr Zelt abzubrechen und ganz in die Baumhöhle zu ziehen, so gut gefiel ihr dieser Platz.

Zunächst aber hieß es zeichnen. Alle Forscher waren im Busch unterwegs, und obwohl Scheerer in den ersten Tagen gezögert hatte, sie allein im Lager zu lassen, hatte Emma ihn überzeugen können, dass es ihr wirklich nichts ausmachte.

Sie arbeitete seit mehreren Stunden und hatte schon etliche Skizzen vor sich liegen: Gräser, Blätter, fremdartige Blüten. Mit toten Tieren hatte Oskar sie heute noch nicht behelligt, aber das würde gewiss nicht ausbleiben. Unermüdlich war er unterwegs, um Material für Godeffroy zu sammeln, und ebenso unermüdlich brachte Emma zu Papier, was Oskar ihr hinlegte.

»Du bist dir deiner Verantwortung bewusst, meine Liebe?«, hatte Oskar sich vergewissert, als er ihr das erste Blütenbüschel überreicht hatte. »Ich konserviere alles, was ich finde, aber bei aller Sorgfalt wird manch ein Fund den Weg nach Deutschland nicht überstehen. Es ist also wichtig, dass du absolut akkurat zeichnest! Alles – jedes Staubblatt, jeder Fruchtknoten – muss genau abgebildet werden, damit Godeffroy unsere Funde auch verwerten kann. Ach ja, die Farbanmerkungen schreibst du auf die Rückseite der Skizzen. Alles klar?«

»Selbstverständlich«, hatte Emma gesagt und ihrem Vater im Stillen für die gründliche Ausbildung gedankt, die er ihr hatte angedeihen lassen.

Mein lieber, guter Vater, der mich nun hasst …, war es ihr durch den Kopf gegangen.

Emma betrachtete kritisch die Frucht, die sie eben fertig gezeichnet hatte. Sie war hart und holzartig, fast wie eine Nuss, und stark segmentiert. Kam das auf der Zeichnung zum Ausdruck? Ja, sie war recht gut geworden, nur die Farbanmerkungen fehlten noch. Gerade wollte Emma das Blatt umdrehen, als sie am Eingang ihrer Höhle eine Bewegung wahrnahm.

Schon wieder Oskar?

Emma hob den Kopf und starrte in ein braunes Gesicht, umrahmt von einem dunkelgrauen Bart und zotteligen Haaren.

Erschrocken sprang sie auf.

Ein Wilder, dachte sie panisch, direkt vor mir, und keiner der Forscher ist hier! Er wird mich verschleppen, er wird mich umbringen, oh Jesus …

Sie wollte schreien, doch es kam kein Ton aus ihrer Kehle.

Die Lippen in dem braunen Gesicht verzogen sich zu einem Lächeln, und der Mann trat einen Schritt zurück. Emma starrte ihn mit schreckgeweiteten Augen an.

Er rührte sich nicht.

Ganz langsam ebbte ihre Panik ab.

Wollte er ihr zu verstehen geben, dass er keine feindlichen Absichten hegte? Sie trat ebenfalls einen Schritt zurück und presste ihren Rücken gegen die Höhlenwand.

Der Mann musste schon älter sein, denn sein Gesicht war von Runzeln und tiefen Falten durchzogen. Er trug lediglich eine Art Lendenschurz, in der Hand hielt er einen langen Speer. Er lächelte immer noch und stieß dazu seltsame Laute aus, von denen Emma nicht einmal ahnte, was sie bedeuten mochten; bedrohlich, fand sie, klangen sie aber nicht.

Er deutete mit der freien Hand abwechselnd auf ihr kleines Spitzmesser am Boden und auf seinen Speer. Dann legte er den Speer auf den Boden. Offensichtlich wollte er ihr einen Handel anbieten: seinen Speer gegen ihr Messer.

Kurz entschlossen bückte sie sich und hob das Messer auf. Sie hielt es ihm hin, um ihre Zustimmung zu dem Handel kundzutun, und er wollte gerade mit einem breiten Lächeln nach dem Messer greifen, als hinter ihm lautes Geschrei ertönte.

Der Alte fuhr herum. Emma erkannte die erbosten Stimmen von Oskar und Pagel. Ein Gewehrschuss zerriss die Luft, der Wilde warf die Arme in die Höhe, schrie auf und verschwand wie der Blitz im Busch, während die Forscher angerannt kamen und ihm wüste Drohungen nachriefen.

Schwer atmend trat Oskar zu Emma, nahm ihr Gesicht in beide Hände und fragte rau: »Hat der Kerl dir was angetan?«

Seine Augen funkelten vor Zorn.

Rasch befreite sich Emma aus Oskars Griff.

»Nein, nein«, sagte sie, »er wollte nur …«

»Was der wollte, kann ein tugendhaftes Mädel wie du nicht mal erahnen!«, unterbrach Oskar sie. »Verdammter Wilder! Wenn er nicht so schnell abgehauen wäre, hätte ich ihm ordentlich Saures gegeben.«

»Die rennen wie die Hasen, wenn der weiße Mann auftaucht«, sagte Pagel, der in die Höhlenöffnung getreten war. »Verschlagene Feiglinge allesamt. Gut, dass wir rechtzeitig da waren, um Sie zu retten, Fräulein Röslin.«

Emma murmelte pflichtschuldig ihren Dank. Doch wenn sie ehrlich war, empfand sie die Anwesenheit der beiden durch die Wut aufgeputschten Männer kaum als beruhigend. Pagel hatte sich breitbeinig wie ein Wachposten vor der Höhlenöffnung aufgebaut. Sein Körper füllte den natürlichen Eingang fast vollständig aus, sodass kaum mehr Licht ins Innere des Baumes fiel. Oskar stand immer noch dicht vor Emma, und auch wenn seine Hände nun nicht mehr an ihren Wangen klebten, war seine Nähe ihr unangenehm. Sie sah seine Augen in der Dunkelheit glühen, und seltsamerweise machte ihr das mehr Angst als der Wilde vorhin. Eilig senkte sie den Blick.

Oskar hingegen entspannte sich. Er strich Emma mit dem Handrücken über die Wange und lächelte.

»Da ist meine kleine Verlobte gerade noch mal davongekommen, was?«

»Glück gehabt, Crusius«, sagte Pagel. »Gebrauchte Taschentücher benutzt niemand gerne, was? Vor allem, wenn ein Wilder der Erste war.« Er lachte dröhnend.

Oskar grinste und sagte: »Lieber Freund, hier ist eine Dame anwesend. Herrenwitze über, hm, gebrauchte Taschentücher verschieben wir besser auf Zeiten, in denen diese Dame schläft.«

Emma sah von einem zum anderen, und ihre Angst wich fassungsloser Empörung. Was erlaubten diese beiden Männer sich eigentlich? Dachten sie wirklich, sie sei ein dummes Kind, das nicht verstand, worum es in ihren obszönen Scherzen ging?

Sie halten dich eben für etwas Besseres, als du bist, meine Gute, zischte eine Stimme in ihrem Kopf. Sie halten dich für unschuldig. Unschuldig. Dass ich nicht lache!

Die Erinnerung überfiel sie ohne Vorwarnung.

*»Nur noch ein einziges Mal, meine Schöne, meine Teure, lass mich nicht sterben, ohne dich noch einmal gespürt zu haben!« Ludwig atmet schwer, seine Hände umschließen ihre Brüste.*

*»Wer sagt denn, dass du stirbst? Da musst du dir schon bessere Argumente einfallen lassen«, neckt sie ihn, wehrt sich jedoch nicht gegen seine Berührung.*

*»Auguste könnte vermuten, dass ich untreu bin, und mich im Affekt umbringen«, flüstert er in Emmas Ohr und lacht leise. »Ich finde, da sollte sich mein Tod wenigstens lohnen: Sie sollte mich zu Recht töten, nicht wegen ein paar geflüsterter Liebesworte und eines kleinen Ausrutschers. Komm schon, ich habe lange genug gewartet.«*

Emma wischte sich mit der Hand über die Augen. Nicht an Ludwig denken! An seine Lippen auf ihren … Denn wenn sie an die Momente dachte, in denen sie ihn ganz für sich gehabt hatte, war der Schmerz so frisch und scharf wie damals in Stuttgart, nach den dunklen Tagen. Und noch etwas war da. Angst. Enttäuschung. Entsetzen.

»Du hast einen Schock«, hörte sie Oskar sagen, und er griff besorgt nach ihrem Arm. »Du solltest dich ein wenig ausruhen.«

Pagel trat zur Seite, und Oskar zog Emma aus der Baumhöhle ins helle Mittagslicht. Widerstandslos ließ sie sich zu ihrem Zelt führen und kroch hinein. Auf der Wolldecke liegend zog sie die Knie eng an den Körper, umschlang sie mit ihren Armen und schloss die Augen.

Ludwig Heyn war überrascht gewesen, als er sie das Übungsstück schon in der zweiten Klavierstunde fehlerfrei hatte spielen hören.

»Sie haben Gefühl und Talent«, hatte er gesagt und seine hellen Augen in ihre versenkt. »Eine nette Abwechslung zu meinen sonstigen Schülerinnen.«

»Unterrichten Sie denn viele junge Damen?«, fragte Emma.

»Einige. Und sie sind allesamt genauso hübsch und fröhlich wie unmusikalisch.«

Emma biss sich auf die Lippen, um nicht zu lachen, und Ludwig grinste.

»Sie sehen, Fräulein Röslin, ich habe guten Grund, den Stunden mit Ihnen entgegenzufiebern.«

Er beobachtete sie genau, während er das sagte, und so konnte ihm die Wirkung seiner Worte nicht entgehen. Er lächelte leicht.

Dann bot er Emma an, ihr die Stücke verschiedener Komponisten vorzuspielen, damit sie sich eines zum Üben aussuchen konnte, das ihr besonders gut gefiel. Sie war begeistert. Ihre alte Lehrerin hatte niemals danach gefragt, was Emma wollte. Ludwig hingegen nahm seine Schülerin ernst.

Wäre es zu diesem Zeitpunkt nicht schon um sie geschehen gewesen, so hätte sie sich spätestens in Ludwig verliebt, als er zu spielen begann. Die Stücke, die er ihr vorschlug, waren weder besonders anspruchsvoll noch ungewöhnlich, doch so wie Ludwig sie spielte, wurden sie zu Offenbarungen. Hingerissen saß sie neben ihm auf der Klavierbank, lauschte der Musik, beobachtete seine blassen Finger auf den Tasten, seine vollendete Haltung, seinen konzentrierten Gesichtsausdruck. Ludwig schien ganz in seiner eigenen Welt aus Klang und Schönheit versunken. Und in diese Welt, das wusste Emma mit traumwandlerischer Sicherheit, wollte und musste sie ihm folgen.

Gegen Ende der Klavierstunde betrat ihre Mutter das Zimmer, um Herrn Heyn hinauszubegleiten, und immer noch schwebte Emma wie auf Wolken. Sie riss sich zusammen, um die Mutter ihre Schwärmerei für den Klavierlehrer nicht merken zu lassen, und vermied es, ihm beim Abschied in die Augen zu schauen. Musste nicht jedem ihr brennender Blick auffallen?

Als die Mutter und Ludwig das Wohnzimmer verlassen hatten, kam es ihr sehr still und leer vor. Komisch, dass ihr bis vor einer Woche gar nicht aufgefallen war, dass in ihrem Leben etwas gefehlt hatte; etwas Entscheidendes, etwas, das sie so sehr brauchte wie die Luft zum Atmen.

»Bist du zufrieden mit Herrn Heyn?«, fragte Frau Röslin, als sie zu Emma zurückkehrte.

»Er ist ein guter Musiker«, antwortete sie, bemüht, ihre Stimme gleichgültig klingen zu lassen.

»Vielleicht sollten wir ihn einmal zum Abendessen bitten«, sagte die Mutter.

Emma schluckte. »Das wäre … schön.« Ob sie überhaupt einen Bissen herunterbringen würde?

»Ich werde gleich mit deinem Vater darüber sprechen.« Frau Röslin wandte sich zum Gehen. »Ich bin ja sehr gespannt auf seine Gattin. Sie soll ein reizendes Geschöpf sein.«

Emma starrte ihrer Mutter hinterher, und die neu entdeckte Welt aus Klang und Schönheit stürzte lautlos in sich zusammen.

»Geht es Ihnen wieder gut?«, begrüßte Krüger Emma, als sie in der Abenddämmerung zu den Forschern ans Feuer trat. Er musterte sie besorgt; offensichtlich hatten Oskar und Pagel ihr mittägliches Abenteuer bereits ausgeplaudert.

»Mit mir ist alles in Ordnung. Es tut mir bloß leid, dass ich meine Pflichten am Nachmittag versäumt habe«, sagte Emma. »Ich bin eingeschlafen, die Aufregung vorhin war wohl doch ein bisschen viel. Aber ich werde nach dem Essen alles aufarbeiten.«

»Unsinn«, mischte Oskar sich ein. »Jeder hier versteht, dass eine Dame sich nach einer überstandenen Gefahr erholen muss.« Einladend klopfte er neben sich auf den Boden.

Emma ließ sich an seiner Seite am Feuer nieder. »Eigentlich war es gar nicht gefährlich«, sagte sie. »Der alte Mann wollte lediglich seinen Speer gegen mein Messer tauschen.«

»Ha, im Tauschen sind sie gut«, rief Pagel. »Bieten dem weißen Mann gerne auch mal ihre Frauen an, wenn sie dafür einen alten Mantel bekommen. Fragt sich nur, was mehr wert ist.« Er lachte.

Schneidend sagte Scheerer: »Das reicht.«

Er schaute grimmig von Emma zu Oskar. »Ist Ihnen eigentlich klar, Crusius, was Fräulein Röslin heute Mittag hätte passieren können?«

»Nur allzu klar«, sagte Oskar und legte seinen Arm um Emma.

Sie versteifte sich unter seiner Berührung. Im Stillen verwünschte sie wieder einmal die Verlobungslüge, die sie dazu zwang, sich vor Carl Scheerers Augen von Oskar anfassen lassen zu müssen.

»Und?«, fragte Scheerer kühl. »Wie soll es jetzt weitergehen?«

Oskar runzelte die Stirn. »Ich verstehe nicht.«

»Fräulein Röslin soll zeichnen, wir aber werden nach wie vor jeden Tag unterwegs sein«, erklärte Scheerer, und es schien ihn einige Mühe zu kosten, ruhig zu bleiben. »Sie wird also wieder alleine im Lager sein, und was heute geschehen ist, kann sich beliebig wiederholen. Mit schlimmen Folgen. Wie also gedenken Sie, sie zu schützen?«

Oskar schwieg einige Augenblicke. Dann sagte er langsam: »Ich muss Pflanzen und Tiere sammeln, und Emma muss zeichnen, koste es, was es wolle. Godeffroy erwartet reichhaltige Lieferungen, da kann ich ihm nach dieser Expedition nicht mit ein paar vereinzelten Funden kommen.« Er schüttelte den Kopf. »Niemand von uns kann ständig im Lager bleiben, und Emma kann nicht zeichnen, während sie sich durch den Busch schlägt. Nein, ich fürchte, es gibt keine Lösung für das Dilemma; wir müssen auf Gott vertrauen, dass er meine liebe Emma beschützt.«

Scheerer starrte ihn ungläubig an. »Auf Gott vertrauen? Ist das Ihre Auslegung davon, Verantwortung für eine junge Dame zu übernehmen, die noch dazu Ihre Verlobte ist?«

»*Meine* Verlobte, genau«, versetzte Oskar. »Also kann auch *ich* entscheiden, was man ihr zumuten kann und was nicht.«

Scheerer stand auf und blickte auf Oskar hinab. »Ich werde nicht zulassen, dass Sie Fräulein Röslin aus beruflichen Gründen in Gefahr bringen. Sie sollten sie zurück nach Brisbane bringen.«

Oskar sagte aufgebracht: »Wer in den australischen Busch geht, der weiß vorher, dass es gefährlich werden kann!«

Er erhob sich ebenfalls; drohend standen die beiden Männer sich gegenüber.

»Emma ist nicht nur als meine Verlobte, sondern in erster Linie als meine Assistentin mitgekommen, und es war von Anfang an klar, was sie erwarten würde.«

»Sie machen sich schuldig, Crusius!«

»Und Sie nehmen es mit Ihrer Verantwortung für andere Menschen verdammt noch mal zu ernst! Welcher Teufel sitzt Ihnen im Nacken, Scheerer? Warum fühlen Sie sich so extrem verantwortlich für alles, was einen Rock trägt?«

Scheerer wurde blass, und Emma sah, dass er die Fäuste ballte. Um Gottes willen, die beiden Forscher würden sich doch wohl nicht schlagen?!

»Niemand braucht mich zu beschützen!«, rief sie aus. »Ich sorge schon für mich selbst. Es gibt keinen Grund, sich meinetwegen zu streiten. Und zum letzten Mal: Der Wilde – war – nicht – gefährlich!«

Sie sah in die verblüfften Mienen der Männer und erkannte, dass keiner ihre Worte ernst nahm.

Frustriert sprang sie auf. »Ach, verdammt!«

»Die kann ja fluchen«, sagte Pagel erstaunt.

Krüger meinte mit mildem Tadel in der Stimme: »Eine junge Dame sollte selbst fernab der Zivilisation niemals …«

Abrupt drehte Emma sich um und entfernte sich von den Forschern, bevor sie etwas sagen konnte, was sie später bereuen würde. Nur kurz allein sein; weg von diesen Männern, die sie behandelten wie ein dummes Kind. War sie etwa kein erwachsener Mensch, auch wenn sie eine Frau war?

Sie atmete tief durch und versuchte, sich zu beruhigen, doch die Gedanken in ihrem Kopf rasten. Was hatte sie denn erwartet? Sie war immer noch eine junge deutsche Dame, auch wenn sie vorübergehend im australischen Busch lebte. Dankbar sollte sie sein, dass man sie nicht gleich in Brisbane zurückgelassen hatte. Stattdessen wollte sie, dass die Forscher sie so ernst nahmen, als sei sie ein Mann! Das war wirklich zu viel verlangt. Froh sollte sie sein, dass man sie beschützte!

Warum nur war sie dann so gereizt?

Sie legte den Kopf in den Nacken und betrachtete den weiten nachtblauen Himmel. Mächtige Wolken hatten sich zusammengeballt, vielleicht würde es heute Nacht sogar regnen. Ob der australische Regen so warm war wie alles hier, wie die Luft und der sandige Boden? Ob er sanft und mild war? Oder heftig und kalt? Ihr wurde bewusst, dass sie sich auf etwas so Simples wie ihren ersten Regen im Busch freute.

Ich bin gereizt, weil ich ständig Angst habe, dass ich zurück muss, dachte sie. Ich will nicht mehr auf Probe dabei sein, sondern so selbstverständlich wie die anderen auch! Ich will nicht mehr behandelt werden wie ein zartes Pflänzchen, das beim ersten Ungemach verwelkt.

Eine innere Stimme flüsterte: Dann darfst du dich aber auch nicht mehr so verhalten. Scheerer hat schon Recht: Wer darauf besteht, eine Dame zu sein, hat im Busch nichts zu suchen.

Nachdenklich schaute sie zurück zum Feuer. Ihr Auftritt hatte die Forscher offensichtlich verwirrt, denn sie standen unschlüssig herum und warfen ihr unsichere Blicke zu.

Vielleicht war es ja ganz gut, dass sie geflucht hatte. Das hatte sicher niemand von ihr erwartet. Doch sie wusste auch: Wenn sie von nun an als vollwertiges Mitglied der Forschergruppe angesehen werden wollte, würde es mehr brauchen als unflätige Worte.

Zum Beispiel durfte sie keine Sonderbehandlung mehr in Anspruch nehmen und sich nicht mehr vor unangenehmen Arbeiten drücken. Sie würde Vögel nicht nur rupfen, sondern auch ausnehmen müssen, sie würde zu Fuß gehen müssen, statt zu reiten, und sie musste lernen, mit dem Gewehr umzugehen und sich selbst zu beschützen.

Aber konnte sie das alles überhaupt? Würden die Männer es ihr gestatten, dass sie sich als Abenteurerin gebärdete? Oder machte sie sich einfach nur lächerlich? Emma dachte an ihre Mutter, sah sie lebhaft vor ihrem inneren Auge: schön, sanft und von natürlicher Anmut. Die Mutter hatte sich stets darum bemüht, ihre Tochter zu einer ebensolchen Zierde des Hauses zu erziehen, wie sie selbst es war. Und jetzt nahm diese Tochter sich vor, das Schießen zu lernen …

Eine Zierde des Hauses nutzt hier niemandem. Wenn ich bleiben will, muss ich den Forschern eine Hilfe sein, dachte Emma. Sie straffte die Schultern und ging zurück zum Feuer. Tut mir leid, Mutter, aber hier und heute habe ich keine andere Wahl.

Während des Abendessens war die Stimmung gedämpft. Pagel hatte mehrere rattenähnliche Tiere geschossen, die sie brieten und zusammen mit den unvermeidlichen Mehlfladen verzehrten. Saure Früchte bildeten den Abschluss des kargen Mahls.

Pagel und Krüger unterhielten sich leise über die Pflanzen, die sie am Tage gesammelt hatten, und warfen ab und zu misstrauische Blicke ins dunkle Dickicht am Rande des Lagers. Wahrscheinlich vermuteten sie dort feindlich gesinnte Wilde. Oskar und Scheerer waren auffallend schweigsam und vermieden es standhaft, einander anzusehen. Mit Emma gingen sie vorsichtig und höflich um, und sie verhielt sich ebenso.

Die erste Gelegenheit, sich zu beweisen, bekam sie schneller als gedacht. Die Forscher hatten vor dem Essen den Talg der rattenähnlichen Tiere ausgelassen und machten sich nun daran, im Schein des Feuers die Gewehrschlösser einzufetten. Wie selbstverständlich griff auch Emma nach dem Talg und einer der Waffen – Pagel besaß drei, die anderen immerhin je zwei – und begann mit der Arbeit.

»Was tust du denn da?« Oskar ließ sein Gewehr sinken. »Möchtest du nicht lieber zu Bett gehen, meine Liebe?«

»Keineswegs«, antwortete sie freundlich. »Ich muss doch lernen, ein Gewehr in Stand zu halten, wenn ich damit schießen möchte.«

»Du möchtest was?«

»Mich verteidigen können. Falls ich wirklich einmal in Gefahr gerate.«

»Sie haben doch gar kein Gewehr«, sagte Krüger verständnislos.

»Nein, aber es sind ja genügend da. Meinen Sie nicht, ich könnte eines der überzähligen Gewehre benutzen?«

»Hab keines übrig«, sagte Pagel schnell. Natürlich, er trennte sich von keinem seiner Schätzchen!

»Trittst du mir denn eines ab?«, fragte Emma Oskar und fuhr fort, den Talg zu verreiben. »Das zweite Gewehr ist doch sowieso nur ein Ersatz, falls das erste kaputtgeht, oder?«

Oskar räusperte sich und strich sich verwirrt über den Schnurrbart. Dann schüttelte er den Kopf.

»Du bist eine junge Frau. Du kannst nicht schießen.«

»Noch nicht«, sagte sie. »Aber du wirst es mir beibringen, hoffe ich. Damit Herr Scheerer beruhigt ist, wenn ich alleine im Lager zurückbleibe.«

Ihr Herz klopfte hart in der Brust und strafte die forschen Worte Lügen. Jetzt würde es sich entscheiden, ob ihre vorgespielte Selbstsicherheit die erwünschte Wirkung hatte.

Eine kleine Ewigkeit lang sagte keiner etwas.

Dann brach Scheerer das Schweigen mit den Worten: »Nein, es muss anders gehen. Ich habe mir während des Essens Gedanken gemacht und bin zu dem Schluss gekommen, dass wir zusammenhalten und abwechselnd bei Ihnen im Lager bleiben müssen. Eine bessere Lösung fällt mir leider nicht ein.«

»Aber ich sagte doch schon, dass das nicht geht!«, begehrte Oskar auf.

»Wenn Sie damit nicht einverstanden sind, Crusius, müssen Sie Emma eben zurück nach …«

»Nein«, unterbrach Oskar ihn genervt. »Sie geht *nicht* zurück nach Brisbane. Herrgott, dann wechseln wir uns eben ab!«

»Pagel, Krüger, sind Sie damit einverstanden?« Scheerer blickte fragend in die Runde. Doch da er der Leiter war, blieb seinen Forschern kaum etwas übrig, als zähneknirschend ihre Zustimmung zu geben.

Auch Emma knirschte mit den Zähnen. Ihre Meinung schien hier nicht gefragt zu sein. Ob sie sich nun daheim befand oder im Busch, nirgends wollte man ihr erlauben, die Grenzen, die ihrem Geschlecht gesetzt wurden, zu übertreten. Lieber ließen sich die Männer ihren gesamten Tagesablauf durcheinanderbringen, als es ihr zu gestatten, sich selbst zu verteidigen. Es war zum aus der Haut fahren!

»Danke für Ihre selbstlose Hilfe«, sagte sie höflich zu den Forschern, konnte aber nicht verhindern, dass ihre Stimme eine Spur verärgert klang.

# 10

Sie verweilten etliche Tage länger als geplant. Immer wieder verschoben die Forscher den Aufbruch, weil es einfach zu viel zu entdecken gab. Warum weiterziehen, wenn die Gegend um den *creek* herum vor fremdartigen Gewächsen strotzte? Wenn sie jeden Tag unbekannte Tiere aufstöberten, Insekten, Reptilien, Vögel und Beutler aller Art? Einem Fieber gleich befiel die Forscher die Sammelwut, und sie überboten sich gegenseitig darin, ihre Dosen, Kisten und Gläser zu füllen.

Wer bei Emma im Lager bleiben musste, erledigte die Arbeit, die er sich sonst für den Abend aufgehoben hätte: Er besserte die Ausrüstung aus, flickte Sattelriemen und Kleidung oder kümmerte sich um das Wohl von Pferden und Ochsen. Scheerer schrieb außerdem täglich in sein Tagebuch, in dem er die Ereignisse und Forschungsergebnisse der Expedition minutiös einzutragen schien. Als Emma ihn einmal danach fragte, erzählte er ihr, dass die Kolonialregierung stets darauf erpicht war, seine Aufzeichnungen zu publizieren. Das brachte der Regierung nämlich nicht weniger Ruhm ein als Scheerer selbst.

Emma zeichnete von morgens bis abends. Der erste Bleistift war bereits zu einem kleinen Stummel geschrumpft, und ihr Spitzmesser kam mehrmals täglich zum Einsatz. Gut, dass sie es nicht eingetauscht hatte, als der Wilde danach verlangt hatte! Ein Speer war zwar exotisch, für ihre Zwecke aber eindeutig nicht geeignet. Die Waffe des Wilden lag immer noch unbeachtet in der Baumhöhle, die seitdem niemand mehr betreten hatte. Oskar hatte ihr verboten, weiterhin dort zu malen, fast so, als wohne dem Baum nun ein böser Zauber inne.

Wer, dachte Emma spöttisch, ist hier abergläubisch, der Wilde oder Oskar?

Doch sie fügte sich seiner Anordnung. Schließlich ging es um Emmas Arbeit, und da hatte Oskar die Entscheidungsgewalt.

Er machte auch ausgiebig davon Gebrauch. Wenn ihm eine Zeichnung nicht gefiel, so musste Emma vom entsprechenden Objekt sofort eine neue anfertigen. Wenn er auf ein bestimmtes Detail Wert legte, so hatte sie dieses Detail in den Mittelpunkt zu rücken. Wenn er ihre Farbanmerkungen durchlas und kritisierte, diese oder jene Blüte sei doch eher rot statt dunkelorange – dann strich sie eben »dunkelorange« durch und schrieb »rot« auf das Blatt. Allerdings konnte sie es nicht verhindern, sich in solchen Momenten nach ihrem Vater zurückzusehnen, hatte Herr Röslin ihr, nachdem er ihr etwas beigebracht hatte, doch weitgehend freie Hand gelassen und ihrem Können vertraut.

Sie vermied es aber strikt, sich zu beklagen. Denn trotz Oskars demonstrativer Vorherrschaft über ihre Zeichnungen fühlte Emma sich, wie sie mit einigem Erstaunen feststellte, durchaus wohl im Busch. Die australische Natur faszinierte sie – all die Tiere, die den verrücktesten Träumen entsprungen zu sein schienen, und dazu die Pflanzen, die so gut mit den unwirtlichen Bedingungen zurechtkamen. Wenn Emma sie zeichnete, meinte sie, die Seele der Geschöpfe – ob Pflanzen oder Tiere – in sich selbst zu spüren, und die besten Zeichnungen waren zum Schluss stets die, mit deren natürlichen Vorbildern Emma sich am intensivsten verbunden hatte. Je mehr sie zeichnete, desto mehr liebte sie das, was um sie herum lebte und wuchs.

Selbst mit der Hitze kam Emma nun gut zurecht. Zwar konnte sie beim besten Willen nicht mehr damenhaft-vornehm behaupten, sie glühe nur. Nein, sie schwitzte, und zwar ununterbrochen, aber sie litt nicht mehr so sehr darunter wie bei ihrem Aufbruch aus Brisbane. Schwindel und Ohnmacht gehörten der Vergangenheit an, in diesem Punkt kam Emma ihre von Natur aus gute gesundheitliche Konstitution zugute.

Manchmal, wenn ihr die Kleider wieder einmal am Körper klebten, rief sie sich kopfschüttelnd in Erinnerung, dass sie sich in der Adventszeit befand. Dann empfand sie ihr gegenwärtiges Leben plötzlich als absurd und fremd. Sollte sie nicht durch Schneegestöber in die Kirche laufen, ihr Herz auf die Ankunft des Herrn vorbereiten und sich abends mit einer Tasse heißer Milch am Kamin wärmen? Spätestens jedoch wenn sie mit den Forschern um das Lagerfeuer saß, verging ihr Heimweh wieder. Das Knistern der Flammen, die tiefe Dunkelheit und dazu die warme Luft, die leisen, gelehrten Gespräche – all das vermittelte ihr das Gefühl, einen neuen Platz im Leben gefunden zu haben. Keine Heimat, das nicht; ihre Wurzeln waren und blieben wie abgeschnitten. Aber sie hatte zumindest ein Zuhause auf Zeit, ein Zuhause unter freiem Himmel. Das war weit mehr, als sie es sich auf der langen Reise über das Meer für ihre Zukunft erhofft hatte.

Auch Oskar schien dieses Gefühl von Verbundenheit zu spüren. Bezog es sich bei Emma auf die ganze Gruppe, richtete es sich bei ihm allerdings nur auf sie. Wenn sie am Feuer beisammen saßen, legte er bisweilen den Arm um ihre Schultern und flüsterte ihr neckend ins Ohr: »Wir sind schließlich hochoffiziell verlobt, hm?«

Sie wagte es nicht, seinen Arm abzuschütteln, auch wenn ihr die Blicke der anderen unangenehm waren, vor allem der kühle Blick Carl Scheerers, aber auch der melancholische von

Krüger und der anzügliche von Pagel. Meist fand sie nach einigen Minuten einen Vorwand, um aufzustehen und sich Oskars Berührung zu entziehen. Wenn sie dann wiederkam, ließ sie sich in sicherer Entfernung von Oskar nieder und hoffte, dass er nicht beleidigt war.

Doch nachts im Zelt, namentlich wenn sie wieder einmal einen Alptraum gehabt hatte und wach lag, kamen Befürchtungen in ihr hoch, dass Oskar die Schauspielerei irgendwann einmal übertreiben könnte. Wie sollte sie reagieren, wenn er einen Kuss von ihr forderte? Aber nein, beruhigte sie sich dann, das würde er nicht wagen. Oskar machte sich zwar einen Spaß daraus, sie als seine Verlobte zu präsentieren, doch er war, wie man hier in Australien sagte, nichtsdestotrotz ein *Gentleman.* Er würde niemals etwas von ihr verlangen, das die Grenzen der Schicklichkeit so weit überschritt.

So wie Ludwig?, fragte eine böse, spöttische Stimme in ihrem Kopf.

Das war etwas anderes, hielt sie reflexartig dagegen. Denn Ludwig hat mich geliebt. Er hat mich doch geliebt …

Die Einladung zum Abendessen hatte Anfang Dezember stattgefunden. Ludwig Heyn hatte sie gerne angenommen und saß nun mit seiner jungen Gattin Emma gegenüber.

Auguste Heyn war ein farbloses Geschöpf, dessen Gesicht man vergaß, sobald man sich von ihr abwandte. Sie trug ein violettes, hochgeschlossenes Kleid, und ihr mausbraunes Haar war zu einem festen Dutt zusammengefasst. Sie betrieb wohlerzogene Konversation mit Emma und ihren Eltern, lobte das Essen und stimmte Ludwig in allem zu. Wenn er sie unterbrach, hielt sie augenblicklich den Mund.

Emma fand sie unerträglich.

Das Wissen, dass Ludwig verheiratet war, hatte zwar Emmas

Hoffnungen zerstört, nicht aber ihre Verliebtheit. Sie erkannte sich selbst kaum wieder: Jedes Mal, wenn er seine strahlenden Augen auf sie richtete, hüpfte ihr Herz, und jedes Mal, wenn er mit Auguste sprach, stieg eine absurde Eifersucht in ihr hoch. Ludwig behandelte seine Gattin mit freundlicher Herablassung, sie wiederum himmelte ihn sichtlich an.

Kein Wunder, dachte Emma niedergeschlagen. Wer könnte ihn nicht anhimmeln?

Ludwig war der Star des Abends. Er verstand es, überaus unterhaltsam aus seinem Leben als Komponist zu erzählen, und mit seinem Charme zog er nicht nur Emma in seinen Bann. Mit Frau Röslin plauderte er galant, mit Herrn Röslin geistreich, und alle am Tisch lächelten bewundernd, während sie seinen Anekdoten lauschten.

Emma wurde von ihren Gefühlen hin- und hergerissen. Sie bemühte sich um distanzierte Höflichkeit Ludwig gegenüber, vermochte ihre Freude aber kaum zu verbergen, wenn er etwas Nettes zu ihr sagte. Sie beobachtete genau, ob sie zwischen Ludwig und Auguste Zeichen echter Liebe entdeckte, und schalt sich für ihre Erleichterung, wenn er ihr, Emma, längere Blicke schenkte als seiner Frau. Was sie aß, bemerkte Emma kaum; dass sie zu viel Wein trank, auch nicht. Nichts war von Bedeutung als seine Anwesenheit, seine Worte, sein Lächeln.

Als die Heyns sich verabschiedet hatten und Emmas Eltern einander gegenseitig versicherten, was für ein gelungener Abend es doch gewesen sei, flüchtete Emma mit einer gemurmelten Entschuldigung in ihr Schlafzimmer. Mit klopfendem Herzen stand sie am Fenster und schaute auf die nächtliche Straße hinab. Sie sah Ludwig und Auguste, die gerade eine Kutsche bestiegen, und blickte dem Gefährt nach, bis es mit der Dunkelheit verschmolzen war. Emma ertappte sich bei dem Wunsch, an Augustes Stelle zu sein und mit Ludwig nach Hause fahren zu dürfen. In diesem Moment wusste sie, dass sie seine, und nur seine Frau sein wollte – wenn schon nicht offiziell, dann doch zumindest mit dem Herzen.

Der nächsten Klavierstunde sah Emma mit fiebriger Erregung entgegen.

Als Ludwig neben ihr saß, war sie so nervös, dass sie sich ein ums andere Mal verspielte, und als er sie deshalb milde tadelte, brach sie in Tränen aus.

Bestürzt sagte er: »Sollte ich mich so im Ton vergriffen haben, dass ich Sie zum Weinen bringe? Verzeihen Sie, Emma, ich scheine ein schlechter Lehrer zu sein.«

Sie schüttelte heftig den Kopf und weinte weiter. Es war ihr unendlich peinlich, aber die Tränen wollten mit Macht heraus, was sie ihm natürlich nicht erklären konnte. Sie konnte ja schlecht sagen, dass sie jede Nacht von ihm träumte, dass sie sich ein Leben an seiner Seite ersehnte und seine arme Frau verfluchte. Dass sie tödlich erschrocken war über ihre Gefühle, über die Kraft dieser unerwünschten Liebe und über die körperlichen Empfindungen, die sie überfielen, wenn sie sich Ludwigs Küsse vorstellte. Sie war eine erbärmliche Sünderin, nichts anderes. Und da sollte sie sich auf ihr Klavierspiel konzentrieren?

»Schschsch, nicht mehr weinen«, sagte Ludwig leise. »Du bist viel zu schön, um traurig zu sein.«

Er hob die Hand und zog mit dem Zeigefinger die Linie einer Träne nach. Ganz langsam wanderte sein Finger von Emmas Auge über ihre Wange, immer tiefer, bis er ihren Mundwinkel erreicht hatte. Emmas Tränen versiegten, sie saß wie erstarrt. Träumte sie, oder passierte das wirklich? Sein Finger, der jetzt sanft ihre Oberlippe nachzeichnete, auf der Unterlippe zurückwanderte und dann, als er die Mitte ihres Mundes erreicht hatte, ihre Lippen öffnete …

Sie träumte. Das *musste* ein Traum sein: die Hitze, die sich in ihrem Körper ausbreitete, das stürmische Herzklopfen, ihr betäubter Verstand. Sein Finger, der ihre Zungenspitze erkundete. Sein herber, betörender Geruch, ganz nah, und seine flüsternde Stimme an ihrem Ohr: »Ein so wunderbares Geschöpf wie du sollte den ganzen Tag lächeln, Emma. Lächeln und lieben, dafür bist du gemacht.«

Emma vergaß, dass er verheiratet war, vergaß ihre Eltern, ihre Erziehung und ihre Moral. Sein Finger zog sich zurück, dafür war jetzt sein Mund da, und alles an ihren Körpern drängte zueinander. Das Glück pulsierte in Emma wie ein lebendiges Wesen, füllte sie vollkommen aus, und erst als Ludwig sich von ihr löste, wich der Traum langsam der Wirklichkeit.

Schwer atmend sah er sie an, fuhr sich mit der Hand durch die zerzausten Haare. Mit rauer Stimme sagte er: »Verzeih mir. Du hast etwas an dir, das mich um den Verstand bringt, Emma. Verzeih mir.«

Sie schaute in seine Augen, immer noch benommen vor Liebe und Erregung, und dachte, dass sie sich jetzt wohl schuldig fühlen musste. Aber es ging nicht. Alles, was sie spürte, war das Verlangen nach diesem Mann.

Sie musste ihn einfach lieben, und wenn es ihr Untergang war.

Das Weihnachtsfest nahte, doch keiner der Forscher schien diesem Umstand viel Bedeutung beizumessen. Auch Emma verdrängte ihre Erinnerungen und konzentrierte sich ganz auf die Gegenwart, zu der besinnliche Adventstage nun einmal nicht gehörten.

Dafür gab es andere Freuden: Ausflüge an den Fluss zum Beispiel. Etwa jeden zweiten Tag wanderten sie alle zusammen schwer bepackt mit Kleidung, Seife und Wäscheleinen ans Wasser, um sich selbst und die Kleider einer gründlichen

Reinigung zu unterziehen. Wobei man hier unter »gründlich« etwas anderes verstand als in Deutschland – wurden die Kleider doch nicht annähernd so sauber wie beim Wäschefest daheim. Aber sie rochen immerhin wieder besser, wenn man sie im Fluss geschwenkt hatte, und das war das Wichtigste. Emma hielt sich bei diesen Gelegenheiten etwas abseits von den Forschern, damit diese ihre schmutzige Wäsche nicht zu sehen bekamen. Sich selbst wusch sie stets in versteckten Winkeln, so dass die Männer sie zwar nicht beobachten, bei drohender Gefahr aber hören konnten.

Alles in allem, fand Emma, war ihr neues Leben sehr zufriedenstellend geregelt. Auf den Komfort, den sie von daheim gewöhnt war, konnte sie erstaunlich gut verzichten. Sie wunderte sich selbst, wie unkompliziert es war, mit vier Männern im Busch zu leben.

Schwieriger wurde es erst, als sie ihre Monatsblutung wieder bekam.

Sie hatte lange ausgesetzt, wahrscheinlich wegen all der Aufregung, doch nun war es soweit, und Emma hatte ein Problem. Wie immer begann es mit leichten Schmerzen. Emma wusste, dass diese sich rasch verstärken würden, doch das war es nicht, was ihr Sorgen machte. Sie quälte etwas ganz anderes: Wie sollte sie sich viermal täglich unauffällig waschen, so wie die Mutter es ihr beigebracht hatte? Alle zwei Tage an den *creek* zu gehen reichte jetzt bei Weitem nicht mehr aus! Äußerste Hygiene war unabdingbar, wollte sie nicht krank werden. Schließlich war, wie jeder gebildete Mensch wusste, das Menstruationsblut giftig. Auch um ihre Stoffbinden musste sie sich kümmern. Trocknen konnte sie sie versteckt im Wald, aber waschen? Die Kelle voll Wasser, die jedem von ihnen morgens und abends zum Zähneputzen zugestanden wurde, reichte nicht aus, um die Binden einigermaßen sauber zu bekommen.

Nach einigem Hin- und Herüberlegen gestand sie sich ein, dass es nur eine Lösung gab. Eine grässliche Lösung: Sie musste Carl Scheerer um einen eigenen Wassereimer bitten. Es war zwar schrecklich peinlich, denn gewiss würde er ahnen, wozu sie den Eimer brauchte – aber was sollte sie sonst tun? Oskar darum zu bitten kam nicht in Frage; er wagte sowieso schon zu viele Vertraulichkeiten.

Also Scheerer.

Sie knetete ihre Hände, während sie auf ihn zuging. Er saß vor seinem Zelt und schrieb Tagebuch. Als er sie kommen hörte, hob er den Kopf.

»Fräulein Röslin! Schon fertig mit dem Zeichnen?«

»Äh, nein.« Sie räusperte sich. »Ich … ich hätte eine Bitte.«

Scheerer runzelte die Stirn. »Sie sehen ein bisschen krank aus. Geht es Ihnen nicht gut?«

»Doch, doch. Ich bräuchte nur … also, ich bräuchte …«

»Nun sagen Sie schon. Was brauchen Sie?«

»Einen Eimer«, presste sie hervor.

»Einen Eimer?« Er lachte. »Und das ist Ihnen so peinlich?«

Sie starrte auf das trockene Laub zu ihren Füßen. »Ich bräuchte nicht nur einen Eimer, sondern auch Wasser. Viel Wasser. Einige Tage lang.«

Langsam sagte Scheerer: »Ach so. Ich verstehe. Entschuldigen Sie bitte, dass ich gelacht habe.«

Er stand auf und ging zu dem Zelt, in dem sich die Ausrüstung befand. Mit einem Holzeimer in der Hand kam er zurück.

»Das ist von nun an Ihrer.«

Sie griff mit brennenden Wangen nach dem Eimer und murmelte einen Dank, ohne Scheerer in die Augen zu sehen. Was er nun wohl von ihr hielt? Sicher fand er es mehr als merkwürdig, dass sie nicht ihren Verlobten in dieser delikaten Angelegenheit um Hilfe gebeten hatte, sondern ihn.

Doch Scheerer sagte nur: »Der *creek* ist weit. Das Wasserschleppen ist zu anstrengend für Sie.«

»Das schaffe ich schon«, versicherte sie ihm schnell. Um zu demonstrieren, wie mühelos sie es hinbekommen würde, ging sie zu dem vollen Wassereimer, der bei der Feuerstelle stand, und hob ihn probeweise an. Er war wirklich *sehr* schwer.

»Stellen Sie ihn wieder ab, Sie sind ja schon ganz rot im Gesicht«, sagte Scheerer. »Ich hole sowieso täglich Wasser, ein Eimer mehr oder weniger macht da nichts aus. Wo soll ich Ihnen den vollen Eimer denn hinstellen?«

»Vielleicht einige Schritte vom Lager entfernt, in den Busch?« Sie brachte kaum mehr als ein Flüstern heraus.

»Gute Idee«, sagte er, »dahin ziehen Sie sich ja sowieso ein paar Mal täglich zurück. Es wird also niemandem auffallen.«

Himmel, war das peinlich! Jetzt spielte er auch noch auf ihre Notdurft an, die sie gezwungenermaßen unter freiem Himmel verrichtete, wenn auch im Schutz von Bäumen und Gebüsch. Das waren die unangenehmen Seiten des Expeditionslebens. Sie schämte sich so sehr, dass sie am liebsten geweint hätte.

Doch sie schluckte den Kloß in ihrem Hals herunter und hob den Kopf. Sie hatte schießen lernen wollen, da würde sie jetzt ja wohl imstande sein, Scheerer trotz des unerquicklichen Themas in die Augen zu sehen!

»Danke«, sagte sie fest.

»Gern geschehen.« Er lächelte.

Dann schien ihm noch etwas einzufallen. »Sagen Sie, sollten Sie nicht ruhen, wenn Sie …?«

»Oh nein, ich kann arbeiten wie sonst auch«, beeilte sie sich zu sagen. Das fehlte noch, dass sie tagelang untätig im Zelt herumliegen musste! Das Ruhegebot während der Periode hatte sie schon zu Hause genervt, hier würde sie es ganz bestimmt nicht einhalten.

»Gut, Sie müssen es wissen.« Scheerer überlegte kurz. »Ich denke, ich sollte Ihnen gleich mal Wasser holen. Und ab morgen früh machen wir es wie besprochen.«

Er schnappte sich den Eimer, den er ihr gerade erst in die Hand gedrückt hatte, und machte sich ohne ein weiteres Wort auf den Weg zum Fluss.

Verwirrt blickte sie ihm hinterher. Wenn das ihre Mutter wüsste! »Mit einem Mann darfst du *nie, nie, nie* über dieses Thema sprechen«, hatte sie Emma eingeschärft, als sie einmal von Frau zu Frau gesprochen hatten. »Er würde sich für immer mit Grausen von dir abwenden. Wenn es gar nicht anders geht, dann sag, Tante Erna sei zu Besuch. Diese Anspielung wird er verstehen.« Die Mutter hatte Emma die Wange getätschelt. »Aber das hat ja noch lange Zeit. Erst musst du heiraten, vorher betrifft dich das sowieso nicht, Liebes.«

Nun, es hatte sie betroffen, aber das hatte sie der Mutter natürlich nicht sagen können.

Emma sah Scheerer nach, wie er mit dem Holzeimer zwischen den Bäumen verschwand. Träumerisch dachte sie, dass er sich ganz und gar nicht mit Grausen von ihr abgewendet hatte. Und böse schien er ihr auch nicht zu sein, obwohl er in den nächsten Tagen deutlich mehr würde schleppen müssen als bisher.

Er war wirklich ein ungewöhnlicher Mensch.

Sie kehrte zu ihren Zeichnungen zurück. Der Schmerz in ihrem Unterleib kam nun in Wellen, doch Emma empfand ihn nicht mehr als Bedrohung. Stattdessen war sie zutiefst erleichtert. Sie hatte ein heikles Problem gelöst, und Scheerer hatte sich dabei als taktvoll und hilfsbereit erwiesen.

Seine Frau, dachte Emma, wo auch immer sie weilt, kann sich wirklich glücklich schätzen, einen solchen Mann zu haben.

# 11

Schon am Tage des vierten Advents hatten sich bedrohliche Wolkenberge aufgebaut, und in der Nacht begann es zu stürmen. Emma war vom Krachen des Donners erwacht und lag nun mit weit geöffneten Augen auf ihrer Wolldecke. Der Wind bauschte die Stoffwände ihres Zeltes wie Segel und ließ sie frösteln. Immerhin war der Zeltstoff wasserdicht, die Konstruktion hielt, und Emma wurde nicht nass. Vorerst.

Unaufhörlich zerrissen Blitze die Dunkelheit, gefolgt von weiteren Donnerschlägen. Die Pferde, die draußen angepflockt und dem Wetter schutzlos ausgeliefert waren, wieherten laut. Die Ochsen schienen weniger furchtsamer Natur zu sein, sie verhielten sich noch ruhig.

Ob die Forscher alle schliefen? Oder lauschten sie wie Emma dem Sturm? Ob auch sie sich fragten, wie lange so ein Zelt Wind und Regen standhielt?

Wiehern, Hufgetrappel, unterdrücktes Fluchen.

Rasch setzte Emma sich auf. Was war da draußen los? Sie streckte den Kopf aus dem Zelt, zuckte aber zurück, als jemand einen Kübel Wasser über ihrem Kopf ausleerte. Nach einer Schrecksekunde begriff sie: Draußen regnete es nicht, es schüttete!

Sie sah gerade noch, dass Scheerers Rappe davongaloppierte, er hatte sich wohl in Panik von seinem Pflock losgerissen. Scheerer selbst schwang sich im gleichen Moment auf Krügers Braunen, um die Verfolgung aufzunehmen. Zeit, um das Tier zu satteln, blieb ihm nicht, erkannte Emma; wenn er den panischen Orlando je wiederhaben wollte, durfte er ihn nicht aus den Augen verlieren. Mit kräftigen Schenkelstößen trieb Scheerer den Braunen an, doch das wäre gar nicht nötig gewesen: Das Pferd legte die Ohren an und stürmte mit Scheerer in den dichten Busch, als sei der Teufel höchstpersönlich hinter ihnen her.

Keine drei Sekunden später waren Pferde und Reiter in Richtung Fluss verschwunden.

Emma zog sich in ihr schützendes Zelt zurück und legte sich hin, doch an Schlaf war nicht mehr zu denken. Würde Scheerer Orlando einfangen können, und viel wichtiger: Würde er selbst heil zurückkommen?

Was, wenn der Braune bei der wilden Jagd stürzte und ihn unter sich begrub, und niemand war da, um Scheerer zu helfen?

Was, wenn er sich im Busch verirrte?

Nach einiger Zeit legte sich der Sturm. Blitze und Donner wurden seltener. Die Wassermassen aus dem Himmel wichen einem gleichmäßig prasselnden Regen.

Scheerer kehrte nicht zurück.

Emma saß nun im Schneidersitz in ihrem Zelt, hellwach lauschte sie auf jedes Geräusch von draußen. Seit Scheerers Aufbruch mussten Stunden vergangen sein. Hätte er nicht längst wieder da sein müssen? War ihm doch etwas passiert?

Irgendwann hielt sie es nicht mehr aus. Sie schlüpfte in ihr Kleid, warf sich das Cape über und verließ ihr Zelt. Sie lief zu Oskar hinüber und rief leise: »Oskar, wach auf! Bitte wach auf, es ist etwas passiert.«

Verschlafen schlug Oskar den Zeltstoff zurück. »Emma! Was machst du denn da draußen im Regen? Geh wieder schlafen.«

»Eines der Pferde ist ausgerissen, und Scheerer ist ihm nachgeritten«, sagte sie hastig. »Er müsste längst zurück sein. Du musst ihn suchen, Oskar!«

»Ich?« Oskar lachte müde. »Ach, Kind, das hat doch keinen Sinn. Es ist dunkel, und es regnet. Alles ist schlammig, mein Pferd würde nur ausrutschen. Nein, nein, wir warten bis zum Morgen. Wenn wir gefrühstückt haben und Scheerer immer noch nicht da ist, kann ich ihn meinetwegen suchen. Oder Pagel übernimmt das, oder Krüger.«

»Wenn wir gefrühstückt haben?! Bis dahin ist es vielleicht zu spät!«

»Nun sei nicht so dramatisch. Scheerer ist ein erfahrener Mann, er weiß schon, was er tut. Und jetzt geh zurück ins Bett.«

»Aber …«

»Das war keine Bitte«, sagte Oskar, und jegliche Wärme war aus seiner Stimme verschwunden, »sondern ein Befehl.«

Sie biss die Zähne zusammen und nickte. Als sie widerstrebend zurückging, spürte sie Oskars Blick in ihrem Rücken.

Im Zelt sah sie, dass der Wind bei ihrem überstürzten Aufbruch die Zeichnungen durcheinandergewirbelt hatte. Mechanisch machte sie sich daran, sie zu ordnen. Da fiel ihr das Bild Carl Scheerers in die Hände, das sie am *creek* gezeichnet hatte.

Scheerer im Wasser. Halbnackt, schön und stark. Und sehr lebendig.

Sie musste ihn suchen!

Oskars Zelt war wieder geschlossen, als Emma zu ihrer Stute huschte. Kurz spielte sie mit dem Gedanken, einen der anderen Forscher um Hilfe zu bitten, doch sie verwarf ihn sofort wieder. Sie würde doch nur die gleichen Argumente zu hören bekommen wie von Oskar, und dabei würde sie wertvolle Zeit verlieren. Nein, sie musste alleine zurechtkommen.

Princess schien sich zu freuen, sie zu sehen. Nun war Emma froh, dass Scheerer ihr ein solch phlegmatisches Tier besorgt hatte, denn das Gewitter schien Princess nicht übermäßig beunruhigt zu haben. Sie ließ sich brav satteln, und als Emma aufstieg und ihr dankbar zuflüsterte: »Na los, suchen wir Scheerer«, setzte sie sich willig in Gang.

Der Boden war aufgeweicht, und sie kam nicht so schnell voran, wie Emma es sich gewünscht hätte. Sie ritt durch die dicht stehenden Bäume in Richtung Fluss, da Scheerer dorthin verschwunden war. Gottlob begann es zu dämmern, was es ihr ein wenig leichter machte, sich zu orientieren. Immer wieder schlugen ihr nasse Zweige ins Gesicht, und wenn sie trabte, schleuderten die Pferdehufe Schlamm gegen ihren Rock und ihr Cape. Doch das kümmerte sie nicht. Scheerer war vor vielen Stunden weggeritten, und sie war sich jetzt sicher, dass etwas passiert war. Sie musste ihm helfen, das stand außer Frage.

Sie biss die Zähne zusammen und trabte das letzte Stück zum Fluss hinunter, während Äste und Gesträuch an ihren Kleidern rissen.

Schon von Weitem hörte sie das Rauschen. Als sie den *creek* erreichte, wurde ihre Ahnung zur Gewissheit: Durch den heftigen Regen war aus dem ruhigen Fluss ein reißender Strom geworden. Voller Angst ritt Emma am Ufer entlang und suchte in der Morgendämmerung mit den Augen die schäumende Wasseroberfläche ab. Ihr Verstand sagte ihr, dass sie kaum eine Chance hatte, Scheerer zu finden. Er konnte überall sein, am Fluss, im Busch, ganz woanders, meilenweit entfernt. Doch sie klammerte sich an die Hoffnung, dass das ausgerissene Pferd am *creek* entlanggaloppiert war. Immerhin standen die Bäume hier weniger dicht, so dass es vielleicht instinktiv in der Uferzone geblieben war.

Wo sollte Emma sonst auch suchen? Wenn sie den Flusslauf verließ, würde sie sich selbst verirren! Also ritt sie am Fluss entlang, weiter und weiter vom Lager weg.

Und dann hörte sie ein Wiehern.

Emmas Herz setzte einen Schlag lang aus, als sie den Pferdekopf in den Fluten erblickte – und die Umrisse Carl Scheerers am Ufer. Sie stieß Princess die Fersen in die Seiten und galoppierte los, hielt sich nur mit Mühe im Sattel und erreichte Scheerer Sekunden später.

Er war klatschnass, umklammerte die Zügel seines Rappen und versuchte, ihn aus dem wilden Fluss das steile, sumpfige Ufer hochzuziehen. Orlando musste auf seiner panischen Flucht ausgerutscht und in den *creek* gestürzt sein, aus dem er jetzt nicht mehr herauskam. Der Hengst war wie von Sinnen. Verzweifelt kämpfte er darum, Tritt zu fassen, doch mit jedem gescheiterten Versuch schien er tiefer in Schlamm und Wasser zu versinken. Eine Welle überspülte seinen Kopf, er tauchte unter und wieder auf und wieherte in Todesangst.

Emma sprang von ihrer Stute. In Windeseile band sie Princess an den nächsten Baum, rannte zu Scheerer und keuchte: »Was kann ich tun? Sagen Sie es mir!«

Scheerer fragte nicht, wie Emma hierhergekommen war; für Fragen war keine Zeit.

»Ich brauche ein Seil«, sagte er knapp. »Wenn ich es um Orlandos Oberkörper schlinge, schaffe ich es vielleicht, ihn herauszuziehen. Aber schnell, er hat nicht mehr viel Kraft. Er kämpft schon ewig.«

Ein Seil? Woher sollte sie auf die Schnelle ein Seil nehmen? Emma überlegte fieberhaft. »Ich könnte eins aus dem Lager holen.«

»Das dauert zu lange. Bis dahin ist er tot.«

»Und wenn wir eine Stelle suchen, an der das Ufer fester ist?«

»Was meinen Sie, was ich in den letzten Stunden getan habe? Ich bin sogar neben Orlando hergeschwommen, wenn an Land kein Durchkommen war.« Scheerers Stimme klang erschöpft. »Aber weit und breit gibt es keine felsige Stelle. Ein paar Wurzeln, das war's. Und die sind alle zu weit oben, als dass Orlando sie mit den Vorderhufen erreichen könnte. Er braucht das Gefühl festen Bodens unter sich, verstehen Sie? Sonst schafft er es nicht.«

Als hätte der Rappe die hoffnungslosen Worte verstanden, hörte er urplötzlich auf, sich gegen die Gewalt des Flusses zu wehren. Er stand jetzt ganz still in den Fluten und ließ es sogar zu, dass seine Nüstern vom Wasser überspült wurden.

Er gab einfach auf.

Verzweifelt riss Scheerer Orlandos Kopf mit den Zügeln hoch.

»Versuch es noch mal, verdammt! Versuch es, du musst es schaffen …«

Das Pferd fing wieder an zu kämpfen, bemühte sich erneut, Tritt zu fassen, doch vergebens.

Emmas Gedanken rasten. Blitzartig kam ihr eine Idee. Es war eine närrische Idee, aber vielleicht ihre einzige Chance, Orlando zu retten.

»Springen Sie ins Wasser!« Kurz entschlossen riss sie Scheerer die Zügel aus der Hand. »Ich halte Orlando fest.«

»Was soll denn das für einen Sinn haben? Außerdem, so stark sind Sie doch gar nicht, dass Sie Orlando …«

»Nun machen Sie schon!«, schrie sie.

Scheerer zögerte nur einen winzigen Augenblick lang. Dann sprang er.

Die Strömung riss an ihm, kurz schien es, als würde er selbst den Halt verlieren. Orlando, den wieder die Panik übermannte, zerrte an den Zügeln und warf den Kopf zur Seite, und es dauerte keine zehn Sekunden, bis er Emma von den Füßen gerissen hatte. Sie lag bäuchlings im Schlamm, das tobende Pferd zog sie gefährlich nah ans rauschende Wasser. Hastig griff sie nach einer knorrigen Baumwurzel und krallte sich mit der linken Hand daran fest, mit der rechten umklammerte sie eisern die Zügel.

»Piken Sie Orlando in den Bauch!«, schrie sie.

Scheerer schaute sie fassungslos an. Doch dann tauchte er seinen Arm neben dem Pferdekörper tief ins Wasser.

Das Pferd wieherte erschrocken, bäumte sich mit fast übernatürlicher Kraft auf und riss Emma ruckartig die Zügel aus der Hand. Seine Hufe wirbelten durch die Luft, trafen weiter oben auf als bei allen Versuchen zuvor, fanden Halt auf einer Wurzel.

Scheerer brüllte: »Hoch mit dir!« und gab Orlando einen Stoß von hinten.

Noch ehe Emma einen klaren Gedanken fassen konnte, stand das Pferd stocksteif und zitternd neben ihr an Land.

Benommen rappelte sie sich auf und sah, wie Scheerer sich aus dem Wasser hievte.

Er kam schwankend auf sie zu, griff nach Orlandos Zügeln und keuchte: »Ich habe mich wohl in dir geirrt, Emma. Du bist keine Dame, oh nein!«

Wie bitte?!

Fassungslos starrte sie ihn an. Zugegeben, sie hatte im Matsch gelegen, aber sie hatte Scheerer doch nur helfen wollen! Stand Orlando etwa nicht lebendig neben ihr, statt im *creek* zu ertrinken? War das nicht tausendmal wichtiger, als sich damenhaft zu benehmen?

Scheerer wandte sich ab. Er strich dem zitternden Rappen über den Hals, führte ihn zu Princess und band ihn neben ihr an den Baum. Dann kam er zurück zu Emma und blieb schweigend und tropfend vor ihr stehen.

Zu ihrer Empörung gesellte sich Enttäuschung. Scheerer schien es nicht zu ertragen, dass er die Hilfe einer Frau benötigt hatte.

»Nein, du bist keine Dame«, wiederholte er. »Kein verzärteltes, hilfloses Wesen. Sondern eine überaus mutige junge Frau. Wenn du nicht gewesen wärst, wäre mein Pferd jetzt tot.« Er lächelte schief. »Mir scheint, dass nicht du einen Beschützer brauchst, Emma, sondern ich.«

Sie schluckte. Das kam nun doch etwas unerwartet. Meinte er seine Worte ernst? Und warum duzte er sie überhaupt auf einmal?

»Danke«, sagte er warm und griff nach ihrer Hand.

»Ich helfe doch gerne«, murmelte sie verlegen.

Scheerer ließ ihre Hand los und lachte leise. »Wenn du so gerne hilfst, ist es ja gut, dass ich dich nicht nach Brisbane zurückgeschickt habe. Was würden Orlando und ich nur ohne dich anfangen?«

Emma wurde unter den Dreckspritzern auf ihrer Haut rot. Sie war sich immer noch nicht sicher, ob er sich nicht doch über sie lustig machte.

»Orlando hat es aus eigener Kraft geschafft«, sagte sie abwehrend.

»Nicht ganz. Deine Idee, ihn zu kitzeln, war genial«, grinste Scheerer. »Wie bist du nur darauf gekommen?«

Sie zuckte mit den Schultern. »Mein Reitlehrer in Stuttgart hat mir einmal erzählt, dass manche Pferde an der Stelle unter dem Sattelgurt schrecklich empfindlich seien. Ich hatte den Wunsch geäußert, mein Pferd selbst satteln zu wollen, und mit dieser Information wollte er mich wohl davon abhalten. Na ja, ganz unrecht hatte er nicht mit seiner Warnung. Du hast ja gesehen, wie hoch Orlando gestiegen ist.«

Carl warf den Kopf in den Nacken und lachte laut. Emma stimmte in sein Lachen ein, sie konnte nicht anders.

Verrückt, ging es ihr durch den Kopf, ich bin nass, dreckig, und ich friere, aber ich fühle mich so lebendig und glücklich wie seit Langem nicht mehr.

Auch als sie beide aufhörten zu lachen und sich nur noch in die Augen schauten, hielt dieses seltsame Glücksgefühl an.

»Darf ich dich überhaupt duzen?« Nun sah Carl verlegen aus. »Ich habe dich gar nicht gefragt.«

»Höflichkeitsfloskeln, während wir so voreinander stehen?« Emma schaute an sich hinab. »Es scheint uns bestimmt zu sein, dass wir uns ständig klatschnass zu Gesicht bekommen.«

»Ich könnte mir Schlimmeres vorstellen.« Carls Stimme war belegt. »Und wie lautet nun die Antwort?«

»Ja«, sagte sie leise. »Ja, Carl.«

Die vibrierende Spannung zwischen ihnen war fast mit Händen zu greifen. Es hatte endlich aufgehört zu regnen, golden und warm ging die Sonne auf. Überall funkelten die Wassertropfen im Morgenlicht, Carls nasses Hemd zeichnete jeden Muskel seines Oberkörpers ab, und ihr war bewusst, dass auch ihr Kleid eng am Körper klebte. Eine Situation wie geschaffen für …

Nein. Sie wollte das nicht.

Nicht noch einmal.

Nie mehr!

Schnell wandte Emma sich ab, ging zu ihrer Stute und saß auf. Sie sah Carl nicht an: »Oskar wird sich schon fragen, wo ich bin. Er macht sich bestimmt Sorgen.«

Falls Carl ebenfalls etwas gespürt hatte, ließ er sich nichts davon anmerken. Er war wieder ganz der überlegene Leiter, als er antwortete: »Dann nichts wie zurück zum Lager. Unterwegs müssen wir noch Krügers Pferd einsammeln, ich hatte es an der Stelle angebunden, an der Orlando in den Fluss gestürzt war. Wie es wohl im Lager aussieht? Hoffentlich hat der Sturm keinen weiteren Schaden angerichtet.«

Und hoffentlich, setzte Emma im Stillen hinzu, macht es meinem Scheinverlobten nichts aus, dass ich Herrn Scheerer von nun an Carl nennen werde.

Sie hatte das dumpfe Gefühl, dass Oskar sie nicht mit Hochrufen begrüßen würde.

Ihre Vorahnung bestätigte sich. Als Emma und Carl ins Lager ritten und absaßen, liefen Pagel und Krüger aufgeregt herbei, bestürmten Carl mit Fragen und kümmerten sich eilfertig um die Pferde. Oskar hingegen stand abseits und wartete mit verschränkten Armen darauf, dass Emma zu ihm kam.

Langsam ging sie auf ihn zu. Nach dem langen Ritt in ihren nassen Kleidern war ihr kalt, und die Wut in Oskars Augen ließ sie noch mehr frösteln. Als sie schließlich vor ihm stehen blieb, fiel es ihr schwer, nicht den Blick zu senken.

Er sah auf sie herunter, die Arme immer noch verschränkt.

Seine Stimme war gefährlich leise, als er sagte: »Ich hatte dir befohlen, zurück in dein Zelt zu gehen.«

Furcht überkam sie, gleichzeitig aber fühlte sie rebellischen Widerstand in sich aufsteigen. Sie hatte das Pferd des Expeditionsleiters gerettet, während alle anderen gemütlich geschlafen hatten. Sie hatte Mut bewiesen und sich Carls Anerkennung erworben. Musste sie dafür vor Oskar zu Kreuze kriechen?

Oh nein!

»Stimmt, das hattest du«, sagte sie und sah Oskar in die Augen. »Aber mir war klar, dass Carl in Schwierigkeiten steckt. Und da ich mir vorgenommen hatte, euch allen keine Last mehr zu sein, sondern eine Hilfe, habe ich mich aufgemacht, ihn zu suchen.«

»Carl? Ah, ich verstehe. Solch eine edle Hilfsaktion verbindet natürlich.« Oskars Stimme troff vor Sarkasmus. »Deine guten Vorsätze in Ehren, meine Liebe, aber du bist und bleibst eine Frau. Vergiss das nicht. Und vergiss auch nicht«, er hob mit dem Zeigefinger ihr Kinn an, »dass du *meine* Assistentin bist. Godeffroy ernährt dich nur so lange, wie *ich* es für richtig halte.«

Emma war durchaus klar, worauf er anspielte: Wenn sie Oskar zu sehr verärgerte, würde er sie entlassen – und damit hätte sie keinen Anspruch mehr auf Lohn, Verpflegung und Gebrauch der Ausrüstung, nicht einmal mehr auf ihre Stute. Oskar hatte sie in der Hand.

Und das wusste er.

Sie schwieg und zwang sich, seinen Finger nicht wegzuschlagen.

»Außerdem bist du, zumindest in den Augen der anderen, meine Verlobte«, sagte Oskar leise. »Du tätest gut daran, dieses Spiel weiterzuspielen, wenn du nicht als Lügnerin entlarvt und weggeschickt werden willst.«

»Auch du hast gelogen, Oskar«, platzte es aus Emma heraus.

Er lächelte; immerhin nahm er nun seinen Finger von ihrem Kinn. »Gewiss. Aber ich bin ein zahlendes Mitglied der Gruppe, und Scheerer hat Anweisung von ganz oben, mich mitzunehmen. Ob er mich als Lügner verachtet oder nicht, kann mir völlig egal sein. Du hingegen«, das Lächeln wurde breiter, »bist auf die Aufrechterhaltung unserer kleinen Posse angewiesen.«

Emma senkte den Kopf. Er hatte recht, das war das Schlimmste. Die Lüge zuzugeben hieß, ihre fragile Stellung in der Gruppe sofort wieder zu verlieren. Ihre Existenz als Teilnehmerin der Expedition hing von Oskar ab, und sie konnte nichts, rein gar nichts dagegen tun.

»Was verlangst du von mir?«, fragte sie und fixierte ihre Stiefelspitzen.

»Nicht viel«, sagte er leichthin. »Nur, dass du meine Anweisungen befolgst. Und dass du etwas mehr … hm … Herzblut in deine Rolle als meine zukünftige Ehefrau legst.«

Etwas an seinem Ton ließ sie aufschrecken, und sie hob ruckartig den Kopf.

»Na, na, na«, tadelte er sie milde. »Ist das ein verliebter Blick? Wohl eher nicht. Lächeln, Emma, lächeln.«

Er griff mit Daumen und Zeigefinger nach ihrem Mund und zog ihre Mundwinkel nach oben.

»Siehst du, so sieht es doch schon viel besser aus. Und das übst du jetzt. Glaub mir, das ist ein besserer Zeitvertreib, als mit fremden Männern im Busch zu verschwinden und nass und besudelt zurückzukehren.«

Bei den letzten Worten hatten sich seine Finger schmerzhaft in ihre Mundwinkel gebohrt.

Reflexartig griff Emma nach Oskars Hand und riss sie von ihrem Gesicht.

Er maß sie mit einem langen Blick, dann ging er.

Emma sah ihm hilflos nach. Sie beobachtete Oskar, wie er die Früchte eines kleinen, verkrüppelten Baumes pflückte und dabei anfing, mit Pagel zu scherzen, als sei nichts geschehen. Unwillkürlich griff sie sich an den Mund.

Da hörte sie Carl hinter sich raunen: »Er passt nicht zu dir, Emma. Überleg es dir gut, ob du so einen Mann wirklich heiraten willst.«

Sie fuhr zu ihm herum. Hatte sie sich verhört, oder wagte Carl es wirklich, ihr solch einen intimen Ratschlag zu geben?

Doch der Leiter sah sie nicht an, sondern ging an ihr vorüber, als habe sein Weg ihn nur zufällig in ihre Nähe geführt. Ob er sie und Oskar die ganze Zeit beobachtet hatte?

Carl hatte sein Zelt fast erreicht, als er sich noch einmal zu ihr umdrehte.

»Zieh dir was Trockenes an«, rief er ihr zu. Sein Blick wanderte zu Oskar, der sich gerade nach einer herabgefallenen Frucht bückte, und er fügte sarkastisch hinzu: »Wer krank ist, kann nicht zeichnen. Und das wird weder Godeffroy noch Crusius gefallen, schätze ich.«

»Wie wahr«, sagte Oskar, richtete sich zu seiner vollen Größe auf und fixierte Carl mit schmalen Augen. »Ich würde Emma ungern verlieren, nur weil der Leiter dieser Expedition nicht auf sein Pferd aufpassen kann.«

»So wie Sie nicht auf Ihres?«, erwiderte Carl ausdruckslos und wies mit dem Daumen zur Seite.

Oskar schaute stirnrunzelnd zu der Stelle, wo eben noch sein Pferd gestanden hatte. Sie war leer; das nachlässig angebundene Tier hatte sich wohl auf der Suche nach schmackhafterem Futter selbstständig gemacht.

Oskar fluchte unterdrückt und rannte los, um das Pferd einzufangen. Carl grinste und verschwand im Zelt.

Auch Emma löste sich aus ihrer Erstarrung und ging langsam zu ihrer Behausung. Obwohl sie Oskar sein Missgeschick gönnte, war ihr nicht nach Grinsen zumute. Denn Oskar würde sein Pferd bald finden und zurückkehren, und dann würde er erwarten, dass sie ihre Rolle als seine Verlobte »mit mehr Herzblut« spielte. Emma schauderte, als sie sich vorstellte, was er darunter vermutlich verstand.

Sie ahnte, dass diese Gewitternacht vieles verändert hatte. Und zwar nicht nur zum Guten.

# 12

Der Sturm hatte den Lagerplatz in ein Schlammloch verwandelt, und so zogen sie weiter. Emma nutzte die allgemeine Geschäftigkeit des Aufbruchs, um rasch zur Baumhöhle zu gehen und ihr Spitzmesser neben den verwaisten Speer zu legen. Vielleicht würde der Wilde zurückkommen, wenn sie erst fortgezogen waren; dann sollte er ihr Messer finden, als Entschuldigung dafür, dass Oskar und Pagel ihn so sehr erschreckt hatten. Emma selbst würde sich für die nächsten Tage ein Messer von einem der Forscher leihen – ihres hatte sie eben offiziell verloren – und sich dann in Brisbane ein neues kaufen.

Sie alle brauchten dringend Nachschub, nicht an Proviant, aber an wissenschaftlichem Material wie Dosen, Spiritus und Papier für Emma. Zwar hatten die Forscher die Expedition auf acht Wochen angelegt, doch die Gegend um den *creek* war so ergiebig gewesen, dass Ochsen und Pferde bereits jetzt mit frischen und gepressten Pflanzen, eingelegten kleinen Tieren und Zeichnungen schwer beladen waren. So passte es allen gut, dass Carl entschieden hatte, die Gruppe nach Weihnachten zurück in die Stadt zu führen.

Die folgenden Tage erlebte Emma mit gemischten Gefühlen. Schon bald hatte sich wieder stechende Hitze übers Land gelegt, und das tägliche stundenlange Laufen strengte sie an. Doch sie teilte sich ihr Wasser nun besser ein, und da ihr Körper sich mittlerweile an das australische Klima gewöhnt hatte, hielt sie den Strapazen recht gut stand.

Als viel belastender empfand sie das feindselige Schweigen zwischen Carl und Oskar.

Carl und sie duzten sich weiterhin, aber nur wenn keiner der anderen Forscher in der Nähe war. Sobald die Gefahr bestand, dass jemand sie hören konnte, wechselten sie zum förmlichen Sie. Carl hatte es recht bald so gehalten, und Emma war erleichtert darauf eingegangen, denn sie scheute sich vor einer erneuten Konfrontation mit Oskar.

Wenn Carl und sie dann allein waren und sie ihn beim Vornamen nennen durfte, fühlte sie sich seltsam schuldig. Emma sagte sich stets, dass sie nichts Unrechtes tat. Weder war sie wirklich mit Oskar verlobt, noch war etwas Unzüchtiges zwischen Carl und ihr vorgefallen. Doch das Gefühl des Verbotenen blieb und erinnerte sie schmerzhaft an Ludwig.

Obwohl Oskar von ihren Gefühlen nichts ahnen konnte, beobachtete er Emma und Carl mit Argusaugen. Er warf ihr schon grimmige Blicke zu, wenn sie auch nur in Carls Nähe stand, was sich beim besten Willen nicht immer vermeiden ließ. Warum auch?, fragte Emma sich trotzig. Sie waren eine Gruppe, da musste jeder mit jedem auskommen. Wenn Oskar nur noch das Nötigste mit Carl sprach, war das seine Entscheidung; Emma jedenfalls würde bei diesem Spiel aus falschen Besitzansprüchen nicht mitmachen.

Das war allerdings leichter gedacht als getan. Oskar pochte mit Macht darauf, dass Emma ihre Rolle »mit Herzblut spielte«. Er legte ihr häufig den Arm um die Schultern, machte anzügliche Bemerkungen, als stünde ihre Hochzeit kurz bevor, und manchmal strich er ihr mit der flachen Hand über Haar und Rücken, was sie stocksteif über sich ergehen ließ.

Carl sah dann jedes Mal mit angespanntem Kiefer in eine andere Richtung. Über die Verlobung verlor er kein Wort mehr, und Emma ahnte den Grund für sein Schweigen. Er hatte sie ein einziges Mal gewarnt; nun wollte er die Entscheidung ihr selbst überlassen.

Oft wünschte sie sich, ihm gestehen zu dürfen, dass die ganze Geschichte mit Oskar erfunden war. Doch wie würde er reagieren, wenn er erfuhr, dass sie ihn von Anfang an belogen hatte? Nein, es war zu riskant. Sie hatte sich auf die Lüge eingelassen, nun musste sie damit leben.

Zu Emmas Widerwillen gegen Oskars Vertraulichkeiten gesellte sich die Wut über ihr eigenes Verhalten.

Aber was sollte sie tun? Oskar hatte ihr unmissverständlich klargemacht, zu welchen Schritten er bereit sein würde, wenn sie ihn nicht zufriedenstellte. Emma zweifelte nicht daran, dass er seine Drohung, sie zu entlassen, wahrmachen würde. So blieb ihr nichts anderes übrig, als gute Miene zum bösen Spiel zu machen und Oskars Worte und Berührungen zu ertragen.

Am Tag des Heiligen Abends beschlossen sie, unter mehreren großen Flaschenbäumen ihr letztes Lager vor der Heimkehr aufzuschlagen. Emma suchte sich einen Platz, der möglichst weit von Oskars entfernt war, und baute ihr Zelt allein auf. Sie weigerte sich inzwischen, sich bei den alltäglichen Arbeiten von den Männern helfen zu lassen, genauso wie sie sich weigerte, vormittags zu reiten. Wenn man es ihr schon nicht erlaubte, allein im Lager zu bleiben oder schießen zu lernen, so wollte sie sich wenigstens in diesen Punkten als den Männern ebenbürtig erweisen. Fester denn je war sie entschlossen, als Pflanzenzeichnerin wahrgenommen zu werden statt als Oskars lästiges Anhängsel.

Da es bald dunkeln würde, beeilte sich jeder, seinen Aufgaben nachzukommen. Carl entfachte ein Feuer, die drei anderen gingen auf die Jagd, und Emma sammelte die apfelgroßen Früchte, die von einem Baum am Rande des Lagers abgefallen waren. In den letzten Tagen waren sie oft auf diese noch namenlose Baumart gestoßen, und das Obst hatte sich – wenn es reif und von selbst abgefallen war – als wohlschmeckend und bekömmlich erwiesen.

Das wird ein seltsames Weihnachtsfest werden, dachte sie, während sie ihre Ernte zum Feuer trug. Das Feuer unter freiem Himmel statt im Kamin, die Früchte roh statt als Dessert, ein Christbaum fehlt ganz.

Beim Gedanken an die mit Zuckerwerk, Äpfeln und Wachskerzen geschmückte Tanne, die heute gewiss im Röslinschen Hause stehen und am Abend im Lichterglanz erstrahlen würde, überfiel sie das Heimweh. Ob Vater und Mutter sie wenigstens heute vermissten, ein kleines bisschen? Ob sie es bereuten, Emma über die dunklen Geschehnisse im Februar im Ungewissen gelassen zu haben? Ob sie sich eine Versöhnung wünschten?

Und Ludwig? Ob er wohl unbeschwert und fröhlich mit Auguste feierte? Oder ob er an Emma dachte?

Denke ich denn eigentlich noch an ihn?, fragte sie sich plötzlich.

Emma hatte Ludwig nach ihrem ersten Kuss vier Wochen lang nicht wiedergesehen. So hatte sie genug Zeit gehabt, um Höllenqualen zu erleiden und abwechselnd an ihrem und an seinem Verstand zu zweifeln.

Er hatte ein Briefchen geschickt – an Frau Röslin, nicht an Emma – und die nächste Klavierstunde abgesagt, mit der Begründung, dass er sich nicht wohlfühle. Auch danach könne er nicht kommen, da er um die Weihnachtszeit herum nicht in Stuttgart sei.

»Die Familie seiner Frau wohnt auf dem Land«, teilte Frau Röslin ihrer Tochter mit, während sie den Brief überflog, »und dorthin fahren die Heyns nun auch. Aber im neuen Jahr werden sie zurück in Stuttgart sein, und Herr Heyn wird dich wieder unterrichten.« Sie hob den Kopf und lächelte. »Dann kannst du die Zeit bis dahin ja nutzen, um fleißig zu üben.«

Emma nickte und verbarg ihre Enttäuschung hinter einem gleichmütigen Gesichtsausdruck. Doch als sie später am Klavier saß und die schwermütigsten Stücke spielte, die sie kannte, stürmten die bangen Fragen nur so auf sie ein.

Hatte Ludwig eine Ausrede erfunden, um sie, Emma, nicht sehen zu müssen? Wollte er sich eine Pause verschaffen, um über seine Leidenschaft für Emma hinwegzukommen? War das, was zwischen ihnen geschehen war, überhaupt Leidenschaft für ihn gewesen? Verachtete er Emma, weil sie ihn nicht zurückgewiesen hatte? Aber nein, das war unmöglich. *Du hast etwas an dir, das mich um den Verstand bringt, Emma.* Das waren seine Worte gewesen. Vielleicht hasste er sie ja dafür, dass sie dieses Etwas an sich hatte und ihn zur Untreue verführte? Oder maß er dem Kuss gar keine Bedeutung bei?

Die Fragen kreisten unaufhörlich in ihrem Kopf, kaum merkte sie, dass sie bereits seit über zwei Stunden spielte.

Erst als ihre Mutter hinter ihr sagte: »Es ist genug, Kind, man soll in allem Maß halten!«, kam sie wieder zur Besinnung, klappte den Klavierdeckel heftig zu und handelte sich prompt einen weiteren Tadel ein.

Selbstvorwürfe und verzweifelte Liebe begleiteten Emma durch die Weihnachtstage und bis ins neue Jahr. Die ganze Zeit über fürchtete sie sich davor, dass Ludwig einen weiteren Brief senden und den Klavierunterricht ganz kündigen würde. Als diese Schreckensnachricht bis Anfang Januar ausgeblieben war, atmete Emma zögernd auf. Sie würde ihn wiedersehen, bald. Zumindest das. Und dann würde sie … ja, wie würde sie sich verhalten?

Anfangs hatte sie sich vorgenommen, ihn mit Kälte zu bestrafen, weil er sie im Ungewissen gelassen hatte. Schließlich war er es gewesen, der sie geküsst hatte! Dann sagte sie sich, dass vielleicht alles zwischen ihnen vorbei sein würde, wenn sie ihm derart kühl begegnete, und sie wollte sich auf fragende Blicke verlegen. Aber mit jeder Woche ohne ihn wurde sie mürber, wurde die Sehnsucht danach, noch einmal seinen Mund auf ihrem zu spüren, drängender. Als er dann endlich eine Botschaft schickte, wann er zur Klavierstunde zu kommen gedachte, wusste Emma, dass sie alles dafür tun würde, um ihn dazu zu bringen, ihre Liebe zu erwidern.

Sie wartete in ihrem hübschesten Kleid auf ihn, einem zarten, schneeweißen Gebilde mit weich fallenden Volants, und auch wenn sie sich wie die sündige Eva persönlich fühlte, hoffte sie doch inbrünstig, dass ihre Schönheit ihm auffallen möge.

Als er mit Frau Röslin den Raum betrat, stand sie am Klavier und gab vor, Noten zu ordnen. Sie hob den Kopf und begrüßte ihn mit erzwungener Ruhe. Sein Blick erfasste ihre Gestalt von oben bis unten, und als die Tür sich hinter ihrer Mutter geschlossen hatte, schlenderte er auf Emma zu.

Sie hörte mit dem unsinnigen Notenordnen auf, ließ die Hände sinken und … wartete.

Dicht vor ihr blieb er stehen und schaute auf sie herab. Sie suchte in seinen Augen nach der Antwort auf ihre Fragen.

Noch ehe sie ein Wort sagen konnte, raunte er: »Weihnachten ohne dich war schrecklich, Emma. Ich durfte mir nichts anmerken lassen und musste doch Tag und Nacht an dich denken. An dich und …«, er zog sie an sich, »… an unseren Kuss.«

Augenblicklich lösten Emmas Zweifel sich in Luft auf. Ludwig hatte sie vermisst! Er hatte den Kuss genauso empfunden wie sie selbst, hatte ebenso wie sie weiteren Küssen entgegengefiebert, denn schon lag sein Mund wieder auf ihrem, sein

Körper presste sich an sie, und Emma versank erneut in dem Traum aus Hitze und Unwirklichkeit, den sie nur mit Ludwig träumen konnte.

Viel zu schnell und fast mit Gewalt riss er sich von ihr los.

»Wir müssen Klavier spielen, sonst werden deine Eltern misstrauisch«, sagte er und lachte leise.

Sie nickte, ohne ihren Blick von seinem schönen, heiteren Gesicht zu lösen.

Sie hätte zu allem genickt.

Die Männer hatten zu Ehren von Jesu Geburt mehrere Emus erlegt, riesige Vögel mit zotteligem, braunem Gefieder.

»Das ist was anderes als das mickrige Federvieh daheim, he?«, dröhnte Pagel, der sich die schweren Tiere links und rechts über die Schultern gehievt hatte. »Denke, heute Abend werden wir satt.«

»Immerhin das«, sagte Krüger leise.

Emma lächelte ihm aufmunternd zu. Wahrscheinlich vermisst er seine Liebste, wo doch heute Heiligabend ist, dachte sie.

Das gemeinschaftliche Zubereiten der Vögel lenkte Krüger jedoch bald ab. Die Emus lieferten ein hervorragendes, leuchtend gelbes Fett, von dem Krüger behauptete, es ließe sich gut als Mittel gegen Muskelschmerzen benutzen.

»Hausmittelchen? Pah! Ich nehme das Fett lieber für mein Gewehr«, sagte Pagel verächtlich.

Oskar stimmte ihm zu: »Einreibungen überlassen wir dem schwachen Geschlecht. Von Muskelschmerzen lassen wir uns nicht unterkriegen, was, Pagel?«

Pagel klopfte Oskar auf die Schulter. »Sie gefallen mir, Crusius, je länger ich Sie kenne, desto besser. Schießen statt schmieren, das ist die Devise.«

Die beiden Forscher lachten.

Krüger seufzte. Carl schüttelte leicht den Kopf. Emma musste an die Aggressivität denken, die von Oskar und Pagel ausgegangen war, als sie den Wilden verjagt hatten.

Ihr war diese Männerfreundschaft schon längst unbehaglich geworden.

Es musste bereits auf Mitternacht zugehen, und immer noch saß Emma am Feuer. Die anderen Forscher waren schon in ihre Zelte gekrochen, doch Emma war nicht nach Schlafen zumute. Sie starrte in die Flammen und ließ die letzten Stunden Revue passieren. Nein, einen solch unheiligen Heiligabend hätte sie sich in Stuttgart niemals träumen lassen. Eigentlich hatte er sich kaum von all den anderen Abenden unterschieden, die sie bisher im Busch verbracht hatte. Zwar hatte es mehr Fleisch gegeben, und die Emus hatten ausnehmend gut geschmeckt. Aber niemand hatte aus der Bibel vorgelesen, weil niemand sie dabei hatte, wie sie peinlich berührt festgestellt hatten, es hatte natürlich keine Geschenke gegeben, und nach weihnachtlichem Gesang hatte auch niemandem der Sinn gestanden. Zu Hause hatte Emma am Heiligabend stets Klavier gespielt, und die Eltern hatten dazu gesungen. Wehmütig dachte Emma an das unmelodische Brummen des Vaters und die klare helle Stimme der Mutter. Ihre Brust wurde eng. Verflixtes Heimweh!

»Du bleibst wohl die ganze Nacht hier draußen?«, hörte sie Carls leise Stimme hinter sich. Er war unbemerkt zu ihr getreten, jetzt setzte er sich neben sie ans Feuer.

»Alles schläft, einsam wacht …«, witzelte Emma mit schiefem Grinsen. Carl sollte nicht merken, wie enttäuscht sie über den Verlauf des Abends war. Was hatte sie denn erwartet? Heilige Nacht unter dem Kreuz des Südens? Lächerlich.

»… nur das traute hochheilige Paar … Ja, Weihnachtslieder

haben mir in den ersten Jahren hier auch gefehlt«, sagte Carl. »Aber in Australien werden Weihnachten und Neujahr kaum gefeiert. Mir scheint, die Menschen haben mit der drückenden Enge ihres Heimatlandes auch ihre Sitten und Bräuche hinter sich gelassen.«

»Hast du das so empfunden?«, fragte Emma überrascht.

»Dass ich anfangs gerne singen wollte?«

»Aber nein! Dass es in der Heimat drückend eng ist.«

Carl sah ins Feuer. »Wenn ich ehrlich sein soll, ja. Mich hat es immer in die Wildnis gezogen. Recht unpraktisch, wenn man in München lebt.« Er lachte, wurde aber gleich wieder ernst. »Gleichzeitig habe ich, seit ich denken kann, diesen seltsamen Forscherdrang in mir. Den habe ich wohl von meinem Vater geerbt, er ist Professor an der Münchner Universität. Tja, da habe ich es meinem alten Herrn eben gleichgetan und Medizin studiert.«

»Warum bist du danach nicht Arzt geworden?«

»Ich wäre erstickt«, sagte Carl nüchtern. »Das beschauliche bayerische Leben ist einfach nichts für mich, Emma. Noch während des Studiums ist mir klar geworden, dass ich frei sein möchte. Aber das hätte ich weder als praktischer Arzt noch in den ehrwürdigen Hallen der Wissenschaft sein können.«

Er zuckte mit den Schultern. »Also bin ich ausgewandert. Denn hier in Australien geht beides: forschen und das Leben eines Abenteurers führen.« Mit verlegenem Lächeln fügte er hinzu: »Du musst mich für einen komischen Vogel halten.«

»Nein«, lächelte Emma. »Den komischen Vogel hatten wir zum Abendessen.«

Sie schwieg einige Augenblicke nachdenklich.

Dann sagte sie: »Ich halte dich nicht für komisch, sondern für einen Mann, der seiner wahren Natur folgt. Seiner Bestimmung. Im Gegensatz zu Oskar bist du nicht hier, weil du das

Geld liebst, sondern weil du das Forschen liebst. Das ist doch wunderbar.«

Carl warf ihr einen Blick zu, den sie nicht zu deuten wusste, und fragte langsam: »Und du, Emma? Weshalb bist du hier?«

Sie senkte den Kopf, ohne zu antworten.

»Ist es nicht seltsam?«, fragte er leise. »Man kann das, was in der Vergangenheit geschehen ist, so wunderbar vergessen, unter freiem Himmel und zwischen Eukalyptusbäumen. Aber Weihnachten ... an Weihnachten holt uns alles wieder ein.«

»Nein«, sagte sie und schüttelte heftig den Kopf. »Nichts holt uns ein. Was vorbei ist, ist vorbei!«

»Jeder von uns hat seine Geschichte, und es ist oft schwer, Frieden mit ihr zu schließen. Doch wir sollten es zumindest versuchen. Findest du nicht?«

Alles in ihr sträubte sich gegen seine Worte.

»Was meinst du damit?«, brauste sie auf. »Was weißt du denn von meiner Geschichte?«

»Nichts«, sagte Carl schlicht. »Aber manchmal finde ich nachts keine Ruhe und wandere im Lager herum. Dann höre ich dich im Schlaf weinen.«

Er hob die Hand und legte sie für die Dauer eines Wimpernschlages auf ihre Wange, so sacht, dass sie nicht sicher war, ob er sie wirklich berührt hatte. »Gute Nacht, Emma. Und trotz allem – frohe Weihnachten.«

Carl stand auf und ging zurück in sein Zelt, und Emma starrte ins Feuer, bis es zischend und endgültig in sich zusammenfiel.

# 13

Der tagelange, stetige Marsch durch die Hitze zurück nach Brisbane war anstrengender als alles, was Emma bisher erlebt hatte. Doch nicht nur deshalb schwieg sie die meiste Zeit. Sie war viel zu sehr mit sich selbst beschäftigt, um Lust auf Plaudereien zu verspüren.

Hatte sie es sich auf dem Schiff und während der ersten Tage in Australien noch energisch verboten, zu viel an daheim zu denken, so ließ sie jetzt zu, was immer aus den Tiefen ihres Selbst ans Licht wollte.

Denn wenn ihr bei dem Gespräch am Heiligen Abend eines klar geworden war, dann das: Sie konnte die Vergangenheit nicht einfach ruhen lassen. Wenn es wirklich so war, dass ihre Schuld sie immer wieder einholen würde, dann wollte Emma das Messer zumindest nicht auf der Flucht in den Rücken gestoßen bekommen. Stattdessen würde sie stehen bleiben und dem entgegensehen, was sie verfolgte – was immer es war. Denn nur wenn sie es erkannte, hatte sie eine Chance, es zu besiegen. Eine winzige Chance allerdings, wie sie angesichts ihres Gedächtnisverlustes einräumen musste.

Irritiert bemerkte sie, dass sie mittlerweile ohne Schmerz und Trauer an Ludwig denken konnte. Lediglich eine leise Wehmut begleitete ihre Erinnerungen, manchmal auch Erstaunen darüber, wie sie selbst gehandelt und empfunden hatte. Ab und zu war es ihr, als zöge jemand einen Schleier von ihren Augen: Dann sah sie bestimmte Ereignisse aus ihrer Zeit mit

Ludwig in ganz neuem Licht, einem Licht, das nicht strahlend hell war, sondern trübe und kühl.

Verschwand die Liebe zu Ludwig deshalb aus ihrem Herzen, langsam, aber unaufhaltsam?

Dass ihre Sehnsucht immer schwächer wurde und ihr Blick auf Ludwig kritischer, bedrückte Emma. Sie hatte doch geschworen, Ludwig auf ewig zu lieben. Nun waren sie noch kein Jahr lang getrennt, und die Ewigkeit war bereits am Ende angelangt. War sie so treulos, so oberflächlich? Der Gedanke erschreckte sie. Oder – und dieser Gedanke erschreckte sie noch mehr – hatte sie sich in Stuttgart nur Illusionen hingegeben?

War das, was sie für unsterbliche Liebe gehalten hatte, etwas vollkommen anderes gewesen?

Wenn es so war, dann hatte sie dieser Schwärmerei viel zu viel geopfert. Heiße Reue überflutete sie, als Emma daran dachte, *wie* viel.

Der Frühling war ins Land gegangen, und äußerlich hatte sich für Emma wenig verändert. Sie hatte das Leben weitergeführt, das sie seit Jahren geführt hatte, hatte Herrn Röslin bei seiner Arbeit geholfen, war durch die erwachende Natur gestreift, hatte Pflanzen getrocknet, und viele Stunden täglich hatte sie gezeichnet. Ihrem Vater fiel lediglich auf, dass sie häufiger Klavier übte als früher, und die Mutter bemerkte, dass Emma ausschließlich Liebeslieder spielte. Aber war das nicht ganz natürlich? Emma war jung, und es war Frühling, da träumte eine Frau eben von der Liebe.

Dass sie von ihrem Klavierlehrer träumte, ahnte niemand.

Für ihre Eltern war Emma dieselbe, die sie im Herbst gewesen war. Doch die Emma vor Ludwig hatte nichts mehr mit der Emma zu tun, als die sie sich fühlte, seit sie dieser Liebe verfallen war. Sie erledigte ihre Pflichten, widmete sich Blüten und Blättern, traf sich mit Sophie, ging mit der Mutter auf den Markt … Doch die ganze Zeit über sehnte sie sich nach Ludwigs Nähe. Manchmal kam sie, mehr oder weniger zufällig, an seinem Haus vorbei. Dann stellte sie sich vor, wie es wäre, hier mit ihm zu leben. In diesen Momenten erkannte sie sich selbst kaum wieder: Sie existierte nur noch für Erinnerung und Vorfreude, vor allem aber für die eine Stunde, die er neben ihr auf der Klavierbank saß, für die gestohlenen Küsse und die Wärme seiner Hände, die sie auf ihrem Nacken spürte.

Eine Stunde Leben für hundertsiebenundsechzig Stunden Sehnsucht jede Woche.

Das hatte sie sich ausgerechnet, nachdem Ludwig und Auguste wieder einmal zum Abendessen da gewesen waren und sie sich krank vor Kummer gefühlt hatte, obwohl er Auguste kaum beachtet hatte. Er hatte zwischen Emma und ihrer Mutter gesessen, und als er ihr Unglück bemerkte, streichelte er unter dem Tisch tröstend Emmas Hand. Sie war vor Schreck über diese Indiskretion wie erstarrt. Dennoch ließ sie ihn gewähren und hütete die Erinnerung an die heimliche Berührung tagelang.

Und dann, eines Tages im Mai, hielt sie es nicht mehr aus. Sophie hatte ihr am Vormittag stundenlang von ihrem Zukünftigen vorgeschwärmt – sie war endlich verlobt –, während Emma von der Schwere ihres eigenen Elends niedergedrückt worden war. Beim Unterricht am Nachmittag musste sie sich zwingen, ihre Hände auf den Tasten und die Augen auf den Noten zu lassen, und als ihre gemeinsame Zeit sich dem Ende zuneigte, legte sie in aufwallender Verzweiflung den Kopf an Ludwigs Schulter.

»Soll ich dich immer nur für die Dauer eines Kusses lieben dürfen?«, flüsterte sie unglücklich.

Er legte den Arm um sie und drückte seinen Mund auf ihr Haar. »Nein, so geht es nicht weiter. Das habe ich mir auch schon überlegt. Wir müssen uns irgendwo treffen, wo wir allein sind.«

Sie schluckte. »Wo könnte das sein?«

»Bei mir. Auguste besucht häufig ihre Freundinnen, morgen zum Beispiel. Ich habe so viele Noten zu Hause herumliegen; du solltest kommen und dir welche ausleihen.«

Sie löste sich von ihm und suchte seinen Blick. Wie gebannt schaute sie in seine hellen Augen, und für einen winzigen Augenblick schaltete sich ihr Verstand wieder ein.

»Spielst du gerne mit dem Feuer, Ludwig?«

»Nur wenn das Feuer so hell lodert wie bei dir.« Er lächelte. »Dann allerdings verspüre ich keinerlei Lust, es zu löschen.«

Abrupt stand er auf. Ohne sie noch einmal zu küssen, sagte er: »Adieu, Emma. Bis morgen um drei.«

Was geschieht hier?, fuhr es ihr durch den Kopf.

Sie sah ihm nach, wie er elegant den Raum durchschritt. Als er ging, spürte sie die Kälte, die nach ihr griff, sobald sie ohne ihn war, und sie schauderte. Morgen, sagte sie sich, morgen würde ihr wieder warm sein. Morgen um drei.

Unruhe erfasste sie. Sophie hatte kichernde Andeutungen über das gemacht, was zwischen Mann und Frau geschehen konnte, wenn sie allein waren. Seit Sophie verlobt war, sprach ihre Mutter manchmal unter vier Augen mit ihr. Was Sophie Emma von diesen Gesprächen weitererzählte, klang allerdings eher abschreckend als verheißungsvoll. Für Frauen schien »es« in erster Linie eine Geduldsübung zu sein, die manchmal sogar schmerzhaft war. Außerdem war das Ganze der Ehe vorbehalten. Ludwig würde doch wohl nicht von Emma verlangen …?

Ihre Unruhe verstärkte sich. Gleichzeitig zog alles in ihr sie zu Ludwig hin, und sie tröstete sich mit dem Gedanken, dass nichts, was zwischen wahrhaft Liebenden geschah, jemals falsch sein konnte. Zumindest hoffte sie das.

Sie schlief schlecht in dieser Nacht.

Am nächsten Tag um drei wagte sie es erst, die Kapuze zurückzuschlagen, als Ludwig die Haustür fest hinter ihr geschlossen hatte.

Er lachte. »Ein warmer Maientag, und du kommst vermummelt bis an die Nasenspitze zu mir?«

»Was hast du denn erwartet?«, fragte sie, während er ihr das Cape abnahm. »Schließlich darf mich niemand erkennen. Ich habe meinen Eltern ja gesagt, ich ginge zu Sophie.«

Das Ungeheuerliche ihrer Tat – sie besuchte Ludwig, und Gott allein wusste, was zwischen ihnen geschehen mochte – kam ihr wieder zu Bewusstsein. Das Cape hatte sie aus dem Elternhaus geschmuggelt und es sich in einer Nebenstraße übergeworfen, und schon da hatte ihr das Herz bis zum Hals geklopft. Und jetzt, da sie tatsächlich hier war, fragte sie sich, welcher Teufel sie eigentlich geritten hatte, sich auf das alles einzulassen.

Ludwig warf das Cape nachlässig auf eine kleine Kommode und umarmte Emma, und sie verbarg das Gesicht an seiner Brust. Er sollte nicht merken, wie viel Angst sie hatte.

Als er sie küsste, wurde es besser. Seine Hände glitten ihren Rücken hinab, und Emmas Angst wich der Hitze, die sich jedes Mal in ihr ausbreitete, wenn Ludwig sie berührte. Sein Kuss wurde fordernder, er drängte Emma an die Wand und rieb seinen Unterkörper an ihrem Rock. Sie spürte mehr die Bewegung als seinen Körper, da die vielen Stoffschichten zwischen ihnen ebenso wie die Krinoline verhinderten, dass er ihr wirklich nahe kam. Doch Ludwigs Erregung schien das nicht zu mindern. Er stöhnte unterdrückt, rieb sich weiter an ihr und fuhr mit seinen Händen seitlich an ihrem Oberkörper hinauf. Als er die Höhe ihres Busens erreicht hatte, hielt er kurz inne, doch dann küsste er Emma noch wilder, ihren Mund, den Hals, den Ansatz ihrer Brüste …

»Was machst du denn da?«, rief sie erschrocken und schob ihn ein Stück von sich weg.

»Dich lieben«, keuchte er und zog sie wieder an sich, fester als zuvor. »Gleich jetzt, direkt hinter der Haustür. Ich kann nicht länger warten. Ich liebe dich, Emma.«

Sie liebte ihn ja auch, aber …

Emma erstarrte, als er mit fliegenden Fingern begann, sie auszuziehen. Sie fühlte sich von Ludwigs Zielstrebigkeit so überrumpelt, dass sie sich nicht wehrte, sondern vor ihm stand wie eine Statue. War das wirklich Ludwig, ihr Ludwig, der sich da mit verschleiertem Blick an ihrem Gewand zu schaffen machte? Kleid, Korsett, Hemd, Unterröcke, Krinoline, Strümpfe … alles fiel nacheinander zu Boden, während er so geschickt Haken öffnete und Bänder aufschnürte, als täte er den lieben langen Tag nichts anderes. Im Handumdrehen stand sie nackt vor ihm, er sah sie fast flüchtig an und küsste sie dann so gierig wie noch nie.

In ihr Befremden mischte sich Lust, als seine Hände sie an Stellen berührten, die sie bisher noch nicht einmal selbst angefasst hatte, und als er an seiner Hose herumnestelte, begann sie zu ahnen, was »es« sein könnte. Er zog sie mit sich auf den Boden, wo sie zwischen ihren Kleidern zu liegen kamen. Die widersprüchlichsten Empfindungen überfluteten sie – Erregung und Angst, Empörung, Neugierde und Verlangen, doch erst als etwas Hartes, Warmes in sie eindrang und sie vor jähem Schmerz aufschrie, begriff sie tatsächlich, was ihr da gerade geschah.

Panik stieg in ihr auf. Verzweifelt versuchte sie sich von Ludwig zu befreien, der auf ihr lag und stieß und keuchte.

»Nein!«, sagte sie, und als er nicht reagierte, noch einmal flehender: »Nein, lass das, ich bitte dich, Ludwig!«

Doch er war nicht mehr zu bremsen, zwang sich mit jedem Mal tiefer in sie hinein und schien ihre Worte gar nicht zu hören. Ein letzter, schmerzhafter Stoß, er stöhnte laut auf – und hielt endlich still.

Zitternd lag sie unter ihm auf dem Boden, die Haustür nur

einen Schritt entfernt. Ludwig rollte sich von ihr herunter, er atmete schwer.

Er stützte sich seitlich auf den Ellenbogen und sah sie an, seine Augen leuchteten so hell und schön wie immer.

»Meine wunderbare Geliebte«, lächelte er und strich ihr mit der Hand zärtlich über das Gesicht – mit derselben Hand, die noch vor wenigen Minuten zwischen ihren Beinen gewesen war. Vor Reue und Scham wurde Emma fast übel. Sie setzte sich auf und schlang die Arme um ihre Knie. Sie fühlte sich beschmutzt und um etwas Entscheidendes betrogen; worum, hätte sie nicht sagen können.

»Es ging dir zu schnell, hm? Vergib mir, Emma, ich konnte nicht mehr warten. Ich wünsche mir das schon so lange«, sagte er leise. »Beim ersten Mal ist es sowieso nie schön für die Frauen. Aber keine Angst, danach gefällt es ihnen. Allen. Auch dir wird es gefallen, glaub mir. Vertrau mir, meine Schöne. Ich liebe dich doch.«

Sie fragte nicht, woher er wusste, dass es allen Frauen gefiel, und sie glaubte ihm auch nicht. *Das* sollte ihr gefallen können? Seine Küsse, die gefielen ihr. Aber dieses schmerzhafte Gestoße? Das Gefühl des Ausgeliefertseins? Eingequetscht zu sein zwischen dem kalten Boden und einem schweren Männerkörper – das sollte ihr gefallen!?

Emma wollte nur noch nach Hause.

Sie griff nach ihrem Hemd und stand hastig auf. Keine Sekunde länger sollte Ludwig sie nackt sehen. Am Ende kam er noch auf die Idee, von vorn anzufangen, um ihr zu zeigen, dass es beim zweiten Mal besser sei … Nein, danke.

Sie bemerkte, dass sie Blut zwischen den Beinen hatte. Kein Wunder, irgendetwas musste in ihr gerissen sein, so weh wie es getan hatte.

Sie presste sich ihr Hemd vor die Brust und sagte mit brüchiger Stimme: »Ich möchte mich gerne waschen, bevor ich mich anziehe.«

Er stand auf und zog sich ohne jedes Zeichen von Scham die Hose hoch. Mehr hatte er ja nicht ausgezogen. »Natürlich. Komm mit, ich zeige dir die Badewanne.«

»Ich soll baden? Hier? Aber wer bringt das heiße Wasser?«

»Das Hausmädchen natürlich.«

»Aber dann wird sie mich sehen! Sie wird wissen, dass …«

»Keine Angst, Lina ist verschwiegen wie ein Grab. Jetzt komm.«

Sie folgte ihm wie betäubt durch sein Haus, von dem sie bis jetzt nur den Eingangsbereich gesehen hatte. Lange, teppichbelegte Flure, wertvolle Ölgemälde an den Wänden und Türen über Türen. Sie fühlte sich wie in einem Labyrinth, verloren und verwirrt. Vielleicht, dachte sie, kam ihre Beklemmung aber auch von der … Liebe, die sie gerade hatte erdulden müssen.

Zu ihrem großen Erstaunen war die Badewanne schon mit heißem Wasser gefüllt, auch ein Handtuch lag bereit. Das Hausmädchen war nirgends zu sehen.

»Woher wusste Lina denn …«, fing Emma an, doch Ludwig legte ihr lächelnd den Finger auf die Lippen.

»Ich bin ein vorausschauender Mensch, meine Schöne. Ich habe geahnt, dass du danach baden möchtest.«

Sie starrte ihn an. »Dann hast du das alles geplant?«

Er musste lachen. »Glaubst du denn, ich hatte wirklich vor, dir meine Noten zu zeigen? Wir wissen doch beide, warum du gekommen bist, oder nicht?«

Emma senkte den Kopf. Natürlich, sie hatte es ja auch gewusst. Und trotzdem … hatte sie es sich anders vorgestellt.

Zärtlicher.

Sie hatte nicht damit gerechnet, dass ihr danach zum Heulen zumute sein würde.

Er beobachtete sie, wie sie in das heiße Wasser stieg. Sie

tauchte rasch unter und fühlte einen Hauch Erleichterung. Zumindest war sie jetzt unter Wasser und seinen Blicken nicht mehr gar so schutzlos ausgeliefert.

Ludwig setzte sich auf den Rand der gusseisernen Wanne. Obwohl das sehr unbequem sein musste, schaffte er es, elegant dabei auszusehen.

»Fühlst du dich jetzt besser?«, fragte er.

Sie nickte halbherzig. Alles erschien ihr unwirklich, der Wasserdampf, der aus der Wanne stieg, Ludwig neben ihr, dieser Raum mit der hohen Stuckdecke, und vor allem das, was gerade geschehen war. Er in ihr.

»Dann zeige ich dir jetzt«, sagte er leise, »wie schön es sein kann.«

Er beugte sich zu ihr hinunter. Gleich fällt er in die Badewanne, dachte sie noch, und fast hätte sie hysterisch gelacht. Aber da spürte sie seinen Kuss, nicht fremd und ungestüm wie vorhin, sondern so zart und gleichzeitig leidenschaftlich, wie sie es von ihm gewöhnt war. Ja, da war er wieder, ihr vertrauter Geliebter, ihr Ludwig! Dankbar überließ sie sich seinen Lippen und schloss die Augen.

Ohne darauf zu achten, dass sein Hemd nass wurde, tauchte Ludwig die Hand ins Wasser, ließ sie Emmas Oberschenkel hinaufgleiten und legte sie sanft zwischen ihre Beine. Er fing an, sie zu streicheln, das heiße Wasser umschmeichelte ihren Körper. Ludwigs Zunge spielte mit der ihren, und seine Hand dort unten spielte mit einem winzigen Körperteil, von dem Emma nicht einmal gewusst hatte, dass er existierte. Ganz zu schweigen davon, dass er *solche* Empfindungen in ihr auslösen konnte …

Ludwig schien den empfindlichsten, geheimsten und wunderbarsten Punkt ihres Körpers entdeckt zu haben. Lust durchströmte Emma bis in die Fingerspitzen, während Ludwig sie liebkoste. Unwillkürlich drängte sie sich seiner Hand entgegen und spreizte leicht die Beine; nur weiter, weiter, damit diese neuartigen, köstlichen Empfindungen nicht aufhörten! Kurz flackerte die Angst wieder in ihr hoch. Doch da wurde das Pulsieren in ihrem Unterleib stärker und stärker, Wellen des Wohlgefühls liefen durch ihren Körper, heißes Wasser schwappte über den Wannenrand. Sie fühlte nichts mehr als seine Hand zwischen ihren Beinen, hatte keinen Wunsch mehr als den einen, das Feuer noch weiter anzufachen, die Flammen immer höher schlagen zu lassen, höher und höher und höher – und dann schien sie zu explodieren und schrie vor Lust auf.

Himmel. Glück. Ewigkeit …

Ludwig hatte den nassen Arm aus der Badewanne gezogen und saß bereits wieder elegant und schön auf dem gusseisernen Rand. »Ich wusste doch, dass es dir gefallen würde«, sagte er grinsend und wrang sich den Ärmel aus.

Ihr Herz klopfte immer noch stürmisch, sie atmete heftig. Sie verstand nicht, was sie da gerade erlebt hatte. Nur, dass es unglaublich gewesen war und dass *er* ihr dieses unglaubliche Gefühl verschafft hatte.

»Ich ziehe mir ein trockenes Hemd an und warte im Salon auf dich. Ich schicke dir Lina, sie wird dir den Weg zeigen«, sagte Ludwig und erhob sich. »Dann können wir noch Kaffee trinken, bevor du gehst.«

Als sie allein war, griff sie nach dem Handtuch und trocknete sich ab. Ein fiebriges Hochgefühl erfüllte sie, ganz so, als habe sie eines der großen Geheimnisse des Lebens entdeckt. Und ist es das nicht auch?, dachte sie. Das Geheimnis der Liebe?

Sie lachte leise und trocknete sich das Gesicht ab, als ihr Blick auf die Initialen fiel, die in das Handtuch eingestickt waren. Ein verschnörkeltes A und ein verschnörkeltes H. Sie ließ das Handtuch sinken, ihr Hochgefühl erstarb. A und H. Auguste Heyn.

Ludwig hatte ihr das Handtuch seiner Frau hinlegen lassen.

# 14

Die Aussicht darauf, den Jahreswechsel in der Zivilisation zu erleben, verlieh der Forschergruppe für die letzten Meilen neue Energie.

»Stramm marschieren, Freunde, dann gibt's zu Silvester endlich mal wieder was Alkoholisches!« Pagel rieb sich voller Vorfreude die Hände.

»Und vielleicht Post«, murmelte Krüger sehnsüchtig. Offensichtlich konnte er es kaum erwarten nachzufragen, ob in seiner Abwesenheit ein Brief seiner Liebsten angekommen sei.

»Und für mich gibt es einen Kuss zum neuen Jahr?«, raunte Oskar und zwinkerte Emma zu.

Sie sparte sich die Antwort und hoffte nur, dass Carl Oskars Bemerkung überhört hatte. Anscheinend war das der Fall, denn Carl stellte den Forschern gerade gut gelaunt ein kleines Fest bei Freunden in Aussicht. »Mit deutschen Silvesterfeiern lässt sich das zwar nicht vergleichen«, sagte er, »aber fröhlicher als im Busch lässt es sich bei meinen Freunden allemal feiern.«

»Und da dürfen wir alle einfach so auftauchen?«, fragte Emma. »Die ganze Gruppe?«

»Oh ja. Mr. und Mrs. Dunnings gehören zu meinen besten Freunden. Es sind sehr liebe Menschen, bei denen ich auch unangemeldet stets willkommen bin. Ebenso wie meine Gefährten«, setzte er hinzu und lächelte Emma an.

Sie erwiderte sein Lächeln nur zaghaft. Seit er ihr offenbart hatte, dass er um ihre nächtlichen Alpträume wusste und darum, dass es in ihrer Vergangenheit einen dunklen Punkt gab, haderte sie mit der Frage, wie sie sich ihm gegenüber verhalten sollte. Erwartete er, dass sie ihm von dem Schatten erzählte, der ihr auf der Seele lag? Oder würde er das aufdringlich finden? Nervte es ihn vielleicht, sie bei seinen nächtlichen Rundgängen weinen zu hören? Aber nein, so hatten seine Worte nicht geklungen. Eher so, als ob er ihr wünschen würde, dass sie endlich ihren Frieden mit sich machte.

Emma seufzte. Wie sollte sie ihren Frieden mit sich machen, wenn es in ihrer Erinnerung nach wie vor eine Lücke gab?

Konnte man sich etwas verzeihen, von dem man gar nicht wusste, was es war, und schon gar nicht, ob es überhaupt verzeihlich war?

Dass sie sich mit Augustes Handtuch abgetrocknet hatte, hatte Emma seltsamerweise mehr als alles andere bewusst gemacht, dass sie Unrecht getan hatte. Es war Augustes Handtuch, ebenso wie es Augustes Badewanne war, Augustes Hausmädchen, Augustes Zimmer, Augustes Kaffeegeschirr.

Und Augustes Ehemann.

Emma weinte eine ganze Nacht lang.

Im Morgengrauen fasste sie die Entscheidung, es nie mehr dazu kommen zu lassen. An das schlechte Gewissen, wenn sie Ludwig geküsst hatte, war sie mittlerweile gewöhnt. Die furchtbare Reue jedoch, die sie auf dem Heimweg nach diesem ersten Mal überfallen hatte, war ein anderes Kaliber gewesen. An sie konnte man sich nicht gewöhnen, da war Emma sich sicher. Nein, es durfte nie wieder passieren.

Sie verbot sich, an ihr Erlebnis in der Badewanne zu denken. Tagsüber klappte das ganz gut, sie stürzte sich in die Arbeit mit ihrem Vater, und wenn das nichts mehr nützte, übte sie wie besessen Klavier. Nachts aber wurde es schwierig. Nachts kamen die Träume, und in ihnen erlebte Emma wieder und wieder Ludwigs Hand zwischen ihren Beinen. Wenn sie dann erwachte und die Erregung abgeflaut war, fragte sie sich mutlos, wie lange sie wohl noch standhaft bleiben würde.

Ludwig machte es ihr nicht leichter. Einmal brachte er ihr Blumen mit, ein anderes Mal Naschwerk, dann wieder einen Band mit Gedichten. Die Klavierstunden waren nun begleitet von seinen ununterbrochenen Zärtlichkeiten, er raunte ihr Liebesworte ins Ohr, während sie ihm vorspielte, und küsste sie auf den Hals. Immer wieder lud er sie ein, ihn noch einmal zu besuchen, doch sie schüttelte jedes Mal den Kopf.

Mit der Zeit verlegte er sich auf scherzhafte Drohungen: Er müsse sich eine Kugel in den Kopf jagen, wenn sie ihn nicht erhöre, oder Auguste werde ihn aus Eifersucht umbringen, weil seine Verzweiflung wegen Emma ihr nicht verborgen bleiben könne.

Wenn Ludwig mit seinen Überzeugungsversuchen allzu sehr über die Stränge schlug, überkam auch Emma bisweilen der Übermut. Dann neckte sie ihn, ließ seine Berührungen zu und genoss sie auch. Trotzdem blieb sie in ihrer Entscheidung, »es« nicht mehr zuzulassen, hart. Wenn es ihr gar zu schwer fiel, Ludwigs Wunsch abzuweisen, rief sie sich seine ungebremste Wildheit neben der Haustür in Erinnerung. Sie verspürte wenig Verlangen, diese Wildheit noch einmal zu erleben, und wenn sie die Lust nicht ohne den Schmerz haben konnte und das Ganze sowieso unrecht war – nun, dann würde sie eben verzichten. Seine Küsse, Umarmungen und Liebesworte würden ihr genügen müssen.

»Es ist Sünde, Ludwig«, sagte sie an einem Tag im August, als er besonders eindringlich um ihren Besuch bat. Es war heiß, und Emma trug ein weit ausgeschnittenes Sommerkleid, was ihn zu erregen schien. Sie saß am Klavier und versuchte vergeblich, sich auf ihr Spiel zu konzentrieren. Ludwig stand hinter ihr, und sie starrte auf die Tasten und ihre stolpernden Finger und wünschte inbrünstig, dass er ihre Skrupel endlich verstehen möge. Und dass er sie trotz ihrer beharrlichen Weigerung weiterhin liebte.

Ludwig strich ihr mit den Händen über den Hals und ließ sie dann ihr Dekolleté hinuntergleiten.

Er beugte sich von hinten über sie, umfasste ihre Brüste mit beiden Händen und flüsterte in ihr Ohr: »Sünde? Bisher hast du dir reichlich wenig Gedanken über die Sündhaftigkeit unserer Liebe gemacht. In der Badewanne hast du auch nicht gerade gewirkt, als plagten dich Gewissensbisse.«

Sie wurde rot und griff nach seinen Händen, um sie von ihren Brüsten zu nehmen. Doch er hielt sie fest. Er stöhnte, als er Emmas eigene Finger auf ihre Brüste legte und seine Hände schwer und warm darüber. »Ich muss dich noch einmal spüren«, flüsterte er. »Es macht mich verrückt, dir so nahe zu sein und doch nie nah genug.«

Seine Hand zwischen ihren Beinen, Lust, Hitze … nein!!!

Ruckartig stand sie auf. »Es geht nicht, Ludwig! Ich liebe dich, aber wir dürfen das nicht. Die Küsse sind schon schlimm genug.«

»Schlimm findest du sie?« Er schob sie mit seinem Körper zum Klavier und presste sich an sie. »Ich nicht, Liebchen. Ich nicht.«

Er küsste sie und begann, sich an ihr zu reiben wie damals in seinem Haus, kurz bevor er sie auf dem Boden genommen hatte.

»Bist du von allen guten Geistern verlassen?«, zischte sie und stieß ihn von sich. Rasch umrundete sie das Klavier, um Abstand zwischen ihn und sich zu bringen.

»Jeden Moment könnte meine Mutter hereinkommen!«

»Sie kommt nie herein, wenn ich dich …«, er grinste, »… unterrichte. Das weißt du so gut wie ich. Sonst dürften wir uns ja auch nicht küssen, oder?«

Sie schluckte. »Nein. Doch. Ich meine … wenn sie uns so sieht, so … so eindeutig …«

Er kam um das Klavier herum auf sie zu und griff nach ihren Händen.

»Eindeutig ist das hier«, sagte er und legte ihre rechte Hand auf seine Hose. Sie fühlte etwas Hartes.

In seinem zärtlichsten Tonfall sagte er: »Mein kleiner Freund sehnt sich so nach dir, Emma! Wie kannst du nur so grausam sein?«

Kleiner Freund?, dachte sie in hilflosem Spott. Sie erinnerte sich nur allzu gut an den Schmerz, den er ihr zugefügt hatte. Einen unpassenderen Namen konnte er ihm wohl nicht geben.

Sie entzog Ludwig ihre Hände.

»Nein«, sagte sie bestimmter, als sie sich fühlte. »Mein Herz gehört dir, aber mein Körper nicht. Nicht, so lange Auguste …«

… am Leben ist, hatte sie sagen wollen. Erschrocken biss sie sich auf die Lippen. Daran, dass Ludwig frei sein würde, wenn Auguste starb, durfte sie nicht einmal denken!

Ludwig nickte langsam. Dann wandte er sich von ihr ab und ging zur Tür.

»Die Klavierstunde ist für heute beendet«, sagte er, ohne sich noch einmal zu ihr umzudrehen.

»Ludwig!«, rief sie ihm hinterher. »Versteh mich doch, ich möchte einfach nicht … die Schuld … Auguste …«

Er blieb stehen und wandte sich um.

»Ich habe Auguste geheiratet, weil sie eine beträchtliche Mitgift in die Ehe gebracht hat«, sagte er leise. »Sie ermöglicht es mir, als Komponist zu leben, ohne auf meinen Komfort verzichten zu müssen. Selbst meinen Unterricht gebe ich nur aus

Leidenschaft zur Musik, nicht des Geldes wegen. Ohne Auguste wäre das alles anders.«

Er schüttelte den Kopf.

»Mit Liebe hatte und hat unsere Ehe nichts zu tun. Meine Liebe gehört nur dir, Emma. Aber ich möchte dich ganz besitzen, absolut, mit Leib und Seele.« Er hielt kurz inne, dann sagte er fest: »Ganz oder gar nicht.«

Es klang entsetzlich endgültig.

Sie sahen einander durch den Salon hindurch an, musterten sich, ihre Augen fochten einen stummen Kampf.

Wenn er jetzt geht, habe ich ihn verloren, durchzuckte es Emma.

Das durfte sie nicht zulassen. Sie musste sich seine Liebe erhalten, koste es, was es wolle.

»Wann?«, fragte sie tonlos.

»Nächsten Freitag«, antwortete er. »Komm am Vormittag, da ist sie weg.«

Beim zweiten Mal tat es nicht mehr so weh. Vielleicht deshalb, weil Ludwig diesmal in seinem großen, mit dicken Kissen und Decken gepolsterten Bett mit ihr schlief und nicht auf dem Boden. Oder es lag daran, dass er nicht über sie herfiel, sondern sich die Zeit nahm, sie in aller Ruhe zu entkleiden. Angenehm war es trotzdem nicht. Aber immerhin dauerte es nicht lange.

Nachdem er seine Lust gestillt hatte, wollte er sich ihr widmen. Doch sie schüttelte den Kopf und wandte ihm den Rücken zu. Es war schlimm genug, dass sie es wieder getan hatten – genießen wollte und durfte sie es nie mehr.

Aber Ludwig ließ sich nicht abweisen. Mit sanfter Gewalt schob er seine Hand zwischen ihre Beine und entzündete das Feuer in ihr, von dem sie nachts so oft träumte. Als es vorbei war, verachtete sie sich dafür, dass sie es zugelassen hatte. Und für ihr lustvolles Stöhnen hasste sie sich.

Emma ging nach Hause, und ihr fiel auf, dass ihre Liebe sie schon seit geraumer Zeit nicht mehr glücklich machte. Oder hatte sie das vielleicht nie getan?

Machte die Liebe überhaupt irgendeinen Menschen glücklich?

# 15

## Brisbane

Pünktlich zu Silvester erreichte die Forschergruppe Brisbane. Emma war froh, das Jahr 1859 nicht im Busch begrüßen zu müssen. Die tagelange Grübelei hatte sie erschöpft, ebenso wie die ausgedehnten Fußmärsche in der flirrenden Hitze und die vielen Stunden auf dem Pferderücken. Müde trottete sie, Princess an den Zügeln hinter sich herziehend, durch die grünen Straßen der kleinen Stadt. Sie sehnte sich nach kühlem Wasser, einem sauberen Kleid und ein wenig heiterer Ablenkung für ihren rotierenden Geist. Nun, die ersten beiden Wünsche würden bald in Erfüllung gehen, nämlich im Gasthaus, wo ihre Seekiste schon auf sie wartete. Und was die Ablenkung betraf, so musste Emma nur noch bis zum Abend warten. Dann würde sie Carls Freunde kennen lernen und viele andere Menschen.

Auch wenn Carl ständig betonte, australische Silvesterfeiern ließen sich mit deutschen nicht vergleichen: Ihr, Emma, würde dieses Fest nach der selbstauferlegten inneren Einkehr der letzten Tage wie eine rauschende Ballnacht vorkommen, dessen war sie sich sicher.

Der erste Blick in den Spiegel, der in ihrem Zimmer im Gasthaus hing, war ein Schock. Guter Gott, wie *braun* sie war! Das Milchweiß ihrer Haut hatte sie ja bereits auf dem Schiff verloren, aber nach den Wochen im Busch war sie nun so dunkel, dass sie befürchtete, niemals wieder vornehm blass zu werden. Und sonst?

Kritisch betrachtete Emma ihr Spiegelbild. Das Haar war ausgebleicht und etwas strohig, es brauchte dringend Pflege. Dünner war sie auch geworden, fiel ihr auf; das Kleid, das sie zu Beginn der Expedition ohne Korsett nur mühsam zubekommen hatte, passte jetzt tadellos. Missmutig zog Emma Bilanz: zu helles Haar, ein Teint wie eine Wilde, kaum vorhandene weibliche Rundungen. Nur ihre Augen erschienen ihr hübscher als früher, strahlender, offener und größer. Wenigstens etwas. Seufzend wandte sie sich ab.

Ihre Laune besserte sich jedoch bald, denn sich ohne Angst vor Krokodilen oder plötzlich auftauchenden Forschern waschen zu können war eine Wohltat. Emma genoss es, sich ausgiebig ihrer Körperpflege zu widmen, und ließ zum guten Schluss ihrem Haar im Schein der Öllampe hundert Bürstenstriche angedeihen.

Als sie fertig war, war es draußen stockdunkel. Höchste Zeit, sich für das Fest anzuziehen! Sie entschied sich für das hellblaue Kleid aus ihrer Seekiste, griff aus alter Gewohnheit auch nach ihrem Korsett und, zur Feier des Tages, sogar nach der Krinoline. Als sie fertig angekleidet war, überzeugte ein Blick in den Spiegel sie davon, dass sie trotz ihrer Bräune, die sich ja leider nicht abwaschen ließ, wieder etwas präsentabler aussah. Sie schmückte ihr Haar noch mit einem hellblauen Band, dann ging sie hinunter in die Gaststube, wo sie sich mit den Forschern treffen wollte.

Carl schluckte, als er Emma sah, und starrte sie einen Moment lang an wie eine Erscheinung. Doch dann riss er seinen Blick von ihr los und sagte mit gleichmütiger Stimme: »Da wir mit Fräulein Röslin nun vollzählig sind, sollten wir gleich aufbrechen. Es ist schon spät, das Fest bei den Dunnings ist sicher schon in vollem Gange.«

Sie liefen in erwartungsvoller Vorfreude durch die warme

Nacht. Carls Freunde wohnten in einem Backsteinhaus am Rande Brisbanes. Im Gegensatz zu den meisten Häusern hier war es zweistöckig und hatte einen hübschen Balkon. Mit dem festlichen Kerzenschein und der Musik, die aus den Fenstern und der offenen Tür drangen, machte es einen sehr einladenden Eindruck.

»Mein lieber Carl!«

Eine elegant gekleidete, dunkelhaarige Frau von etwa vierzig Jahren kam ihnen durch das Gewirr der lachenden und plaudernden Gäste entgegen. Auf Englisch sagte sie: »Wie wunderbar, dich endlich einmal wiederzusehen! Du hast dich also entschlossen, das Jahr 1859 mit deinen alten Freunden zu begrüßen?«

Carl beugte sich über die Hand der Dame und küsste sie.

»Mit meinen alten Freunden – und mit meinen neuen.« Lächelnd wies er auf Emma, Pagel, Krüger und Oskar, die sich etwas unbehaglich hinter ihm scharten.

»Eine Gruppe von Abenteurern, herrlich!« Die Dame lachte. »Willkommen, meine Lieben. Ich bin Victoria Dunnings, die Gastgeberin dieses kleinen Festes, und ich bin sehr froh, dass Sie es mit Ihrer Anwesenheit bereichern möchten. Kommen Sie doch herein, nur keine Scheu!«

Emma war von der herzlichen Ausstrahlung Mrs. Dunnings' wie verzaubert. Carl stellte sie alle einander vor, dann lud Mrs. Dunnings sie mit einer schwungvollen Armbewegung ein, sich unter die Gäste zu mischen.

»Bei uns ist alles ganz zwanglos«, lächelte sie. »Es gibt nur eine Pflicht: sich zu amüsieren! Champagner und kleine Köstlichkeiten bekommen Sie von unseren Schwarzen, sie sind immer mit Tabletts unterwegs. Bedienen Sie sich einfach, ja?«

Pagel runzelte die Stirn. »Sie beschäftigen Wilde in Ihrem Haus?«

Mrs. Dunnings zog die Augenbrauen hoch. »Ich liebe diesen Ausdruck nicht, Herr Pagel. Glauben Sie mir, die … Wilden, wie Sie sagen, benehmen sich oft manierlicher als meine englischen Landsleute.«

Ein Seitenblick auf eine Gruppe mittelalter Herren, die gerade vor Lachen brüllten, begleitete ihre Worte.

»Mr. Curtis beispielsweise ist berühmt für seine obszönen Witze, vor allem wenn er getrunken hat.«

Pagel grinste. »Den Mann muss ich kennen lernen.«

Kurz entschlossen gesellte er sich zu der Gruppe um den betrunkenen Spaßmacher. Oskar folgte ihm nach kurzem Zögern, und wenig später hörte man die Forscher zusammen mit den anderen Herren laut lachen.

Carl beugte sich zu Mrs. Dunnings und schien sich leise für Pagel zu entschuldigen.

Emma schnappte etwas auf wie »… gehört halt dazu …« und »… trotzdem guter Wissenschaftler …«.

Mrs. Dunnings tätschelte Carl beruhigend den Arm und antwortete etwas, das Emma nicht verstehen konnte. Ihr warmer Blick ruhte kurz auf Emma, dann nickte sie ihnen noch einmal zu und verließ sie, um sich um ihre anderen Gäste zu kümmern.

Carl gesellte sich wieder zu Emma und Krüger. Letzterer war in die Betrachtung eines Schwarzen versunken, der ein Tablett voller Ananas- und Melonenstückchen, gebratener Fleischhäppchen und bis zum Rand gefüllter Champagnergläser auf der flachen Hand balancierte.

»Gehen Sie schon, bedienen Sie sich«, ermutigte Carl seinen Mitarbeiter. Krüger lächelte dankbar und leistete der Aufforderung unverzüglich Folge.

Carl sah ihm nach und sagte beiläufig: »Mrs. Dunnings ist sehr angetan von dir, Emma.«

»Ach ja?« Emmas Herz klopfte schneller, wie immer, wenn

sie alleine miteinander sprachen und er sie beim Vornamen nannte. »Deine Freundin kennt mich doch noch gar nicht.«

»Nein. Aber sie hat ein untrügliches Gespür für das wahre Wesen der Menschen.«

Emma lachte unbehaglich. »Klingt nach Zauberei.«

»Durchaus nicht. Victoria hat lediglich einen scharfen Blick – und sie vertraut ihrer Intuition.« Carl schaute ihr in die Augen. »Von dir hat sie gesagt, deine Anwesenheit hier wiege die von Pagel hundertmal auf.«

»Oh.« Emma zögerte. Dann stellte sie die Frage doch.

»Was hast du ihr geantwortet?«

»Das, liebe Emma«, sagte Carl und grinste, »ist mein Geheimnis.«

Er nahm sie beim Arm und schlenderte mit ihr durch den Salon. Sie schnappte Gesprächsfetzen auf Englisch und Deutsch auf, irgendwo erklang Klavierspiel, es duftete nach exotischen Blumen. Emma vergaß die Grübeleien der letzten Tage und ergab sich aufatmend der Schönheit ihrer Umgebung. Den heutigen Abend, beschloss sie, würde sie einfach nur genießen. Weil Silvester war. Weil das schrecklichste Jahr ihres Lebens zu Ende ging. Und weil sie Carl an ihrer Seite wusste – zumindest für den Moment.

Er sah sich suchend im Raum um, und sie nutzte die Gelegenheit, um ihn von der Seite zu betrachten. Carl bewegte sich in seinen feinen Kleidern ebenso natürlich und unverkrampft wie in seinem Buschanzug. Sein langer, schwarzer Frack wurde durch ein lässig gebundenes Halstuch und eine cremefarbene Weste aufgelockert, und Emma dachte bei sich, dass er fast schon unanständig gut aussah.

»Ah, da ist ja mein Freund!«, rief er in diesem Moment aus. »Komm, Emma, ich stelle dich Mr. Dunnings vor.«

»Hat Mr. Dunnings auch den Zauberblick?« Emma ließ sich

durch die Menge ziehen. »Dafür, dass dies nur ein kleines Fest sein soll, finde ich die Anzahl der Gäste übrigens beachtlich.«

»Du kennst die Silvesterfeiern in München nicht«, meinte Carl spöttisch. »Rauschende Partys, nach denen man sich tagelang halbtot fühlt.«

»Klingt nicht sehr verlockend.«

»Meine Freunde haben das anders gesehen. Sie sind aus allen Wolken gefallen, als ich mich just auf einer dieser Partys dazu entschlossen habe, nach Australien zu gehen.« Er lächelte schief. »Das ganze Jahr über den Biedermann zu geben und zu Silvester dann in jeder Hinsicht über die Stränge zu schlagen – dem konnte ich einfach nichts abgewinnen.«

Neugierig fragte Emma: »Über die Stränge schlagen? Inwiefern?«

Carl zuckte mit den Schultern. »Alkohol in sich hineinschütten bis zum Erbrechen. Große Reden schwingen, für die man sich am nächsten Tag schämt. Das Hausmädchen in den … ähm, das Hausmädchen zwicken. Die Ehefrau hemmungslos betrügen. Und das alles nur, um die Langeweile des eigenen Lebens zu vergessen.« Carl schüttelte angewidert den Kopf. »Nein, Emma, so ein Mann wollte ich nicht werden. Aber vielleicht wäre genau das passiert, wenn ich in München geblieben wäre, wo alle um mich herum dieses Verhalten normal fanden. Sogar meine Eltern.«

Emma senkte den Blick. Die Ehefrau hemmungslos zu betrügen … Das traf auch auf Ludwig zu. Nicht nur an Silvester.

Und ich habe mich ebenso schuldig gemacht wie er, durchzuckte es sie.

Carls Worte hallten in ihrem Kopf wider, und sie fragte sich, ob das alles war, was von ihrer vermeintlichen Liebe bleiben sollte: das Gefühl, blind und naiv bei einem schäbigen Spiel mitgespielt zu haben.

Endlich blieb Carl stehen und begrüßte einen Herrn um die Vierzig mit einem imposanten Schnauzbart und fröhlichen Augen. Das musste Mr. Dunnings sein. Emma riss sich zusammen und schüttelte die trüben Gedanken ab.

Edward Dunnings hieß Carl und Emma ebenso herzlich willkommen wie zuvor seine Frau. Er schien eine wahre Frohnatur zu sein, schüttelte Emma begeistert die Hand und beglückwünschte Carl dazu, dass man ihn »endlich wieder mit einer jungen Dame zu Gesicht bekomme«, was Emma die Röte ins Gesicht trieb und Carl zusammenzucken ließ.

Hastig sagte er: »Fräulein Röslin ist nicht, ich meine, sie ist ver …«

»Verdammt hübsch, ganz meine Meinung«, unterbrach Mr. Dunnings ihn lachend. Dann stieß er den Finger in die Luft, seine Augen blitzten. »Ich weiß genau das Richtige für euch Turteltäubchen. Kommt mit, na los, kommt!«

Emma und Carl blieb nichts anderes übrig, als Mr. Dunnings zu folgen, wobei sie es sorgfältig vermieden, einander anzusehen.

Carls Freund schob sie in einen Nebenraum, in dem sich deutlich weniger Menschen aufhielten. Dafür stand hier ein Klavier, und eine Dame und ein Herr machten sich gerade für ein weiteres Lied bereit.

Mr. Dunnings drückte Emma und Carl auf zwei Stühle und raunte ihnen zu: »Viel Vergnügen, wir sehen uns dann später!« Damit ließ er sie allein, nicht ohne ihnen noch einen gerührten Blick zuzuwerfen.

Verlegen sagte Carl: »Edward denkt wohl, dass du und ich, ähm, nun, dass wir … ein Paar sind.« Er räusperte sich. »Ich werde das aufklären, sobald wir Edward wieder zu Gesicht bekommen.«

Emma nickte nur.

»Schließlich bist du immer noch mit Oskar verlobt, nicht wahr?« Carl suchte ihren Blick. »Daran hat sich doch nichts geändert?«

Sie schluckte und suchte vergeblich nach Worten. Tief in ihr begann sich ein Gefühl zu regen, das sich zu einem instinktiven Wissen verdichtete.

»Liebst du ihn?«, fragte Carl leise.

Sein Blick hielt sie gefangen, und in Emmas Kopf jagten sich die Gedanken. Sie hatte Ludwig ewige Treue geschworen, sie hatte sich schuldig gemacht, sie hatte romantischen Gefühlen für den Rest ihres Lebens entsagt. Aber, verflixt noch mal … ja. Ja! Zwecklos, es zu leugnen: Sie war in Carl verliebt.

*Das* war die wahre Liebe.

Sacht schwebten die ersten Töne von Schuberts »Ständchen« durch den Raum. Emma erkannte es sofort, sie hatte das Lied oft genug selbst gespielt und gesungen. Doch noch nie, so schien es ihr jetzt, waren Klänge und Worte bis ins Innerste ihres Herzens vorgedrungen.

*Leise flehen meine Lieder*
*Durch die Nacht zu dir;*
*In den stillen Hain hernieder,*
*Liebchen, komm zu mir!*

Carl sah Emma immer noch in die Augen und bat stumm um eine Antwort. Nervös strich er sich eine schwarze Locke aus der Stirn. Sie wollte etwas sagen, wollte ihm endlich die Wahrheit gestehen, doch das schlechte Gewissen schnürte ihr den Hals zu.

Ich bin es nicht wert, dass er mich liebt!, schoss es ihr durch den Kopf. Ich habe ihn belogen, und dafür wird er mich verachten.

*Flüsternd schlanke Wipfel rauschen*
*In des Mondes Licht,*
*Des Verräters feindlich Lauschen*
*Fürchte, Holde, nicht!*

Oskar ist nicht hier, wir sind allein, dachte sie, und wenn ich es einfach wage? Wenn ich ihm sage, dass ich aus Not gelogen habe? Dass ich frei bin? Vielleicht verzeiht er mir ja doch?

*Lass auch dir die Brust bewegen,*
*Liebchen, höre mich,*
*Bebend harr' ich dir entgegen!*

Sag es ihm! Sag es ihm! Sag es ihm!

*Komm, beglücke mich!*
*Komm, beglücke mich!*

Er kennt mich nicht! Er täuscht sich in mir! Er wird mich hassen!

*Hörst die Nachtigallen schlagen?*
*Ach, sie flehen dich,*
*Mit der Töne süßen Klagen*
*Flehen sie für mich.*

Carl riss seinen Blick von Emma los, atmete tief durch und sagte leise: »Du hast Recht zu schweigen. Ich hätte nicht fragen dürfen. Natürlich bist du noch verlobt.«

Nein! In Emmas Innerem tobte ein erbitterter Kampf. Darf ich dir denn erlauben, mich zu lieben?, dachte sie verzweifelt. Ach Carl, ich habe mich genauso benommen, wie du es so sehr verachtest, und schlimmer, viel schlimmer. Ich habe nicht nur eine fremde Ehe gebrochen. Vielleicht habe ich meinen Liebhaber sogar getötet! Denn jemand ist gestorben, das weiß ich.

»Es wird nicht wieder vorkommen«, sagte Carl, den Blick fest auf den Sänger gerichtet.

*Sie verstehn des Busens Sehnen,*
*Kennen Liebesschmerz,*
*Rühren mit den Silbertönen*
*Jedes weiche Herz.*

Haben Sünderinnen weiche Herzen?, dachte Emma fiebrig. Ehebrecherinnen? Mörderinnen? Blut an meinen Händen …

Süß verwehten die Klänge im Raum, machten einer kurzen Stille Platz, dann fingen die zuhörenden Gäste begeistert an zu klatschen.

Carl erhob sich abrupt. »Sehr hübsch. Doch nun lass uns deinen Verlobten suchen. Er wird sich wundern, wo du abgeblieben bist.«

Aus. Vorbei. Die Chance war vertan.

Langsam stand Emma auf und folgte Carl zurück in den Trubel des Festes. Die Feierlaune war ihr gründlich vergangen.

Sie fanden Oskar am Spieltisch, wo er neben einer hübschen jungen Frau saß und ihr etwas ins Ohr flüsterte, das offenbar ebenso unterhaltsam wie anzüglich war, denn sie lachte perlend und drohte ihm scherzhaft mit dem Finger. Als er Carl und Emma erblickte, stand er schwankend auf.

»Ah, meine Süße! Du warst aber lange weg. Ich habe mich mit einer anderen getröstet, nicht wahr, mein englisches Häslein?«

Das englische Häslein stand auf, warf Emma einen bösen Blick zu und setzte sich demonstrativ ans andere Ende des Spieltisches.

Oskar lachte.

»So leicht beleidigt, die Engländerinnen. Da ist mein deutsches Mädel anders, was?«

Er kam auf Emma zu und griff nach ihrer Hand. Sie schaute unwillkürlich zu Carl, der stocksteif neben ihr stand. Oskar folgte ihrem Blick, und seine Augen verengten sich.

»Wo wart ihr zwei denn eigentlich?«, fragte er.

Emma entwand ihm ihre Hand und wich einen Schritt zurück. Seinem Benehmen und Atem nach zu urteilen, hatte Oskar dem Champagner bereits ausgiebig zugesprochen. Ein betrunkener, eifersüchtiger Oskar aber war mehr, als Emma in diesem Moment ertragen konnte.

»Unser Gastgeber hat uns ins Klavierzimmer geführt, wo wir in den Genuss eines Ständchens kamen«, sagte Carl kühl.

»Ha, singen können wir doch auch selbst!« Oskar zwickte Emma in die Wange. »Willst du mal hören, Mädel? Ich weiß ein Lied für dich. Alle mal herhören, jetzt singt Oskar Crusius ein feines Liedchen für seine Verlobte!«

Er riss Emma an seine Brust, hielt sie mit einem Arm fest umschlungen und stieß den anderen in einer dramatischen Geste in die Luft.

»Bringen wir den Engländern die deutsche Kultur! Bringen wir ihnen Beethoven!«

Inzwischen hatte sich ein kleiner Kreis amüsierter Gäste um sie herum gebildet.

»Meine Damen und Herren, hören Sie nun«, Oskar machte eine Kunstpause. »Der Kuss!«

Lautes Gejohle, Klatschen und Lachen. Offenbar verstand – sehr zu Emmas Leidwesen – die Mehrzahl der Gäste Deutsch.

Oskar verstärkte seinen Griff um Emmas Taille und fing volltönend an zu singen.

»Ich war bei Chloen ganz allein, und küssen wollt ich sie: Jedoch sie sprach, sie würde schrein, es sei vergeb'ne Müh …«

Emmas Blick irrte herum, bis sie Carl entdeckte. Er stand unbeweglich wie ein Felsen unter den Zuhörern. Sein Gesicht war weiß, seine Hände zu Fäusten geballt.

»Ich wagt es doch und küsste sie, trotz ihrer Gegenwehr. Und schrie sie nicht?«

Oskar wandte den Kopf und sah Emma direkt in die Augen, sein Gesicht war kaum eine Handbreit von ihrem entfernt. Als er weitersang, wusste sie, dass seine Worte niemandem im Raum galten außer ihr.

»Jawohl, sie schrie … doch lange hinterher! Sie schrie, ja, doch lange, lange hinterher!«

Ringsum brandete Gelächter unter den Herren auf, während die Damen schockiert die Blicke senkten und sich hinter ihren Fächern versteckten. »Recht pikant, der alte Beethoven«, hörte Emma einen jungen Mann schmunzeln, und eine Dame zischte: »Diese Deutschen sind ja fast so frivol wie die Franzosen!«

Emma hätte alles darum gegeben, sich einfach in Luft auflösen zu können, und als Oskar sich schwungvoll vor seinem Publikum verbeugte und dabei fast das Gleichgewicht verlor, nutzte sie die Gelegenheit und verließ fluchtartig seine Seite.

Mit rotem Gesicht bahnte sie sich einen Weg durch die Gäste und hastete durchs Haus auf der Suche nach einem ruhigen Nebenraum. Sie fand ein Zimmer, das offensichtlich als Abstellkammer diente, und schlüpfte hinein. Zitternd ließ sie sich auf einen Stuhl sinken und vergrub das Gesicht in ihren Händen.

Eine halbe Ewigkeit lang saß sie in der Kammer, unglücklich und zutiefst beschämt. Was hatte sich Oskar nur dabei gedacht, sie dermaßen zu demütigen? Diese anzüglichen Verse ausdrücklich ihr zu widmen! Was konnte er daran nur lustig finden?

Oder war seine Vorführung vielleicht gar kein Spaß gewesen? Sondern eine Drohung? »Sie schrie … doch lange hinterher …«

Oh, mein Gott!

»Ich verstehe dich nicht«, hörte sie eine leise, dunkle Stimme hinter sich.

Sie zuckte zusammen. Rasch hob sie den Kopf und sah in Carls traurige Augen. Er musste sie überall gesucht haben, sonst hätte er sie kaum hier finden können.

»Du kannst ihn nicht lieben. Nicht du, Emma! Nicht ihn … Warum du ihn trotzdem heiraten willst, ist mir ein Rätsel.«

Carl kniete sich neben sie und betrachtete sie forschend, als könnte er in ihren Zügen des Rätsels Lösung finden. Mehrmals hob er zu sprechen an, brach aber immer wieder ab.

Schließlich sagte er stockend: »Wenn es einen Grund gibt, der dich zu diesem Schritt zwingt und von dem ich nichts weiß, Emma, dann sollst du wissen …«

Er verstummte und schaute sich nervös um. Dann stand er auf und schloss die Tür. Als er sich wieder neben sie kniete, sprach er so hastig, als fürchte er, den Mut zu verlieren. »Du sollst wissen, dass ich für dich da bin, wenn du mich brauchst. Und dass du nichts tun musst, was dich unglücklich macht. Wir sind in Australien, Emma.« Er lächelte leicht. »Hier bist du frei.«

Ihr Jammer brach sich Bahn.

»Aber nicht frei von meiner Vergangenheit! Es geht hier ja gar nicht um Oskar. Du hast zu mir gesagt, man müsse seinen Frieden damit schließen, was geschehen ist. Und das versuche ich gerade.« Sie schluckte hart. »Es ist so verflixt schwierig! Aber bevor ich es nicht geschafft habe, kann ich mich nicht auf … auf etwas Neues einlassen. Besser kann ich es dir nicht erklären, Carl. Es tut mir leid.«

Sie senkte den Kopf.

Einige Sekunden lang bewegte sich keiner von ihnen, nichts war zu hören als der gedämpfte Lärm des Festes, der durch die geschlossene Tür drang. Dann hielt Carl ihr fragend die Hand hin. Zögernd legte sie ihre hinein, und seine Finger schlossen sich warm und tröstlich um die ihren.

»Ich kann warten«, sagte er ruhig. »Kannst du mir im Gegenzug versprechen, dass du Crusius nicht heiratest?«

»Nichts lieber als das.« Sie grinste schief und wischte sich eine Träne von der Wange.

Carl nickte. Dann straffte er die Schultern, stand auf und zog sie sanft mit sich hoch. »Es ist gleich Mitternacht. Wollen wir zusammen das neue Jahr begrüßen?«

In diesem Moment hörten sie Gläserklirren und Jubeln, überall riefen fröhliche Menschen sich Glückwünsche zu.

»Es scheint, wir haben's schon verpasst. Heiligabend im Busch und Silvester in der Abstellkammer.« Carl legte den Kopf schief. »Ich biete dir wirklich nicht viel, hm?«

»Du hast mir angeboten zu warten. Das ist mehr wert als alles andere.«

»Aber wir können noch nicht einmal anstoßen.«

Er strich ihr sanft über das Haar.

»Doch«, sagte sie leise. »Auf unsere Art.«

Sie stellte sich auf die Zehenspitzen und drückte Carl einen Kuss auf den Mund. »Frohes neues Jahr, Carl«, sagte sie, drehte sich um und verließ rasch die Kammer.

Sie lief durchs Haus und hinaus in die Einsamkeit des Gartens, wo sie die warme Nachtluft tief einatmete. Sie schaute hinauf in den schwarzen, sternenfunkelnden Himmel.

War das alles wirklich passiert? Sie hatte sich erdreistet, Carl zu küssen! Und hatte Carl ihr tatsächlich zu verstehen gegeben, dass er sie liebte? Direkt gesagt hatte er es nicht ... Aber konnte man sein Versprechen, auf sie zu warten, denn anders deuten? Er liebte sie, er musste sie lieben. Oh, wie sehr sie seine Gefühle erwiderte!

Glück und eine tiefe Ruhe breiteten sich in ihr aus, begleitet von etwas Neuem. Emma brauchte einen Augenblick, um es einordnen zu können. Sie lachte leise, als sie es erkannte.

Zuversicht.

Sie würde sich erinnern, koste es, was es wolle. Und dann würde sie endlich wissen, ob ihre Schuld tatsächlich so groß war, dass sie das Recht auf einen Neuanfang verwirkt hatte.

Gott gebe, dass Carl nicht umsonst auf mich wartet, dachte sie inbrünstig.

Sie atmete noch einmal tief durch, dann ging sie mit festen Schritten zurück ins Haus.

1859 konnte kommen.

# 16

## Januar 1859

Am ersten Tag des neuen Jahres begannen die Forscher damit, eifrig ihr Sammelgut zu verpacken. Noch im Januar sollte alles mit dem Dampfschiff in die Moreton Bay gebracht werden. Dort würden Emmas Zeichnungen, Oskars Pflanzen und die eingelegten Tiere auf das nächste Schiff in Richtung Hamburg verladen werden, während Carls, Krügers und Pagels Sammlung mit dem Postdampfer nach Sydney gebracht würde.

Für Emma bedeutete das einen ganzen langen, entspannenden Tag ohne Arbeit, denn am Morgen hatte Oskar ihr brummend freigegeben – angeblich, weil sie das diffizile Geschäft des Verpackens nicht verstand. Da er jedoch ihren Blick gemieden hatte und auffallend wortkarg gewesen war, vermutete sie eher, dass ihm die Erinnerung an seinen alkoholisierten Silvesterauftritt peinlich war. Vielleicht brauchte er ein paar Stunden Zeit, um wieder mit sich selbst ins Reine zu kommen, oder er leistete Emma mit dem Geschenk des freien Tages Abbitte. So oder so, sie freute sich über den unverhofften Luxus und beschloss, Mrs. Dunnings' Einladung zum Tee anzunehmen, die diese beim nächtlichen Abschied ausgesprochen hatte.

Beschwingt lief Emma durch die leeren Straßen. Offensichtlich hatten die Bewohner Brisbanes doch recht lange gefeiert, denn obwohl es schon auf die Mittagszeit zuging, ließ sich kaum ein Mensch draußen sehen. Sicher schliefen die Leute gerade ihren Rausch aus. Emma grinste, und Carls Abneigung gegen die wilden Münchner Partys fiel ihr ein. Spontan schickte sie ein Dankgebet zum Himmel, denn wenn er sich nicht angewidert von jenem Leben abgewandt hätte, so hätte Emma ihn niemals kennen gelernt.

Zum hundertsten Mal an diesem Tag dachte sie an den flüchtigen Kuss um Mitternacht. Zum ersten Mal im Leben hatte *sie* über eine Zärtlichkeit mit einem Mann entschieden. Carls glühende Blicke heute Morgen hatten ihr bewiesen, dass er es ihr keineswegs übel nahm, dass sie die Initiative ergriffen hatte.

In bester Laune erreichte sie ihr Ziel und klopfte an die Haustür. Eine Wilde – nein, verbesserte Emma sich gewissenhaft, eine Schwarze – öffnete ihr die Tür und führte sie zur Hausherrin. Mrs. Dunnings war in die Lektüre einer Zeitung vertieft, erhob sich aber erfreut, als sie Emma sah.

»Ah, meine Liebe, Sie haben meine Einladung angenommen!«

Mit ausgestreckten Armen ging sie auf Emma zu, ergriff ihre Hände und zog sie zu einem zierlichen Sofa. Höflich bedankte Emma sich noch einmal für das Fest, und sie plauderten darüber, wie seltsam es war, bei schweißtreibenden Temperaturen Silvester zu feiern.

Als das schwarze Mädchen Tee und Kekse gebracht hatte, führte Mrs. Dunnings ihre Tasse zum Mund und fragte: »Sie haben also heute frei bekommen, meine Liebe?«

»Ja. Herr Crusius traut mir nicht zu, mit Packpapier und Schnur umgehen zu können«, grinste Emma.

»Herr Crusius?« Mrs. Dunnings zog eine Augenbraue hoch. »Der Herr, der unser Fest mit Beethoven, ähm, bereichert hat?«

Emma nickte. »Eben der. Ich bin bei ihm angestellt. Ich zeichne für ihn Pflanzen und Tiere.«

»Er sprach von Ihnen als seiner Verlobten, wenn ich mich recht erinnere. Aber ich bin des Deutschen nicht sonderlich mächtig. Vielleicht habe ich ihn auch falsch verstanden?«

Mrs. Dunnings sah ihr in die Augen, und Emma kam es vor, als schaute die Ältere ihr direkt in die Seele. Der Zauber, den sie in der Nacht empfunden hatte, ging auch im hellen Tageslicht von Mrs. Dunnings aus.

Nein, sie konnte diese Frau nicht belügen.

»Sie haben ihn richtig verstanden«, sagte Emma langsam. »Dennoch ist die Aussage falsch. Ich bin nicht mit ihm verlobt. Es war eine Notlüge, und nun spiele ich das Spiel gezwungenermaßen weiter. Das belastet mich, denn es ist schrecklich unfair einem Menschen gegenüber, den ich sehr … schätze.«

»Carl Scheerer«, sagte Mrs. Dunnings gelassen.

Emma sog scharf die Luft ein. »Ich … ähm … ja. Woher wissen Sie das?«

»Ich habe einfach nur Augen im Kopf.«

»Dann hoffe ich, dass Oskar Crusius eine andere Art von Augen besitzt als Sie.« Emma seufzte.

Mrs. Dunnings betrachtete sie nachdenklich. »Ja, meine Liebe, das hoffe ich auch. Dieser Crusius ist der Typ Mann, der Ihnen noch ernstliche Schwierigkeiten machen könnte.«

»Glauben Sie?«

»Leider ja. Sein Liedchen heute Nacht klang ganz so, als sei er entschlossen, sich irgendwann einmal zu nehmen, was ihm zusteht. Seiner Meinung nach.«

Ein Schweißtropfen rann Emma von der Stirn über die Schläfe. Sie wischte ihn nervös fort. »Aber was kann ich dagegen tun?«

Mrs. Dunnings wiegte ihren Kopf hin und her. »Am besten wäre es natürlich, für klare Verhältnisse zu sorgen. Können Sie das?«

»Nein. Er hat mir unmissverständlich gesagt, dass er mich dann entlassen wird.«

»Und für Carl arbeiten könnten Sie nicht?«

Daran hatte Emma auch schon gedacht. »Ich weiß es nicht. Möglich wäre es. Ich habe ihn nicht gefragt.«

Sie schwieg kurz. Dann sagte sie leidenschaftlich: »Ich *will* nicht für ihn arbeiten, Mrs. Dunnings. Carl ist der erste Mann, der es mir erlaubt, ihm auf Augenhöhe zu begegnen. Und ich möchte, dass das so bleibt! Carl ist so … so einzigartig, verstehen Sie? Er nimmt es mir noch nicht einmal übel, dass ich ihn geküsst habe. Nicht er mich, sondern ich ihn!«

Mrs. Dunnings lächelte. Sie schien nicht schockiert zu sein, weder von Emmas Offenheit noch vom Inhalt ihres Geständnisses.

»Wenn ich in Carls Dienste treten würde«, fuhr Emma fort, »müsste sich unser Verhältnis notgedrungen ändern. Im Moment ist er zwar der Leiter, aber ich unterstehe ihm nicht. Würde er mich jedoch bezahlen, dann wäre er derjenige, der befiehlt, und ich mal wieder die, die gehorchen muss. Nichts wäre mehr so, wie es jetzt ist.«

Sie brach ab und schüttelte den Kopf. »Ach, Mrs. Dunnings, ich habe es so satt, immer nur gehorchen und mich unterordnen zu müssen! Etwas in mir wehrt sich dagegen, mit aller Macht. Geld verdienen muss ich, irgendjemandem muss ich also unterstehen. Aber nicht ausgerechnet dem einzigen Mann, der mich je wirklich ernst genommen hat!«

Mrs. Dunnings runzelte die Stirn. »Glauben Sie denn tatsächlich, meine Liebe, dass er seine Macht über Sie ausnützen würde? Dass er Sie herumkommandieren würde?«

»Nein«, sagte Emma leise. »Aber ich würde es fürchten. Ich würde die ganze Zeit über darauf warten, dass es doch passiert. Und das würde alles zerstören.«

Mrs. Dunnings sah sie lange schweigend an.

Emma fühlte sich unbehaglich. Plötzlich wurde ihr bewusst, dass sie Mrs. Dunnings kaum kannte. Himmel, was war nur in sie gefahren? Was hatte sie sich dabei gedacht, der anderen ihre geheimsten Gedanken, ihre absurdesten Ängste anzuvertrauen?

Doch da sagte Mrs. Dunnings nachdenklich: »Ich hatte immer Angst, dass er nie wieder eine Frau an sich heranlassen würde, nach dem, was damals passiert ist. Zumal er sich selbst die Schuld dafür gegeben hat. Aber gestern Abend … ich habe den Blick gesehen, mit dem er Sie angeschaut hat.«

Sie stellte ihre Teetasse auf den Tisch, beugte sich zu Emma hinüber und griff nach ihrer Hand. »Ich verstehe Sie, meine Liebe. Aber tun Sie Carl nicht weh. Versprechen Sie mir das.«

Überrascht stotterte Emma: »Ja. Natürlich. Ich verspreche es.«

Nach einer kurzen Pause setzte sie hinzu: »Was ist damals geschehen, Mrs. Dunnings?«

»Das wird Carl Ihnen selbst erzählen, da bin ich mir ganz sicher. Eines Tages.« Mrs. Dunnings lehnte sich zurück. »Lassen Sie uns jetzt lieber überlegen, wie es mit Ihnen und Oskar Crusius weitergehen kann. Selbstbewusstsein, meine Liebe, Selbstbewusstsein ist alles! Vor allem bei einem Mann wie Crusius.«

Emma seufzte. Mehr würde sie aus Mrs. Dunnings wohl nicht über Carls Vergangenheit herausbekommen. Aber vielleicht war das auch nicht wichtig, nicht jetzt. Wichtig war, dass Mrs. Dunnings sie verstand.

Und dass sie ihr helfen wollte.

»Sie haben Recht«, sagte Emma. »Kümmern wir uns um Oskar.«

Oskars Zimmer im Gasthaus sah aus wie das unordentliche Hinterzimmer eines botanischen Instituts. In der offenen Tür stapelten sich fertige Pakete, drinnen hörte man Oskar rumoren. Emma klopfte anstandshalber kurz an, trat jedoch unaufgefordert ins Zimmer, bevor der Mut sie verließ.

»Entschuldige die Störung, Oskar. Aber ich muss mit dir sprechen.«

Er hob den Kopf, den er über einen Tisch voller Packpapier, Gläser, Röhrchen und Pappe gebeugt hatte. »Ich bin beschäftigt, Emma.«

»Es ist wichtig.«

Oskar runzelte die Stirn, zog sich aber einen Stuhl heran und setzte sich. Mit der Hand bedeutete er Emma, es ihm gleichzutun.

Als sie saßen und er sie ungeduldig aufforderte zu reden, spürte sie heftige Zweifel in sich aufsteigen. Was, wenn Mrs. Dunnings und sie sich verrechnet hatten und Oskar ganz anders reagieren würde als erwartet?

Sie schluckte ihre Bedenken hinunter und hob das Kinn.

»Es geht um unsere angebliche Verlobung. Ich kann nicht mehr so damit umgehen, wie du es von mir verlangst. Ich kann nicht ›mit Herzblut‹ lügen, Oskar.«

Er lehnte sich zurück und lächelte väterlich.

»Nun beruhige dich, Kind. Wenn du auf meine Darbietung heute Nacht zu sprechen kommen willst, dann kann ich nur sagen, es tut mir leid. Ich gebe zu, ich hatte zu viel getrunken, und da sind die Pferde mit mir durchgegangen.« Er zwinkerte ihr zu. »Schieb's auf die Feierlaune und vergiss es.«

Sie starrte ihn an. »Du hast mich zum Gespött aller Gäste gemacht! Und das soll ich einfach so vergessen?«

»Ach, Emma, du siehst die Leute doch niemals wieder. In ein paar Tagen geht es wieder auf Expedition, und kein Hahn kräht mehr nach einem Lied, das ein betrunkenes Paar zum Besten gegeben hat.«

»Aber darum geht es doch gerade! Wir sind kein Paar, Oskar!« Mit einem Anflug von Trotz fügte sie hinzu: »Ganz abgesehen davon, dass *ich* nicht betrunken war.«

»Schon gut, schon gut.« Oskar seufzte. »Wir sind kein Paar. Aber wir geben vor, es zu sein. Damit Buschkönig Scheerer dich in der Gruppe duldet. Und das soll er weiterhin tun, oder möchtest du nicht mehr für mich arbeiten?«

»Doch.« Sie nahm ihren ganzen Mut zusammen. »Aber nicht mehr um jeden Preis.«

Oskar ließ die Hände sinken. »Was soll das heißen?«

»Dass wir unsere Verlobung offiziell lösen müssen.«

»Wie stellst du dir das vor?« Er schüttelte den Kopf. »Weißt du, wie ich dann dastehe? Ich mache mich ja lächerlich. Nein, Kind, das geht nicht.«

Diesen Einwand hatte Mrs. Dunnings vorausgesehen. »Wir können sagen, dass du es bist, der mich nicht mehr heiraten will. Dann liegt die Schmach ganz allein bei mir.«

Oskars Augen verengten sich. »Hast du vergessen, was ich dir nach deinem nächtlichen Ausflug mit Scheerer gesagt habe? Ich könnte dich entlassen, Emma.«

»Das habe ich keineswegs vergessen. Aber ich habe mir meine Gedanken darüber gemacht.«

Verflixt, dies alles vor Oskar auszusprechen war doch schwieriger, als wenn man in Mrs. Dunnings' Salon saß und es sich nur vorstellte!

»Natürlich bin ich von dir abhängig. Aber doch nicht ganz so sehr, wie du denkst. Ich wäre durchaus imstande, allein zu überleben.«

Gottlob hatte Mrs. Dunnings Emma angeboten, dass sie bei ihr wohnen könnte, wenn alle Stricke reißen würden.

»Außerdem kann man das Ganze von zwei Seiten sehen, Oskar. Auch du bist von mir abhängig. Brauchst du nicht eine fähige Zeichnerin, um Godeffroy zufriedenzustellen? Ich denke, du bist Geschäftsmann genug, um dich nicht deiner Assistentin zu entledigen, wenn gar kein Ersatz greifbar ist.«

Emmas Herz klopfte zum Zerspringen. Noch nie hatte sie so herausfordernd gesprochen, schon gar nicht mit einem Mann. Ach, nicht mal mit Sophie! Aber Mrs. Dunnings hatte ihr klargemacht, dass ein forsches Auftreten ihre einzige Chance war.

Oskar musterte sie spöttisch. »Was sollte mich daran hindern, auf die Suche nach einem neuen Assistenten zu gehen? Ich bin sicher, ein Besuch in Sydney würde genügen, um zehn Assistenten aufzutreiben.«

»Aber keinen, der so gut zeichnet wie ich.«

Leider konnte Emma nicht verhindern, dass ihre Stimme zitterte, als sie diesen letzten Trumpf ausspielte. »Du willst Godeffroy so hohe Qualität liefern wie möglich, oder? Nun, er wird nicht glücklich darüber sein, wenn die ersten Blätter hervorragend sind und die nachfolgenden nur mittelmäßig.«

Hatte sie das wirklich über ihre eigene Arbeit gesagt? Hervorragend? Ihr war schwindelig. Gut, dass sie saß; das grässliche Aufschneiden strengte sie gewaltig an.

Und wenn es ganz umsonst gewesen war?

Oskar erhob sich und ging ein paar Mal in dem kleinen Raum auf und ab. Er schien fieberhaft zu überlegen.

Wahrscheinlich streitet gerade seine Ehre als Forscher mit seiner Ehre als Mann, dachte Emma angespannt, gebe Gott, dass der geldgierige Forscher gewinnt!

Denn was wäre, wenn Oskar schnurstracks zu Carl gehen und Emma bei ihm anschwärzen würde? Wie würde Carl reagieren? Wahrscheinlich wäre zwischen ihm und ihr alles aus, bevor es überhaupt richtig begonnen hatte.

»Unsinn, Oskar blufft doch nur«, hatte Mrs. Dunnings gemeint. »Er wird den Teufel tun, sich freiwillig als Lügner hinzustellen! Carl kann ihn zwar nicht entlassen, aber Oskars Ruf als Ehrenmann wäre ruiniert. Dieses Risiko würde kein Mann freiwillig eingehen, glaub mir.«

Oh Himmel, hoffentlich behielt Mrs. Dunnings recht!

Vor Emmas Stuhl blieb Oskar stehen und blickte auf sie herunter. Sie erhob sich und stand ihm nervös, aber mit geradem Rücken gegenüber.

»In Ordnung«, sagte Oskar langsam. »Ich werde unsere Verlobung offiziell lösen.«

Ihr fielen ganze Felsbrocken vom Herzen, fast hätte sie vor Erleichterung gelacht.

»Danke, Oskar, ich danke dir! Du wirst sehen, ohne die Last dieser Lüge werde ich noch besser zeichnen als bisher. Du wirst deine Großzügigkeit nicht bereuen.«

»Großzügigkeit muss zunächst mal Scheerer beweisen. Was ist, wenn er dich nicht auf die nächste Forschungsreise mitnehmen will, nun, da sich unser Verhältnis geändert hat?«

Emma senkte den Blick. »Das wird er. Mach dir keine Sorgen.«

»Verstehe.« Oskars Stimme klang bitter.

Fast tat er ihr leid.

»Ich habe dich lange genug aufgehalten«, sagte sie, bevor er auf die Idee kommen konnte, sie über ihre Beziehung zu Carl auszufragen. Rasch verließ sie das Zimmer. Bevor sie die Tür schloss, schenkte sie Oskar noch ein dankbares Lächeln.

Doch er erwiderte es nicht. Stattdessen wandte er sich ab und beugte sich wieder über den Tisch mit seinen Pflanzen. Hatte sie sich den verletzten Ausdruck in seinem Blick nur eingebildet?

Emma hoffte es.

# 17

Beim Abendessen, das die Gruppe gemeinsam im Gasthaus einnahm, verhielt Oskar sich tadellos, wie Emma zugeben musste. Sein Benehmen ihr gegenüber war freundlich, aber distanziert; keine Spur mehr von dem aufdringlichen, fordernden Verlobten, als der er sich in den letzten Wochen gebärdet hatte. Aber auch keine Spur von dem verletzten Mann, als den sie ihn am Nachmittag verlassen hatte.

Nach dem Essen nahm er sie kurz beiseite. Sie einigten sich darauf, das Versenden der Sammlungen und die Vorbereitungen für die nächste Expedition nicht mit der Eröffnung zu stören, dass ihre Verlobung gelöst sei. Stattdessen wollten sie es den anderen in einer ruhigen Stunde im Busch mitteilen, abends, wenn sie alle zusammen beim Feuer sitzen würden.

Emma spürte ein Kribbeln im Magen, sobald sie daran dachte. Wie würde Carl schauen? Würde er sie unter vier Augen darauf ansprechen? Am liebsten hätte sie das Ganze sofort hinter sich gebracht, aber sie verstand, dass Oskar sich während ihres Aufenthaltes in Brisbane auf anderes konzentrieren wollte. Hauptsache, er war einverstanden.

Und sie war – hochoffiziell und unwiderruflich – frei.

Einige Tage später wurde Emma zum ersten Mal für ihre Arbeit entlohnt. Für jede Arbeitswoche bekam sie drei Pfund, was, wie Oskar fand, mehr als genug für eine Assistentin war. Emma ahnte zwar, dass er selbst von Godeffroy einen wesentlich höheren Lohn bekommen musste, doch das störte sie nicht. Er beschäftigte sie weiterhin, das war das Wichtigste. Und leben konnte sie in Australien mit drei Pfund pro Woche recht gut: Die Verpflegung und die gesamte Ausrüstung, auch ihr Papier, bezahlte Godeffroy ja zusätzlich. Ihr blieben also nur die Kosten für das Gasthaus und die Mahlzeiten während ihres Aufenthaltes in Brisbane. So reichte ihr Lohn gut aus, um die Wäscherin zu bezahlen und sich einige persönliche Dinge wie Kleidung, Seife und Zahnpulver zu kaufen.

Und ein neues Spitzmesser. Emma schlenderte durch Brisbane, vollbepackt mit ihren Einkäufen, als ihr einfiel, dass der Schwarze ja nun ihr altes besaß. Kurz entschlossen betrat sie einen der kleinen Läden, die mit unverhältnismäßig großen Buchstaben für ihr Angebot warben, und ließ sich mehrere Messer zeigen. Sie waren günstiger, als Emma gedacht hatte, und so erwarb sie gleich drei Messer auf einmal. Vielleicht würde sie sie brauchen, wenn sie wieder auf Schwarze treffen würde, die etwas mit ihr tauschen wollten.

Angst machte Emma diese Vorstellung nicht mehr. Mrs. Dunnings hatte so anders von den Schwarzen gesprochen als Oskar und Pagel, dass Emmas Neugierde geweckt worden war. Sie war entschlossen, freundschaftliche Kontakte zu den Ureinwohnern aufzunehmen – wenn diese es zuließen. Sicher war Emma sich da nicht.

Nach einer oder zwei Begegnungen mit Weißen wie Oskar und Pagel würde wohl jedem die Lust vergehen, sich einer Forschergruppe zu nähern, dachte sie.

Nun, Emma war unbewaffnet, *sie* würden die Schwarzen gewiss nicht als Bedrohung empfinden.

Als sie das Gasthaus betrat und zu ihrem Zimmer ging, um ihre Einkäufe abzuladen, umspielte ein Lächeln ihre Lippen. Die Aussicht auf den neuerlichen Aufbruch erfüllte sie mit freudiger Aufregung und, obwohl sie eine Frau war, tatsächlich mit so etwas wie Forschergeist. Ganz zu schweigen davon, dass sie wieder von morgens bis abends mit Carl zusammen sein durfte …

Sie konnte sich noch nicht recht vorstellen, wie ihr Verhältnis sich entwickeln würde, jetzt, da sie um ihre Zuneigung wussten, diese aber noch nicht leben durften. Unwillkürlich hielt sie auf dem Flur des Gasthauses nach ihm Ausschau. Vergebens.

Hast du wirklich gedacht, er lungert hier herum, um auf dich zu warten?, schalt sie sich, als sie ihr Zimmer betrat.

Sosehr Emma sich auf die Expedition freute – einen Wermutstropfen gab es doch: Sie würde ihre neue Freundin Mrs. Dunnings für viele Wochen nicht wiedersehen. Beim Zusammensein mit Mrs. Dunnings war ihr bewusst geworden, wie sehr sie weibliche Gesellschaft vermisst hatte. Erst heute Morgen hatte sie Mrs. Dunnings wieder einen Kurzbesuch abgestattet und ihr von der erfolgreichen Unterredung mit Oskar berichtet. Die Ältere hatte sie umarmt und sich von Herzen mit ihr gefreut. Beim Abschied hatte sie Emma gebeten, nicht abzureisen, ohne noch einmal bei ihr vorbeizuschauen, und Emma hatte es ihr gerne versprochen.

Wann es wohl losgehen würde? Carl hatte angekündigt, die Forscher beim heutigen Nachtmahl über seine Pläne in Kenntnis zu setzen, und nicht nur deshalb konnte Emma es gar nicht erwarten, dass es endlich Abend wurde. Sie gestand sich ein, dass sie sich im Busch so sehr an Carls Anwesenheit gewöhnt hatte, dass es ihr seltsam vorkam, ihre Tage in Brisbane nun ohne ihn zu verbringen.

Als sie ihm endlich gegenübersaß, flatterten so viele Schmetterlinge in ihrem Bauch, dass sie innerlich den Kopf über sich schüttelte. Vor allem, weil Carl wieder ganz der souveräne Leiter war und mit keinem Blick, keinem Wort zu erkennen gab, dass sich zwischen ihm und Emma seit Silvester etwas verändert hatte. Er aß gleichmütig das zähe Hammelfleisch, das die Wirtin ihnen aufgetischt hatte – ihre Kochkünste ließen wirklich zu wünschen übrig –, und zwischendurch erklärte er seiner Gruppe, wie die nächsten Monate ablaufen würden. Emma war froh darüber, dass Carl die ganze Zeit redete; so fiel es nicht weiter auf, dass sie kaum den Blick von ihm abwenden konnte. Sie hörte ihm eben aufmerksam zu!

Und was er erzählte, war spannend genug.

»Die nächste Expedition wird etwas anders verlaufen als die im Dezember«, sagte er. »Wir werden mehrere Tage lang durchreiten, bis wir den Cunningham's Gap Scrub erreichen, einen subtropischen Regenwald. Dort stehen Hütten, die einem Straßeningenieur gehörten, Mr. Hay. Ich habe ihn auf einer früheren Reise kennen gelernt, ein netter Mann. Inzwischen ist er mit einer Straße weiter südlich beschäftigt, seine alten Hütten im Cunningham's Gap Scrub stehen also leer und sind als Wohnplatz für uns geradezu perfekt.«

»Wo genau liegt der Cunningham's Gap Scrub?«, fragte Oskar.

»Südwestlich von hier auf dem Main Range, einem Streifen der Great Dividing Range. Wie Sie wissen, ist das die Gebirgskette, die parallel zur Ostküste verläuft«, antwortete Carl mit kühler Sachlichkeit.

»Nach allem, was ich weiß, herrscht in diesem Regenwald eine unglaubliche Artenvielfalt«, warf Krüger eifrig ein.

Carl nickte. »Das ist der Grund, weshalb wir diesmal nicht weiterziehen werden: Selbst wenn wir einige Monate lang nur dort forschen, wird die Ausbeute so groß sein, dass sowohl die Kolonialregierung als auch Ihr Auftraggeber, Crusius, zufrieden sein wird.«

Er lächelte Oskar und Emma knapp zu.

Ein bisschen verunsichert war sie ja schon, musste sie zugeben. Carl könnte sie zumindest mit mehr Wärme anlächeln oder ihr einen heimlichen Blick zuwerfen …

Nun mach dich nicht verrückt, dachte sie. Er hat dir versprochen zu warten, und dazu würde es kaum passen, wenn er dich mit seinen Blicken verschlingen würde!

Halbwegs beruhigt lauschte sie dem weiteren Gespräch.

»Die nächsten Tage sollten wir damit zubringen, uns mit allem einzudecken, was wir brauchen werden. Das betrifft vor allem das wissenschaftliche Material, weniger den Proviant. Wenn unsere Vorräte zur Neige gehen, werden wir uns problemlos Nachschub in Ipswich besorgen können.«

»Reisen wir auch über Ipswich?«, wollte Krüger wissen.

Carl nickte. »Ja, wir werden dort übernachten. Davor und danach müssen wir uns mit Busch-Inns begnügen.«

»Diesen floh- und wanzenverseuchten Gasthäusern im Nirgendwo?« Pagel kratzte sich am Kopf. »Zelten wär mir lieber, Scheerer.«

»Aber den Lastochsen nicht«, sagte Carl trocken. »Da wir im Regenwald in Hütten leben werden, können wir uns das Mitschleppen des Zeltstoffes sparen, oder? Dann können die Ochsen nämlich das gesamte Material alleine tragen, wir müssen die Pferde nicht bepacken und können den ganzen Weg über reiten. Ich habe schon mit der Wirtin gesprochen, wir machen es wie gehabt: Wir mieten ein Zimmer für die Zeit unserer Abwesenheit und lagern dort alles ein, was wir nicht mitnehmen können. Oder wollen, wie die Zelte.«

Pagel sah nicht überzeugt aus.

Begütigend setzte Carl hinzu: »Wir sind ja nicht lange unterwegs. Länger als ein paar Tage brauchen wir nicht bis zur Main Range.«

»Und wenn es unterwegs kein Busch-Inn gibt?«, gab Krüger zu bedenken.

»Dann bitten wir um einen Schlafplatz auf einer Station.« Carl zuckte mit den Schultern. »In der australischen Wildnis ist Gastfreundschaft ein ungeschriebenes Gesetz, das wissen Sie doch. Das Leben in der Einsamkeit ist hart, da ist man auf Hilfe und Kameradschaft angewiesen. Und manchmal sogar auf freie Unterkunft und ein kostenloses Abendessen.«

»Wird ja dann billig für uns, wenn wir auf den Stationen übernachten.« Pagel rieb sich frohlockend die Hände, offensichtlich freundete er sich gerade mit Carls Plänen an.

Doch der zog die Augenbrauen hoch. »Dass die Besitzer der Stationen gastfreundlich sind, heißt nicht, dass wir uns wie Parasiten benehmen müssen. Selbstverständlich werden wir Busch-Inns vorziehen.«

Pagel knurrte etwas, das wie »… zu gut für diese Welt …« klang, und Emma verkniff sich ein Grinsen. Sie erhaschte einen Blick von Carl, und flüchtig meinte sie, ein geheimes Einverständnis zwischen ihnen zu spüren.

Doch Carl sah gleich wieder weg.

Ich liebe dich, Carl, dachte sie sehnsüchtig. Wie gerne würde ich dir das sagen! Egal was in meiner Vergangenheit geschehen ist. Und in deiner …

War sie untreu, wenn sie dieser Liebe nachgab und Ludwig endlich vergaß?

Sie seufzte. Untreu war sie nur einem Menschen gewesen, dem aber gleich ganze eineinhalb Jahre lang: sich selbst.

Es war Herbst geworden, und Emma hatte ihre Tage damit verbracht, sich Ausreden zu überlegen.

Sie wusste inzwischen, dass sie Ludwigs Lust ab und zu befriedigen musste, sonst würde er sie verlassen, und diesen Gedanken konnte sie nach wie vor nicht ertragen. Aber nachdem sie ihm einige Wochen lang oft – viel zu oft – nachgegeben hatte, versuchte sie nun, die Abstände zwischen ihren Vereinigungen auszudehnen. Kopfschmerzen, Melancholie, Tante Erna oder simples Halsweh … damit ließ sich Ludwig recht gut hinhalten, und noch glaubte er ihr, wenn sie ihre verschiedenen Unpässlichkeiten als Grund anführte, warum sie ihn nicht besuchen könne.

Ludwig bemitleidete sie, tröstete sie und dachte sich Aufheiterungen für sie aus. So schenkte er ihr die feinsten Pralinen und bestand darauf, sie damit zu füttern, was sie zwar peinlich fand, aber irgendwie auch aufregend. Ein anderes Mal spielte er ihr ein Lied vor, das er eigens für sie komponiert hatte. Nur für sie! Und sie war so hart und wies ihn ständig ab … ach, sie hatte Ludwig gar nicht verdient!

Sie wurde zunehmend nervös. Hin- und hergerissen zwischen ihrer Verliebtheit, ihrem Wunsch, sich Auguste gegenüber nicht noch schuldiger zu machen, und ihrer Sorge, dass Ludwig ihrer überdrüssig werden könnte, verbrachte sie Stunde um Stunde mit Grübeleien und mit Entschlüssen, die sie am Tag darauf wieder verwarf. Am liebsten hätte sie sich ihrer Mutter anvertraut, einfach nur, um die Last ihres Geheimnisses nicht mehr alleine tragen zu müssen. Doch das war natürlich unmöglich.

Im Gegensatz zu ihr selbst war Emmas Mutter in den letzten Wochen regelrecht aufgeblüht. Emma fiel auf, dass Frau Röslins Augen strahlten; ihre Haut war stets rosa überhaucht, und sie schien von innen her zu leuchten. Emma sagte sich, dass sie mit der Ehe ihrer Eltern wohl zu streng ins Gericht gegangen war. Es mochte Höhen und Tiefen in einer langjährigen Verbindung geben, aber so schlecht, wie Emma geglaubt hatte, erging es einem offensichtlich doch nicht. Nicht so schlecht jedenfalls wie mir, dachte sie niedergeschlagen.

Als die ersten Schneeflocken fielen, merkte Emma, dass sich immer öfter ein seltsames Gefühl in ihr Herz schlich. Sie spürte es, wenn sie über Ausflüchte nachsann, wenn sie Ludwigs Hände abwehrte, die er mitten in der Klavierstunde plötzlich auf Wanderschaft gehen ließ, oder wenn er sie überredet hatte und sie auf dem Weg zu ihm nach Hause war, wissend, dass sie sich nach dem Akt wieder einmal grässlich fühlen würde. Spürte sie Angst? Enttäuschung? Oder gar Abscheu?

Wenn sie ehrlich war, war das neue Gefühl eine Mischung all dieser Empfindungen, und sie erschrak, als sie es erkannte. Sie liebte Ludwig doch! Er war doch so gut zu ihr, verwöhnte sie mit kleinen Aufmerksamkeiten, mit Küssen und mit süßen Worten!

Und das, was er von ihr verlangte, wenn sie bei ihm war und sie im Bett lagen, das gehörte eben dazu. Sicher war es ganz normal, dass ein Mann im Rausch der Leidenschaft auf merkwürdige Ideen kam. Sie liebte ihn, also hatte sie sich seinen Wünschen freudig zu fügen, auch wenn er ihr manchmal weh tat oder sie sich in Grund und Boden schämte für das, was er von ihr verlangte. Aber so ging es doch gewiss jeder verheirateten Frau – jede Nacht!

Warum also haderte sie selbst so sehr damit, wehrte und sträubte sich? Gut, Ludwig und sie waren nicht verheiratet, aber ihre Liebe war doch größer, reiner, bedeutender als die Institution der Ehe!

Emma kam zu dem Schluss, dass nicht Ludwig das Problem war, sondern sie selbst. Sie war eben nicht so, wie eine richtige Frau sein sollte.

Armer Ludwig.

Ob sie ihn unglücklich machte? Immer öfter sagte er ihr Dinge, die ihr Angst einjagten. Dass sie die Liebe seines Lebens sei und dass er sterben würde, sollte er Emma verlieren.

Dass er in ihrem Blick lesen könne, dass auch sie sterben würde, wenn er sie verließe.

»Das hat die große Liebe an sich, ob es einem gefällt oder nicht«, hauchte er in ihr Ohr. »Liebe und Schmerz, Lust und Tod liegen ganz nah beieinander, Emma.«

Sie wollte ihm nicht glauben, verschloss sich instinktiv vor dem Gift, das in seinen Worten lag. Doch sie merkte, dass sie ihm wenig entgegenzusetzen hatte. Er war verheiratet, er hatte schon viele Frauen in seinem Bett gehabt, das hatte er ihr selbst erzählt – und sie damit gequält, doch das hatte sie nicht zugegeben. Er kannte das Leben! Welches Recht hatte sie, seine Worte anzuzweifeln? Wer Liebe wollte, bekam eben auch den Schmerz.

Je weiter der Winter voranschritt, desto resignierter wurde sie.

Ludwig wurde fordernder.

Auf ihre Ausreden reagierte er nun nicht mehr verständnisvoll, sondern misstrauisch. Notgedrungen schenkte sie ihm ihren Körper wieder öfter, und um seine Zweifel an ihrer Zuneigung zu zerstreuen, ließ sie sich auf all die kleinen, demütigenden Spielchen ein, die für Emmas Empfinden so gar nichts mit Liebe zu tun hatten. Dabei fühlte sie sich jedes Mal wie betäubt, bis es endlich vorüber war und sie baden durfte.

Aber wenigstens benahm sie sich jetzt wie eine richtige Frau. Ließ alles zu. Schluckte Ekel und Widerwillen gegen seine Wünsche hinunter. Stellte Ludwig zufrieden und bemühte sich, nicht über das Wie nachzudenken. Tat es einfach.

Und fühlte sich scheußlich dabei.

# 18

## Im Busch

Nachdem die Forscher sich reichlich mit Material für die neuerliche Expedition eingedeckt hatten und die Packsättel der Ochsen prall gefüllt waren, brachen sie Ende Januar in Richtung Ipswich auf.

Emma fühlte sich frisch und ausgeruht, und da sie nicht laufen musste und das Reiten inzwischen gewöhnt war, kam sie ebenso mühelos voran wie die Männer. Sie hätte Princess sogar noch angetrieben, da ihr das Galoppieren mehr Spaß machte als der holprige Trab. Doch die Ochsen zwangen die Gruppe zu einer gemächlicheren Gangart. Der Himmel war bewölkt, und es war nicht ganz so heiß wie sonst, gegen Mittag fielen sogar einige erfrischende Regentropfen. Insgesamt ein gutes Wetter zum Reisen, sagte Emma sich frohgemut.

Sie war gespannt auf das Busch-Inn, wenn sie denn in einem übernachten würden. Carl hatte erzählt, dass in solchen Häusern manchmal abends musiziert wurde, um den Männern die Langeweile zu vertreiben. Wie gerne Emma wieder einmal Musik gehört hätte! Sie freute sich auch darauf, was der Wirt von seinem Leben in der Wildnis erzählen würde. Sicher hatte er viele unterhaltsame Anekdoten auf Lager. Einzig Pagels Bemerkung über die Wanzen machte Emma Sorgen. Ob es in den Busch-Inns wirklich so viel Ungeziefer gab? Nun, dann würde Emma einfach auf einem Stuhl schlafen. Sie war fest entschlossen, sich die aufregende neue Erfahrung nicht durch solche Kleinigkeiten verderben zu lassen.

Als sie gegen Abend tatsächlich ein Busch-Inn erreichten – das einzige auf ihrem bisherigen langen Weg, erhielt ihre Abenteuerlust allerdings einen Dämpfer.

Ungläubig starrte sie auf die große, aber vollkommen windschiefe Holzhütte. »*Das* soll ein Gasthaus sein?«

Carl schwang sich von Orlandos Rücken. »Offensichtlich. Auch wenn ich zugeben muss, dass es aussieht wie ein Schweinestall.«

»Um Himmels willen, Scheerer! Hier können wir doch nicht übernachten«, sagte Oskar blasiert. Er saß ab und ging ein paar Schritte auf die Hütte zu. Angeekelt rümpfte er die Nase. »Riechen Sie das?«

Krüger seufzte. »Riecht nach altem Hammel. Tja, das Essen in den Busch-Inns ist selten gut. Dafür gibt es viel zu trinken.«

»Dann müssen wir eben zuerst trinken und dann essen«, grinste Pagel, der neben Oskar getreten war. »So fällt es uns nicht mehr auf, was wir in uns reinschaufeln.«

Oskar lachte. »Sie haben Recht, Pagel. Machen wir das Beste draus. Schließlich sind wir Männer und keine Memmen.« Er drehte sich zu Emma um, sein Lachen erstarb. »Aber wie du als Frau mit solchen Umständen zurechtkommen sollst, weiß ich wirklich nicht. Was machen wir nur mit dir? Du kannst dich ja nicht betrinken wie wir.«

»Das braucht sie auch nicht«, sagte Carl kühl. »Ich werde schon dafür sorgen, dass sie eine anständige Mahlzeit bekommt, die sie auch ohne Schnaps herunterkriegt.«

»Wie konnte ich nur daran zweifeln, lieber Scheerer, dass Sie alles regeln werden«, sagte Oskar spöttisch.

Einen Moment lang standen die beiden Männer sich feindselig gegenüber, ohne ein Wort zu sagen, doch schließlich wandte Oskar sich ab und klopfte Pagel auf die Schulter. »Na los, alter Freund. Gehen wir die staubige Kehle befeuchten.«

Princess am Zügel, folgte Emma den Männern zum Stall, der ebenso wackelig aussah wie das Gasthaus. Hoffentlich würde es in der Nacht keinen weiteren Regen geben. Emma bezweifelte, dass Haus und Stall dicht waren. Ein eilfertiger, schmaler Mann mit gelblicher Haut kam ihnen entgegen und übernahm ohne große Worte nacheinander die Pferde und die Lastochsen. Er sah anders aus als alle Menschen, die Emma bisher zu Gesicht bekommen hatte, und sie nahm sich vor, Carl später zu fragen, woher er wohl kommen mochte.

Als sie schließlich in die Dämmerung der Hütte traten, wurden sie von einem weiteren Mann mit gelblicher Haut begrüßt. In gebrochenem Englisch fragte er sie, ob sie nur trinken oder auch essen und übernachten wollten. Er führte sie zu einer hölzernen Theke, an der bereits ein halbes Dutzend abgerissener Gestalten standen.

Emma schluckte, als die Köpfe der Männer sich der Forschergruppe zuwandten und die Blicke aller an ihr, Emma, hängen blieben.

»Nicke ihnen zur Begrüßung zu, und dann beachte sie nicht weiter«, hörte sie Carl hinter sich raunen.

Sie schluckte und folgte seiner Anweisung. Carl drängte Emma so an die schäbige Theke, dass Krüger schützend zu ihrer Linken stand, er selbst stellte sich rechts neben sie. Emma war froh um seine imposante Gestalt, die die Männer hoffentlich davon abhalten würde, sich ihr zu nähern.

»Warum starren die mich so an?«, flüsterte sie Carl unbehaglich zu.

»Wahrscheinlich haben sie seit Monaten keine Frau mehr gesehen«, flüsterte er zurück. »Und eine wie dich schon gar nicht.«

War das ein Kompliment gewesen? Doch Carl hatte sich bereits dem Wirt zugewandt, einem dicken Mann mittleren Alters mit rotem, fettglänzendem Gesicht.

»Was darf's denn sein, die Herren?«, fragte der Wirt jovial. »Sie sind keine Squatter, was?«

»Forscher«, sagte Carl. »Auf dem Weg in den Regenwald.«

Der Wirt lächelte breit. »Und Sie machen bei mir Station, sehr schön, sehr schön. Dann haben Sie bestimmt ordentlich Hunger, was?«

Carl nickte. »Auf ein schönes Essen ohne irgendwas drin, das die Dame hier krank machen könnte.« Er wies mit dem Kinn in Emmas Richtung.

Der Wirt kratzte sich am Kopf, weiße Schuppen rieselten auf die Theke. Er wischte sie nicht fort. »Krank macht mein Essen niemanden, das können Sie mir schon glauben. Aber wenn Sie was Exklusives wollen«, er hob die Hände in einer entschuldigenden Geste, »dann wird's natürlich teurer.«

»Das war mir klar.«

»Nun, dann sind wir uns ja einig.« Der Wirt rieb sich die Hände. Dann rief er dem höflichen Mann, der sie vorhin begrüßt hatte und der sich als Koch herausstellte, in sehr schnellem Englisch etwas zu. Ob der gelbe Mann ihn wohl verstand? Emma jedenfalls gelang es nicht. Na ja, war vielleicht auch besser so. Oder wollte sie wirklich wissen, was sich hier normalerweise im Essen befand?

Für die nächsten zehn Minuten unterhielt sie sich mit Carl und Krüger. Carl war zurückhaltend und höflich, wie stets seit ihrem mitternächtlichen Gespräch an Silvester. Krüger schien sich in der schweiß- und alkoholgeschwängerten Atmosphäre der Hütte nicht recht wohl zu fühlen, er sprach leise und warf den fremden Männern ängstliche Blicke zu. Oskar und Pagel standen ein wenig abseits, tranken bereits den zweiten Schnaps und ignorierten sie.

Emma hätte sich gerne hingesetzt, nach dem langen Ritt war sie nun doch müde. Doch als sie sich genauer in der Gaststube umsah, fiel ihr auf, dass kein einziger Stuhl darin stand. Auch Tische gab es nicht.

»Wo werden wir denn essen?«, wagte sie den Wirt zu fragen, der gerade mit den ersten beiden Tellern herbeieilte.

»Na, hier«, sagte er und stellte die Teller vor sie auf die Theke.

Im Stehen also. Emma seufzte.

Sie seufzte ein zweites Mal, als sie ihr Mahl betrachtete: Das ewig gleiche Hammelfleisch, *damper* und, wohl als Zeichen der Exklusivität, eine Scheibe Speck und ein Salat aus irgendeinem halb verwelkten Wildkraut. Immerhin roch das Essen relativ neutral; Gott allein mochte wissen, was die Männer auf dem Teller hatten, nach deren Essen es draußen gestunken hatte.

»Was gibt es denn zu trinken?«, fragte sie den Wirt.

»Schnaps, Lady«, grinste er. »Aber für Sie mache ich eine Ausnahme und schenke Wasser aus.«

»Vielleicht täte mir ein Schnaps hier ganz gut«, murmelte Emma resigniert, bemühte sich, auch ohne Schnaps die lüsternen Blicke der Männer zu ignorieren, und begann zu essen.

Zwei Stunden später waren der Wirt, Carl und Emma die Einzigen, die noch nüchtern waren. Krüger hatte sich ins Bett verabschiedet, Oskar und Pagel hingen an der Theke und schütteten sich vor Lachen aus. Auch der Wirt war bester Laune. Er animierte die Squatter alle paar Minuten dazu, eine weitere Lokalrunde zu schmeißen, und so tranken die Männer unaufhörlich. Als der Erste von ihnen auf den gestampften Boden sank und reglos liegen blieb, hob ein großes Gejohle an, und die restlichen Gäste überboten sich darin, »es dem Schwächling zu zeigen«, indem sie noch mehr Schnaps in sich hineinschütteten.

Carl fasste Emma am Arm und sagte leise: »Zeit zu gehen. Die werden wie die Tiere, wenn sie so besoffen sind. Es ist nicht mehr sicher für dich, Emma. Am besten lässt du dir jetzt dein Zimmer zeigen.«

»Gibt es denn keine Musik? Ich dachte, hier wird aufgespielt«, wehrte sich Emma, der die Vorstellung nicht behagte, sich zu den Flöhen und Wanzen begeben zu müssen.

»Zum Musizieren ist hier keiner mehr in der Lage«, sagte Carl. »Bitte, Emma, geh jetzt. Ich begleite dich auch.«

Widerwillig erhob sie sich. Doch als sie dem gelben Mann zu ihrem Zimmer folgte – sie bekam ein eigenes, die anderen Forscher mussten sich das zweite Zimmer teilen –, gab sie Carl im Stillen recht. Die Blicke, die die Männer ihr zuwarfen, waren nicht mehr nur lüstern, sondern nun auch äußerst aggressiv. Mit ihren vom vielen Trinken blutunterlaufenen Augen, mit den Sporen an den Stiefeln und den Ledergürteln, an denen Messer und Pistolen hingen, sahen die Squatter zum Fürchten aus.

Als sie ihr Zimmer unbehelligt erreicht hatten, atmete Emma auf. Sie sagte Carl gute Nacht und prüfte das Türschloss.

Es war kaputt, ebenso wie das Türschloss des zweiten Zimmers.

Verflixt. Wenn nun einer der Männer sich in der Nacht zu ihr verirrte? Oder – schlimmer – absichtlich in ihr Zimmer kam?

Carl schien das Gleiche zu denken wie sie. »Ich schlafe vor deiner Tür«, sagte er ruhig. »Und jetzt leg dich hin, wir haben morgen viel vor. Ipswich ist noch weit.«

»Du schläfst vor der Tür auf dem Boden? Für … mich?«

Er lächelte. »Wenn ich dich hier allein lassen würde, könnte ich vor Sorge um dich sowieso kein Auge zutun.«

»Ach nein, du musst nicht hier auf dem Boden schlafen, was soll mir denn passieren? Das ist mir peinlich, wirklich, ich möchte nicht …«

»Emma«, sagte er bestimmt. »Wenn ich nicht hierbleibe, dauert es keine zehn Minuten, bis der erste Kerl kommt und dich vergewaltigt. Willst du das?«

Geschockt starrte sie ihn an. »Um Himmels willen!«

»Also tu mir den Gefallen, geh jetzt einfach ins Bett, und lass mich hier aufpassen. Klar?«

»Klar.« Sie schluckte. »Danke, Carl. Danke, dass du das für mich tust.«

»Für dich tue ich alles«, sagte er knapp und schloss die Tür.

Mit hämmerndem Herzen blieb sie dahinter stehen, nur das dünne Holz zwischen ihr und ihm. Sie hörte, wie er es sich leidlich bequem machte. Zögernd ließ sie sich auf den Strohsack sinken, der als Bett dienen sollte, und streckte sich darauf aus. Waschen konnte sie sich hier nicht, also blieb ihr wohl nichts anderes übrig, als tatsächlich sofort zu schlafen. Ob Carl es vor ihrer Tür sehr ungemütlich hatte? Und ob sie selbst in dieser bedrohlichen Umgebung überhaupt würde schlafen können?

Noch bevor sie den Gedanken zu Ende gedacht hatte, forderten die Anstrengungen des Tages ihren Tribut, und ihr fielen die Augen zu.

Am nächsten Morgen waren die Männer verschwunden. Carl begrüßte Emma mit einem blauen Auge, schwieg sich jedoch darüber aus, wie er dazu gekommen war. Ihr fuhr ein Schauder über den Rücken. Offensichtlich hatte einer der Squatter versucht, zu ihr zu gelangen, genau wie Carl es vorausgesehen hatte; es war wohl ihr großes Glück gewesen, dass Carl so kräftig war und, im Gegensatz zu den lüsternen Kerlen, nüchtern.

Der Wirt pfiff ein fröhliches Lied, als er ihnen das Frühstück servierte. Er musste ein kleines Vermögen mit den vielen Lokalrunden gemacht haben. Während des Essens erzählte er ihnen aufgeräumt, dass er nur wenig mit Übernachtungen verdiente, aber sehr viel mit Schnaps. Nicht selten würden Squatter, Schafhirten und Tagelöhner in den Buschkneipen in ein paar Tagen den Verdienst von Monaten vertrinken.

Oskar und Pagel waren schweigsam und brummig, sie schienen an einem gewaltigen Kater zu leiden. Emmas Mitleid mit ihnen hielt sich in Grenzen. Wäre Carl nicht gewesen, der sich um Emmas Wohl gesorgt hätte, so wäre sie in der vergangenen Nacht mindestens einem der ausgehungerten Squatter zum Opfer gefallen – und Oskar hätte es noch nicht einmal bemerkt. Sollte er heute ruhig Kopfschmerzen haben.

Auch Carl war schweigsam. So herrschte, als die Gruppe das schäbige Busch-Inn endlich verließ und sich wieder auf den Weg machte, zwischen ihnen allen missmutige Stille.

Erst als das Gasthaus ihren Blicken entzogen war, ergriff Carl das Wort.

In das Hufgetrappel hinein sagte er: »Ich hätte nicht gedacht, dass es so schäbige Busch-Inns gibt. Zum Bersten voll mit Gästen übelster Art … Es tut mir leid, dass ich Sie alle dazu genötigt habe, dort abzusteigen.«

»Hatten Sie es sich denn anders vorgestellt?«, fragte Krüger.

Carl nickte. »Die Busch-Inns, in denen ich bisher gewesen bin, waren zwar nicht sauber, aber auch nicht solche Dreckslöcher. Außerdem habe ich noch nie ein Gasthaus erlebt, in dem die Gäste so systematisch dazu gedrängt werden, sich bewusstlos zu saufen.« Kurz traf sich sein Blick mit dem Emmas. »Deshalb war mir nicht klar, dass es gefährlich werden könnte. Sonst wäre ich Pagels Vorschlag gefolgt und hätte die Zelte doch mitgenommen.«

Oskar lenkte sein Pferd neben ihn und fragte süffisant: »Sie geben zu, sich geirrt zu haben? Welche Schmach, mein lieber Scheerer.«

»Was ist schmachvoll daran, Crusius, dass ich mich eines

Besseren belehren lasse?« Carl sah Oskar von Orlandos Rücken aus kühl an. »Nur dumme Menschen beharren auf ihrem Standpunkt, wenn sie merken, dass er falsch ist.«

Oskars Miene verfinsterte sich. Eine schlagfertige Antwort schien ihm nicht einzufallen, und so sagte er nur: »Ihr Veilchen steht Ihnen übrigens gut. Sollte ein einfacher Squatter es gewagt haben, an *Ihnen* sein Mütchen zu kühlen?«

»Eigentlich wollte er sein Mütchen an Ihrer Verlobten kühlen«, sagte Carl eisig. »Was zu verhindern Ihre Aufgabe gewesen wäre, Crusius. Aber Sie haben es ja vorgezogen, sich zu betrinken.«

Oskar zügelte sein Pferd so abrupt, dass es erschrocken wieherte. Auch Carl blieb mit Orlando stehen, und Emma tat es ihm nach. Schließlich ging es hier um sie, auch wenn ihr der Schlagabtausch der beiden Männer ganz und gar nicht gefiel.

»Jemand wollte sich an Emma vergreifen?«, fragte Oskar.

Carl deutete ein Nicken an.

Oskar kniff die Augen zusammen und sah in die Ferne. Krüger und Pagel, die gemerkt hatten, dass etwas nicht stimmte, wendeten ihre Pferde und ritten mit fragenden Mienen auf sie zu. Wut und Anspannung lagen in der Luft. Nur die Ochsen nutzten seelenruhig die Gelegenheit, sich an den spärlich wachsenden Gräsern gütlich zu tun.

Als Oskar merkte, dass die ganze Gruppe auf ein Wort von ihm wartete, straffte er sich und schien einen Entschluss zu fassen. Er schob das Kinn vor und sagte steif: »Ich habe meine Verlobung mit Emma gelöst, aus Gründen, die nur ihr und mir bekannt sind. Sie ist nur noch als meine Assistentin dabei und als solche selbst für sich verantwortlich.«

Emmas Herz setzte für eine Sekunde aus.

Carl starrte Oskar an wie vom Donner gerührt.

Fast trotzig schob Oskar hinterher: »Ich habe also keineswegs meine Pflicht vernachlässigt, als ich sie heute Nacht, ähm, aus den Augen verloren habe. Stimmt's nicht, Emma?«

Sie konnte nur stottern: »Doch, äh, nein, ich meine, wir sind nicht mehr, aber wir hatten doch ausgemacht ...«

»... es der Gruppe in einer ruhigen Minute beizubringen, ja«, sagte Oskar. Ihre Verwirrung schien ihm Auftrieb zu geben, er hatte sich wieder vollkommen in der Gewalt. »Sie alle werden aber verstehen, dass ich solch ungerechte Vorwürfe, wie Scheerer sie gerade gegen mich vorgebracht hat, nicht auf mir sitzen lassen kann. Emma ist für sich selbst verantwortlich, Punkt.«

»'türlich, 'türlich«, murmelte Pagel.

»Sehr verständlich«, sagte auch Krüger. Unsicher sah er Emma an. »Es ist bewundernswert, wie gefasst Sie damit umgehen, Fräulein Röslin.«

»Ich? Och ja ...«

Du liebe Güte, was sollte sie darauf nur antworten?

»Ich weiß es ja schon seit ein paar Tagen«, meinte sie schließlich lahm.

»Seit ein paar Tagen, verstehe«, wiederholte Krüger und warf ihr einen Blick zu, der zwischen Unglauben und Verständnislosigkeit schwankte.

Wahrscheinlich, dachte Emma, hielt er sie nun für durch und durch gefühllos. Dass sie alles andere als das war, wurde ihr nur allzu klar, als sie es endlich wagte, Carl anzuschauen. Er sah immer noch völlig überrumpelt aus, und sie hätte nichts lieber getan, als ihm alles zu erklären. Doch das ging natürlich nicht.

Vertrau mir, Carl, beschwor sie ihn stumm.

Oskar schien es zu genießen, dass er Herr der Situation war.

»Emma war der Meinung, Sie würden ihr weiterhin erlauben, an unseren Expeditionen teilzunehmen«, sagte er leichthin zu Carl. »Mir ist zwar schleierhaft, wie sie zu dieser Einschätzung kommt, da Sie uns Ihre Meinung über Frauen im Busch ja deutlich genug mitgeteilt haben. Aber ich bin sicher, Sie werden Emmas kindliches Vertrauen in Sie nicht enttäuschen, nicht wahr?«

Kindliches Vertrauen! Emma warf Oskar einen empörten Blick zu. Doch bevor sie etwas sagen konnte, meinte Carl: »Ich denke, Fräulein Röslin hat hinreichend bewiesen, dass sie ebenso gut im Busch zurechtkommt wie wir alle. Ich habe also keine Bedenken, sie weiterhin für Sie arbeiten zu lassen, Crusius.«

»Wie selbstlos von Ihnen«, sagte Oskar. Er klang amüsiert, als wisse er genau, weshalb Carl nicht mehr auf Emmas Anwesenheit verzichten wollte. In seinen Augen aber blitzte Wut auf. Oder Eifersucht?

»Was stehen wir hier noch rum?« Oskar stieß seinem Pferd die Fersen in die Seiten. »Wir sind nicht zum Plaudern hier, oder? Auf nach Ipswich.«

»Recht hat er«, sagte Pagel und trieb sein Pferd ebenfalls an. Auch Krüger schien froh, der peinlichen Situation entfliehen zu können, und kümmerte sich ungefragt darum, die Ochsen von ihren Gräsern loszueisen. So fanden Emma und Carl sich im Handumdrehen allein wieder.

Im Schritt ritten sie nebeneinander her. Carl sah stur geradeaus, und Emma warf ihm nervöse Seitenblicke zu. Warum sagte er denn nichts? Freute er sich gar nicht, dass sie Oskar definitiv nicht heiraten würde?

Doch als er ihr endlich sein Gesicht zuwandte, glühten seine Augen. Ein ganzer Schwarm Schmetterlinge flog in ihrem Bauch auf.

»Wie hast du das geschafft, Emma?«

Vage antwortete sie: »Ich habe mit ihm geredet.«

»Und das hat genügt?«

»Mhm«, machte sie unverbindlich.

Carl schwieg skeptisch. Kein Wunder, sie hörte ja selbst, dass ihre Erklärung reichlich dünn klang! Aber was sollte sie ihm sagen? Es war unmöglich, ihm schon jetzt zu enthüllen, dass die ganze Verlobung eine Erfindung und ihre Auflösung deshalb gar nicht so schwer gewesen war. Carl würde nur enttäuscht von ihr sein, weil sie ihn von Anfang an belogen hatte. Solange er nichts von den schrecklichen Wochen in Stuttgart wusste, als deren logische Folge sie die Verlobungslüge ansah, würde er ihre Verzweiflung damals in Brisbane nicht nachvollziehen können. Sie musste schweigen; er sollte sie nicht für eine Frau halten, die ihre Umgebung schamlos beschwindelte, nur um ihren Willen zu bekommen.

»Carl«, sagte sie bittend, »frag nicht weiter. Ich werde es dir erklären, sobald ich dir auch … das andere erklären kann. So wie ich es dir an Silvester versprochen habe.«

Er schaute sie eindringlich an.

Sie hätte nie gedacht, dass blaue Augen so dunkel wirken konnten. Am liebsten hätte sie die Hand ausgestreckt und seinen Kopf zu sich herübergezogen, um in dieser Dunkelheit zu versinken, einer Dunkelheit, die nicht gefährlich war, sondern erregend und voller Liebe. Wie gerne hätte sie ihn einfach während des Reitens geküsst!

Carl schien ähnliche Gedanken zu hegen, denn sein Blick wanderte unwillkürlich zu ihrem Mund. Verbotene Bilder formten sich in Emmas Geist. In ihrer Fantasie führte eins zum anderen, und sie spürte eine Hitze in sich, die eindeutig nicht von der Sonne herrührte.

Ihr wurde bewusst, dass sie das, was sie mit Ludwig so verabscheut hatte, mit Carl herbeisehnte. Carl würde sie nicht erniedrigen und ihr auch niemals wehtun, das wusste sie mit instinktiver Sicherheit. Es wäre eine Vereinigung, die von beidseitiger Lust getragen wäre. Wie es sich wohl anfühlen würde, den Akt zum ersten Mal in ihrem Leben nicht mit innerer Abwehr zu vollziehen, sondern mit Lust? Ihn freiwillig in sich aufzunehmen? Vielleicht sogar dabei zum Höhepunkt zu kommen?

»Also gut, ich frage nicht weiter«, unterbrach Carl ihre hitzigen Tagträume. »Ich wüsste zwar zu gerne, was zwischen dir und Oskar geschehen ist, aber die Hauptsache ist, dass du ihn nicht heiratest.« Er runzelte die Stirn. »Warum bist du eigentlich so rot?«

Weil ich mir gerade vorstelle, wie wir zusammen schlafen.

»Weil mir so heiß ist. Komisch, sonst vertrage ich die Hitze gut. Muss an der Aufregung liegen.«

»Dann lass uns schneller reiten.« Carl wies auf ein Dickicht in der Ferne. »Da vorne scheint es Schatten zu geben, das wird dir guttun.«

Sie galoppierten los, und Emma war froh um den Wind, der ihre Wangen kühlte und die Fantasien verwehte. Wie lange es wohl noch dauern würde, bis Carl und sie sich offen zu ihrer Liebe bekennen durften? Höchste Zeit, dass sie sich ernsthaft um ihre Erinnerung bemühte. Auch wenn sie Angst davor hatte, auch wenn ihre Schuld sie vielleicht erdrücken würde: Sie musste endlich Licht in die Geschehnisse der dunklen Tage bringen.

# 19
## Ipswich

Ipswich war eine 3000-Seelen-Stadt am Bremer River, einem schmutzigen Fluss, der aber im Gegensatz zum Brisbane River den Vorteil hatte, dass in ihm keine Haifische schwammen.

Der Ort selbst sah elender aus als Brisbane, obwohl es auch hier Wirtshäuser, Kaufläden, Schuhmacher und Schneider gab. Doch die Holzhäuser wirkten weniger gepflegt, und auf den staubigen Plätzen lungerten Männer herum, denen Emma lieber nicht alleine begegnen wollte.

Es herrschte geschäftiges Treiben, Emma schnappte deutsche und englische Sprachfetzen auf und sogar solche, deren Klang sie noch nie gehört hatte. Wie im Busch-Inn gab es auch hier viele Männer mit gelblicher Haut und schmalen Augen.

Während die Forscher mit ihren Ochsen und Pferden auf der Suche nach einem anständigen Gasthaus durch die Straßen zogen, fragte Emma Carl nach den fremd aussehenden Menschen.

»Das sind Chinesen«, erklärte er ihr. »In den letzten Jahren sind viele von ihnen nach Australien gekommen, hauptsächlich wegen des Goldes. Von den Goldfeldern aus sind einige dann weitergezogen und haben sich als Hoteliers, Händler und Handwerker niedergelassen. Oder sie verdingen sich als Köche und Stallburschen in Gasthäusern, wie die Chinesen im Busch-Inn.«

Krüger neben ihnen verzog das Gesicht. »Ob es ihnen dort allerdings gefällt, ist fraglich. Man sagt, die meisten Chinesen lieben es reinlich und ruhig, sie kochen gut und mögen keinen Alkohol.«

»Dann waren die beiden gestern entschieden am falschen Platz«, sagte Emma mitleidig.

»Ja. Und auch diese Menschen«, Carl wies auf eine Gruppe Schwarzer, »sind am falschen Platz. Eine Schande, was in den Städten aus ihnen wird.«

Emma wagte es, die Eingeborenen genauer zu betrachten. Anders als bei den Dunnings, wo die schwarzen Angestellten ebenso gut gekleidet gewesen waren wie die weißen, trugen die Eingeborenen hier allesamt Lumpen. Sie hatten sie auf eine nachlässige Art umgehängt, so als käme es ihnen überflüssig vor, sich zu bedecken. Nicht wenige der Erwachsenen schienen betrunken zu sein, die Männer rauchten Tonpfeifen, und Emma sah eine Frau, die sich mit gleichgültiger Miene einem vorübergehenden Squatter anbot. Währenddessen spielten die Kinder, sich selbst überlassen, im Staub.

Erschüttert fragte Emma: »Warum kommen sie in die Stadt, wenn es ihnen hier so schlecht geht?«

»Weil sie aus ihren angestammten Gebieten vertrieben werden«, sagte Carl. »Die Weißen bestellen das Land, auf dem die Eingeborenen gelebt haben, und so ist für sie in den fruchtbaren Gegenden kein Platz mehr. Wenn sie nicht freiwillig das Feld räumen, wird nachgeholfen.«

Pagel, der die letzten Worte aufgeschnappt hatte, mischte sich grinsend ein: »Hab gehört, die Wilden haben nette Geschenke von den Weißen gekriegt. Mit Arsen vermischtes Mehl zum Beispiel. Oder die eine oder andere Krankheit, die die schwarzen Weiber sich in den Betten der weißen Männer geholt haben.« Er spuckte aus. »Unchristliche Frauenzimmer!«

»Sparen Sie sich Ihre dummen Bemerkungen«, sagte Carl scharf.

Erstaunt fragte Pagel: »Was ist Ihnen denn für eine Laus über die Leber gelaufen? Ist doch allgemein bekannt, dass die Wilden keinerlei Moral haben. Verkaufen ihre Frauen für eine Flasche Schnaps, stehlen Schafe und sind überhaupt die faulsten Taugenichtse, die die Welt je gesehen hat. Da finde ich es nur verständlich, wenn die Engländer Jagd auf sie machen und sie abknallen, zumal es hier keine Füchse …«

»Noch ein Wort, und Ihre Zeit als Forscher in meiner Gruppe ist vorbei!«, unterbrach Carl ihn eisig.

Pagels Mund klappte zu, er starrte den Leiter verständnislos an.

Carl sah ihm fest in die Augen.

»Andere Meinungen dulde ich. Menschenverachtendes Geschwätz nicht. Haben Sie das verstanden, Pagel?«

Der nickte, schien aber immer noch nicht zu begreifen, was Carl ihm eigentlich vorwarf.

»Ich glaub, einer der Ochsen macht sich selbstständig«, murmelte er und wendete sein Pferd. »He, Hermann, komm und hilf mir.«

Krüger folgte ihm gehorsam.

Emma sah den ungleichen Freunden über die Schulter nach. »Bisher fand ich Pagel eigentlich ganz nett, auch wenn er mir etwas zu schneidig war. Aber jetzt …«

Carl seufzte. »Leider denken die meisten Männer hier wie er. Pagel ist keineswegs eine besonders grausame Ausnahme.«

»Hast du selbst denn überhaupt keine Angst vor den Eingeborenen?« Emma sah ihn forschend an. »Als der Schwarze im Busch seinen Speer mit mir tauschen wollte, hast du dir doch auch Sorgen gemacht. Du hast mich danach keine Sekunde mehr allein im Lager gelassen, aus Angst, der vermeintliche Überfall könnte sich wiederholen!«

»Das stimmt«, Carl zuckte mit den Schultern, »natürlich gibt es Überfälle von Schwarzen, und reine Engel sind auch sie nicht. Sie können brutal sein wie alle Menschen. Aber hast du, Emma, Angst vor allen Weißen, weil dich ein weißer Mann heute Nacht vergewaltigen wollte? Hast du deshalb Angst vor *mir*?«

Sie senkte hastig den Blick und schüttelte den Kopf.

»Eben. Ich halte es einfach für falsch, alle Menschen über einen Kamm zu scheren.«

Er schwieg kurz. Dann sagte er: »Revolutionäres Geschwätz, hm? Nun wirst du doch noch zum Schluss kommen, dass ich ein komischer Vogel bin.«

Ihre Blicke trafen sich, und sie lächelte, als sie die Unsicherheit in seinen Augen sah.

»Ich dachte, das Vogel-Thema hätten wir geklärt.«

»Schon. Aber wenn du etwas von mir erfährst, das dir nicht gefällt, eine Haltung … oder«, er stockte kurz, »etwas aus meiner Vergangenheit … dann änderst du vielleicht deine Meinung über mich.«

Blut, Tod, Ehebruch. Wem habe ich den Tod gebracht?

»Würdest du das denn tun?«, fragte sie mit dünner Stimme.

»Meine Meinung über dich ändern? Nein, Emma. Weil ich sicher bin, dass es nichts an dir gibt, das ich verabscheuen könnte.«

Wenn du dich da bloß nicht irrst, dachte sie, und plötzlich war ihr trotz der brütenden Hitze kalt.

An diesem Abend mussten sie nicht stehen, denn im Gegensatz zum Busch-Inn gab es im Ipswicher Gasthaus Tische und Stühle. Sie hatten eine ganze Weile nach einem geeigneten Nachtplatz suchen müssen, da Carl nach der Erfahrung der letzten Nacht misstrauisch geworden war. Außerdem brauchten sie ein Gasthaus, das nicht nur sie und die Pferde aufnahm, sondern in dem auch die Ochsen versorgt wurden.

Doch sie hatten Glück: Das Haus, in dem sie schließlich landeten, bot nicht nur frisches Wasser, Futter und einen geschützten Platz für die Tiere, sondern auch saubere Zimmer für sie selbst und vom Schankraum aus einen herrlichen Ausblick auf den Garten.

Emma konnte sich gar nicht sattsehen an den fremdartigen Bäumen, die hier wuchsen, und die Forscher mussten ihr den Namen jedes einzelnen Gewächses nennen: Rizinusbäume, Feigenbäume und Granatäpfel wuchsen in malerischer Nachbarschaft zu australischen Kirschbäumen, Hibiskussträuchern und Agaven. Nach der sandigen Dürre des Busches empfand Emma die Fruchtbarkeit dieses Gartens als besonders wohltuend.

Zum Abendessen gab es zur großen Freude aller kein Hammelfleisch mit *damper*, sondern gebratene Hühner und wunderbar zarten Lachs, dazu Salat mit Eiern, Brot und Butter und, als krönenden Abschluss, sogar Kuchen. Als Emma sich nach diesem fürstlichen Mahl satt und zufrieden zurücklehnte, sah die Welt bereits wieder viel heller aus als vorhin, da die Angst vor Carls Ablehnung sie übermannt hatte. Als die Wirtin ihnen ankündigte, dass später am Abend ein *Ball* stattfinden werde, begannen Emmas Augen vor Aufregung zu glänzen.

Der *Ball* im Schankraum des Gasthauses entpuppte sich dann allerdings als ein Tanzvergnügen, das sich von allem unterschied, was sie in Deutschland unter diesem Namen erwartet hätte. Außer der Forschergruppe fanden sich noch etwa fünfzehn Männer ein, die fröhlich tranken, rauchten und ihre Lieder sangen. Emma war die einzige Frau, und als schließlich die Tänze begannen, waren es keine Gesellschaftstänze, wie Emma sie kannte, sondern irische *Jigs* und *Hornpipes,* die von einem Blasinstrument gleichen Namens begleitet wurden. Die anwesenden Gäste – in der Hauptsache Schotten und Iren – tanzten mit schnellen und kunstvollen Bewegungen dazu, immer einer allein, während die restlichen Männer den Tänzer mit Rufen und Klatschen anfeuerten. Emma wippte mit den Füßen mit, die fröhliche Musik, die die Hornpipe spielte, gefiel ihr. Am liebsten hätte sie selbst getanzt, doch das war bei diesem *Ball* ganz offensichtlich nicht vorgesehen.

Umso erstaunter war sie, als Oskar sich zu ihr herüberbeugte und sie fragte: »Schenkst du deinem ehemaligen Verlobten einen Tanz, Emma?«

»Was, hier? Ich bin die einzige Frau außer der Wirtin, ich sollte mich besser zurückhalten, oder?«

»Ich passe schon auf, dass niemand dich mir abspenstig macht. Schau, die Leute sind doch ganz anders als die Säufer gestern Abend. Du kannst es schon wagen!«

Emma zögerte. Es stimmte, die Gäste waren nicht mit den Squattern im Busch-Inn zu vergleichen, keiner hier wirkte bedrohlich auf sie. Die Männer schienen angeheitert, aber nicht betrunken, und eigentlich war ja auch nichts dabei, ein kleines Tänzchen zu wagen.

Aber mit Oskar?

»Du bist es mir schuldig, findest du nicht?«, sagte Oskar. »Ich habe dich offiziell freigegeben, wie du es dir gewünscht hast. Da ist ein einziger Tanz als Dank nicht zu viel verlangt, meine ich.«

Sie stand auf. »Du hast Recht. Also lass uns tanzen.«

Die Gäste pfiffen und grinsten, als Emma mit Oskar in die Mitte des Raumes trat. Oskar umfasste ihre Taille, und sie musste zugeben, dass er ein geschickter Tänzer war: Obwohl ihnen beiden die Melodie unbekannt war, fühlten ihre Tanzschritte sich harmonisch an, und Oskar führte Emma so beschwingt über den Holzboden, dass sie unwillkürlich lächelte. Sie sah die Freude in seinen Augen und dachte, dass sie in ihrer Ablehnung seiner Person möglicherweise zu hart gewesen war.

Spontan fragte sie: »Was hast du eigentlich gegen Carl Scheerer, Oskar? Ihr seid beide gute Forscher, ihr könntet euch doch helfen, statt euch zu bekriegen.«

Er hielt abrupt im Tanzen inne, und Emma kam aus dem Takt und stolperte. Als sie weitertanzten, fühlte es sich steifer an als zuvor.

»Ich habe gar nichts gegen ihn. Wie kommst du denn darauf? Ich mag es bloß nicht, wenn er sich als Buschkönig aufführt.«

»Tut er das denn?« Emma fühlte den Drang, Carl zu verteidigen. »Er ist der Leiter und trifft die Entscheidungen. Aber das ist seine Aufgabe! Jede Gruppe braucht einen Leiter.«

Bitter sagte Oskar: »Aber warum er? Ich will es dir sagen, Emma: weil sein alter Herr ein bekannter Universitätsprofessor ist. Nur deshalb bekommt Scheerer automatisch die Oberhoheit über alle Expeditionen hier.«

»Aber …«

»Ja, ja, ich weiß, Scheerer hat viele Fähigkeiten. Ein schlechter Forscher ist er nicht, schon klar.« Er schwieg kurz, dann brach es aus ihm heraus: »Aber was mich wirklich stört, Emma, was mich wahnsinnig macht, das ist nicht sein Können und auch nicht die Tatsache, dass er der Leiter ist. Sondern sein Hochmut. Scheerer schaut auf Männer wie mich herab, nur weil wir einen anderen familiären Hintergrund haben. Weil uns nicht das Geld und ein altehrwürdiger Name hochgebracht haben, sondern unser eigenes Streben, verdammt!«

Emma überkam das seltsame Bedürfnis, Oskar zu trösten. Unbeholfen sagte sie: »Du musst dich nicht für deine Herkunft schämen, Oskar. Carl schaut ganz sicher nicht auf dich herab, so ist er nicht. Auf mich schaut er doch auch nicht herab, und dabei weiß er überhaupt nichts über meine Herkunft!«

Oskar presste seine Lippen aufeinander, bis sein Mund nur

noch ein schmaler Strich war. Oh je, da hatte sie wohl das falsche Argument gewählt! Sie verfluchte sich innerlich für ihre Ungeschicklichkeit, und während er sie zornig über die Tanzfläche wirbelte, suchte sie nach Worten, um ihn zu besänftigen.

Doch da meinte er barsch: »Erstens: Ich schäme mich keineswegs für meine Herkunft, lass dir das gesagt sein. Zweitens: Bei dir liegt der Fall ja wohl anders als bei mir. Dich will Scheerer in sein Bett ziehen, da wäre offen zur Schau gestellter Hochmut eher hinderlich.« Er lachte freudlos. »Habe ich Bett gesagt? Auf den dreckigen Buschboden in seinem Zelt, meinte ich natürlich.«

Emmas Mitleid verflog so rasch, wie es gekommen war. Sie befreite sich aus Oskars Armen und blieb, von der wilden Tanzerei heftig atmend, vor ihm stehen. »Wie kannst du es wagen, so mit mir zu sprechen? Und Carl so niedere Absichten zu unterstellen?«

»Ach komm schon, Emma. Jeder kann sehen, wie er dich anschaut. Und du ihn auch, wohlgemerkt. Willst du leugnen, dass dein romantisches Herz für ihn schlägt?« Auch Oskar atmete schwer. »Du träumst von ihm, habe ich Recht? Aber pass bloß auf, dass du nicht unsanft erwachst, Kindchen.«

Sie ballte die Hände zu Fäusten und wollte ihm entgegenschleudern, dass sie erwachsen sei und sehr gut wisse, was sie tue, doch dann fiel ihr Ludwig ein.

Wenn ich mich wieder irre?, dachte sie erschrocken. Wenn auch Carl nur mit mir spielt? Wenn alle Männer so sind wie Ludwig?

Ihr Blick flog hinüber zu Carl, der neben Krüger am Tisch saß und sie stirnrunzelnd beobachtete. Er sah aus, als sei er auf dem Sprung; bereit, sofort zu ihr zu kommen, wenn sie ihn brauchte.

Was hatte er heute Nachmittag gesagt? Es sei falsch, alle

Menschen über einen Kamm zu scheren. Sollte das nicht für weiße Männer ebenso gelten wie für Eingeborene?

Sie kämpfte Furcht und Misstrauen nieder und lächelte Carl zu. Als sie sah, dass die Spannung daraufhin ein wenig aus seiner Haltung wich, wandte sie sich noch einmal Oskar zu.

»Danke für deine Warnung, Oskar. Sei versichert, ich werde daran denken, wenn ich das nächste Mal auf dem dreckigen Buschboden in Carls Zelt liege.«

Sie sah noch, wie ihm die Kinnlade herunterfiel, dann drehte sie sich mit rauschenden Röcken um und ging hocherhobenen Hauptes zum Tisch zurück.

# 20

## Cunningham's Gap, Februar 1859

Die nächsten beiden Nächte verbrachten sie draußen. Carls Veilchen hatte sich mittlerweile blaurot verfärbt und erinnerte die Gruppe stets an das grässliche Busch-Inn. Die spärlich gesäten Gasthäuser auf dem Weg zur Main Range sahen nicht viel besser aus, und so beschlossen sie, jeweils nur ihr Nachtmahl dort einzunehmen und dann weiterzuziehen, um in sicherer Entfernung von etwaigen Trunkenbolden unter freiem Himmel zu lagern. Zum Frühstück würden sie sich eben mit ihrer üblichen Busch-Nahrung begnügen müssen.

Emma schlief – wie die Männer auch – voll bekleidet. Nur eine dünne Decke zwischen sich und dem sandigen Boden, fühlte sie sich ohne das schützende Zelt seltsam ausgesetzt und verloren.

In der ersten Nacht starrte sie lange in das sternenübersäte Firmament, und melancholische Fragen stürmten auf sie ein. Würde sie niemals mehr ein richtiges Zuhause haben? Vier gemauerte Wände, in die sie zurückkehren konnte, wann immer sie das Bedürfnis nach Rückzug verspürte? Würde sie für den Rest ihres Lebens aus einer Seekiste leben, mit einem gemieteten Gasthauszimmer in Brisbane als einzigem Fixpunkt ihrer Existenz? Zwar gefiel ihr das abenteuerliche Forscherdasein mehr, als sie es je für möglich gehalten hätte – aber für immer unterwegs sein, niemals irgendwo ankommen? Bei dieser Vorstellung wurde ihr Herz schwer.

Auch die zweite Nacht brachte bange Überlegungen, obwohl

Emma von den Strapazen des Tages todmüde war. Doch der wohlverdiente Schlaf wollte sich einfach nicht einstellen. Unruhig drehte sie sich von einer Seite auf die andere, schaute mit weit offenen Augen in den stockdunklen Busch, horchte auf die Schreie der Nachtvögel und verscheuchte mehr sirrende, kitzelnde und stechende Insekten, als sie hätte zählen können. Nein, an Erholung und süße Träume war hier draußen nicht zu denken.

Resigniert drehte Emma sich auf den Rücken und verschränkte die Arme unter dem Kopf. Und wenn sie die stillen Stunden dafür nutzte, endlich ihre wichtigste Aufgabe in Angriff zu nehmen? Wenn sie mit aller Kraft versuchen würde, sich zu erinnern? Vielleicht hatte sie hier, in solch enger Verbindung zur Natur, einen besseren Zugang zu ihrer Seele als sonst …

Sie schloss die Augen und horchte in sich hinein. Die Antwort auf ihre Frage schlummerte tief in ihr, das wusste sie. Wenn sie doch nur wüsste, wie sie sie an die Oberfläche locken konnte!

Sie beschloss, sich in die Momente einzufühlen, die jener letzten Klavierstunde unmittelbar vorausgegangen waren. Ihre Erinnerung brach mit Ludwigs Ankunft ab, die Minuten davor standen ihr aber noch deutlich vor Augen. Wenn sie sie noch einmal durchlebte, ganz intensiv, dann würde es vielleicht einfach weitergehen … wie die Geschichte in einem Buch, das sie ein zweites Mal las. Ja, das konnte klappen.

Also los!

Wie hatte sie sich gefühlt? Sie war aufgeregt gewesen, aber nicht fröhlich, eher so, als stünde ihr ein schwieriges Gespräch bevor …

Die australische Nacht und sogar die lästigen Mücken verschwanden aus Emmas Bewusstsein, als sie tief in ihre Vergangenheit eintauchte.

*Unruhe, ein diffuser Verdacht. Das instinktive Wissen, dass etwas nicht stimmt. Die Ungewissheit quält sie, verursacht ihr Übelkeit. Sie muss Ludwig darauf ansprechen, doch sie hat Angst vor seiner Antwort. Liebt er sie nicht mehr? Ist er ihrer überdrüssig geworden? Eine Ahnung von Freiheit blitzt in ihr auf, Erleichterung, vermischt mit tödlichem Schrecken. Sie hat ihm doch geschworen, ihn auf ewig zu lieben! Es auf seinen Wunsch hin geschworen bei ihrer Seele, geschworen bei Gott!*

*Ludwig tritt ein, lächelt, sein Haar glänzt golden in der Februarsonne, die durch das Fenster scheint. Golden wie beim ersten Mal, als sie ihn gesehen hat, wie lange scheint das her. Wie anders hat sie sich damals gefühlt. Er lehnt sich von innen an die geschlossene Tür, und dann …*

*Nichts. Ein schwarzes Loch, das alles verschlingt.*

Langsam drangen die Geräusche des Busches – das Rascheln der kleinen Beutler, das ferne Quaken von Fröschen, Pagels Schnarchen – wieder in ihr Bewusstsein und mit ihnen die Erkenntnis, dass sie es wieder nicht geschafft hatte.

Sie war in ihrer Erinnerung kaum weitergekommen.

Mutlos wandte Emma den Kopf und sah in der Dunkelheit Carls Umrisse, der sich einige Schritte von ihr entfernt auf seiner Decke ausgestreckt hatte. Er schlief. Natürlich, er trug ja auch keine Schuld mit sich herum, die ihn wach hielt; er fühlte nicht den Druck, eine Lösung für etwas zu finden, das offensichtlich nicht lösbar war.

Es gelang ihr nicht, Herrgott, es gelang ihr einfach nicht!

Wie lange würde Carl warten, wenn sie sich umsonst bemühte? Was, fragte sie sich verzweifelt, konnte sie tun, um ihre Seele zu überlisten? Sie wünschte es sich so sehr! Egal, was passiert war, alles würde besser sein als die Ungewissheit, die sie an diesem Leben hinderte – an ihrem neuen aufregenden Leben auf dem fremden Kontinent. Ihrem Leben im Hier und Jetzt. Ihrem Leben mit dem Mann, den sie wahrhaft liebte.

Alles verloren, wenn die Tür weiterhin geschlossen blieb.

Am Vormittag des nächsten Tages erreichten sie das Gebirge. Der steinige Weg wand sich nun steil durch den Eukalyptuswald, und bald wurde es merklich kühler. Vom Pferderücken aus trieben Emma und die Forscher die Ochsen vor sich her, denen die ungewohnte Anstrengung gar nicht behagte. So kam die Gruppe auf dem schlechten, teilweise überwucherten Weg nur sehr langsam voran. Als sie sich am Abend zur Ruhe legten, war Emma so erschöpft, dass sie fast augenblicklich einschlief.

Jeder von ihnen war froh, als sie am Nachmittag des nächsten Tages endlich ihr Ziel erreichten: Auf einem offenen Platz, der irgendwann einmal von hohen Bäumen und Buschwerk gesäubert worden war, standen die verlassenen Hütten, von denen Carl ihnen erzählt hatte.

Mit wackeligen Beinen saß Emma ab und schaute sich um. Mr. Hay, der Ingenieur, schien hier mit etlichen Arbeitern gelebt zu haben, denn außer dem Hauptgebäude – einem Holzhaus von stattlichen Ausmaßen – zählte Emma acht weitere Hütten. Zwei von ihnen waren halb verfallen, so dass die Forscher sie nicht mehr würden benutzen können, aber die anderen Hütten und das Haus schienen in leidlich gutem Zustand zu sein.

Das Haus sah sogar recht einladend aus, fand sie. Es schien mehrere Zimmer zu haben, war auf allen Seiten von einer schattenspendenden Veranda umgeben und mit einem solide aussehenden Dach versehen. Ganz in der Nähe verlief ein leise plätscherndes Rinnsal, das man mit etwas gutem Willen als Bach durchgehen lassen konnte. Wasser würden sie hier also haben, das Haus eignete sich hervorragend als Arbeitsstätte, und nachts würden die Hütten ihnen guten Schutz bieten. Zufrieden ließ Emma ihren Blick über den Platz und in die Buschlandschaft dahinter schweifen.

Erstaunt riss sie die Augen auf. Denn nicht weit von hier veränderte sich der trockene Eukalyptuswald vollkommen und wurde zu einem wuchernden, blühenden Paradies! Das Verrückte daran war, dass sich der Wandel der Vegetation nicht allmählich vollzog, sondern so abrupt, als schaue man durch eine Tür in eine andere Welt – und Emma würde nur wenige Minuten laufen müssen, um hineinzugelangen!

Mit offenem Mund starrte sie in das undurchdringliche Gewirr aus feucht und üppig glänzenden Blättern und Ranken. Wenn das der Regenwald war, dann war er das Schönste, was sie je gesehen hatte.

»Mach den Mund wieder zu, Kindchen«, sagte Oskar, der unbemerkt neben sie getreten war. »Sonst fliegt dir noch eines dieser widerlichen Insekten hinein.«

Seine Hand schnappte blitzschnell nach etwas in der Luft, das dort friedlich brummend vorbeiflog. Dicht vor Emmas Nase öffnete er die Hand wieder, und Emma zuckte erschrocken zurück, als das riesenhafte, schwarzpelzige Insekt eilig aus seinem Gefängnis entfloh.

Oskar lachte. »Das bringe ich dir mal zum Zeichnen«, sagte er. »Nach so was leckt Godeffroy sich die Finger. Man wird es mit gepflegtem Ekel betrachten und sich darüber freuen, dass man solcher Kreatur in Deutschland niemals in natura begegnen wird.« Grinsend schlenderte er davon.

Ärgerlich sah Emma ihm nach. Er musste doch gesehen haben, wie ergriffen sie vom Anblick des Regenwaldes gewesen war. Warum hatte er ihr die Freude zerstört?

Die Antwort gab sie sich gleich selbst: weil er immer noch wütend auf mich ist. Ich hätte in Ipswich nicht so schnippisch sein dürfen. Selbst schuld, meine Gute.

Ihr Zorn fiel in sich zusammen. Sie konnte nur hoffen, dass Oskar sich wieder fangen und die Kränkung vergessen würde, die sie ihm nach dem Tanzen zugefügt hatte. Sonst würde die Zusammenarbeit mit ihm in Zukunft kein Spaß sein – noch weniger als bisher. Wie schade wäre das, wo so interessante Pflanzen im Regenwald auf sie warteten!

Ihr Blick glitt zurück zu der feuchten Üppigkeit jenseits des Eukalyptuswaldes. Sie stellte sich vor, wie es sein würde, in diese leuchtend grüne Wildnis einzudringen, und unwillkürlich fühlte sie Aufregung und Neugierde in sich aufsteigen.

Ach, fahr zur Hölle, Oskar, dachte sie. Ich werde zeichnen, bis mir das Papier ausgeht und meine Bleistifte nur noch kurze Stummel sind, egal wie viel du meckerst und kritisierst. Weil mir das Zeichnen Freude macht!

Ein Lächeln stahl sich auf ihre Lippen. Neben ihr schnaubte Princess, und Emma spürte den warmen Pferdeatem an ihrem Ohr.

Sie strich der Stute über die Nüstern und sagte zärtlich: »Na komm, du geduldige Prinzessin, gehen wir an den Bach. An diesem wundervollen Ort wirst du sicher keinen Durst leiden müssen!«

Wie Emma es sich gedacht hatte, bestimmte Carl das Haupthaus zur Forschungsstation. Sie hatten Glück: Die zurückgelassenen Möbel in den Zimmern – Tische, Stühle und grob gezimmerte Schränke – würden ihnen noch eine ganze Weile gute Dienste leisten. Gemeinsam überlegten die Forscher und Emma, in welchem der Zimmer die Männer ihr Material lagern wollten, in welchem sie Pflanzen pressen und Tiere konservieren würden und welches sich als Zeichenraum eignete.

Emma entschied sich für einen Raum im hinteren Teil des Hauses. Wenn sie dort aus dem Fenster schaute, sah sie nicht nur die kreisförmig um den Platz angeordneten Hütten, sondern auch – hinter den Eukalypten – den Regenwald. Sein Grün leuchtete so verheißungsvoll, dass es Emma in den Füßen kribbelte; am liebsten wäre sie unverzüglich zu ihrem ersten Erkundungsgang aufgebrochen. Doch das war unmöglich. Erst mussten die Ochsen abgeladen, die Pferde versorgt, das Haupthaus eingerichtet und die Hütten verteilt werden. Oskar und Pagel würden Tiere schießen, Carl und Krüger sich um Feuer und Tee kümmern, und sie selbst würde eine Mehlsuppe kochen – ein Gericht, das sie inzwischen im Schlaf zubereiten konnte.

Nach dem Essen würde es dunkel sein.

Sehnsüchtig schaute sie aus dem Fenster in die Ferne. Ob es im *Scrub* auch Eingeborene gab? Sie zweifelte kaum daran. In einer solch fruchtbaren Umgebung lebten ganz sicher Menschen. Menschen, die all die Pflanzen, die die Forscher sammeln wollten, seit ewigen Zeiten kannten. Menschen, die mit den Gefahren des Regenwaldes – mit giftigen Früchten, Schlangen und tödlichen Insekten – von klein auf vertraut waren. Menschen, die alles über den Regenwald wussten und die sich in ihm so sicher bewegten wie Emma in den Straßen Stuttgarts.

Nachdenklich räumte sie das Zeichenmaterial in ihr neues Zimmer. Sie spitzte ihren Bleistift, fegte den Boden mit dem Besen, den sie hinter der Tür fand, und wischte den Tisch mit einem Stofflappen ab, den sie im Bach angefeuchtet hatte. Immer wieder flog ihr Blick durchs Fenster zurück zum Regenwald. In ihrem Kopf formte sich eine Idee, vage zunächst. Doch sie nahm unaufhaltsam Gestalt an.

Sie musste unbedingt mit Carl darüber sprechen.

Am nächsten Morgen wurde sie von einem heftigen Regen geweckt, der auf das Dach ihrer Hütte trommelte. Als Emma einen verschlafenen Blick nach draußen warf, machte sie sich seufzend auf einen Tag in nassen Kleidern gefasst. Doch als sie sich angezogen hatte und ins Freie trat, war der Regen bereits vorbei. Die Luft war warm und feucht, der Boden dampfte, und Emma stieg der scharfe Duft des Eukalyptus in die Nase. Unwillkürlich lächelte sie. Sollte sie je wieder auf einem anderen Erdteil leben als hier, würde sie nur an diesen Duft denken müssen und sich sofort an alles bildlich erinnern.

Emmas Hütte lag dem Haupthaus direkt gegenüber. Rechts neben ihr hatte sich Pagel einquartiert, dann kam Oskar, und aus beiden Hütten drang lautes Schnarchen. Sie grinste. In den anderen Hütten war alles still: Die links neben ihrer war frei, die daneben hatte Krüger sich ausgesucht, und in der Hütte direkt neben dem Haupthaus schlief Carl. Ob er schon wach war? Wenn sie Glück hatte, würde sie ihn alleine im Haus antreffen, dann konnte sie ihn auf ihre Idee ansprechen.

Sie hob ihren Rock, als sie zum Haupthaus ging. Dennoch durchnässten die Stängel des hohen, gelblichen Grases, mit dem der ganze Platz bedeckt war, ihren Saum. Eigentlich war das ja egal, dachte sie, der Saum würde in Windeseile wieder trocknen. Kopfschüttelnd ließ Emma den Stoff aus ihren Fingern fallen. Wie schwer es war, alte Gewohnheiten wie das Anheben des Rockes aufzugeben. Selbst wenn diese Gewohnheiten in ihrem neuen Leben genauso unsinnig und überflüssig waren wie ihr Korsett …

Beim Gedanken daran wurde ihr wieder einmal bewusst, wie mühelos sie atmen und wie frei sie sich bewegen konnte, seit sie die steife Stütze nicht mehr trug. Mit federnden Schritten ging sie weiter. Das Leben in der Wildnis hatte durchaus seine Vorteile!

Ihr Blick fiel auf die beiden halb verfallenen Hütten, die etwas abseits des Haupthauses standen. Dahinter hatten Pagel und Krüger die Pferde und Ochsen angepflockt. Das regennasse Fell der Tiere glänzte in der Sonne, und Emma dachte an den Plan der Forscher, ihnen heute aus den langen, toten Ästen, die überall herumlagen, eine provisorische Einzäunung zu bauen. Dann würden die Tiere sich ihr Futter selbst suchen und jederzeit an dem Rinnsal ihren Durst stillen können. Sie würden satt und zufrieden sein und deshalb, so das Kalkül der Forscher, hoffentlich davon absehen, mit einem beherzten Sprung über den Zaun in die Freiheit zu entfliehen.

Jede Forschungsreise hielt neue Herausforderungen bereit, und wenn es nur die war, die Pferde und Ochsen sicher unterzubringen. Emma trat über die Veranda ins Haus. Ob es das war, was Carl so daran reizte?

Sie ging in das große Zimmer, das als Aufenthaltsraum auserkoren worden war – es Wohnzimmer zu nennen, wäre zu viel der Ehre für den kargen Raum gewesen –, und fand Carl mit einer Tasse Tee am Esstisch. Wie sie gehofft hatte, war er allein.

»Guten Morgen«, sagte er lächelnd. »Hat dich auch der Regen geweckt?«

Sie nickte. »Guten Morgen, Carl. Sag mal, wie hast du es geschafft, bei Regen ein Feuer zu machen und Tee zu kochen?«

»Ein echter Abenteurer bringt überall ein Feuer zustande«, sagte er mit dramatischer Stimme. Dann lachte er. »Drüben steht ein Teetopf auf dem Herd. Das ist der Vorteil, wenn man nicht im Zelt lebt: Trockenes Holz und einen gemauerten Herd gibt es eben nur in Häusern.«

»Da hätte ich ja auch selbst drauf kommen können.« Emma schämte sich ein wenig. »Oje, was ein paar Wochen im Busch aus einer Frau machen können!«

»Aus dir jedenfalls nichts, was mir nicht gefallen würde.« Carl räusperte sich. »Aber jetzt hole ich dir erst mal eine Tasse Tee. Such dir einen Stuhl, ich bin gleich wieder da.«

Sie setzte sich und dachte, in was für einer verkehrten Welt sie hier doch lebte – in der es eine Überraschung war, bei Regen Tee zu bekommen, und in der dieser Tee der Dame von einem Herrn serviert wurde. Eigentlich gar nicht schlecht. Emma grinste.

Sie nahm Carl mit einem Dank die Tasse ab und nippte an dem heißen, schwarzen Gebräu. Über den Rand der Tasse hinweg sah sie ihn an. Jetzt oder nie!

»Ich habe mir etwas überlegt«, sagte sie vorsichtig. »In diesem Regenwald, den du erforschen möchtest, gibt es doch bestimmt Eingeborene, oder?«

»Davon gehe ich aus.«

»Und sie kennen ihren Lebensraum sicher besser, als wir ihn je kennen lernen könnten, richtig?«

Er nickte schweigend.

»Meinst du nicht, wir könnten von ihnen lernen? Ihre Bekanntschaft machen, ihr Vertrauen erwerben und dann von ihrem Wissen über die hiesigen Heilpflanzen profitieren?«

»Das klingt, als könnten wir die Eingeborenen einfach zum Dinner einladen.« Carl runzelte die Stirn. »Wie stellst du dir das vor, Emma? Wir wissen ja noch nicht einmal, ob sie Englisch sprechen.«

»Das lässt sich doch leicht herausfinden! Wir müssen nur versuchen, mit ihnen in Kontakt zu treten.«

»Dafür müssen wir sie erst einmal finden«, sagte Carl trocken.

»Das stimmt. Aber wenn wir sie gefunden haben …« Emma geriet ins Schwärmen. »Ach, Carl, es wäre doch wunderbar, wenn ich einen Teil meiner Zeit damit verbringen würde zu zeichnen, in meiner Freizeit aber mit dir die Medizin der Eingeborenen erforschen könnte! Ich stelle mir das so spannend vor!«

»Eine seltsame Freizeitbeschäftigung für eine junge Dame.«

»Vielleicht, aber dies ist ja auch ein seltsamer Ort für eine junge Dame!« Sie wollte noch mehr zu ihrer Verteidigung vorbringen, doch am Lachen in seinen Augen erkannte sie, dass er sie nur neckte. »Du machst dich über mich lustig! Aber ich finde die Idee wirklich gut. Sieh doch, wir könnten so viel von den Schwarzen lernen. All das, was mir daheim mein Vater beigebracht hat, all die Merkmale und Heileigenschaften der Pflanzen lernen die Kinder hier gewiss auch von ihren Eltern!«

»Dein Vater hat dir all das beigebracht? Auch das Zeichnen?«

Ihr wurde bewusst, dass sie zum ersten Mal ihre Familie vor Carl erwähnt hatte. Unwillkürlich senkte sie die Augen.

»Ja. Alles, was ich kann und weiß, habe ich von ihm. Von ihm habe ich auch gelernt, wie wichtig es ist, einen guten Lehrmeister zu haben.« Sie hob den Blick. »Meinst du nicht, die Schwarzen könnten *unsere* Lehrmeister sein?«

»Crusius würde lachen, wenn er dich so reden hören würde.«

Fest sagte sie: »Aber du bist ja gottlob anders.«

»Und deshalb soll ich mich dem abergläubischen Halbwissen der Eingeborenen unterwerfen?« Carl seufzte. »Ich bin Wissenschaftler, Emma. Was ich der Kolonialregierung schicke, wird gründlich auf seine Heilwirkung hin getestet. Von Ärzten! Ich kann nicht einfach schreiben, ein Kraut habe sich bei den Urvölkern bewährt, und deshalb werde es sich wohl auch bei uns Weißen bewähren. Das geht nicht, verstehst du?«

»Nein, das verstehe ich nicht.« Emma stellte heftig ihre Tasse auf den Tisch und beugte sich vor. »Niemand verbietet es der Kolonialregierung, die Pflanzen zu testen. Aber wenn du den Wissenschaftlern den Tipp gibst, dass ein bestimmtes Kraut wahrscheinlich gegen Durchfall wirkt und eben nicht gegen Husten, dann testen sie eher in der richtigen Richtung, meinst du nicht?«

»Ich verspiele meinen guten Ruf, Emma.«

»Du wirst dir einen exzellenten Ruf erwerben, wenn deine Voraussagen über die Wirkung der Pflanzen zutreffen!«

Kopfschüttelnd sah Carl sie an. »Vertrittst du deine Forderungen immer so vehement?«

»Nein«, sagte sie schnippisch. »Nur wenn ich von ihnen überzeugt bin und mir an ihrer Durchsetzung gelegen ist.«

»Und warum ist es dir so wichtig, etwas über die Heilkunde der Schwarzen zu lernen?«

»Interesse? Neugierde? Forschergeist?« Ungeduldig zuckte sie mit den Schultern. »Das solltest du doch als Erster verstehen!«

Einige Sekunden lang musterten sie sich schweigend.

Dann hob Carl seufzend beide Hände. »Gut, Fräulein Röslin, Sie haben gewonnen. Von nun an bin ich in Forschungsfragen Ihr ergebener Diener.«

»Du machst dich schon wieder über mich lustig! Aber mein Ansinnen ist durchaus ernst gemeint.«

»Deshalb verspreche ich dir auch, mit den Eingeborenen in Kontakt zu treten, falls ich welche sehen sollte. Wenn sie dann Englisch sprechen und ich den Eindruck habe, dass sie wirklich etwas von Heilkunde verstehen, dann können wir versuchen, mit ihnen zusammenzuarbeiten. Nachmittags, nach deiner Zeichenarbeit.«

Sie atmete auf. »Danke, Carl.«

»Wahrscheinlich behältst du recht, und ich bin es, der sich irgendwann bei dir bedanken wird«, sagte er. »Ich sehe schon die Schlagzeile im *Sydney Morning Herald* vor mir: ›Ehrgeizige junge Forscherin entdeckt bahnbrechendes Mittel gegen‹ … tja, gegen was? Was würdest du gerne heilen, Emma?«

»Männliche Arroganz?«, schlug sie vor.

Er warf den Kopf in den Nacken und lachte. »Emma, du bist

wunderbar! Ich weiß schon, warum ich dich so … ähm … ja.« Sein Lachen war in ein Grinsen übergegangen, seine Ohren unter den schwarzen Locken hatten sich feuerrot verfärbt.

Sie biss sich auf die Lippen. War das eine Liebeserklärung gewesen? Sanft sagte sie: »Ich kann mir nichts Schöneres vorstellen, als mit dir zusammen zu forschen.«

»Nein? Ich wüsste da schon etwas«, sagte er, immer noch mit roten Ohren. Er strich sich eine Locke aus der Stirn und grinste. »Aber die Zusammenarbeit kommt gleich an zweiter Stelle.«

Konnte man vor Lust, jemanden zu küssen, explodieren? Gerade als das Kribbeln in ihrem Bauch unerträglich zu werden drohte, erklang hinter ihr Krügers Stimme.

»Schönen guten Morgen. Oder sollte ich Vormittag sagen? So lange habe ich schon ewig nicht mehr geschlafen. Nun ja, so habe ich Kraft für den Zaunbau.« Er lachte verlegen.

Carl beeilte sich, ihm sein schlechtes Gewissen zu nehmen, und Emma stand hastig auf und ging aus dem Zimmer, bevor Krüger ihren Gesichtsausdruck richtig deuten konnte.

»Ich backe ein paar Mehlfladen«, murmelte sie. »Dann können wir gemeinsam frühstücken, wenn Pagel und Oskar kommen.«

»Gute Idee. Der Zaunbau wird anstrengend«, sagte Carl mit seiner sachlichen Forschungsleiterstimme. Sie eilte in die Küche, und als sie mit zittrigen Händen den Mehlsack öffnete, wunderte sie sich immer noch, wie schnell er sich wieder in der Gewalt gehabt hatte. Sie hingegen …

Du hingegen machst dich nach dem Fladenbacken an deine Erinnerung, ermahnte sie sich streng. Wenn du dich schon als Forscherin versuchst, kannst du auch systematisch an die Arbeit mit deiner Seele gehen!

Sie hielt inne. Aber ja, das war's! Warum war sie nicht schon früher darauf gekommen? Sie würde sich mit einem ganz bestimmten Vorgehen an ihre Erinnerung machen, mit einem Plan und genau festgelegten Schritten. So klappte es bestimmt viel besser als bisher!

Aufgeregt holte sie Wasser und knetete den Teig, und während sie ihn zu Fladen klopfte, schmiedete sie Pläne. Sie beschloss, sich zurückzuziehen, während die Forscher den Zaun für die Tiere bauen würden. Dann konnte sie sich in aller Ruhe überlegen, wie der erste Schritt ihrer systematischen Erinnerungsarbeit aussehen sollte. Ha, es wäre doch gelacht, wenn sie auf diese Weise keinen Erfolg haben sollte!

# 21

*Von außen nach innen.*
*Von Unwichtigem zu Wichtigem.*
*Von Äußerlichkeiten zu Gefühlen.*
*Von …*

Emma saß in ihrem Zeichenzimmer und kaute auf dem Ende ihres Bleistiftes herum. Sie betrachtete die Schlagworte vor sich auf dem Papier. War sie auf dem richtigen Weg? Oder war ihr Vorgehen falsch? Ach, wenn sie doch studiert hätte wie die Männer! Dann wüsste sie jetzt, was sie tun müsste. Vielleicht war das, was sie vorhatte, ja nichts anderes als die albernen Auswüchse eines halbgebildeten Frauenverstandes?

Frustriert warf sie den Bleistift aufs Papier. Es half nichts, sie musste einfach anfangen. Nur so konnte sie herausfinden, ob sie es richtig anging.

Sie lehnte sich auf dem harten Stuhl zurück und schloss die Augen.

Von außen nach innen. Von Unwichtigem zu Wichtigem.

*Was habe ich angehabt? Das gelbe Kleid … nein, das jadegrüne. Ja, und dazu Ohrringe … welche Ohrringe? Die silbernen, die Ludwig so an mir gefallen haben … aber nicht an jenem Tag, da hat er mir nichts Nettes gesagt … Ludwig war überhaupt so kalt, schon seit Wochen … wenn er mich bedrängt hat, war nicht einmal mehr vor dem Akt Zärtlichkeit in seiner Berührung … nur noch Verachtung. Grobheit statt Liebe. Und ich hatte diesen Verdacht …*

Schwärze.

Also nochmals von vorn.

*Wie war das Wetter bei jener Klavierstunde? Die Sonne hat geschienen, es war … ja, es war warm, fast wie im Frühling, obwohl erst Februar war. Es muss warm gewesen sein, sonst hätte ich das jadegrüne Kleid nicht angehabt. Ich habe geschwitzt darin, aber natürlich nicht vor Hitze, sondern vor … vor …*

*Vor Angst!*

Emma schluckte.

*Wovor hatte ich Angst?*

*Davor, dass die Ahnung sich bestätigt? Die Ahnung, die ich mir selbst nicht eingestehen wollte … dass Ludwig beschließt, Auguste von nun an treu zu sein? Dass er mich nicht mehr liebt? Dass er eine andere liebt? Eine dritte …*

Emma riss die Augen auf. Wie hatte sie das nur vergessen können? Die dritte Frau! Das war es gewesen, worauf sie ihn hatte ansprechen wollen! Aber hatte sie es wirklich getan? Und wenn ja, was hatte er geantwortet?

*Nein, nein! Die andere Ahnung. Auf die andere Ahnung kommt es an. Sie ist es, die zum Tod geführt hat.*

Sie spürte ihre Handflächen feucht werden. Welche andere Ahnung? Wessen Tod? Worum war es in jener letzten Klavierstunde gegangen?

Irgendetwas in ihr schlug die Tür wieder zu, so vernehmlich, dass sie fast meinte, den Knall zu hören.

Für heute, so schien es, war es vorbei.

Mit weit geöffneten Augen starrte sie aus dem Fenster, hinüber in den Regenwald, als könnte er ihr die Antwort auf ihre Fragen geben.

Aber hatte sie nicht eine erste Antwort bekommen?

Sie griff nach dem Bleistift und fing an zu schreiben: Es hatte zwei Ahnungen gegeben, und auf die zweite kam es an, denn sie hatte zum Tod geführt. Also war in jener Stunde wirklich ein Mensch gestorben. Was bisher ein Verdacht gewesen war, verdichtete sich zur Gewissheit: Es gab einen Toten.

Sie ließ den Bleistift fallen, als die innere Tür sich noch einmal für einen kurzen Augenblick öffnete.

*Nicht ein Mensch ist gestorben, sondern zwei, Emma. Zwei Menschen sind gestorben …*

»Geht es dir gut? Du bist ja blass wie eine Leiche.«

Carl hielt in seiner Arbeit am Zaun inne und musterte Emma besorgt. Seit ihre Verlobung mit Oskar offiziell beendet war, duzte Carl sie nun auch, wenn die anderen Forscher dabei waren.

Normalerweise kniff Oskar grimmig die Augen zusammen, wenn er es hörte, doch heute nicht.

»Ist etwas passiert?«, fragte er alarmiert. »Wieder so ein elender Wilder?«

Sie schüttelte den Kopf. »Nein, alles in Ordnung. Ich wollte nur fragen, ob ich helfen kann. Ich habe ja noch nichts zu zeichnen, und da war mir langweilig.«

Das war eine grobe Lüge. Aber sollte sie den Männern etwa gestehen, dass sie sich fühlte, als habe sie einen Geist gesehen? Die Erkenntnis, dass es in jenen vergangenen Tagen sogar zwei Tote gegeben hatte, erfüllte sie mit Entsetzen. Zwei Menschen aus ihrer Vergangenheit lebten nicht mehr, und sie hatte keine Ahnung, wer diese Menschen waren. Emma wurde schwindelig.

Sofort war Carl an ihrer Seite.

»Setz dich hierhin«, sagte er und half ihr, sich gegen einen Baum zu lehnen.

Wie bei unserem ersten Aufbruch aus Brisbane, fuhr es ihr durch den Kopf. Mit dem Unterschied, dass ich mich diesmal am liebsten in Carls Arme werfen würde. Sie zwinkerte eine Träne weg.

»Hilfe ist die so ja keine«, ließ Pagel sich ungnädig vernehmen.

»Es geht schon wieder«, sagte Emma leise zu Carl. »Arbeitet doch bitte weiter, ich wollte euch nicht stören.«

»Möchtest du zum Bach? Frisches Wasser tut immer gut, wenn eine Ohnmacht droht.«

Sie lächelte schwach. »Die ehrgeizige junge Forscherin macht schon schlapp, hm?«

»Ich kann mir keine Frau vorstellen, die bei Expeditionsstrapazen so selten schlapp macht wie du«, sagte Carl bestimmt. »Also sei nicht so streng mit dir. Komm, ich bringe dich zum Bach.«

»Lass nur«, wehrte sie ab. »Ich möchte mir nicht noch größeren Unmut einhandeln.«

Sie deutete auf Pagel, der mit verschränkten Armen an einem Baum lehnte. Auch Oskars Blick war nun, da Carl sich um Emma kümmerte, nicht mehr alarmiert, sondern nur noch gereizt. Einzig Krüger arbeitete weiter, als ginge ihn das alles nichts an.

Sie erhob sich und merkte, dass das Schwächegefühl schon wieder verschwunden war. Befriedigt registrierte sie, dass sie wohl doch stärker war, als sie gedacht hatte. Gut so, denn Stärke würde sie brauchen, wenn sie sich ihrer Vergangenheit weiterhin stellen wollte. Unwillkürlich biss sie die Zähne zusammen.

Als sie am Bächlein saß und müßig das Wasser über ihre Finger rieseln ließ, sah sie Oskar auf sich zuschlendern. Er blieb vor ihr stehen und sah auf sie herab.

»Tut mir leid, dass du dich schon langweilst«, sagte er leutselig. »Sollte ich dir etwa zu wenig Arbeit gegeben haben?«

Sie hob die Augenbrauen. Sein hinterlistiger Tonfall gefiel ihr nicht.

»Aber mach dir keine Sorgen, das können wir schnell ändern«, sagte Oskar. Er bückte sich und rupfte eine Handvoll Gräser aus. »Hier, zeichne das. Ist zwar nichts Besonderes, aber als Übung recht brauchbar, was meinst du?«

Ungläubig fragte sie: »Soll das ein Scherz sein?«

»Keineswegs.«

»Diese Grasart habe ich schon unzählige Male gezeichnet! Die Bilder sind sogar schon auf dem Weg nach Hamburg!«

»Du hörst mir offenbar nicht zu: Du sollst sie zur *Übung* zeichnen. Und jetzt husch, husch an die Arbeit.« Er lächelte, als er hinzufügte: »Befehlsverweigerung kann ich nämlich gar nicht leiden, mein Kind.«

Pfeifend spazierte er zurück zu den anderen Forschern. Emma stand langsam auf und ging hinüber zum Haupthaus, das Grasbüschel in der Hand. Wenn sie wollte, dass Oskar sie weiterhin bezahlte, würde ihr nichts anderes übrig bleiben, als seiner sinnlosen Anordnung Folge zu leisten.

Oskar schien entschlossen, Emma mit so viel Arbeit einzudecken, dass sie für weitere Schwächeanfälle gar keine Zeit mehr haben würde. Tagelang brachte er ihr uninteressante Pflanzen, mäkelte an ihren Zeichnungen herum und forderte sie auf, ihren Bleistift besser zu spitzen. Feierabend? Gab es nicht mehr.

Bald atmete Emma flacher, wenn sie Oskar nur kommen hörte. Er spürte ihre Anspannung und klopfte ihr väterlich auf die Schulter. »Kopf hoch, Emma. Übung macht den Meister. Wenn es heute nicht gut klappt, zeichnest du all diese Pflanzen morgen eben noch einmal.«

Eines Abends war Emma es so leid, von Oskar getriezt zu werden, dass sie sofort nach dem Essen in ihre Hütte flüchtete. Sie legte sich auf ihren *stretcher* – ein Feldbett, das der frühere Bewohner der Hütte zurückgelassen hatte – und rollte sich unter der Decke zusammen. Gerade als sie sich sagte, dass Oskars Laune sich gewiss bald bessern und alles gut werden würde, knickten die unteren Füße des *stretcher* ein, und Emma fiel vor Schreck aus dem Bett.

Ärgerlich rappelte sie sich auf und betrachtete das Feldbett, das nun eine schiefe Ebene bildete. Sie klappte die Bettfüße wieder aus und setzte sich probeweise auf die Matratze. Prompt krachte der *stretcher* wieder zusammen.

Leise fluchend machte Emma sich daran, auch die Füße am Kopfende einzuschlagen, so dass sie wenigstens flach liegen würde, wenn auch fast auf dem Boden. Kein Wunder, dass man dieses Bett nicht mitgenommen hatte. Ein funktionstüchtiger *stretcher* mochte eine praktische Erfindung sein, konnte man ihn dank der einklappbaren Füße doch überallhin mitnehmen. Ein ausgeleierter *stretcher* hingegen, dachte sie missmutig, war eine Folter für die Nerven, zumal nach Tagen wie diesen.

Der nächste Vormittag sollte nicht besser werden. Da die unmittelbare Umgebung des Lagers offensichtlich ausgereizt war, was unbekannte Pflanzen betraf, beschlossen die Forscher, endlich ihre erste Tour in den Regenwald zu unternehmen.

Als Emma aufgeregt fragen wollte, ob sie mitkommen könnte, sagte Oskar zu ihr: »Und du bleibst hier und zeichnest, alles wie gehabt. Heute Abend bringe ich dir dann die Ausbeute unserer Tour, du wirst also nicht mehr in die Verlegenheit kommen, dich zu langweilen.«

Carl warf ihr einen fragenden Blick zu, doch sie zuckte nur mit den Schultern. Was sollte sie machen? Oskar war nicht mehr ihr Verlobter, musste sich seine Anzüglichkeiten also verkneifen. Ihr Arbeitgeber aber war er immer noch, und so hatte sie zu tun, was er ihr auftrug. Dass sie Anweisungen hinterfragte, stand eindeutig nicht auf Oskars Wunschliste.

Wenig später saß sie in ihrem Zeichenzimmer am Tisch vor

dem Fenster und schaute den Forschern sehnsüchtig nach, wie sie mit Botanisierkapseln und Gewehren in Richtung Regenwald zogen. Ob sie auf Eingeborene treffen würden? Und ob es Carl überhaupt möglich sein würde, sich ihnen freundlich zu nähern, wenn Krüger, Pagel und Oskar dabei waren?

Während sie zeichnete, dachte sie an ihren Plan, in ihrer Freizeit die Heilkunde der Schwarzen zu erforschen. Sie hatte sich alles so schön vorgestellt: Wenn sie ihre Aufgaben für Oskar erledigt hätte, würde sie mit Carl zusammen in den Regenwald gehen. Sie würden die von den Schwarzen angewandten Methoden und Pflanzen kennen lernen und dokumentieren – und Emma würde sich dabei nach und nach von Carl abschauen, wie man wissenschaftlich arbeitete.

Aber nun, da Oskar entschlossen war, ihr keine freie Minute mehr zu gönnen, erschien ihr diese Vorstellung mit einem Mal kindisch. Sie war zum Zeichnen hier, und nur zum Zeichnen, das war ihr Platz. Die Forschung war nicht ihre Aufgabe; schon die bloße Absicht, es als Frau den studierten Männern gleichzutun, war bei Licht betrachtet vermessen.

Aber woher kam dann dieser Drang, über das Zeichnen hinauszugehen? Immer tiefer in die Welt der Heilkunst einzudringen? Sie war so neugierig darauf, ob es Parallelen zu dem gab, was sie von ihrem Vater gelernt hatte! Ob die Eingeborenen mit ihren Mitteln Erfolge hatten oder ob sich alles als Humbug entpuppen würde. Unwillkürlich dachte sie, dass sie vielleicht nicht ganz normal war. Ein solcher Wissensdurst kam bei Frauen einfach nicht vor! Nur in der Männerwelt, und selbst dort nicht oft.

Emma stützte das Kinn in die Hand. Vielleicht verdarb es sie ja, dass sie nur noch mit Männern zusammen war. Sie sollte in weiblicher Gesellschaft sein, eine Frau wie Mrs. Dunnings an ihrer Seite haben. Oder wie Sophie? Emma schüttelte den

Kopf. Sophie mit ihrem Gerede von Bällen, Hochzeiten und Stofffarben erschien ihr so unendlich weit weg, als habe sie nie wirklich existiert.

Der Gedanke machte Emma Angst. Unruhig stand sie auf und ging im Zeichenzimmer auf und ab. Hatte sie sich so verändert, dass sie, sollte sie je zurückkehren, mit ihrem alten Leben gar nichts mehr würde anfangen können? Durfte sie den Forscherdrang zulassen, den sie in sich spürte, seit sie den Regenwald zum ersten Mal gesehen hatte? Oder sollte sie solche Anwandlungen bekämpfen, ehe sie all ihre Weiblichkeit verlor?

Sie verließ das Zeichenzimmer und ging zum Herd, um sich aus dem Teetopf eine Tasse einzuschenken. Der herbe Duft des Getränks erinnerte sie an ihr Gespräch mit Carl vor einigen Tagen. Ihr fiel auf, dass er sie überhaupt nicht für verrückt gehalten hatte. Hatte er nicht sogar …

Sie ließ die Teetasse sinken.

»Ehrgeizige junge Forscherin«, so hatte er sie genannt. Er hatte es im Spaß gesagt, aber nicht mit Verachtung. Eher so, als würde er von etwas sprechen, das zwar noch in der Zukunft lag – aber durchaus im Bereich des Möglichen. Traute er es ihr wirklich zu?

Forscherin. Das Wort klang zu schön, um wahr zu sein. Es ist ja auch nicht wahr, ermahnte sie sich sogleich. Sie war keine Forscherin, sie war Zeichnerin, und schon das war für eine Frau wie sie eigentlich unerhört. Und doch …

Warum sollten eigentlich immer nur Männer hochfliegende Träume haben? Warum durfte man Gedanken nicht aussprechen und Vorhaben nicht in die Tat umsetzen, nur weil sie neu und ungewohnt waren?

Carl und ich passen hervorragend zusammen, dachte Emma mit nervösem Spott. Wir sind beide komische Vögel!

# 22

## Im Regenwald, März 1859

Die Tage vergingen, Emma zeichnete, und die Männer forschten – nach wie vor ohne sie. Emma hatte immer noch keinen Fuß in den Regenwald gesetzt, was sie sehr frustrierte.

Sie saß am Zeichentisch und ärgerte sich. Langsam hing es ihr zum Hals heraus, langweilige Gräser zu malen, wenn sie mit den neuen und interessanten Pflanzen fertig war. Wenn Oskar sich doch nur auf das beschränken würde, was er wirklich an Godeffroy zu schicken gedachte! Wenn er ihr nur nicht immer »Fleißarbeit«, wie er es nannte, bringen würde! Dann würden die Nachmittage ab und zu ihr gehören, denn sie arbeitete mittlerweile präzise und trotzdem blitzschnell. Aber mit der Fleißarbeit – unmöglich.

Sie stand auf und holte sich ihr Mittagessen. Ein Stück kaltes Fleisch vom Abend zuvor bildete den Hauptgang, *damper* vom Frühstück die Beilage. Lustlos kaute Emma auf den harten Brocken herum. Was wohl die Eingeborenen aßen? Sicher nicht ein solches Einerlei wie die weißen Forscher.

Nach dem Essen beschloss sie in einer Anwandlung von Rebellion, die Fleißarbeit heute unter den Tisch fallen zu lassen. Stattdessen trieb sie sich ein bisschen bei den Tieren herum, streichelte Princess und beobachtete Orlando. Dem stolzen Hengst hätte niemand angesehen, wie verängstigt er in jener Nacht im *creek* gewesen war. Er hatte sich wieder vollkommen erholt und war ungestüm wie eh und je. Der Gedanke, dass dies auch ein wenig ihr Verdienst war, hob Emmas Laune.

Sie schlenderte zum Bach, während ihr Blick immer wieder zum Regenwald glitt. Dort waren die Forscher unterwegs, seit Stunden schon. Dort würde sie auch gerne sein. Stattdessen vertrödelte sie hier ihre Zeit. Wo doch nichts leichter war, als sich den Hut aufzusetzen, ein Messer einzupacken – sicher war sicher – und ein, zwei Schritte in den Regenwald hinein zu wagen …

Wie von selbst zogen ihre Füße sie in ihre Hütte.

Als sie den Platz wenig später verließ und allein auf das saftige Grün zuschritt, dachte sie, dass sie keine Chance gehabt hatte zu widerstehen. Der Regenwald hatte sie magisch angezogen – oder hatte ihre Forscherlust sie getrieben? So oder so, das Ergebnis blieb sich gleich, dachte Emma, und ihre Wangen begannen vor Aufregung zu glühen: Sie war im Begriff, Neuland zu entdecken.

Sie ganz allein.

Endlich.

Das Grün war überall. Am Boden überwucherte es in langen, saftstrotzenden Ranken totes Holz und hauchte ihm neues Leben ein. Das Grün bildete Wälder aus riesigen Farnen, und es überzog Steine mit feuchten Pelzen. Es bekleidete die Stämme der Bäume, Giganten, die so hoch waren, dass Emma den Kopf weit in den Nacken legen musste, um die Wipfel erkennen zu können. Es bot sich Emmas Augen in allen nur denkbaren Schattierungen dar – grasgrün, olivgrün, goldgrün, meergrün, blaugrün und Dutzende Töne mehr –, und es färbte die Luft mit einem Dämmerlicht, als würde sogar sie aus winzigen Pflanzenteilen bestehen.

Mit klopfendem Herzen bog Emma die harten Wedel einer Pflanze zur Seite – konnte das eine Palme sein? – und drang in die üppige Welt aus Farbe und überraschend kühler Feuchtigkeit ein. Kaum wusste sie, wohin sie ihren Fuß setzen sollte, da alles so dicht bewachsen war, dass sie Schlangen und anderes Getier erst entdecken würde, wenn es zu spät wäre. Nun, sie hatte ja hohe, feste Stiefel an, versuchte sie sich zu beruhigen. Doch als eine fette Spinne sich direkt vor ihren Augen abseilte, stieß sie einen heiseren Schrei aus, und ihr wurde klar, dass Stiefel allein ihr nicht viel nützen würden.

Ob es wirklich so eine gute Idee gewesen war, sich ohne die Männer in den Regenwald zu wagen?

Vor Spinnen könnten die Forscher sie auch nicht beschützen, sagte sie sich streng und drang weiter in den Wald vor.

Sie kletterte über einen umgestürzten Baumriesen und riss sich dabei die Haut an den Unterarmen auf. Das musste sie sich fürs nächste Mal merken: immer lange Ärmel tragen! Beherzt schlug sie sich weiter durchs Dickicht. Ob es nicht auch Stellen in diesem Wald gab, die weniger dicht bewachsen waren? Über ihr pfiffen Vögel seltsame, kurze Melodien. Sie schienen keine Angst vor Menschen zu haben, denn plötzlich flatterte es neben ihr in der Luft, ein kleiner Papagei landete auf einem Ast und beäugte sie mit schiefgelegtem Köpfchen. Beinahe hätte Emma gelacht, denn der Vogel war – wie sollte es hier auch anders sein – natürlich grün.

»Du bist wohl genauso neugierig wie ich?«, fragte sie den Papagei, der, von ihrer Stimme aufgeschreckt, kreischend das Weite suchte. Sie sah ihm nach, wie er im Blätterdach über ihr verschwand. Ob diese Papageienart schon einen Namen hatte? Wieder ergriff sie die Aufregung, die sie bereits auf dem Weg hierher verspürt hatte.

Sie ging langsam weiter, trat vorsichtig auf knackende Zweige und federnde Moosbetten. Wenn sie einatmete, schien es ihr, als füllte nicht Luft ihre Lungen, sondern konzentrierter Duft: An einer Stelle roch es süß und stark wie Parfum, ein paar Schritte weiter fast modrig, dann wieder nach nasser Erde oder exotischen Blüten. Die Düfte hüllten sie ebenso ein wie die grüne Luft, umschmeichelten, umgarnten und bedrängten sie. Fühlte sie sich deshalb so seltsam? So anders als sonst? Als habe sie die alte Emma am Rande des Regenwaldes zurückgelassen, und die Frau, die jetzt all dies roch, auf der Haut spürte und mit den Augen trank, war eine ganz andere …

So kam es ihr gar nicht in den Sinn zu schreien, als wie aus dem Nichts eine Eingeborene auftauchte. Emma blieb einfach stehen, sah die junge Frau an und registrierte, dass sie unbekleidet war. Lediglich ein Gürtel aus Schnur, an dem ein Stück Stoff hing, war um ihre Hüften geknotet. Der Körper der jungen Schwarzen war schlank, ihre Haltung aufrecht, und als Emma ihr in die Augen schaute, erwiderte die Frau ihren Blick vollkommen gelassen.

Sie scheint sich überhaupt nicht zu schämen, obwohl sie splitterfasernackt ist, fuhr es Emma durch den Kopf.

Sie wusste, dass sie sich entrüstet von der nackten Wilden hätte abwenden sollen. Doch sie tat nichts dergleichen. Vielleicht weil der Anblick dieser stolzen Frau sie weit weniger schockierte als die voll bekleideten, aber so schrecklich heruntergekommenen Eingeborenenfrauen in Ipswich. Oder war es der Zauber des grünen Dämmerlichtes, der Duftschwaden und der Papageien, der es Emma einfach nicht gestattete, mit zivilisierter Empörung auf den Anblick der Schwarzen zu reagieren?

Benommen, fast wie hypnotisiert stand Emma da, und ihr wurde bewusst, dass sie sich auf einem Terrain befand, das seit Urzeiten den Ahnen dieser Frau gehört hatte. Mit einem Mal fühlte sie sich wie ein Eindringling. Der unerhörte Gedanke schoss ihr durch den Kopf, dass nicht die Schwarze sich *an*ziehen, sondern sie, Emma, sich eigentlich *aus*ziehen müsste. Im hochgeschlossenen Kleid vor dieser nackten Frau zu stehen kam ihr mit einem Mal absurd vor.

Unwillkürlich musste sie kichern.

Auch die Schwarze kicherte, ob über Emma oder aus Höflichkeit, war schwer zu sagen. Einer Eingebung folgend, griff Emma nach ihrem kleinen Messer und hielt es der jungen Frau hin. Gut, dass sie in Brisbane mehrere Messer gekauft hatte!

Die dunklen Augen der Frau weiteten sich erstaunt, doch dann nahm sie das Messer ohne zu zögern an sich. Sie strich sanft über die glänzende Klinge, hob den Blick und schenkte Emma ein breites Lächeln.

»Purlimil«, sagte sie.

Ob das »Danke« hieß?

»Gern geschehen«, sagte Emma höflich auf Englisch.

Die junge Frau lachte. »Nein, Purlimil mein Name«, erwiderte sie in gebrochenem Englisch.

Sie würden sich also verständigen können! Emma lächelte erfreut.

»Mein Name ist Emma.«

»Komm mit, Emma«, sagte Purlimil wie selbstverständlich. Sie drehte sich um und verschwand in einem Wald aus tropfenden Palmwedeln.

Emma zögerte. Wohin würde Purlimil sie führen? War das vielleicht eine Falle? Die Worte der Kapitänsgattin auf der *Helene* fielen ihr ein: »Menschenfresser« hatte Frau Karnshagen die Wilden genannt. Entschieden schüttelte Emma den Kopf. Nein, Leuten wie Frau Karnshagen wollte sie keinen Glauben schenken. Mrs. Dunnings beschäftigte Eingeborene in ihrem Haus, und auch Carl sprach mit Respekt von ihnen.

Das sollte ihr genügen, um ihnen vertrauensvoll zu begegnen.

Dennoch waren ihre Handflächen feucht, als sie Purlimil in das Palmendickicht folgte.

Die junge Schwarze glitt so geschmeidig durch die Vegetation, als sei sie selbst ein Teil davon. Emma kam sich in ihren klobigen Stiefeln reichlich unbeholfen vor, und immer wieder musste Purlimil stehen bleiben und auf sie warten. Doch sie zeigte keine Ungeduld, sondern lächelte nur.

Zeitverschwendung schien hier kein Thema zu sein.

Längst hatte sie die Orientierung verloren, und sie hatte keine Ahnung, wie sie je zurück zu den Hütten finden würde. Dennoch folgte sie Purlimil weiter, immer tiefer und tiefer in den Regenwald hinein, bis sie Wasser rauschen hörte.

Da endlich blieb die Schwarze stehen und sagte stolz: »Mein Clan.«

Emma wischte sich mit dem Handrücken über die Stirn und sah sich um. Wie schön es hier war! Ein breiter Bach plätscherte über moosige Felsen, seine Ufer waren gesäumt von tiefgrünen Farnen, dazwischen standen niedrige Hütten. Sie schienen aus Rindenstreifen, Grasbüscheln und Ästen erbaut zu sein und wirkten nicht sehr stabil. Wie lange eine solche Behausung wohl hielt?

Emmas Überlegungen wurden von mehreren Eingeborenen unterbrochen, die nun neugierig auf sie zukamen. Sie riefen Purlimil in einer komisch klingenden Sprache etwas zu, und diese antwortete mit einem Schwall unverständlicher Wörter. Emma spürte ein mulmiges Gefühl im Bauch. Was erzählte Purlimil über sie? Doch als die Männer und Frauen sie erreicht hatten, waren ihre Mienen allesamt so offen und freundlich, dass Emmas Angst verschwand.

»Nur wenige sprechen Englisch«, erklärte Purlimil ihr. »Ich ihnen gesagt, du mir ein Geschenk gemacht, und ich dir auch etwas schenken.«

»Oh! Das musst du nicht«, sagte Emma schnell. »Es reicht mir, wenn ich euch kennen lernen darf. Das ist sehr … spannend für mich, weißt du?«

»Warum?«, fragte Purlimil.

»Warum? Nun, weil …« Emma runzelte die Stirn. »Na ja, weil wir ganz anders leben als ihr. Wir wohnen in festen Häusern, wir bauen Städte und …« Unwillkürlich fiel ihr Blick auf einen jungen Mann, der nichts als einen Gürtel trug, an dem mehrere Werkzeuge baumelten. Um Himmels willen! Eine völlig nackte Frau zu sehen war das Eine, aber *das* hier … Nun wurde Emma doch rot.

»Und wir tragen Kleidung«, murmelte sie mit abgewandtem Blick.

Purlimil lachte. »Wir auch«, sagte sie. »Wenn kalt ist!«

Sie bedeutete Emma, ihr zu den Hütten zu folgen. In eine von ihnen schlüpfte sie hinein, um gleich darauf mit einem weichen, grauen Fell wieder herauszukommen.

»Für dich«, sagte sie und drückte ihr feierlich das Fell in die Hände.

Emmas Finger gruben sich in die warmen, weichen Haare. Wie viel schöner war dieses Geschenk als der Speer, den sie erwartet hatte! Gerührt sagte sie: »Das ist wunderschön. Ist es ein Kleidungsstück?«

Purlimil nickte. »Für Winter.«

Noch ehe Emma sich bedanken konnte, kam ein junger, kräftiger Mann aus der Hütte, aus der Purlimil den Fellumhang geholt hatte. Lächelnd zog die junge Frau ihn zu sich her.

»Das Yileen«, stellte sie ihn Emma mit Stolz in der Stimme vor.

»Dein Mann?«, fragte Emma und warf Yileen einen etwas verkrampften Blick zu. Es würde wohl doch eine Weile dauern, bis sie sich an die Nacktheit der Männer gewöhnt haben würde.

»Mann und Vater von mein Kind«, sagte Purlimil stolz.

»Du hast ein Kind?« Emma lächelte. »Ist es ein Junge oder ein Mädchen?«

»Noch kein Kind. Aber wartet.« Purlimil blickte träumerisch um sich. »Babygeist wartet in Wasser. Oder auf Felsen. Oder auf Baum. Kommt bald.«

Yileen nickte lächelnd – offensichtlich verstand er die englische Sprache ebenso wie den Sinn der rätselhaften Worte – und strich seiner Frau über den Rücken. Emma hingegen schwieg verwirrt. Purlimil war noch nicht einmal guter Hoffnung, und doch sprach sie von sich, Yileen und dem Baby, als seien sie bereits eine Familie? Emma begann zu ahnen, dass sie noch sehr oft mit Purlimil würde sprechen müssen, um sie wirklich zu verstehen.

Das Dämmerlicht war von Grün in Blaugrau übergegangen, und plötzlich wurde Emma bewusst, dass es bald dunkel sein würde. Und sie stand mitten im Regenwald und hatte den langen Heimweg noch vor sich! Falls sie ihn überhaupt finden würde …

»Ich muss gehen«, sagte sie hastig. »Aber ich würde gerne wiederkommen. Darf ich?«

Purlimil und Yileen bejahten dies, doch sie wollten sie nicht alleine zurückgehen lassen. »Yileen dich begleiten«, sagte Purlimil bestimmt. »Wo wohnst du?«

»Außerhalb des Regenwaldes. Dort gibt es einen Platz mit ein paar verlassenen Hütten, in denen ein Ingenieur mit seinen Leuten gewohnt hat.« Noch während sie sprach, wurde Emma klar, dass Purlimil den Standort ihrer Bleibe aufgrund dieser vagen Beschreibung kaum würde ausmachen können. Sie wusste wahrscheinlich nicht einmal, was ein Ingenieur war! Vielleicht war sie auch noch nie außerhalb des Regenwaldes gewesen? Vielleicht …

»Mr. Hay«, unterbrach Purlimil Emmas Gedanken. »Guter Mann, wir oft Essen getauscht. Yileen kennt Platz gut. Kennt schnellen Weg dorthin.«

Beschämt bedankte Emma sich für die Hilfe. Sie verabschiedete sich von Purlimil, winkte den Männern, Frauen und Kindern, die sie immer noch neugierig beäugten, etwas unsicher zu und folgte dann Yileen ins Dickicht. Dabei nahm sie sich vor, die Eingeborenen nie mehr zu unterschätzen.

Eine Forscherin sollte frei von allen Vorurteilen sein, dachte sie ernsthaft, und sie bemühte sich so sehr, diesen Grundsatz zu verinnerlichen, dass ihr gar nicht auffiel, dass sie sich selbst zum ersten Mal wie selbstverständlich als Forscherin bezeichnet hatte.

Auch wenn Emma keine Ahnung hatte, ob Yileen sie wirklich zu ihrem Wohnplatz führte – sie erkannte nichts auf ihrem Weg wieder, aber er führte sie ja auch die Abkürzung entlang –, folgte sie ihm doch mit einem Vertrauen, das sie selbst wunderte. Sie wusste, dass sie dem jungen Mann in dieser Wildnis ganz und gar ausgeliefert sein würde, sollten seine Absichten unlauter sein. Aber nichts erschien Emma undenkbarer als das. Auf Yileen und Purlimil wartete ein Babygeist – und der zukünftige Vater würde nichts tun, was dem Leben widersprach. Woher sie diese innere Sicherheit hatte, konnte Emma nicht sagen, aber sie fühlte sie ebenso stark wie die Gewissheit, am heutigen Tag nicht nur in den Regenwald, sondern in eine absolut andere neue Welt eingetaucht zu sein.

Yileen blieb stehen und wandte sich zu ihr um. »Da vorne Hütten«, sagte er. »Ich zurück. Wenn du willst, wir treffen morgen.«

»Wann?«, fragte Emma. »Und wo?«

»Hier, wenn Donner grollt.«

»Wenn der Donner grollt? Aber wann ist das? Ich meine, wir können doch gar nicht wissen, ob und um wie viel Uhr …«

Yileen lachte leise. »Du zu viel fragen. Wir treffen morgen, wenn Donner grollt.«

Emma verkniff sich das weitere Nachbohren und verlegte sich darauf, stumm zu nicken. Dass Yileen ihre Zustimmung allerdings noch gesehen hatte, bezweifelte sie, denn es raschelte kurz, und schon hatte der Regenwald ihn wieder verschluckt.

Langsam ging sie die letzten Schritte auf dem Weg, den Yileen ihr gewiesen hatte. Als das Dickicht sich lichtete und die ersten Eukalypten sich vor ihr in die Dämmerung reckten, kam es ihr vor, als falle sie mit einem Schlag in ihre gewohnte Wirklichkeit zurück.

Mit dieser Wirklichkeit kamen die Schuldgefühle. Ob man sie schon gesucht hatte? Bestimmt hatten die Forscher sich zumindest Sorgen um sie gemacht. Vor allem Carl …

Die Bestätigung dieser Vermutung bekam sie, noch ehe sie die Hütten und das Hauptgebäude erreicht hatte.

»Emma! Emma!«, hörte sie es von etwas weiter entfernt rufen, und ohne nachzudenken schrie sie: »Hier bin ich! Ich bin doch da!«

Krüger kam aus dem Haus gestürzt. Als er sie sah, rief er: »Gott sei Dank, Fräulein Röslin! Wir haben schon gedacht, Sie seien verschleppt worden oder Sie hätten sich verirrt. Scheerer ist außer sich vor Sorge.«

Er hob sein Gewehr und schoss zweimal in die Luft.

Emma zuckte zusammen.

Krüger erklärte: »Das haben wir als Zeichen dafür ausgemacht, wenn einer von uns Sie gefunden hat.«

Gefunden? Ich bin doch von selbst heimgekommen, dachte Emma erbost, doch ihr schlechtes Gewissen verbot es ihr, den Gedanken auszusprechen. Alle suchten sie, und sie hatte Carl sorgenvolle Stunden bereitet! Und das nur, weil ihre Neugierde mit ihr durchgegangen war und sie Purlimil unbedingt hatte folgen wollen!

Sie biss sich auf die Lippen und trat unter Krügers vorwurfsvollem Blick ins Haupthaus. Immerhin behelligte der Forscher sie nicht mit Fragen.

Das tat dafür Oskar, kaum dass er mit Pagel durch die Tür gestürzt kam.

»Zur Hölle, Emma, wo warst du?«

Mit ärgerlich blitzenden Augen blieb er vor ihr stehen.

Pagel baute sich nicht minder wütend neben ihm auf.

»Haben gedacht, die Wilden kochen Sie zum Abendessen!«, bellte er. »Denken Sie, wir haben nichts Besseres zu tun, als Sie stundenlang zu suchen?«

»Zehn Minuten, Georg«, mischte Krüger sich ein, trotz seiner Verstimmung wie immer um Gerechtigkeit bemüht.

»Zehn Minuten sind zehn Minuten zu lang!«, sagte Oskar scharf. »Also raus mit der Sprache, wo hast du dich rumgetrieben?«

Angesichts seines Tons und seiner Worte regte sich in Emma trotz ihrer Schuldgefühle der Widerspruchsgeist. Ja, sie war alleine losgezogen, und ja, sie hätte früher zurück sein sollen – aber sie war schließlich ein eigenverantwortlicher Mensch, oder nicht? Sie hätte auch einen einsamen Spaziergang machen können. Das konnte doch wohl nicht verboten sein.

Sie hob das Kinn und sagte: »Ich habe mir den Regenwald angesehen. Mit meiner Arbeit war ich fertig, Gräser habe ich in den letzten Wochen wirklich genug gezeichnet, und da Sie alle, meine Herren, ebenfalls fort waren …«

Sie verstummte abrupt, als Carl eintrat. Seine Augen waren dunkel vor Sorge, seine Miene erschöpft.

»Gott sei Dank, dass du heil zurück bist«, sagte er leise und ließ sich auf einen Stuhl fallen.

Verunsichert sagte sie: »Natürlich bin ich heil zurück, ich war bloß im Regenwald. Ich verstehe nicht, warum …«

»Bloß im Regenwald? Weißt du nicht, wie verflucht gefährlich so ein Ausflug ist?«, schnitt Carl ihr das Wort ab. Es war das erste Mal, dass er sie so rüde unterbrach, und sie schaute ihn mit offenem Mund an.

»Du kennst das Terrain doch überhaupt nicht, Emma! Du hast keine Waffe. Du hast keine Ahnung, wie du dich ernähren könntest, wenn du dich verirrst. Meine Güte, du hättest dort umkommen können!«

Sie schluckte. »Es tut mir leid. Ich hatte so große Lust, den Regenwald zu erforschen, und ...«

»Erforschen! Pah!«, spuckte Pagel aus.

»Dein Platz ist am Zeichentisch, nirgendwo sonst!«, blaffte Oskar.

»Eine Frau sollte seltsamen Gelüsten wie diesen ...«, hob Krüger an, doch da reichte es Emma.

»Gut, einverstanden, ich hätte meine Tour ankündigen können!«, sagte sie aufgebracht. »Aber was wäre passiert, wenn ich das getan hätte? Jeder Einzelne aus dieser Gruppe hätte mir verboten, mein Vorhaben auszuführen. Als wäre ich ein kleines Kind, das vor dem Sturz in den Bach bewahrt werden und deshalb an Mutters Hand bleiben muss. Aber ich möchte nicht an Mutters Hand bleiben! Ich möchte nicht im Cunningham's Gap gewesen sein, ohne auch nur einmal meinen Fuß in den Regenwald gesetzt zu haben! Aber genauso habt ihr euch das gedacht, oder? Oskar? Carl?«

Die Forscher schwiegen verblüfft.

Pagel fand als Erster seine Sprache wieder.

»Renitentes Weib«, sagte er kopfschüttelnd und drehte sich um. »Komm, Hermann, ich brauche frische Luft. Hier«, er warf Emma einen bösen Blick über die Schulter zu, »ist mir die Luft entschieden zu dick.«

Krüger folgte ihm gehorsam aus dem Haus, und Emma blieb allein mit Carl und Oskar zurück. Das Feuer ihrer Wut sank in sich zusammen. Sie fühlte, dass sie nicht ganz im Recht war, und doch wollte sie nicht klein beigeben. Denn dann wäre sie dazu verdammt, tagaus, tagein am Zeichentisch zu sitzen und den Regenwald nur noch aus der Ferne zu betrachten. Purlimil und Yileen würde sie niemals wiedersehen, ihre fremde, eigenartige Welt nie näher kennen lernen.

Nein, dazu durfte es nicht kommen. Irgendetwas wartete dort auf sie – auch wenn sie noch nicht wusste, was es war. Aber es war wichtig.

Sie holte tief Luft und sagte beherrscht: »Es war gedankenlos von mir, einfach zu gehen, ohne euch eine Nachricht zu hinterlassen. Dafür entschuldige ich mich. Aber dafür, dass ich mich hier ebenso umsehen möchte wie ihr, entschuldige ich mich nicht. Ich vernachlässige weder die Zeichenarbeit noch meine Gemeinschaftspflichten, lediglich die sinnlose Fleißarbeit habe ich liegen gelassen. Ich denke, nach Wochen des Graszeichnens geht das auch in Ordnung, oder? Also gesteht mir bitte zu, dass ich meine freie Zeit verbringe, wie ich es will.«

Carl schwieg. Mit unergründlichem Blick sah er sie an.

Oskar sagte spöttisch: »Und was will das Fräulein? Im Kochtopf der Kannibalen landen?«

»Was gibt dir das Recht, so über diese Menschen zu urteilen?«, brauste Emma auf. »Ich habe heute einige Schwarze kennen gelernt, und sie waren so hilfsbereit und freundlich, dass mir dein und Pagels Gerede über Menschenfresser gründlich gegen den Strich geht!«

»Wie sprichst du eigentlich mit mir?« Auch Oskar wurde lauter. »Dein Vater hätte dir in der Kindheit Manieren beibringen sollen, dann wüsstest du jetzt, wie man sich Herren gegenüber benimmt!«

Empört stemmte Emma die Hände in die Seiten. »Wer einer Dame so etwas sagt, ist sowieso kein Herr!«

»Bist du denn eine Dame?« Er legte den Kopf schief und betrachtete sie abschätzig. »Am Anfang dachte ich das. Aber mittlerweile bin ich mir da nicht mehr so sicher.«

»Mäßigen Sie sich, Crusius«, sagte Carl schneidend. »Es reicht jetzt mit den Unverschämtheiten.«

»Lass nur, Carl«, sagte Emma mit mühsam unterdrückter Wut. Sie wandte sich wieder an Oskar. »Wenn du unter einer Dame ein Wesen verstehst, das nicht gerne selbst denkt, das am liebsten auf dem Sofa sitzt und dessen Begehr Spitzen und ein reicher Gatte sind – nein, dann bin ich wahrlich keine Dame. Aber weißt du, was ich bin? Eine Frau. Kein Kind, nicht dein Mündel und auch nicht deine Sklavin. Ich zeichne für dich, aber ich brauche mich nicht von dir beschimpfen zu lassen. Und was ich in meiner Freizeit tue, das – ist – meine – Sache!«

Sie standen einander gegenüber und funkelten sich an. Emma wusste, dass sie gerade mit ihrer Zukunft als Pflanzenzeichnerin spielte, aber in diesem Moment war es ihr egal. Alles war egal, außer dem übermächtigen Bedürfnis, endlich klarzustellen, dass sie niemandes Untergebene war.

*»Du bist meine Gespielin und hast zu tun, was ich dir sage«, hört sie Ludwigs Stimme an ihrem Ohr. »Auch wenn es dir nicht gefällt. Mir gefällt es, und nur darauf kommt es an.« Herrisch dirigiert er ihren Kopf dorthin, wo er ihn haben möchte.*

Nein! Nie mehr!

Die Erinnerung verblasste.

Ihre Stimme war brüchig, als sie sagte: »Ich möchte die Heilkunde der Eingeborenen kennen lernen. Sie interessiert mich. Ich bitte euch einfach, das zu akzeptieren.« Emma wandte sich an Oskar. »Und wir beide müssen über meine ›Fleißarbeit‹ sprechen. Ich bin kein Schulmädchen mehr. Vielleicht solltest du dir das mal klarmachen.«

»Meine liebe Emma«, sagte Oskar süffisant, »es steht dir natürlich frei, dich meinen Anordnungen zu widersetzen. Aber eines solltest *du* dir klarmachen: Wenn du weniger für mich arbeitest, dann werde ich dir deinen Lohn kürzen müssen. Du verstehst bestimmt, dass ich Godeffroys Geld nicht zum Fenster hinauswerfen darf. Eine Zeichnerin, die sich ständig bei den Wilden rumtreibt, ist kaum drei Pfund die Woche wert, nicht wahr?«

Emma sog scharf die Luft ein. Er wollte ihr weniger bezahlen? *Noch* weniger?

Carl maß Oskar mit einem verächtlichen Blick. »Drei Pfund sind sowieso ein Hungerlohn. Wie viel bekommen Sie, Crusius? Ein Vielfaches, möchte ich wetten.«

»Ich bin auch ein Forscher! Sie hingegen«, er deutete auf Emma, »ist ohne mich nichts.«

Emma kochte vor Zorn. Halt an dich, beschwor sie sich selbst und presste ihre Fingernägel in die Handflächen. Wenn du ihm jetzt sagst, was du von ihm und seinen Worten hältst, bist du deine Anstellung ganz los!

»Also, Emma«, sagte Oskar. »Zeichne meinetwegen nur noch das Nötigste, geh mit Scheerer in den Busch und lebe von eineinhalb Pfund die Woche. Einverstanden?« Leutselig hielt er ihr die Hand hin.

Er denkt, so hat er mich, dachte Emma ohnmächtig. Jeder weiß, dass man von eineinhalb Pfund in der Woche nicht leben kann. Er denkt, jetzt muss ich mich ihm freiwillig unterwerfen.

*Ludwigs Lächeln, ihre zusammengebissenen Zähne, der Schmerz. »Unterwerfung gehört zur Natur der Frau, Liebchen.«*

Nie mehr!

Emma griff nach Oskars Hand und drückte sie so fest, dass er zusammenzuckte. »Einverstanden, Oskar. Keine Machtspielchen mehr mit langweiligen Gräsern. Ich zeichne nur noch das, was du tatsächlich an Godeffroy schickst, dafür verzichte ich auf die Hälfte des Lohnes.«

Sie nickte zur Bekräftigung, dann ließ sie seine Hand los. Sie unterdrückte den Impuls, sich die Finger, die seine Hand berührt hatten, an ihrem Rock abzuwischen.

Oskar war zu erstaunt, um gleich zu antworten. Einige Sekunden lang herrschte Totenstille im Haus.

Dann räusperte er sich und fragte: »Bist du sicher, dass du weißt, was du tust?«

»Ja«, sagte sie fest. »Absolut sicher.«

# 23

Nun hatte sie also auch noch ein Geldproblem.

Die Arme hinter dem Kopf verschränkt, lag Emma in ihrer Hütte, auf dem Feldbett mit den eingeklappten Füßen. Ganz schön hart. Und kalt – die Nächte hier oben waren merklich kühler als im Busch auf den Ebenen, vor allem, wenn man praktisch auf dem Boden lag, weil das Bett nicht hielt.

An mangelnden Komfort bin ich ja schon gewöhnt, dachte sie mit galligem Humor, viel kann mir da nicht passieren, wenn ich kaum mehr was verdiene.

Außer, dass sie sich kein neues Kleid würde leisten können, wenn ihre Kleider alle zerschlissen wären. Und bis dahin war es nicht mehr weit. Sie würde mit ihrem Zahnpulver sparsamer umgehen müssen, als es ihr lieb war, und sie würde nach ihrer Rückkehr nach Brisbane in ein noch günstigeres Gasthaus umziehen müssen. Emma seufzte. Rosig waren diese Aussichten nicht gerade. Hätte sie nicht doch vor Oskar zu Kreuze kriechen sollen?

Nein, nein, nein!

Unwillkürlich schauderte sie. Seit die Erinnerung an Ludwigs Bettspiele sie so überraschend überfallen hatte, spürte sie die Aversion gegen jegliche Unterwerfung, in welchem Sinne auch immer, fast schon körperlich.

Ihre Gedanken wanderten zurück nach Stuttgart. Wie hatte sie bloß verdrängen können, wie es mit Ludwig wirklich gewesen war? Wie hatte sie es geschafft, nach der Trennung von ihm – nach den dunklen Tagen – alles auszublenden, was dem romantischen Anfang, den zarten Liebesschwüren, den Küssen während der Klavierstunden gefolgt war? Dass es Unangenehmes während ihrer körperlichen Vereinigungen gegeben hatte, daran hatte sie sich gerade noch erinnert. Aber *wie* unangenehm es gewesen war, wie erniedrigend – das war einfach verweht wie ein böser Traum.

Ein Traum allerdings, der nachwirkte. Nie mehr, das war ihr nun klar, würde sie im Stande sein, den weiblichen Kniefall vor dem Willen des Mannes mit heiterer Gelassenheit zu vollziehen, so wie es von ihrem Geschlecht verlangt wurde. Immer würden ihr in solchen Situationen jene Bilder vor Augen kommen, die sie in den Wochen ihrer Krankheit, während der Schiffsfahrt und auch hier in Australien erfolgreich verdrängt hatte – bis heute. Bilder von erzwungener Lust, Rücksichtslosigkeit und Ohnmacht.

Wie konnte ich nur an der Vorstellung festhalten, dass ich Ludwig liebe?, dachte sie fassungslos. Hier, weit weg von Ludwig, von Württemberg und von einem Dasein als höhere Tochter verstand sie jene demütige, verzweifelt liebende Emma überhaupt nicht mehr. War es am Ende ihr Glück gewesen, dass die Kälte ihres Vaters sie nach Australien getrieben hatte?

Sicherheiten, Glaubenssätze, niemals hinterfragte Verhaltensweisen zersprangen in tausend Splitter. Wie von selbst tauchte Emma in die Momente vor ihrem Gedächtnisverlust ein. Jetzt, da sie wieder wusste, wie sehr sie unter Ludwig gelitten hatte, flogen ihr die längst vergangenen Gefühle zu wie aufgeregt zwitschernde Vögel.

*Die Angst, ihn zu verlieren. Seine Kälte. Die dritte Frau. Meine seltsame Erleichterung, ein Hauch von Freiheit, die Ahnung, dass ein Leben mit ihm nicht meine Bestimmung sein kann …*

*»Wie sind wir heute gelaunt, Liebchen?« Ludwig lehnt lässig an der geschlossenen Tür. »Spröde oder willig?«*

*Emmas Schwitzen verstärkt sich. »Meine Mutter ist zu Hause, Ludwig.«*

*»Ach, geht es jetzt wieder mit den Ausreden los?« Er stößt sich von der Tür ab und schlendert auf sie zu. »Gefallen dir unsere Spielchen nicht mehr, Liebchen?«*

*Sie haben mir noch nie gefallen, will sie sagen, doch sie spürt, wie sich ihr beim bloßen Gedanken daran, was er heute wieder von ihr fordern könnte, der Magen umdreht.*

*»Mir ist schlecht«, flüstert sie und setzt sich zitternd auf den Klavierhocker.*

*»Dann lenke ich dich ein bisschen ab, hm?«, sagt Ludwig unbeeindruckt.*

*Seine Mitleidlosigkeit treibt ihr die Tränen in die Augen. Sie schaut zu ihm hoch und hält seine Hand fest, die sich an ihrem Ausschnitt zu schaffen macht.*

*»Du liebst mich nicht mehr«, sagt sie leise. »Sonst wärst du nicht so grausam. Du hast eine andere Frau gefunden. Habe ich Recht?«*

*Kurz hält er inne. »Emma, du wusstest von Anfang an, dass ich verheiratet bin«, sagt er dann ungeduldig, als habe er es mit einer Idiotin zu tun.*

*»Das meine ich nicht. Ich meine eine Dritte. Es gibt Auguste, es gibt mich – und es gibt die Neue.«*

*Ludwig schüttelt den Kopf. »Misstrauen steht dir nicht, Emma. Und es gefällt mir nicht, von meiner Geliebten angeklagt zu werden.«*

*Verzweifelt schaut sie zu ihm hoch.*

*Er lächelt fein. »Aber keine Angst, ich habe da schon eine Idee, wie du es wiedergutmachen kannst.«*

Mit einem Ruck tauchte Emma aus ihren Erinnerungen auf. Schweißgebadet zwang sie sich, den quälenden Bildern nachzuspüren, die – wie immer – plötzlich und ohne Vorwarnung abgebrochen waren. Doch es war vorbei. Ihre Seele schien Emma niemals mehr zuzumuten, als sie verkraften konnte. Aber ob sie das, worauf alles hinauslaufen würde, *jemals* würde verkraften können?

Sie drehte sich zur Seite und dachte an Carl. Er war so anders als Ludwig. Als Oskar vorhin verwirrt das Haus verlassen hatte – dass sie freiwillig auf die Hälfte ihres Lohnes verzichten wollte, war ihm einfach nicht in den Kopf gegangen –, hatte Carl leise zu ihr gesagt: »Du könntest meine Assistentin werden. Die Kolonialregierung zahlt gut, da sitzt durchaus noch eine Assistentenstelle drin. Kein Problem, von meinem Lohn etwas abzuzwacken.«

Sie hatte den Kopf geschüttelt, obwohl sein Angebot sie zutiefst gerührt hatte. »Nein, Carl. Ich muss es alleine schaffen.«

»Aber das geht nicht. Selbst wenn du sehr, sehr sparsam lebst – mit eineinhalb Pfund die Woche klopfst du bald bettelnd an anderer Leute Türen!«

»Mir fällt schon was ein.« Sie hatte überzeugter geklungen, als sie sich gefühlt hatte.

Er hatte sie wieder mit diesem hintergründigen Blick angesehen. »Warum nicht, Emma?«, hatte er dann gefragt.

Sie hatte mit den Schultern gezuckt. »Das wirst du nicht verstehen. Ich … ich möchte dir einfach in die Augen sehen können, ohne mich vor dir ducken zu müssen.«

Wider Erwarten hatte Carl genickt und es dabei belassen. Als sie etwas später gegangen war, hatte sie neben der Sorge um sie auch Hochachtung in seinen Augen gelesen.

Emma lächelte. Carls liebevoller Blick hüllte sie ein wie die warme Decke, die sie jetzt gerne gehabt hätte – es war wirklich verflixt kalt –, und sein Blick begleitete sie auch noch, als sie in den Schlaf hinüberglitt, einem Morgen voller ungeklärter Fragen entgegen.

Beim Frühstück am nächsten Tag bemühten sich alle, so zu tun, als sei nichts geschehen. Krüger und Pagel sahen Emma mit einem ähnlich verständnislosen Blick an wie Oskar, der den Forschern offensichtlich von ihrer Entscheidung erzählt hatte, von nun an von einem Hungerlohn zu leben. Carl war freundlich und zurückhaltend ihr gegenüber, wie stets im Beisein der anderen, und sie selbst trug eine selbstbewusste Gelassenheit zur Schau. Es musste ja niemand wissen, fand sie, wie unsicher sie sich in Wirklichkeit fühlte.

Nach dem Frühstück zog sie sich in ihr Zeichenzimmer zurück und begann, die klatschmohnroten Blüten zu zeichnen, die Oskar ihr wortlos hingelegt hatte. Sie strengte sich an, besonders sorgfältig zu arbeiten; Oskar sollte keinen Grund haben, an ihrer Arbeitsmoral zu zweifeln. Sie vertiefte sich so sehr in das Wesen der Pflanze, dass sie nicht hörte, wie sich die Tür öffnete und jemand hinter sie trat.

»Ich habe nachgedacht, Emma«, sagte Carl.

Sie zuckte zusammen: »Huch, hast du mich erschreckt!«

Ein Blick in sein Gesicht verriet ihr, dass sein Anliegen wichtig war. »Was ist denn passiert?«

Er sah an ihr vorbei durchs Fenster. »Noch nichts. Aber es könnte etwas passieren, etwas, das deine Zukunft sichert.« Nun sah er ihr in die Augen. »Ich brauche nur eine Botschaft an die Kolonialregierung zu schicken. Im Moment habe ich dort einen so guten Stand, sie würden mir meine Bitte, dich in ihre Dienste zu nehmen, nicht abschlagen.«

»Ich habe dir doch schon gesagt, dass ich nicht als deine Assistentin arbeiten kann!«

»Richtig. Aber wie wäre es, wenn du einen eigenständigen Vertrag bekommen würdest? Nicht als Untergebene, sondern als Kollegin, die mir gleichgestellt ist. Wir wollten doch sowieso in deiner Freizeit zusammen forschen. Warum eigentlich soll ich Geld dafür bekommen, du aber nicht?«

»Weil du studiert hast! Ach, Carl, nicht einmal Pagel und Krüger sind dir gleichgestellt, und die haben ebenfalls studiert.« Emma schüttelte den Kopf. »Ich dagegen bin nur bei meinem Vater in die Lehre gegangen, und außerdem bin ich eine Frau. Einen Vertrag als Forscherin werden mir die Herren ganz gewiss nicht anbieten. Fraglich, ob sie überhaupt wissen, wie man Forscher*in* schreibt ...«

Carl grinste. »Sie können das Wort ja aus meinem Brief abschreiben. Wenn du mir erlaubst, den Herren meinen Vorschlag zu unterbreiten.«

Offensichtlich meinte er es wirklich ernst.

Ihr Mund war trocken, als sie fragte: »Wie genau sähen dein Vorschlag und deine Argumente zu ihrer Überzeugung denn aus?«

»Nun, ich würde meine Forschungstätigkeit gerne ausweiten und nicht mehr nur Pflanzen sammeln, sondern daneben die Erkenntnisse der Eingeborenen dokumentieren, was den Nutzen der von ihnen angewandten Heilpflanzen betrifft. Das könnte der medizinischen Wissenschaft viel Zeit sparen, weil man so gleich in der richtigen Richtung testet.« Unschuldig sah er sie an. »Ist das nicht eine geniale Idee?«

Emma musste lachen. »Könnte von mir sein. Und weiter?«

Mit hinter dem Rücken verschränkten Armen ging Carl im Zimmer auf und ab. »Erstens: Da ich für diese Forschungen darauf angewiesen bin, einen guten Kontakt zu den Eingeborenen zu bekommen, müsste man mir idealerweise jemanden zur Seite stellen, der diesen Kontakt bereits geknüpft hat. Dich zum

Beispiel. Zweitens: Zufällig weiß ich, dass das Heilwissen der Eingeborenen oft in den Händen der Frauen liegt, diese es aber nicht gerne mit Männern teilen. Es wäre also wünschenswert, wenn mein Kollege … eine Kollegin wäre.« Er blieb in der Mitte des Raumes stehen. »Du siehst, ich bin dringend auf deine Hilfe angewiesen. Ohne dich bekomme ich keine Informationen! Es wäre also herzlos von dir, ja geradezu wissenschaftsfeindlich, wenn du dich meinem Ansinnen verweigern würdest, mit mir zu forschen. Das werden die Herren der Regierung bestimmt genauso sehen.«

Emma stand auf und ging langsam zu Carl in die Mitte des Raumes. »Meinst du das ernst?«, fragte sie leise.

»So ernst, wie ich alles meine, was ich zu dir sage.«

»Du willst mir nicht nur ein Zubrot verschaffen?«

»Nun ja, auch«, gab er zu. »Aber nicht nur! Du wärest tatsächlich die perfekte Besetzung für die Stelle, um deren Bewilligung ich bitten werde.«

Stumm sah sie ihn an.

»Gib dir einen Ruck, Emma«, sagte er sanft. »Du brauchst das Geld, und ich brauche eine Forscherin.«

Dankbarkeit durchflutete sie, doch sagen konnte sie immer noch nichts. Wie reagierte man auf einen solch unglaublichen Vorschlag?

Carl, der ihr Schweigen wohl falsch deutete, zog seinen letzten Trumpf aus dem Ärmel. »Falls dein Stolz dich daran hindern sollte, meine Hilfe anzunehmen: Ich habe *dir* die Idee geklaut, vom Heilwissen der Eingeborenen zu profitieren. Da ist es nur gerecht, wenn ich dir im Gegenzug die Stelle als meine Kollegin verschaffe. Oder nicht?«

Emma suchte nach den richtigen Worten, doch es fiel ihr ungewöhnlich schwer. Er stand so nah vor ihr, und er hatte ihr gerade das verlockendste Angebot ihres Lebens gemacht – sie wäre ihm am liebsten um den Hals gefallen. Aber das durfte sie natürlich nicht.

So flüchtete sie sich in sachliche Professionalität. »Ich nehme dein Angebot gerne an, Carl. Und ich fühle mich geehrt, deine Kollegin zu werden.« Hm, das klang irgendwie falsch.

In Carls Augen schlich sich ein Lächeln. »Verbindlichsten Dank, Fräulein Röslin. Dann kann ich mich ja jetzt an die Abfassung des Briefes machen.«

»Ja. Gerne. Danke. Ich meine, ich muss sowieso weiter zeichnen.« Hilflos verzog sie das Gesicht. »Ach, verflixt, was ich sagen will, ist …«

Das Lächeln hatte Carls Mundwinkel erreicht. »Ja, Fräulein Röslin?«

»Dein Vorschlag macht mich glücklicher, als ich es ausdrücken kann«, sagte sie leise.

Carl machte eine Bewegung, als wolle er sie in den Arm nehmen. Doch dann strich er sich nur verlegen eine Locke aus der Stirn. »Noch hat die Regierung meinen Antrag ja nicht bewilligt. Aber ich werde auf einen schnellen Entscheid drängen, wenn ich den Brief schreibe. Und jetzt solltest du dich wieder an die Arbeit machen. Nicht dass Crusius dir die restlichen eineinhalb Pfund pro Woche auch noch streicht.«

Als er gegangen war und sie wieder vor der leuchtend roten Blüte saß, musste sie sich zusammenreißen, um nicht vor Freude laut zu lachen.

Zeichne, Emma, zeichne, sagte sie sich mit unterdrückter Erregung, denn bald grollt der Donner, und du gehst in den Regenwald …

… du … Forscherin …

Tatsächlich begann der Himmel am frühen Nachmittag, sich zu beziehen. Mit großen Augen schaute Emma auf die mächtigen schwarzen Wolken. Das konnte doch nur ein Zufall sein! Oder war Yileen hellsichtig?

Vielleicht regnet es hier auch so oft, dass jeden Tag der Donner grollt, dachte sie dann nüchtern. Yileen kommt eben dann, wenn er sieht, dass es bald so weit ist.

Verlegen lachte Emma über sich selbst. Manche Erklärungen waren so einfach, dass man sie angesichts romantischer Vorstellungen von uralter Magie schlichtweg übersah.

Sie beendete rasch ihre Arbeit, hängte sich ihr Cape um und schickte sich an, zum vereinbarten Treffpunkt in den Regenwald zu gehen. Zwar waren die Forscher heute alle im Lager geblieben, weil sie die reiche Ausbeute ihrer letzten Tour versorgen wollten – nur Pagel war gegen Mittag mit Pferd und einem Ochsen davongeritten, wohin auch immer –, aber Emma war ja nun frei zu gehen, wohin sie wollte. Sie würde allerdings Carl Bescheid geben, damit er sich nicht um sie sorgte, das war sie ihm schuldig, fand sie.

Sie fand ihn im Haupthaus, in einem Zimmer voller zerlegter Pflanzenteile. »Ich mache einen kleinen Ausflug«, sagte sie fröhlich. »Bevor es dunkelt, bin ich wieder zurück.«

Er sah von seiner Arbeit auf. »Wir hatten doch ausgemacht, dass wir zusammen in den Regenwald gehen.«

»Ja, in Zukunft. Aber heute bin ich ... na ja, man kann es wohl ›verabredet‹ nennen.«

Carl zog eine Augenbraue hoch. »Im Regenwald?«

»Ja. Mit den beiden Eingeborenen, die ich gestern kennen gelernt habe, einer jungen Frau und ihrem Ehemann. Ich gehe zumindest davon aus, dass er ihr Ehemann ist.«

Sie musste unbedingt erfahren, ob die Eingeborenen ähnliche Vorstellungen von der Ehe hatten wie die Weißen. Emma lächelte, als die Aufregung sie wieder erfasste, die sie inzwischen als Forscherlust erkannte.

»Emma«, begann Carl, »ich weiß, du kannst tun und lassen, was du willst. Aber ganz allein in den Regenwald zu gehen ... Warte doch bis morgen, dann ziehen wir zusammen los.«

»Es muss aber heute sein«, sagte sie fest. »Wenn ich Yileen, den Mann, versetze, finde ich den Clan vielleicht nie wieder. Ich kann mich doch überhaupt nicht an den Weg zu ihren Hütten erinnern!«

Sie hielt inne und bemerkte die Sorge in Carls Augen. Kurz zögerte sie. Dann stellte sie spontan die Frage, die ihr schon so oft auf der Zunge gelegen hatte. »Warum hast du solche Angst um mich? Und nicht nur um mich, sondern um alle Frauen in der Wildnis?«

Seine Miene wurde abweisend. »Habe ich das denn?«

»Oh ja. Du wolltest mich zuerst gar nicht in den Busch mitnehmen, und als du es nicht verhindern konntest, hast du Tag und Nacht versucht, mich zu beschützen. Warum?«

Er sah sie nicht an. »Weil mir etwas an dir liegt, vermutlich.«

»Nein, Carl, das ist es nicht. Nicht nur. Jetzt vielleicht – aber nicht zu Anfang.«

Er holte tief Luft, dann sagte er fast wütend: »Also gut, wenn du es unbedingt wissen willst: Ich habe in der Wildnis schon einmal fast eine Frau verloren. Und ich bin nicht gerade begierig darauf, diese Erfahrung zu wiederholen. Zufrieden?«

Nein, sie war nicht zufrieden. Er hatte eine Frau verloren? *Seine* Frau? Wann? Wie? Dann ging ihr das eine Wort auf, das in seinem Satz zu viel war: »fast«.

Wenn er diese Frau nur »fast« verloren hatte – wo war sie dann jetzt? In welchem Verhältnis stand sie zu Carl?

Emma öffnete den Mund, um ihm all diese Fragen zu stellen, doch als sie die Qual in seinen Augen sah, schloss sie ihn wieder. Wie waren noch Mrs. Dunnings' Worte gewesen, als Emma sie nach der Frau in Carls Vergangenheit gefragt hatte?

»Das wird Carl Ihnen selbst erzählen, da bin ich mir ganz sicher. Eines Tages.«

Dieser Tag, so schien es, war noch nicht gekommen. Und Carl hatte es nicht verdient, dass sie ihm Bekenntnisse abverlangte, zu denen er nicht bereit war.

Er mied ihren Blick und beschäftigte sich in provozierender Ausschließlichkeit mit seinen Pflanzen. Wie es schien, nahm er es ihr übel, dass sie ihn bedrängt hatte.

Im Bestreben, ihren Fauxpas wiedergutzumachen, schlug sie zaghaft vor: »Komm mit mir. Du wolltest doch sowieso die Bekanntschaft der Eingeborenen machen. Warum nicht gleich jetzt?«

Seine Anspannung löste sich ein wenig. Kurz musterte er sie, dann grinste er. »Mir bleibt aber auch nichts erspart. Wer soll sich bitte schön um das alles kümmern, wenn ich dich begleite?«

Carl machte eine Armbewegung, die die unzähligen Pflanzen umfasste, die auf Boden und Tisch verstreut lagen.

»Wir beide?«, schlug Emma vor. »Heute Abend. Diese Arbeit können wir auch im Lampenlicht erledigen, und wenn ich dir helfe, geht es schneller. In den Regenwald hingegen«, jetzt grinste auch sie, »möchte nicht einmal ich bei Nacht gehen.«

Er schüttelte den Kopf, stand aber auf und griff nach seinem Gewehr und der Botanisiertrommel. »Worauf habe ich mich mit dir nur eingelassen?«

»Tut mir leid. Du kannst dir das mit dem Brief an die Regierung ja noch einmal überlegen«, neckte sie ihn.

»Zu spät«, sagte er mit Grabesstimme. »Er ist schon auf dem Weg.«

»Da warst du aber schnell! Sag mal, hier gibt es doch gar keine Post?«

»Pagel ist meine Post. Er ist auf dem Weg nach Ipswich, dort kann er den Brief aufgeben und gleich ein bisschen was einkaufen. Da er nicht ahnt, um was es in dem Brief an die Kolonialregierung geht, wird er meinen Auftrag gewissenhaft ausführen.«

Emma lachte. »Es hat seine Vorteile, der Leiter zu sein.«

»Unbestreitbar! Auch wenn mir das bei dir nicht viel nützt, wie ich merke.«

»*Mein* Leiter bist du ja auch nicht. Ich bin deine Kollegin. Zumindest in Zukunft.«

Er lächelte. »Eine Kollegin, die sehr genaue Vorstellungen davon hat, wie wir den heutigen Nachmittag und Abend verbringen werden, hm? Also gut, lass uns gehen. Sonst kommen wir noch zu spät. Ach, woher weiß dieser Eingeborene eigentlich, zu welcher Zeit er dich treffen soll?«

»Wir sind verabredet, wenn der Donner grollt«, sagte Emma und ignorierte Carls zweifelnden Blick.

Immerhin griff er mit den gemurmelten Worten »Sicher ist sicher« nach seinem Mackintosh, wie man den Regenmantel hier nannte. Gemeinsam verließen sie das Haus und machten sich schweigend auf den Weg.

Wenn er Yileen und Purlimil sieht, wird er gewiss das gleiche Vertrauen spüren wie ich, dachte Emma zuversichtlich. Die gleiche Magie.

Plötzlich hatte Emma das untrügliche Gefühl, dass nicht nur auf sie etwas Entscheidendes im Regenwald wartete. Sondern auch auf Carl.

# 24

Die ersten Regentropfen klatschten schwer auf die Blätter, als Emma und Carl in die grüne Dämmerung eindrangen. Emma ging voran, folgte dem erinnerten Pfad durch Farne und Baumriesen in Richtung der Stelle, an der sie und Yileen sich am Vortag getrennt hatten. Ab und zu blieb sie stehen und drehte sich nach Carl um, der trotz des stärker werdenden Regens nicht umhin konnte, die prächtigen Gewächse zu bewundern, an denen sie vorbeikamen.

Gerade zog er sich seinen Mackintosh über und rief dabei aus: »Was für ein prachtvolles Exemplar!« Er deutete auf einen Baum, dessen Stamm mit einem kunstvollen Flechtwerk aus Wurzeln bedeckt war.

Emma trat zu ihm und besah sich das Gewächs genauer.

»Wie seltsam. Ist das ein einzelner Baum?«, fragte sie stirnrunzelnd. »Sieht aus, als habe sich ein zweiter darüber geschoben!«

»Ganz recht«, erklärte er ihr mit der Begeisterung des Wissenschaftlers. »Würgefeigen beginnen ihr Leben als Samen in der Baumkrone eines Wirtes, entwickeln Luftwurzeln und wachsen dann eng am Stamm entlang in Richtung Boden. Später werden die Wurzeln kräftiger, schnüren dem Wirtsbaum die Wasser- und Nährstoffzufuhr ab und bringen ihn zum Absterben. Wo vorher der Wirt stand, steht nun die Feige. Perfekt!«

»Das Alte muss sterben, damit etwas Neues entstehen kann«, sagte sie leise.

Carls Blick wurde nachdenklich. Nach einer kurzen Pause sagte er: »Ist es das, was du wirklich im Regenwald suchst? Einen Neuanfang?«

Sie biss sich auf die Lippen. »Wie kommst du darauf?«

»Du bist so begierig darauf, die Heilkunde der Schwarzen kennen zu lernen, als hinge dein eigenes Leben davon ab. Oder zumindest deine Gesundheit.«

»Ich bin gesund«, sagte sie scharf.

»Körperlich, ja. Aber deine Seele ist verwundet, oder? Und hier suchst du nach der Medizin dafür.«

Sie starrte ihn an, ohne zu antworten. Er hatte ja recht – sie wollte zwar forschen, aber sie suchte auch Heilung für sich selbst.

Wie absurd!, fuhr es ihr durch den Kopf, hier bei den Wilden suche ich Heilung von dem, was mir ein kultivierter, gebildeter Mann wie Ludwig angetan hat – Ludwig, der Künstler, der die süßesten Melodien komponiert und auf jeder Soirée mit seinem Esprit glänzt und der danach von seiner dummen kleinen Geliebten Dinge verlangt, die seiner Gattin die Schamesröte ins Gesicht treiben würden, und die dumme, kleine Geliebte denkt, das alles müsse so sein … Unterwerfung gehört zur Natur der Frau, Liebchen. Schmerz und Liebe gehören zusammen.

Heißer Zorn wallte in ihr auf.

Zorn auf Ludwig, der ihr den Kopf vernebelt hatte, und Zorn auf sich selbst.

Denn hätte sie es nur gewagt, der Wahrheit ins Gesicht zu sehen, so hätte sie sich eingestanden, dass sie ihre Verliebtheit an den Falschen verschwendet und sich selbst dabei verloren hatte – ihre Selbstachtung, ihre Lebenslust, ihre innere Freiheit –, und dann hätte sie es beenden und sich Ludwig verweigern können. So aber war es zu Tod und Verderben gekommen.

Zwei Tote für zwei Menschen. Und diese zwei Menschen hatten sich noch nicht einmal wirklich geliebt.

Plötzlich konnte Emma den Anblick der Würgefeige nicht mehr ertragen. Sie stieß zitternd die Luft aus und wandte sich ab. Himmel, musste denn alles und jedes sie an Ludwig erinnern? Und an ihr eigenes Versagen, ihre Verfehlungen? Konnte sie noch nicht einmal hier im Regenwald abschütteln, was gewesen war?

Schwere Tropfen prasselten auf sie herunter, und sie zog sich die Kapuze ihres Capes über den Kopf.

»Wir müssen weiter«, sagte sie knapp zu Carl und setzte sich in Gang.

Stumm lief er hinter ihr her. Erst als sie den vereinbarten Treffpunkt fast erreicht hatten – Emma erinnerte sich an die majestätische Palme, an der Yileen kehrtgemacht hatte –, hatte sie sich wieder so weit beruhigt, dass sie sich über ihre Barschheit ärgerte. Carl hatte ihr nur helfen wollen, und sie war so unfreundlich gewesen!

Emma blieb abrupt stehen. Sie drehte sich zu Carl um und sagte rasch, bevor der Mut sie verlassen konnte: »Es stimmt, ich suche Heilung. Ich habe das Gefühl, dass ich sie hier finden werde, Carl, ich muss endlich mit alldem fertigwerden. Meine Eltern waren mir keine Hilfe dabei, und Ludwig war einfach verschwunden, und ich habe solche Angst vor dem, was ich vielleicht getan …«

»Ludwig heißt er also«, unterbrach Carl sie leise.

Erschrocken hielt Emma inne. Ludwig hatte sie eigentlich gar nicht erwähnen wollen. Aber er war ein solch großer Teil ihres Problems, dass sein Name ihr wie selbstverständlich über die Lippen gekommen war.

Sie zwang sich, Carls Blick nicht auszuweichen. »Ja.«

Der Regen wurde schwächer, sanft rieselten die letzten Tropfen auf sie nieder. Kleine Rinnsale suchten sich ihren Weg auf Carls Mackintosh, flossen von seinen breiten Schultern über die Brust hinunter. Carl schaute sie unverwandt an, die vielen ungestellten Fragen verdunkelten das Blau seiner Augen.

Ludwig gehört nicht hierher!, dachte Emma mit verzweifelter Wut, nicht nach Australien und nicht zu Carl und mir, er gehört in ein anderes Leben, und das will ich endlich abschließen! Wie kann ich das nur schaffen? Warum gibt es denn nicht irgendjemanden, der mir helfen kann?

Kaum hatte sie sich die Frage gestellt, als ein innerer Impuls sie aufschauen ließ. Unter einer tropfenden Palme stand seelenruhig und auf Emma wartend Purlimil.

Ludwig schwebte wie ein Gespenst zwischen ihnen, als Carl und Emma auf Purlimil zugingen. Die Nacktheit der Eingeborenen verstärkte Emmas Gefühl der Befangenheit, und als sie Purlimil schließlich begrüßte, schämte sie sich an Stelle der jungen Eingeborenen, dass diese dem männlichen Blick so ungeschützt ausgesetzt war. Gleichzeitig durchzuckte Emma der Gedanke, dass es ihr überhaupt nicht recht war, dass Carl einer nackten Frau gegenüberstand. Doch sie zwang sich, nicht so zu denken, denn schließlich hatte sie ihn gebeten mitzukommen.

Purlimil schienen solche Überlegungen vollkommen fremd zu sein. Sie lächelte Carl ebenso ungezwungen an wie Emma. Als Carl sich höflich vor ihr verbeugte, ohne dass sein Blick auf etwas anderes gefallen wäre als auf Purlimils Gesicht unter dem krausen schwarzen Haar, lachte die Eingeborene hell auf.

»Dein Mann guter Mann«, sagte sie zu Emma, die bei diesen Worten prompt errötete.

Purlimil machte sich ohne weitere Umschweife auf den Weg, und sie beeilten sich, ihr zu folgen. Carl vermied es, in Emmas Richtung zu sehen oder das Wort an sie zu richten, und die gespannte Stille zwischen ihnen wurde durch die Geräusche des Regenwaldes noch betont. Fieberhaft überlegte Emma, wie sie Carl von Ludwig ablenken konnte, denn sie vermutete darin den Grund für Carls Schweigen.

Schließlich fasste sie sich ein Herz und fragte kühn: »Sag mal, ist es dir nicht unangenehm, mit einer vollkommen … ähm, unbekleideten Frau zu sprechen?«

Zugegeben, das war eine peinliche Frage, doch erstens brachte sie ihn ziemlich sicher auf andere Gedanken, und zweitens war sie berechtigt, da sie in wenigen Minuten auf Dutzende nackter Frauen und Männer treffen würden. Wollten Emma und Carl das stete Gefühl von Befangenheit und Scham während ihrer gemeinsamen Forschungsarbeit vermeiden, musste das Thema Nacktheit früher oder später angesprochen werden. Warum also nicht jetzt gleich?

Carl antwortete nicht sofort, und sie fürchtete bereits, dass er nicht auf ihr Ablenkungsmanöver eingehen würde. Doch da wandte er sich ihr zu, und sein Gesicht zeigte den sachlich-souveränen Ausdruck des Forschungsleiters.

»Es ist ungewohnt«, stellte er nüchtern fest. »Aber ich war darauf vorbereitet. Die traditionell lebenden Eingeborenen Australiens sind nie bekleidet.«

»Doch. Wenn es kalt ist.« Emma versuchte, ihre Gefühle ebenso aus ihrer Stimme zu halten wie Carl, als sie ihr neues Wissen mit ihm teilte. »Dann tragen sie Felle. Purlimil hat mir gestern eins geschenkt. Es liegt jetzt in meiner Hütte.«

»Du hast schon etwas geschenkt bekommen?« Jetzt blitzte Interesse in seinem Blick auf. »Wie hast du das denn geschafft?«

»Ich habe Purlimil dafür mein Spitzmesser gegeben.«

»Ach. Und womit wirst du nun deinen Bleistift spitzen?«

»In Brisbane habe ich mir mehrere Messer gekauft, für genau so einen Fall. Praktisch, nicht?«

»Dann hast du das Ganze also geplant?«

Seiner unbewegten Miene war nicht zu entnehmen, ob er das nun gut fand oder nicht.

»Nein. Sagen wir mal, ich habe vorgesorgt. Direkt geplant hatte ich es nicht, aber …« Sie unterbrach sich. »Na ja, vielleicht doch. Vielleicht hatte ich tatsächlich schon in Brisbane diesen Drang zu forschen. Er war mir nur noch nicht bewusst.«

Ein wenig erwartete Emma, dass er sie für ihre Geheimniskrämerei und eigenmächtige Planung tadeln würde.

Doch er schwieg und sah sie nur nachdenklich an. Erst als Wasserrauschen und Stimmen zu hören waren und Purlimil sich lächelnd zu ihnen umdrehte, um sie einzuladen, das Eingeborenenlager zu betreten, sagte er: »Ich hoffe, mein Einfluss auf die Kolonialregierung ist groß genug, Emma. Es wäre eine Schande und ein Verlust für die Wissenschaft, wenn du diesen Vertrag nicht bekommen würdest.«

Damit ließ er sie stehen und folgte Purlimil zu einem alten schwarzen Mann, der bereits auf sie zu warten schien.

Überrascht und verwirrt sah Emma Carl nach. Sie beobachtete, wie er von dem Alten begrüßt wurde. Mit seiner ganzen Haltung erwies der Forscher dem Eingeborenen Respekt, ohne jedoch unterwürfig zu wirken, und die neugierigen Blicke der Frauen erwiderte er mit freundlicher Distanziertheit.

In Emmas Augen begann es zu brennen.

Wie dankbar sie Carl war! Er setzte sich für ihren unerhörten Berufswunsch ein, obwohl er noch immer nicht wusste, wer sie eigentlich war und was sie vor ihm verbarg. Er bemühte sich, ihr zu vertrauen – obwohl auch er schon eine schwere Enttäuschung hinter sich haben musste. Blieb zu hoffen, dass sie sein Vertrauen mehr verdiente als die Frau in seiner Vergangenheit.

Als habe Purlimil Emmas Gedanken aufgefangen, kam sie zu ihr und sagte: »Du keine Angst. Wir dir helfen.«

Emma riss sich zusammen und lächelte. »Wobei, Purlimil?«

Die junge Frau antwortete: »Die Marmbeja singen von allen Bäumen, dass du bösen Traum hast. Wir dir helfen, aus bösem Traum aufzuwachen.«

*Heilung.*

Emma starrte Purlimil an.

»Wer sind die Marmbeja?«, brachte sie schließlich heraus.

»Marmbeja ist unser Name für Baumgeister.«

Purlimil lehnte sich an den schlanken Stamm einer Palme. Offensichtlich hielt sie ihre Erklärung für ausreichend.

»Ich glaube nicht an Geister, weißt du«, sagte Emma schwach.

Purlimil lachte. »Das ist den Marmbeja egal.«

Sie stieß sich elastisch vom Stamm der Palme ab. »Schau, da ist Yileen. Wir wollen mit ihm zu Birwain gehen, das ist Mann, mit dem Carl spricht. Birwain ist Ältester. Er ist großer Heiler, großer Schamane, gut für dich. Und spricht auch Englisch.«

Trotz ihrer Verwirrung fielen Emma Carls Worte ein.

»Heilen denn nicht die Frauen bei euch die Krankheiten?«

»Doch. Wenn du Wunde hast oder Husten oder wenn du Baby bekommst oder wenn du Mann liebst, der dich auch lieben soll, dann helfen dir Frauen. Aber wenn Krankheit so ist wie bei dir, dann musst du zu Schamane gehen.«

Purlimil führte Emma zu Yileen, der sie mit einem breiten Grinsen begrüßte. Gemeinsam traten sie dann zu Carl und dem alten Heiler Birwain, die am Ufer des Baches zwischen riesigen Farnen standen.

Emma war unsicher, wie sie sich dem grauhaarigen Mann mit den tiefen Furchen im Gesicht angemessen nähern sollte. Dass er nackt war, machte ihre Aufgabe nicht leichter, fand sie. Zumal sie sich bewusst war, dass Carl sah, dass sie sah, dass die Männer um sie herum …

Schluss damit, durchbrach sie ihre Grübelei energisch, Carl

ist Forscher, wir wissen beide, dass Nacktheit hier normal ist, und ich werde ebenso gelassen damit umgehen wie er.

»Guten Tag«, sagte sie beherrscht und neigte ihren Kopf vor Birwain. »Ich freue mich, dass ich dich und deinen Clan kennen lernen darf. Purlimil sagte mir, dass du ein großer Heiler bist. Es ist mir eine Ehre, mit dir zu sprechen.«

War das angemessen? Ein schneller Seitenblick auf Carl zeigte ihr, dass er sich das Lachen verkniff. Hm, da hatte sie wohl nicht ganz den richtigen Ton getroffen.

Dennoch verzog sich Birwains Gesicht zu einem Lächeln, das den Furchen Tausende kleine Falten hinzufügte. Emma sah, dass dem Schamanen mehrere Zähne fehlten, was seiner angenehmen Ausstrahlung aber keinen Abbruch tat. Ebenso wenig wie seine Stimme, die an die eines Papageis erinnerte.

»Die Geister dieses Ortes und ich heißen dich willkommen«, krächzte er in tadellosem Englisch. »Dich und deinen Gefährten. Ich habe gehört, ihr wollt mehr über unsere Heilkunde erfahren. Fühlt euch eingeladen, bei uns zu bleiben, so lange ihr möchtet.«

Hatte Emma bis zu diesem Moment die leise Befürchtung gehabt, Purlimil und ihr Clan könnten ihr Interesse als vorwitzig empfinden, so löste sich diese Angst bei Birwains freundlichen Worten in Luft auf.

Dankbar sagte sie: »Oh ja, wir sind sehr gespannt, wie ihr mit Krankheiten umgeht. Ihr müsst die Heilkräfte der Pflanzen hier so viel besser kennen als wir!«

»Die Heilkräfte der Pflanzen und die der Geister.« Birwain lächelte wieder sein zahnloses, faltiges Lächeln. »Ihr seid am richtigen Platz. Alles, was für euch wichtig ist, werdet ihr erfahren.«

»Das ist sehr großzügig von dir«, sagte Carl rasch. »Wir werden uns dafür erkenntlich zeigen.«

Emma sah ihn an. Was dachte er sich dabei, Birwain so unverblümt eine Bezahlung anzubieten? Sicher war der alte Mann nun gekränkt.

Doch Birwain krächzte: »Das hatte ich gehofft. Mr. Hay hat uns manchmal Mehl gegeben. Der Kuchen daraus hat allen hier gut geschmeckt.«

Carl nickte. »Also Mehl.«

Birwain rieb sich die Hände und sagte zufrieden: »Abgemacht. Heute gibt es unser Essen, ihr seid eingeladen. Beim nächsten Besuch gibt es Kuchen aus dem Mehl eurer Pflanzen.«

Wie es aussah, war selbst ein großer Schamane nicht vor der Freude gefeit, die ein gelungener Handel und die Aussicht auf eine leckere Mahlzeit einem Menschen bereiten konnten.

Die allzu menschliche Reaktion Birwains ernüchterte Emma, nahm ihr jedoch auch die Furcht. Als sie, gefolgt von plappernden Kindern jeglichen Alters, zusammen zu einer großen Hütte abseits des Baches gingen, bemerkte sie, dass das flaue Gefühl in ihrem Magen verschwunden war.

Gut so, dachte sie. Es war ihr lieber, die medizinischen Geheimnisse des Regenwaldes von einem ehrwürdigen Menschen zu erfahren, als von einer Art … Zauberer. Auch wenn sie nicht an Zauberei und Geister glaubte!

Purlimil klatschte in die Hände.

»Und jetzt wir bereiten Mahlzeit!«, rief sie fröhlich aus.

Mehrere Frauen versammelten sich um sie herum, und sie sagte zu Emma: »Du schaust. Dann hast du gleich gelernt. Alles, was wir essen, uns macht gesund.«

Emmas Lerneifer schien hier wirklich keinen Anstoß zu erregen. Sie fragte Carl: »Kann ich den Frauen zusehen? Oder brauchst du mich?«

»Ich bin nicht dein Leiter, sondern nur dein Kollege. Schon vergessen? Ich werde dir also keine Anweisungen geben.« Sein

Blick war unmöglich zu deuten. »Außerdem möchte Birwain mir eine besonders wohlschmeckende Frucht zeigen. Sie soll sehr nahrhaft sein und helfen, Krankheiten zu verhüten.«

»Da soll noch einer sagen, wir seien nicht eifrig bei der Arbeit.«

Emma wagte ein Lächeln.

Statt einer Antwort legte Carl den Kopf schief und sah Emma an. Eine schwarze Locke fiel ihm in die Stirn, und er strich sie nachlässig zurück. Diese mittlerweile vertraute Geste löste in Emma ein warmes Gefühl der Verbundenheit aus.

Mit belegter Stimme sagte sie: »Wir werden ein gutes Forscherteam, oder?«

»Das werden wir«, sagte er. Sanft fügte er hinzu: »Und hoffentlich mehr als das – jedenfalls irgendwann einmal. Trotz Ludwig und trotz Elizabeth.«

Nun weiß ich also auch ihren Namen, dachte Emma benommen, während Carl mit festen Schritten zurück zu Birwain ging.

Dass man aus Farnwurzeln Brot backen konnte, war für Emma eine Überraschung, und noch überraschter war sie, als sie feststellte, dass dieses Brot sogar schmeckte. Die Frauen hatten die Farnwurzeln im Feuer geröstet und dann auf einen großen, glatten Stein gelegt. Mit einem kleineren Stein hatten sie die gerösteten Wurzeln zerstoßen und aus dem so gewonnenen Mehl Brot gebacken.

Als Emma das warme Gebäck kostete und begeistert lobte, sagte Purlimil großzügig: »Euer Mehl aber auch gut. Nächstes Mal backen wir Kuchen.«

Offensichtlich hatten alle im Clan Mr. Hays Tauschgüter noch in bester Erinnerung.

Während Emma die Frauen beim Zubereiten der Speisen beobachtete, erzählte Purlimil ihr munter von ihrem Clan.

So erfuhr Emma, dass Birwain, der Schamane, Purlimils Großvater war. Das weitere Verwandtschaftssystem war allerdings so kompliziert, dass Emma bereits nach wenigen Minuten des Zuhörens der Kopf schwirrte. Wenn Purlimil zum Beispiel von ihrer Mutter erzählte, meinte sie damit nicht immer dieselbe Frau! Auch mehr als einen Vater schien es zu geben. Oder nannte Purlimil einfach alle Brüder ihres Vaters so? Aber wenn dies zutraf – wer waren dann die Männer, die sie als Onkel bezeichnete?

Emma kapitulierte und beruhigte sich dann damit, dass sie ja nicht gleich in den ersten Tagen alles begreifen musste. Immerhin hatte sie sich einen Überblick über die Größe des Clans verschafft: Er zählte rund drei Dutzend Mitglieder. Sie wusste nun auch, dass der Clan schon seit Längerem hier am Bach lebte, aber keineswegs vorhatte, für immer zu bleiben. Auf Emmas Frage, ob Purlimil nicht das Bedürfnis habe, einen bestimmten Platz ihr Zuhause zu nennen, reagierte diese mit einem Stirnrunzeln.

»Wald ist doch Teil von uns«, sagte sie verständnislos. »Hier bin ich Arm von Wald, und wenn ich woanders bin, bin ich Bein von Wald. Warum soll Arm besser sein als Bein?«

Darauf wusste Emma nichts zu sagen.

Sie ärgerte sich ein wenig, dass sie kein Papier mitgenommen hatte. Denn am liebsten hätte sie alles, was sie nicht verstand, all ihre Fragen und Purlimils rätselhafte Antworten, all ihre Beobachtungen und Ahnungen aufgeschrieben und mit Anmerkungen versehen.

In ihrem Bauch begann es zu kribbeln. Wie vielgestaltig die Welt war! Wie aufregend all das Neue! Und wie wenig sie wusste … aber wie viel sie noch würde lernen können!

Spontan faltete sie die Hände und sandte ein Stoßgebet zum Himmel, dass sie tatsächlich eine Anstellung als Forscherin erhalten würde. Sie merkte zwar selbst, dass sie noch viel falsch machte, dass sie nicht die richtigen Fragen stellte und nicht systematisch genug vorging – aber wofür hatte sie schließlich ihren Kopf, wenn nicht zum Lernen?

Unwillkürlich sah sie hinüber zu Carl, der in einiger Entfernung mit Birwain zusammenstand und eine Frucht kostete. Auch wenn sie stets darauf bestand, Carls Kollegin zu sein, so war ihr doch klar, dass er der Einzige war, der ihr beibringen konnte, was sie als Forscherin wissen und können musste. Ob er wohl dazu bereit sein würde?

Oder hatte sie sich mit ihrem sturen Beharren auf Eigenständigkeit die Möglichkeit verbaut, ihn als Lehrer zu gewinnen?

Später hockten sie zusammen mit den Eingeborenen auf dem Boden zwischen den Hütten, und Emma und Carl probierten von allem, was sie zubereitet hatten.

Es war ein wahres Festmahl: Neben dem Farnbrot gab es gebratene Schlangen, deren Fleisch sich, wie Emma erleichtert feststellte, kaum von Hühnerfleisch unterschied. Die getrockneten Samen, die man ihr anbot, fand Emma geschmacklich zumindest interessant, und auch den säuerlichen schwarzen Beeren, auf die die Kinder sich stürzten, konnte sie viel abgewinnen. Nur vor der pflaumenartigen Frucht, deren Fleisch voller Maden war, ekelte sie sich schrecklich. Yileen neben ihr verdrehte entzückt die Augen, lobte die nahrhaften Tiere im Fruchtfleisch und störte sich offensichtlich nicht daran, dass sie in seinem Mund herumkrabbelten, bis er sie zerbissen hatte. Schon allein der Anblick verursachte Emma Brechreiz, und fortan vermied sie es, in Yileens Richtung zu schauen – zumindest solange er mit den Madenpflaumen beschäftigt war.

Von den kunstvoll in Rinde gewickelten und darin gekochten Vögeln konnte Emma hingegen gar nicht genug bekommen. Leider kam ihr irgendwann der Gedanke, dass sie vielleicht gerade die Verwandten des grünen Papageis verspeiste, der sie bei ihrem ersten Ausflug in den Regenwald so zutraulich begrüßt hatte. Sie verzichtete auf eine weitere Portion Vogel in Rinde und verlegte sich auf Nüsse und mehlige Graswurzeln. Da sie sowieso fast satt war, fiel ihr das Opfer nicht allzu schwer.

Es dunkelte bereits, als schließlich auch das letzte Stück Farnbrot verzehrt war. Emma lachte mit den Kindern, die um sie herumturnten und an ihren Kleidern zupften, die sie wohl für eine recht sinnlose Erfindung hielten. Purlimil und Yileen saßen nun eng beieinander und schauten immer wieder in die Krone des Baumes, der sein Blätterdach über ihnen wölbte. Ob sie dort den Babygeist vermuteten? Birwain und Carl unterhielten sich angeregt, ab und zu ließ der alte Schamane sein krächzendes Lachen hören.

Als die Kinder für eine Weile von ihr abließen, sah Emma sehnsüchtig zu den beiden Männern hinüber. Auch wenn sie gerne mit den Kindern spielte, die sich auch ohne Worte prächtig mit ihr amüsierten, ertappte sie sich bei dem Wunsch, in Carls und Birwains Gespräch einbezogen zu werden. Als Carl ihren Blick auffing und Emma winkte, zu ihnen zu kommen, erhob sie sich bereitwillig.

Als sie auf die Männer zutrat, sagte Carl: »Wir sollten gehen, es ist schon dunkel. Ich kann mich zwar an den Weg erinnern, und gegessen haben wir auch schon, wir müssen also nicht zum Abendessen zu Hause sein.« Er grinste. »Trotzdem wäre ich gerne beim Wohnplatz, bevor die anderen eine Suchaktion starten.«

»So wie gestern bei mir?«, neckte Emma ihn.

»Genau. Wahrscheinlich suchen sie überhaupt *nur* nach dir. Zumindest Crusius wäre ganz froh, mich los zu sein, schätze ich.«

Emma verzog das Gesicht. »Sprich nicht von ihm. Sicher hat er sich in der Zwischenzeit lauter kleine Gemeinheiten ausgedacht, mit denen er mich quälen kann.«

»Das werde ich zu verhindern wissen«, sagte Carl leichthin. Der eiserne Unterton in seiner Stimme entging Emma jedoch nicht.

Sie schenkte Carl ein Lächeln und hoffte, dass er auch ohne Worte verstand, wie dankbar sie für seine Loyalität war.

Weich sagte sie: »Wollen wir uns von den Eingeborenen verabschieden? Ich hoffe so sehr, dass wir wiederkommen dürfen!«

»Das dürfen wir, Birwain hat uns bereits eingeladen.«

Der Alte nickte zur Bestätigung, dabei ruhte sein Blick nachdenklich auf Emma.

»Du musst noch oft kommen«, krächzte er. »Bis zum Eukalyptusfeuer dauert es noch viele Nächte. Erst danach kannst du entscheiden, ob du bleibst oder gehst. So wollen es die Marmbejas.«

Emma starrte Birwain an. Obwohl sie nicht verstand, wovon der Schamane sprach, begriff sie, dass es auch hier wieder um sie und die Baumgeister ging, die Purlimil vorhin erwähnt hatte.

*Die Marmbeja singen von allen Bäumen, dass du bösen Traum hast.*

Mit einem Mal empfand Emma die lebendige Dunkelheit des Waldes, der sich um das Lager der Eingeborenen herum erstreckte, als bedrohlich. Hatte jeder dieser vielen Bäume etwa seinen eigenen Geist? Natürlich nicht, sagte sie sich rasch. Sie war nicht abergläubisch! Geister gab es nicht, auch nicht in Australien.

Dennoch musste Emma sich eingestehen, dass sie wider besseres Wissen verunsichert war.

# 25

Oskar war unzufrieden.

Sie merkte es an seiner Stimme, seinem Gesichtsausdruck, seiner angespannten Haltung. Obwohl Emma stets alles zeichnete, was er ihr gab, kamen jedes Mal vorwurfsvolle Sticheleien von seiner Seite, wenn er hinter sie trat, um »nach dem Rechten zu sehen«.

Schon dieser Ausdruck!, dachte Emma entnervt. Als wüsste er nicht genau, dass ich auch ohne seine Überwachung sorgfältig arbeite!

Sie staunte selbst, wie mühelos sie mittlerweile akkurate Abbildungen hinbekam, die den Charakter der jeweiligen Pflanze betonten und dennoch die besonderen Merkmale nicht unrealistisch übertrieben.

Ihr Tagesablauf hatte sich gut eingespielt: Vormittags zeichnete sie, nachmittags gingen Carl und sie zum Clan. Auf dem Zeichentisch stapelten sich die fertigen Blätter, und obwohl Oskar ihr eine ganze Menge Pflanzen auf den Tisch geknallt hatte – manch einer war diese rüde Behandlung nicht gut bekommen –, konnte sie auch heute wieder am frühen Nachmittag die Arbeit beenden.

»Und jetzt in den Regenwald!«, sagte sie laut, legte den Bleistift beiseite und stand auf.

Nun begann der wirklich spannende Teil des Tages!

Doch in dem Moment trat Oskar in ihr Zimmer.

Mit aggressiv vorgeschobenem Kinn fragte er: »Was treibst

du eigentlich, wenn du mit Scheerer in den Regenwald gehst, Emma? Du sammelst ja keine Pflanzen, zumindest kann ich hier«, pro forma sah er sich um, »keine außer meinen entdecken.«

Sie verschränkte die Arme vor der Brust. »Ich beobachte und dokumentiere die Heilkunst der Eingeborenen. Sie interessiert mich. Das habe ich dir doch schon erklärt.«

»Ich hielt das für einen Scherz«, sagte Oskar überheblich. »Du hast doch gar nicht gelernt zu forschen. Abgesehen davon dürfte die medizinische Stümperei der Wilden es kaum wert sein, dass man sie erforscht. Wer bitte schön sollte einen Nutzen davon haben, etwas darüber zu erfahren?«

»Jeder, der über seinen eigenen Tellerrand hinausschauen will«, schlug Emma vor. Sie hörte selbst, dass sie nun ebenso aggressiv klang wie er.

Er schnippte sich ein Stäubchen vom Ärmel. »Lächerlich. Niemanden in Europa interessiert das.«

»Was nicht für Europa spricht.«

»Ach, wir sind von der Heimat enttäuscht? Wie traurig!« Er seufzte. »Traurig ist aber auch, dass Frauen immer gleich so hysterisch reagieren müssen, wenn ihnen etwas Unangenehmes widerfährt. Fräulein Röslin gefällt es nicht mehr im trauten Schwabenland, also mutiert sie hast-du-nicht-gesehen zur weißhäutigen Wilden. Findest du nicht selbst, dass das lächerlich ist?«

»Keineswegs«, stieß Emma zwischen zusammengebissenen Zähnen hervor. »Weder mutiere ich zur Wilden, noch möchte ich die Eingeborenen so bezeichnen. Sie leben anders als wir, sie sehen die Welt anders als wir, sie heilen anders als wir. Dieses Andere möchte ich kennen lernen. Was genau ist dein Problem dabei, Oskar?«

»Oh, keines, keines. Ich möchte dich nur davor bewahren,

eine anständige, einträgliche Arbeit wie das Zeichnen aufzugeben, um stattdessen im Topf der Eingeborenen zu landen.«

»Wie oft soll ich es dir noch sagen: Sie beabsichtigen nicht, mich zu kochen, herrje!«

Er musterte sie mitleidig. »Noch nicht. Ach, Emma, du musst noch viel lernen. Solchen Menschen, die kaum höher stehen als die Tiere, ist nicht zu trauen.«

Emma fehlten vor Wut die Worte. Gleichzeitig musste sie, ohne es zu wollen, an die Baumgeister denken, an die Geheimniskrämerei des Schamanen und an das Eukalyptusfeuer, das laut Birwain auf sie wartete.

Eukalyptusfeuer – klang das nicht doch ein wenig nach Kochtopf? Emma schauderte.

Doch dann riss sie sich zusammen. Wollte sie sich etwa von Oskar verunsichern lassen, gerade von ihm? Oh nein!

»Ich muss gehen«, sagte sie abweisend. »Bleibst du hier, um dich über meine Zeichnungen aufzuregen, oder hast du auch noch eigene Arbeit?«

Die spitze Bemerkung war ihr herausgerutscht, bevor sie sich eines Besseren besinnen konnte.

Oskars Kiefer mahlten. »Meine Arbeit ist nie zu Ende, schon gar nicht am frühen Nachmittag. Auf mich kann sich Godeffroy verlassen.«

»Auf mich auch!« Emma stieg die Hitze ins Gesicht. »Schau dir an, was ich in den letzten Tagen alles gezeichnet habe, wenn du an mir zweifelst! Schau dir an, ob ich dir auch nur den kleinsten Grund zur Unzufriedenheit gebe, und dann, Oskar, klage mich an. Aber keine Sekunde vorher!«

»So viel Hochmut steht einer Frau nicht an, Emma«, sagte er kalt. »Und ich glaube auch nicht, dass er gerechtfertigt ist. Vielleicht sollte ich deinen Vorschlag tatsächlich befolgen und deine Zeichnungen eine nach der anderen durchsehen.« Er musterte sie lauernd. »Ich werde Fehler finden, verlass dich drauf. Und dann wirst du vor mir zu Kreuze kriechen.«

Bei diesen Worten sah Emma rot. »Niemals!«, zischte sie. »Niemals werde ich vor dir zu Kreuze kriechen, weder vor dir noch vor irgendjemand anderem. Diese Zeiten sind vorbei, hörst du?«

In Oskars Augen trat ein Ausdruck, bei dem Emma unwillkürlich einen Schritt zurücktrat.

»Das werden wir ja sehen«, sagte er leise.

Furcht kroch ihren Rücken hinauf, ihr Haaransatz fing an zu kribbeln. Nervös griff sie sich an den Nacken, ließ die Hand aber sofort wieder sinken. Oskar sollte nicht merken, dass er ihr Angst machte.

Grußlos drehte sie sich um, griff nach Papier und Bleistift und verließ mit geradem Rücken das Zeichenzimmer. Sollte er ihre Arbeit doch auseinandernehmen. Hauptsache, sie kam von ihm weg.

Erst als sie allein war und zu Carls Arbeitszimmer eilte, wurde ihr klar, was sie falsch gemacht hatte: Mit ihrem Beharren darauf, niemals vor Oskar zu Kreuze zu kriechen, hatte sie in ihm den verbissenen Ehrgeiz geweckt, Emma genau dazu zu bringen.

*Unterwerfung gehört zur Natur der Frau, Liebchen.*

Pagel war aus Ipswich zurückgekehrt und hatte dort nicht nur seinen Auftrag auf der Post erfüllt, sondern auch eingekauft: Eier, Zucker, Tee, eine Flasche Schnaps und Mehl. So konnten Emma und Carl dem Clan heute das versprochene Geschenk mitbringen, und Carl stöhnte unter der Last des schweren Sackes, den er sich über die Schulter geworfen hatte.

»Wer hatte eigentlich diese dumme Idee mit dem Mehl?«, keuchte er.

»Du«, sagte Emma. »Aber ich finde die Idee nicht schlecht. Wir werden Kuchen bekommen! Ich bin sehr gespannt, wie er schmecken wird.«

»Wenn du nur satt wirst …« Carl verzog in gespielter Verzweiflung das Gesicht.

Sie lachte. »He, ich bin auch am Schleppen! Immerhin trage ich nicht nur meine eigene Ausrüstung, sondern deine noch dazu. Du kannst dich also nicht beschweren. Sogar dein Gewehr hängt über meiner Schulter!«

»Darauf müsstest du doch stolz sein. Ich darf dich daran erinnern, dass du vor nicht allzu langer Zeit schießen lernen wolltest.«

»Was du mir nicht erlaubt hast«, sagte sie. »Zur Strafe musst du jetzt eben Mehlsäcke schleppen.«

»Bis ans Ende meiner Tage?«

»Mindestens. Vielleicht sogar darüber hinaus. Carl Scheerer, der mehlsackschleppende Baumgeist.«

Sie merkte, dass sie in Albernheiten abrutschte. Komischerweise tat ihr das gut. Sie wollte nicht an Oskar und an die unterschwellige Gefahr denken, die von ihm ausging. Wenn sie mit Carl scherzte, fühlte sich die Bedrohung weniger real an.

Carl blieb stehen, um ein wenig zu verschnaufen. Er setzte den Mehlsack ab und strich sich mit dem Unterarm über die verschwitzte Stirn.

»Apropos: Was meinte Birwain eigentlich damals, als er von dir und den Marmbeja sprach? Soviel ich weiß, sind das doch Baumgeister, oder?«

Emma nickte, und das heitere Gefühl und die Leichtigkeit verflogen. »Purlimil hatte mir schon vorher von ihnen erzählt. Aber Birwains Worte habe ich ebenso wenig verstanden wie du.«

»Du hast aber ausgesehen, als ahntest du, was er meinen könnte.«

Umständlich lud Emma Gewehr und Ausrüstung ab. Dabei mied sie Carls Blick.

»Die Marmbeja sollen mir helfen, aus meinem bösen Traum zu erwachen, meint Purlimil. Ich weiß nur nicht, wie sie das anstellen wollen. Ich habe keinen bösen Traum, sondern eine böse Vergangenheit. Wie sollten die Eingeborenen oder irgendwelche Geister wissen, was mir in Stuttgart zugestoßen ist?«

Carl fragte sanft: »Willst du es mir nicht endlich erzählen?«

Sie zögerte.

»Ich kann nicht«, antwortete sie dann, »weil ich mich nicht erinnere.«

Er starrte sie an. »Aber an Silvester hast du zu mir gesagt, du wolltest erst deinen Frieden mit der Vergangenheit machen, bevor du dich auf etwas Neues einlässt. Das waren deine Worte.« Impulsiv griff er nach ihrer Hand. »Emma, wie kannst du deinen Frieden machen, wenn du gar nicht weißt, womit?«

»Du hast den Nagel auf den Kopf getroffen«, sagte Emma bitter. »Ich muss mich erst erinnern, um zu wissen, ob ich mir vergeben kann. Aber ich bin noch nicht sehr weit damit gekommen.«

Sie schluckte. »Purlimil und Birwain scheinen der Meinung zu sein, die Baumgeister könnten mir dabei helfen. Ich habe ja selber das Gefühl, dass hier die Heilung auf mich wartet.« Verlegen setzte sie hinzu: »Verrückt, oder?«

Ihr wurde bewusst, dass Carl noch immer ihre Hand hielt, sein Daumen strich über ihren Handrücken. Sie sah ihm in die Augen, entdeckte Verwirrung darin und Nachdenklichkeit, aber keine Ablehnung. Und das, obwohl er jetzt wusste, dass sie an Gedächtnisverlust litt …

Spontan trat sie näher an ihn heran, so nah, dass sie ihn fast berührte. Mit klopfendem Herzen legte sie den Kopf an seine Brust. Als er die Arme um sie legte, vorsichtig, als fürchtete er, sie damit zu verscheuchen, schloss sie einen Moment lang die Augen.

»Wer immer dir dabei helfen kann, dich zu erinnern, hat meinen Segen«, sagte Carl mit rauer Stimme. »Selbst wenn es heidnische Baumgeister sind.«

Sie hob den Kopf, und zum zweiten Mal in ihrem Leben drückte sie ohne nachzudenken ihre Lippen auf seine.

Doch diesmal zog sie sich nicht sofort wieder zurück, sondern erlaubte es sich, den Kuss auszukosten. Sie schmeckte Carls Lippen, erkundete seine Zunge, strich mit den Fingerspitzen über seinen Nacken. Je länger der Kuss währte, desto weniger wollte sie sich von Carl trennen.

Er umfasste sie fester, sein Atem ging schnell. Obwohl er sie nirgends streichelte als auf dem Stoff ihres Kleides, auf Schultern, Rücken und Taille, erregte die Zärtlichkeit seiner Hände sie mehr als alles, was sie je erlebt hatte. Sie stöhnte unterdrückt. Carls Körper zeigte ihr nun unmissverständlich, dass er sich nach mehr sehnte, und auch Emma schien nur noch aus Begehren zu bestehen. Noch nicht, wisperte es in den Bäumen.

Mit brennenden Wangen löste sie sich von ihm. Carl ließ die Arme sinken und gab sie frei, seine Brust hob und senkte sich schwer. Emma sah das Bedauern in seinen Augen.

Heiser sagte sie: »Hoffen wir, dass die Marmbeja ihr Handwerk verstehen, hm?«

Carls Antwort bestand aus einem knappen Nicken und einem Blick, dessen Botschaft ihre Erregung sofort wieder anfachte. Als sie Gewehr, Ausrüstung und Mehlsack geschultert hatten und ihren Weg schweigend nebeneinander fortsetzten, fiel es Emma unendlich schwer, ihre Aufmerksamkeit auf das bevorstehende Treffen mit den Eingeborenen zu lenken.

Stattdessen küsste sie Carl wieder und wieder – wenn auch nur in der Fantasie.

Als viele Stunden später die Nacht hereinbrach, versammelten sich alle Forscher zum Abendessen im Haupthaus. Pagel hatte auf dem Rückweg von Ipswich ein Känguru erlegt, das jetzt gebraten, in handliche Stücke geschnitten und mit Speckstreifen garniert vor ihnen auf den Tellern lag.

Emma und Carl waren eigentlich gar nicht mehr hungrig – der Kuchen, den die Eingeborenen aus ihrem Mehl gebacken hatten, war ungewöhnlich, aber sehr gut gewesen. Doch um der Geselligkeit willen aßen sie einige Bissen mit.

»Hermann und ich wollen morgen Blüten sammeln, nichts als Blüten«, kündigte Pagel kauend an. »Ich fress 'nen Besen, wenn wir unsere Botanisiertrommeln nicht randvoll damit kriegen. Der Regenwald ist ein wahres Gewächshaus, was?«

»Ja, eine Pflanze wuchert hier üppiger als die andere«, bestätigte Krüger begeistert. »Schon verrückt, dass wir uns lediglich ein paar Tagesmärsche von den trockensten Buschregionen entfernt befinden!«

Carl nickte. »Australien ist eine Schatztruhe für die Wissenschaft, in jeder Hinsicht. Nicht nur die Botanik ist interessant, meine Herren, sondern auch die Lebensweise der Eingeborenen. Emma und ich«, er warf ihr ein flüchtiges Lächeln zu, »haben zum Beispiel viel über ihre Koch- und Backmethoden gelernt. Die Eingeborenen waren so freundlich, uns zuschauen und sogar mitessen zu lassen.«

»Wollten doch bestimmt 'ne Gegenleistung«, brummte Pagel, dessen gute Laune bei der Erwähnung der Schwarzen verflogen war. »Machen doch nichts umsonst.«

»Doch, Pagel, sie sind einfach großzügig«, sagte Carl. »Wenn Sie gesehen hätten, wie viel uns aufgetischt wurde … Der Mehlsack, den ich ihnen gebracht habe, wiegt das kaum auf.«

»Aha, doch 'ne Gegenleistung«, murmelte Pagel mit grimmiger Befriedigung.

»Um die sie, wohlgemerkt, nicht gebeten hatten«, stellte Carl klar.

»Ein ganzer Mehlsack?«, mischte Oskar sich ein. Er stand auf und ging zum Teetopf hinüber. Auf ganz geradem Wege gelang ihm das nicht, da er dem Schnaps, den Pagel mitgebracht hatte, bereits großzügig zugesprochen hatte. »Bisschen viel als freiwillige Gabe, was? Sie werfen das Geld der Kolonialregierung aber wirklich mit vollen Händen raus, Scheerer. Sparsam kann ich das nicht nennen.«

Krüger starrte ihn erschrocken an, und es war ihm von der Stirn abzulesen, was er dachte: Wie konnte Oskar sich erdreisten, Carls Entscheidungen als Forschungsleiter so unverhohlen zu kritisieren? Selbst Pagel strich sich unbehaglich über seinen Schnurrbart.

Carl wandte Oskar langsam den Kopf zu. »Geht Sie das irgendetwas an?«

Oskar goss sich gelassen eine Tasse Tee ein. Die Hälfte davon ging daneben und bildete eine kleine Lache auf dem Fußboden.

»Mich nicht. Aber die Herren von der Regierung. Man könnte ihnen einen Tipp geben, was gewisse Forschungsleiter mit den ihnen anvertrauten Mitteln anstellen.«

Carl erhob sich, trat auf Oskar zu und baute sich vor ihm auf. Er war größer, muskulöser und insgesamt so viel männlicher als Oskar, dass Emma dachte, dass sie an Oskars Stelle spätestens jetzt Muffensausen bekommen hätte.

»Wollen Sie mir drohen, Crusius?«, fragte Carl leise.

Oskar wich seinem Blick nicht aus, obwohl er den Kopf ein wenig heben musste, um Carl in die Augen sehen zu können.

»Ich will Sie *warnen*«, sagte er ebenso leise. »Ich behalte Sie nämlich im Blick. Auch ein Buschkönig kann sich nicht alles erlauben, insbesondere nicht, auf Kosten der Regierung mildtätige Geschenke an dreckige Wilde zu verteilen.«

Carl ballte die Fäuste, doch seine Stimme war beherrscht.

»Ich werde mich nicht dazu erniedrigen, mich vor Ihnen zu rechtfertigen, zumal Sie sowieso betrunken sind. Lassen Sie sich nur eins gesagt sein: Im Gegensatz zu Kleingeistern wie Ihnen, Crusius, wissen die Herren der Regierung, dass alles, was ich mit ihrem Geld anstelle, der Wissenschaft zugutekommt.«

Oskar lachte spöttisch. »Ja, die Wilden mit unserem Mehl zu mästen ist wirklich sehr erkenntnisfördernd. Kommen Sie, Scheerer, das ist doch lächerlich! Von einem Mann mit Ihrem Hintergrund, Ihrer Ausbildung, Ihrer Erziehung«, nun troffen seine Worte vor Sarkasmus, »hätte ich wirklich mehr erwartet, als dass Sie sich bei der ersten Gelegenheit von einem überspannten Frauchen Grillen in den Kopf setzen lassen. *Sie* ist es doch, die zu den Wilden will, nicht wahr?« Er ließ seinen Blick bedeutungsvoll zu Emma schweifen.

»Ich wäre Ihnen sehr verbunden, wenn Sie Emma aus dem Spiel ließen.« Carls Körper war angespannt und trotz seiner eisigen Höflichkeit eine einzige Drohung.

Doch Oskar schien nicht zu spüren, dass es gefährlich für ihn wurde. Er trank einen Schluck Tee, wedelte mit der freien Hand in der Luft herum und sagte leutselig: »Es ist ja nur meine ganz private Meinung, hören Sie auf mich oder lassen Sie es bleiben. Ich jedenfalls finde: Wenn es um Entscheidungen des Geistes geht, sollte ein Mann seinem Lustknüppel kein Mitspracherecht einräumen.« Er hob belehrend den Zeigefinger. »Nicht mal dann, wenn das Objekt seiner Begierde solch hübsche Rundungen aufzuweisen hat wie unsere liebe Emma.«

»Lassen Sie's gut sein, Crusius, alter Junge«, mischte Pagel sich ein und warf seinem Leiter einen sorgenvollen Blick zu. Carl stand wie erstarrt vor Oskar, sein Gesicht war weiß vor Zorn.

Oskar hörte nicht auf Pagel, sondern ließ seinen vom Alkohol verhangenen Blick provozierend langsam über Emmas Gestalt schweifen. »Vielleicht hätte ich die Verlobung doch nicht lösen sollen. Die Vorstellung, ein solch ungestümes Weib Nacht für Nacht in den ehelichen Laken zu bezwingen, hat unbestreitbar ihren Reiz, was, Scheerer? Ja, ja, unsere Emma braucht am Tage eine feste Hand, und in der Nacht muss man sie ordentlich …«

Die Teetasse fiel klirrend zu Boden, als Carls Faust Oskar mitten ins Gesicht traf.

Emma war hinaus in die Nacht geflohen und blindlings zur Weide gelaufen. Nun hockte sie, mit angezogenen Knien an den provisorischen Zaun gelehnt, auf dem Boden und starrte auf die reglosen Schatten der Tiere. Die meisten von ihnen schliefen. Princess war zwar erfreut zu ihr getrabt, als sie Emma bemerkt hatte, doch nachdem sie sich ihre Streicheleinheiten abgeholt hatte, ruhte sie inzwischen ebenfalls.

Die kühle, schwarze Luft war erfüllt vom Zirpen unzähliger Insekten. Emma schauderte und schlang die Arme fester um die Knie. Im Busch hatte sie Tag und Nacht geschwitzt – immerhin darüber konnte sie sich hier oben nicht beklagen.

Über Oskar dafür umso mehr. Was war nur in ihn gefahren, dass er sie so hatte erniedrigen müssen? Alkohol hin oder her, seine Äußerungen waren eine gezielte Provokation und Beleidigung gewesen. Wen hatte er damit treffen wollen – sie oder Carl? Wahrscheinlich uns beide, dachte sie trübe und legte den Kopf auf die Knie.

In diesem Moment hörte sie leise mürrische Stimmen. Zwei Männer näherten sich der nächtlichen Weide, und Emma stöhnte innerlich auf, als sie erkannte, um wen es sich handelte: Oskar und Pagel. Sollte sie aufstehen und an ihnen vorbei zu ihrer Hütte gehen? Nein, bloß das nicht!

Alles in Emma sträubte sich dagegen, Oskar jetzt zu begegnen. Als er sich nach Carls Faustschlag schwankend erhoben hatte, die Hand auf die blutende Nase gepresst, hatte er Carl so hasserfüllt angestarrt, dass Emma angst und bange geworden war. Als Carl Emma knapp gebeten hatte zu gehen, bis die Angelegenheit geregelt sei, war sie der Aufforderung nur allzu gerne nachgekommen. Sie hatte den Raum so schnell verlassen, wie es ihr Stolz gerade noch zuließ.

Und das bloß, um Oskar jetzt wieder zu begegnen … in der Dunkelheit.

Ohne Carl.

Nur mit Pagel zwischen ihm und ihr.

Instinktiv beschloss sie, sich ganz ruhig zu verhalten. Die Männer würden sie in ihrer Hütte vermuten. Wenn sie sich nicht regte, würden sie Emma im Dunkeln gar nicht bemerken.

Der Zaun erzitterte, als Oskar sich schwer dagegen warf.

»Lassen Sie den Zaun stehen, alter Junge«, sagte Pagel.

»Ich lehne mich nur an. Mir brummt der Kopf, und verdammt schwindelig ist mir auch.«

»Scheerer hat einen festen Schlag, was?«

»Er hätte mir um ein Haar die Nase gebrochen.« Oskar klang jetzt weinerlich.

»Ganz ehrlich, Crusius: Sie hätten es auch verdient. Welcher Teufel hat Sie da bloß geritten, dermaßen ausfallend zu werden?«

»Ich habe bloß die Wahrheit gesagt. Aber die wird wohl nicht gerne gehört.«

Emma sog scharf die Luft ein. Oskar dachte also tatsächlich so abwertend über sie. Hatte sie eben noch geglaubt, er habe sie nur verletzen wollen, belehrten seine Worte sie nun eines Besseren.

»Na, na, na«, machte Pagel halbherzig. »Das Fräulein ist doch ganz in Ordnung. Obwohl ich verstehe, dass Sie die Verlobung mit ihr gelöst haben. Mir wäre sie auch zu anstrengend.«

Oskar lachte, seine schnapsbedingten Stimmungen wechselten offensichtlich im Minutentakt. »Wie ich schon sagte: Die braucht eine feste Hand. Unser Buschkönig wird mit der nicht fertig, Pagel. Nie und nimmer.«

»Vergessen Sie nicht, dass ich ihm unterstellt bin, mein Freund«, sagte Pagel unbehaglich. »Sollte besser nicht über ihn lästern.«

»Dann übernehme ich Ihren Part gerne auch noch«, ließ Oskar sich vernehmen. Er schlug mit der Faust gegen den Zaun. »Ich habe langsam genug davon, ihm dabei zuzusehen, wie er sich bei meiner ehemaligen Verlobten einschmeichelt. Der kann's doch gar nicht erwarten, sie endlich zu besteigen. Und sie ermutigt ihn auch noch. Hat sie von Anfang an getan, verdammt!«

»Glauben Sie? Na, dann verstehe ich, dass Sie das Fräulein nicht mehr heiraten wollen«, sagte Pagel mitfühlend.

Oskars Stimme wurde wieder weinerlich. »Dabei habe ich sie geliebt! Ich habe sie nach Australien geholt, um immer mit ihr zusammen sein zu können. Ich hätte ihr den Himmel auf Erden bereitet. Und was ist der Dank? Emma schmeißt sich an den erstbesten Mann ran, der ihr über den Weg läuft. Nur weil er Forschungsleiter ist und aus einem guten Stall kommt. Dass mein Herz gebrochen ist, ist ihr vollkommen gleichgültig.«

Vor Empörung blieb Emma die Luft weg. Was redete Oskar denn da?! Erfand eine Liebesgeschichte zwischen ihnen beiden, die es nie gegeben hatte, weder von ihrer noch von seiner Seite aus!

»Mein armer Freund«, sagte Pagel. »Weiber machen doch nichts als Ärger.«

Er schwieg kurz. Dann setzte er unheilschwanger hinzu:

»Sogar wenn's die eigene Schwester ist, ist man nicht davor gefeit. Ja, wenn es um die Schwester geht, ist sogar alles noch schlimmer. Schimpf und Schande, und das völlig unverdient.«

Augenblicklich war Oskar abgelenkt. »Wieso? Erzählen Sie mir die Geschichte, Pagel. Lindern Sie meine Qual. Zerstreuen Sie meinen eigenen Kummer, indem ich den Ihren teilen darf.«

Emma verdrehte in der Dunkelheit die Augen. Jetzt wurde der Lügenbold auch noch pathetisch! Eines war klar: Wenn es einen Mann auf der Welt gab, der keinen Alkohol vertrug, dann war es Oskar.

»Also gut. Als Beweis meiner Freundschaft verrate ich es Ihnen, Crusius.« Pagel senkte die Stimme, und Emma musste sich anstrengen, um ihn weiterhin zu verstehen. »Aber kein Wort zu irgendjemandem!«

Eine Pause entstand.

Emma konnte nur vermuten, dass Oskar mit einem Nicken seine Verschwiegenheit bekundet hatte, denn nun sagte Pagel: »Es geht also um meine Schwester. Sie heißt Antonia. Keckes Ding, immer fröhlich. Nicht begabt in Haushaltsdingen, aber da wir viele Hausangestellte haben, fällt dieser Makel kaum ins Gewicht. Bisschen vorlaut ist sie vielleicht, aber nicht so sehr wie Fräulein Röslin. Alles in allem kann sie, wenn ich das als Bruder so sagen darf, einem Mann schon den Kopf verdrehen.«

»Ist sie hübsch?«, fragte Oskar interessiert.

»Wenn man rotbraune Locken, grüne Augen und üppig schwellende Formen mag, durchaus«, sagte Pagel.

Oskar pfiff durch die Zähne.

Pagel lachte. »Ja, meinen Kommilitonen von der Universität hat sie auch gefallen. Einem von ihnen ganz besonders. Aber da Antonia erst sechzehn Lenze zählte, hieß es warten.«

»Sechzehn ist doch alt genug. Hat er um ihre Hand angehalten?«

»Hat er. Wurde aber von meinem alten Herrn abgewiesen. Wenn er noch zwei Jahre warten könne, dürfe er es noch einmal probieren, hat mein alter Herr ihm gesagt. Sie ist halt sein Augapfel, die Kleine.«

»Aber ihr Verehrer konnte nicht warten«, mutmaßte Oskar.

»Erfasst. Statt sie aus der Ferne anzubeten, was zwar unbefriedigend, aber sicher ist, hat er sich von ihrer Koketterie allzu sehr reizen lassen. Tja, und so ist es gekommen, wie es kommen musste.« Er seufzte. »Allerdings wäre es mir lieber gewesen, wenn nicht gerade ich die beiden in flagranti erwischt hätte.«

»Sie haben Ihre eigene Schwester dabei gesehen, wie sie …«

»Rühren Sie nicht daran, Crusius! Der Anblick hat mich wochenlang verfolgt.« Nach einer kurzen Pause sagte er: »Oder zumindest ein paar Tage lang. Wie dem auch sei: Der Übeltäter musste natürlich bestraft werden. Was sollte ich tun? Ihn dem Zorn meines Vaters ausliefern und damit meine Schwester der Schande preisgeben?«

»Verdient hätten es die beiden«, sagte Oskar mitleidlos.

»Stimmt. Aber bedenken Sie, dass eine solche Schmach sich auf die ganze Familie auswirkt. Am Ende hätte ich selbst – mein Ruf, meine berufliche Zukunft, meine gesellschaftliche Stellung – darunter zu leiden gehabt!«

»Das habe ich nicht bedacht. Armer Freund.«

»Ja, es war eine verflucht schwierige Entscheidung. Wenn ich geschwiegen hätte, was wäre dann passiert? Sie hätten es wieder getan, verlassen Sie sich darauf. Also habe ich meinen Kommilitonen vor die Wahl gestellt: Entweder er hält sich von Antonia fern, bis sie achtzehn ist, und dann heiratet er sie. Oder ich gehe schnurstracks zu meinem Vater, packe aus und besiegele damit das Schicksal des elenden Verführers.«

Langsam meinte Oskar: »Hätte Ihr Vater ihn denn tatsächlich …«

»Ja«, unterbrach Pagel ihn mit schneidendem Stolz. »Mein Vater ist ein Ehrenmann. Er hätte ihn unverzüglich zum Duell gefordert.«

Emma schlug sich die Hand vor den Mund.

»Aber natürlich war dem Lüstling sein Leben lieb, und er ist auf meine Bedingungen eingegangen. Da ich jedoch kurz vor der Abreise nach Australien stand, hatte ich ein Problem: Wie sollte ich von diesem Erdteil aus kontrollieren, ob er sich auf jenem anderen Erdteil an mein Verbot, Antonia zu sehen, halten würde? Es blieb mir also nur eins, wollte ich meine Abreise nicht verschieben.«

»Er musste mitkommen«, folgerte Oskar.

»Exakt.«

»Aber dann …« Oskars Stimme war heiser vor Aufregung, »dann ist der Verführer ja …«

»Hermann Krüger«, beendete Pagel seinen Satz grimmig.

# 26

Oskar erschien nicht zum Frühstück, und nicht nur Emma war froh darüber. Auch Pagel und Krüger schienen nicht erpicht darauf, einer weiteren Auseinandersetzung zwischen Oskar und Carl beizuwohnen, obwohl ein Zusammentreffen natürlich unausweichlich war. Aber jede Verzögerung schien den beiden Forschern willkommen. Beklommen tranken sie ihren Tee, warfen Carl und Emma verstohlene Blicke zu und machten sich, sobald es die Höflichkeit gestattete, davon, um im Regenwald Blüten zu sammeln.

Carl hingegen wollte den Vormittag über Blätter pressen und Herbarbögen anlegen.

Sobald sie alleine am Tisch saßen, fragte Emma ernst: »Wie geht es denn nun weiter, Carl?«

»Gute Frage. Ehrlich gesagt, ich weiß es nicht.« Er runzelte die Stirn. »Nachdem du gestern aus dem Zimmer geflüchtet bist, hat Crusius mir vorgeworfen, dass ich auf ihn herabsehen würde. Ich hätte mich nur getraut, ihn zu schlagen, weil er aus kleinen Verhältnissen stamme. So ein Schwachsinn!«

»Er möchte die Verantwortung für den Streit eben gerne auf dich schieben. Oskar hat erstaunlich wenig Schuldbewusstsein.«

Die Erinnerung an das, was er über sie gesagt hatte, weckte erneut Scham und Wut in Emma. »Ach, am liebsten würde ich ihn nie mehr wiedersehen! Wie soll ich ihm in die Augen schauen, wo ich jetzt weiß, welch scheußliche Dinge er über mich denkt?«

Carl umfasste ihren Nacken sanft mit seiner Hand. »Nicht du bist es, die sich schämen muss. Er ist es, der es nicht mehr wagen sollte, dir in die Augen zu sehen.«

»Aber alle haben es gehört! Krüger und Pagel und … du. Gott, es ist so demütigend!«

Er zog sie zu sich heran, und sie verbarg das Gesicht an seinem Hals.

Zärtlich sagte er: »Lass dich nicht unterkriegen, Emma. Nicht von einem Mann, der so offensichtlich mit seiner Herkunft hadert. Der voller Komplexe steckt und jeden hasst, der besser mit sich selbst zurechtkommt.«

Obwohl sie sich immer noch schämte, musste Emma lachen. »So wie du über ihn sprichst, könnte man fast Mitleid mit ihm bekommen.«

»Aber nur fast. Ich werde ihn trotzdem zwingen, sich in aller Form bei dir zu entschuldigen.«

Emma löste sich von Carl. »Das wird er niemals tun!«

»Oh doch.« Carl sah sehr grimmig aus. »Denn wenn er es nicht tut, ist das heute sein letzter Tag bei uns. Dann werde ich eine Botschaft an die Kolonialregierung schicken, dass Oskar Crusius untragbar für uns geworden ist und ich nicht bereit bin, ihn weiter in meiner Gruppe zu dulden.«

»Ich arbeite doch für ihn«, sagte Emma leise.

»Leider. Du solltest dir überlegen, ob du diese Arbeit nicht ganz niederlegen willst, Emma.«

»Und wovon lebe ich dann, bis mein Antrag bewilligt wird? *Wenn* er bewilligt wird.«

»Ich lasse dich schon nicht verhungern. Mein Lohn reicht für uns beide, weißt du?« Als er ihre ablehnende Miene sah, seufzte er. »Ach, Emma, warum bist du nur so verdammt stolz? Du bist eine Frau, es ist normal, dass du kein eigenes Geld verdienst!«

»Für mich nicht mehr«, sagte sie bestimmt. »Deshalb werde ich noch so lange für Oskar arbeiten müssen, bis die Kolonialregierung mich als Forscherin anstellt.«

»Du möchtest lieber von Oskar abhängig sein als von mir?!«

»Ja. So komisch das klingt: Wenn Oskar mich maßregelt und herumkommandiert, dann ärgert mich das bloß. Er ist mir egal! Aber du ...« Emma rang um die richtigen Worte, »Carl, du bist der erste Mann, der es mir wirklich erlaubt, ihm auf Augenhöhe zu begegnen. Ich will, dass das so bleibt. Ich werde den Teufel tun, diesen Zustand durch ein selbst gewähltes Abhängigkeitsverhältnis zu gefährden.«

»Du erwartest nicht, dass ich das verstehe, oder?« Carl seufzte. »Aber gut. Du bist erwachsen. Du entscheidest, was richtig für dich ist.«

Sie lächelte. »Danke, Carl.«

»Geht's dir denn nun besser?«, wollte er wissen.

»Ja. Deshalb werde ich jetzt zeichnen. Oskar soll sehen, dass er mich nicht unterkriegt.«

Zärtlich betrachtete er sie. »Was bist du nur für eine ungewöhnliche Frau!«

»Ich hoffe, das war ein Kompliment?«, fragte sie.

Er lächelte nur. Doch der Blick, den er ihr zuwarf, war Antwort genug.

Emma legte den Bleistift nieder und lehnte sich auf ihrem harten Holzstuhl zurück. Es war später Vormittag, und sie musste sich eingestehen: Was sie heute gezeichnet hatte, war samt und sonders schlecht geworden. Seelenlose Abbildungen, zu Papier gebracht mit zitternder Hand und Wut im Herzen.

Kein Wunder, dachte sie. Wie sollte sie für einen Mann arbeiten, der sich vorstellte, sie »in den ehelichen Laken zu bezwingen«? Sie würde ihm nie wieder eine Zeichnung zeigen können, nie wieder mit ihm sprechen, ohne dass ihr sofort dieses Bild in den Kopf kommen würde.

Sie beschloss missmutig, die Arbeit für heute ruhen zu lassen und Carl zu fragen, ob sie schon jetzt zu den Eingeborenen gehen wollten. Vielleicht würde sie morgen wieder besser zeichnen, wenn die Schmach durch Oskars Beleidigungen nicht mehr gar so gegenwärtig wäre. Dann würde sie die liegen gelassene Arbeit aufholen.

Langsam ging sie zu Carls Arbeitszimmer. Wahrscheinlich hatte er noch gar keine Zeit für sie. Ob sie dann alleine gehen sollte? Vor dem Regenwald hatte sie keine Angst, vor den Eingeborenen sowieso nicht. Aber Oskar über den Weg zu laufen – ja, sie musste zugeben, diese Vorstellung fürchtete sie.

Wenn ihr Antrag nur bald bewilligt würde! Dann wäre sie nicht mehr gezwungen, Oskar zu ertragen.

Sie klopfte und hörte Carl unwirsch »Herein« rufen. Sicher vermutete er in dem frühen Besucher Oskar, da Pagel und Krüger ja im Regenwald waren. Sein Blick war dementsprechend finster, als sie eintrat.

»Emma!« Carls Stirn glättete sich. »Was machst du denn schon hier?«

»Ich bin heute nicht in Form. Ich möchte morgen mehr zeichnen und dafür heute länger zu den Schwarzen. Kommst du mit?«

Er stand sofort auf. »Gerne. Mir ist heute Vormittag einiges durch den Kopf gegangen, als ich dieses Kraut hier«, er deutete auf eine grellgrüne Pflanze, »zerschnitten habe. Ich glaube, es ist giftig, und ich habe auch schon eine Vermutung, wie es genau wirken könnte. Ich möchte Birwain fragen, ob er mir mehr dazu sagen kann.« Carl legte den Kopf schief und grinste. »Oder fragst du Purlimil danach? Ich muss doch sehen, ob du überhaupt als Forscherin taugst.«

»Da haben wir es!«, rief sie in gespielter Empörung. »Schon kommt der erste Test!«

Er schüttelte den Kopf und betrachtete sie liebevoll.

»Nein. In Wahrheit bin ich ganz sicher, dass du eine gute Forscherin wirst. Was du noch nicht beherrschst oder weißt, das kannst du ja von mir lernen.«

Ihr Herz machte einen Hüpfer. »Wirklich? Würdest du … mein Lehrer sein?«

»Mit dem größten Vergnügen.« Er grinste wieder. »Aber nur wenn du mir versprichst, dass du nicht jedes meiner Worte anzweifelst.«

»Ich dachte, Zweifel seien in der Wissenschaft erlaubt, ja sogar vonnöten!«

Carl lachte. »Ich sehe schon, du wirst es weiter bringen als ich!«

»Ach was.«

Errötend wehrte sie ab, doch insgeheim freute sie sich sehr, vor allem über sein Angebot, sie an seinem Wissen teilhaben zu lassen. War es doch ihre Sorge gewesen, dass sie sich als nicht studierte Frau niemals mit männlichen Wissenschaftlern würde messen können. Mit einem renommierten Forscher als Lehrmeister an ihrer Seite aber war ihre Chance, die Kolonialregierung nicht zu enttäuschen, wesentlich größer.

Die Erleichterung hob ihre Stimmung beträchtlich, und als Carl nach dem grellgrünen Kraut griff und sich die Botanisiertrommel umhängte, fühlte sie warme Vorfreude in sich aufsteigen. Dort im Regenwald gab es nur Carl, Emma und die Eingeborenen. Es gab Wissensdurst, Entdeckerfreude und langsam sich anbahnende Freundschaften. Oskar mitsamt seiner Missgunst und seinem Hass konnte ihr dorthin nicht folgen. Auch an Pagel und Krüger dachte sie nicht, wenn sie bei den Eingeborenen war.

Krüger …

Als sie das Haus verließen und den Platz überquerten, fragte sie sich, ob sie Carl die Geschichte erzählen sollte, die der Grund für Krügers Reise nach Australien gewesen war. Aber sie entschied sich beinahe augenblicklich dagegen. Sie hatte gelauscht, wenn auch nicht freiwillig; es stand ihr nicht zu, in Krügers Vergangenheit zu wühlen, wenn sie nicht einmal mit ihrer eigenen fertigwurde.

Dennoch konnte sie nicht verhindern, dass sie sich ihre Gedanken über ihn machte. Ob er stark litt? Immerhin hatte er die junge Frau, die er liebte, für zwei ganze Jahre in Deutschland zurücklassen müssen. Er konnte nicht wissen, ob sie wirklich auf ihn warten würde. Vielleicht sehnte er sich hier nach ihr, zählte die Tage bis zu ihrem Wiedersehen, und dann war sie längst mit einem anderen verlobt. Wäre das dann die Strafe für seine Schuld?

Aber hatte er sich überhaupt schuldig gemacht, indem er seiner Leidenschaft nachgegeben hatte? In Pagels Augen ganz sicher. Wenn es aber Liebe gewesen war … War sein Verhalten dann nicht verzeihlich?

Oder, ging es Emma durch den Kopf, versuche ich nur gerade, mich selbst zu rechtfertigen, mein Nachgeben, meine körperliche Hingabe?

Immerhin hatte sie ihre Gefühle für Ludwig auch für Liebe gehalten …

»Ich hoffe, du träumst von mir«, unterbrach Carls Stimme ihre Grübeleien.

Rasch drängte Emma die Gedanken an Krüger und Antonia, Schuld und Strafe zurück und fragte: »Wieso träumen? Ich bin sehr aufmerksam.«

»Dann kannst du mir ja endlich antworten.«

»Worauf denn?«

»So viel zum Thema Aufmerksamkeit.« Er lachte. »Ich wollte wissen, ob du Purlimil über Gifte und Gegengifte befragen könntest. Mir ist schon bei früheren Forschungen aufgefallen, dass wesentlich mehr Weiße an Schlangen- und Insektenbissen sterben als Schwarze. Da ich nicht glaube, dass die Schwarzen immun gegen die Gifte sind, müssen sie wohl schlicht und ergreifend über bessere Gegenmittel verfügen.«

Emma nickte. »Man könnte viele Leben retten, wenn man diese Mittel kennen würde.«

»Deshalb wären sie hochinteressant für die Kolonialregierung.« Er zwinkerte ihr zu. »Wenn wir den Herren bald schon entsprechende Erkenntnisse vorlegen könnten, würden sie bestimmt einsehen, dass du unbedingt für sie arbeiten musst.«

Sie lächelte. »Wir retten Menschen und zugleich meine Zukunft. Wie überaus praktisch!«

Statt eine launige Antwort zu geben, schwieg Carl.

Und schwieg.

Und schwieg.

Gerade als sie sich zu fragen begann, ob sie etwas Falsches gesagt hatte – etwas Dummes oder etwas Verletzendes –, wandte er sich ihr zu.

»Können wir das denn?«, fragte er rau.

Verwirrt sah sie ihn an. »Wovon redest du?«

Jegliche Heiterkeit war aus seinem Blick verschwunden.

»Ich würde nichts lieber tun, als deine Zukunft zu retten, Emma. Aber wie kann ich das, wenn die Vergangenheit immer noch dein ganzes Herz beansprucht?«

Sie schluckte, und jetzt war sie es, der die Worte fehlten. Schließlich sagte sie leise: »Mein Herz ist frei. Nur mein Gewissen – das kann erst ruhig werden, wenn ich meine Schuld kenne.«

»Du erinnerst dich doch an gar nichts. Ich weiß nicht, ob

es richtig ist, sich in dieser Sache gänzlich auf irgendwelche Baumgeister zu verlassen.« Er schüttelte den Kopf. »Warum bist du dir überhaupt so sicher, dass du dich schuldig gemacht hast?«

»Ich bin mir nicht sicher«, sagte sie, und plötzlich hätte sie am liebsten geweint. »Aber ich habe so entsetzliche Angst davor!«

Carl griff nach ihrer Hand. Eindringlich sagte er: »Jeder von uns, Emma, hat sein ganz persönliches Gespenst. Aber das heißt noch lange nicht, dass es dieses Gespenst wirklich gibt!«

»Das sagt sich leicht, wenn man sich vor nichts fürchtet«, entgegnete sie bitter.

»Oh, ich fürchte mich durchaus.«

»Du?« Ungläubig sah sie ihn an. »Wovor denn?«

Verlegen strich er sich durch die Haare. »Auch wenn ich das niemals jemandem sagen wollte: Ich fürchte mich davor, dass ich wieder belogen werde. Die Sache mit Elizabeth …« Er zögerte. »Weißt du, ich möchte um jeden Preis verhindern, dass aus einer neuen Lüge ein neues Unglück entsteht. Es reicht mir, dass ich *ein* Unglück nicht voraussehen konnte. Und nicht verhindern. Wenn mir das ein zweites Mal passieren würde …« Er brach ab und zwang sich zu lächeln. »Aber was belaste ich dich damit, Emma. Du hast genug mit dir selbst zu tun, hm?«

Sie drückte seine Hand. »Ist schon gut«, sagte sie.

In ihrem Kopf aber stand in großen Lettern nur dieses eine Wort: LÜGE.

Sie hatte Carl belogen, wochenlang, wenn auch aus einer Notlage heraus. Aber ob er das verstehen würde – und ihr verzeihen?

In diesem Moment zweifelte sie daran mehr denn je.

»Das nicht giftig«, sagte Purlimil und nahm Emma das grellgrüne Kraut aus der Hand, das Carl ihr gegeben hatte, kurz bevor sie das Eingeborenenlager erreicht hatten. »Du kannst sogar essen!«

Zum Beweis steckte Purlimil sich das Kraut in den Mund und kaute einige Sekunden lang darauf herum. Dann spuckte sie es wieder aus und verzog das Gesicht. »Schmeckt aber nicht gut.«

Emma lachte. »Du brauchst nicht jede Pflanze, nach deren Giftigkeit ich dich frage, vor meinen Augen zu essen. Wenn du mir sagst, dass sie ungiftig ist, dann glaube ich dir das!«

»Gut.« Purlimil wirkte erleichtert. »Dann du darfst viel fragen.«

Sie grinsten sich an. Eine Weile sagten sie beide nichts und genossen nur das Gefühl der Vertrautheit, das mit jedem ihrer Treffen wuchs. Sie saßen am Bach auf großen, moosbewachsenen Steinen, an der einzigen Stelle, an der die Sonne einen Weg gefunden hatte, ihre Strahlen bis zur Erde zu schicken. Im Halbdunkel des Regenwaldes kam Emma dieser Platz wie eine Insel aus Sonne vor. Sie hatte Stiefel und Strümpfe ausgezogen und plätscherte mit den Füßen im Wasser.

Purlimil saß im Schneidersitz neben ihr. Emma hätte somit freien Blick auf Purlimils Geschlecht gehabt, wenn sie es denn gewagt hätte hinzusehen. Doch die Eingeborene wirkte weder befangen noch so, als wolle sie Emma provozieren. Sie schien schlichtweg keinen Gedanken daran zu verschwenden, wie sie da saß und welche Einblicke sie bot. Vielleicht konnte Emma aufgrund dieser unschuldigen Unbekümmertheit inzwischen nichts Verwerfliches mehr an der Nacktheit der Eingeborenen finden, obwohl ihr weiterhin bewusst war, wie eine junge deutsche Dame eigentlich auf diesen Anblick reagieren musste.

Sophie würde es richtig machen, dachte sie mit leichtem Spott, sie würde einen langen, interessierten Blick riskieren und dann in Ohnmacht fallen.

Aus einem Impuls heraus sagte Emma: »Du bist ganz anders als meine Freundin zu Hause. Aber weißt du was? Das gefällt mir!«

»Wo ist zu Hause?«, wollte Purlimil wissen.

»In Deutschland. Sehr weit weg.«

»Ist es kalt dort?«

»Wenn man es mit hier vergleicht, ja.«

»Dann hat deine Freundin immer Mantel an«, schlussfolgerte Purlimil.

Emma lachte. »Na ja, so kalt ist es auch nicht.«

»Will Freundin auch alles wissen, wie du?«

»Nein. Sie will einen Mann. Das heißt, sie wollte einen Mann. Dann war sie verlobt, und inzwischen muss sie schon verheiratet sein.«

Verständnislos sah Purlimil sie an. »Wenn sie Mann will, darf sie nichts mehr wissen? Entweder wissen oder Mann?«

»Nein. Doch. So einfach ist das nicht.« Emma seufzte. »Bei uns möchten die Männer, dass die Frauen im Hintergrund bleiben und sich bescheiden. Wer zu viel fragen und lernen will, gilt als …«

Hm, was hieß »Blaustrumpf« auf Englisch?

Doch Purlimil schien Emma auch ohne das letzte Wort zu verstehen.

»Dann du froh, dass du hier bist«, sagte sie bestimmt. »Und dass dein Mann nicht wie Männer in Deutschland. Australien gut für euch.« Sie nickte heftig.

Emma lächelte verlegen. »Carl ist gar nicht mein Mann, Purlimil.«

Vielleicht würde er es auch nie werden, wenn er erst von ihrer Lüge erfuhr … Rasch lenkte sie ihre Gedanken auf ein erfreulicheres Thema.

»Ich wollte dich etwas ganz anderes fragen«, sagte sie zu Purlimil. »Kannst du mir etwas über Gifte und Gegengifte erzählen? Du weißt schon: Man wird von einer Schlange gebissen, und dann kaut man auf einer Pflanze herum, und das Gift kann einen nicht mehr töten. Oder so ähnlich.«

Sehr wissenschaftlich hatte sie ihre Frage nicht formuliert, aber sie konnte sich ja auch nicht genau vorstellen, wie die Eingeborenen ihre Gegengifte benutzten, sofern sie überhaupt welche besaßen. Aß man ein Gegengift, trank man es, oder schmierte man es sich auf die Haut? Wie machten das eigentlich die Weißen?

Wäre ich ein Mann und hätte Medizin studiert wie Carl, würde ich jetzt nicht so herumstümpern!, dachte sie frustriert. Sie würde noch sehr, sehr viel lernen müssen.

Purlimil erhob sich und sagte: »Das ganz einfach. Ich dir zeigen.«

Freudig überrascht stand Emma auf, hüpfte von ihrem Stein herunter und folgte Purlimil zu einer niedrigen Palme. Vielleicht war es ja doch nicht so schwer, zu Ergebnissen zu kommen, die für die Wissenschaft brauchbar waren!

Purlimil hockte sich hin und suchte den Boden unter der Palme konzentriert mit den Augen ab. Ab und zu strich sie mit der Hand ein wenig Erde zur Seite. Endlich schien sie gefunden zu haben, was sie suchte.

»Ich wusste!«, rief sie triumphierend. »Ameisen immer hier!«

Sie hielt Emma ihre Hand vor die Nase. Zwischen Daumen und Zeigefinger zappelte die größte Ameise, die Emma je gesehen hatte. Unwillkürlich zuckte sie zurück.

»Gib mir Arm. Aber ohne Stoff«, verlangte Purlimil.

Zögernd streifte Emma ihren rechten Ärmel hoch. Sie schluckte, als Purlimil die Riesenameise auf ihre Haut setzte.

»Jetzt wir müssen ärgern«, sagte Purlimil bedauernd.

Sie ließ das Insekt los, aber nur, um es einen Wimpernschlag später wieder mit den Fingern zu schnappen. Dieses Spiel wiederholte sie einige Male, so lange, bis Emma einen jähen Schmerz fühlte und aufschrie.

»Gut«, sagte Purlimil. »Jetzt sie dich gebissen.«

Fast zärtlich setzte sie die Ameise auf den Boden und sah ihr nach, wie sie sich eilig in Sicherheit brachte.

Währenddessen rieb Emma sich die Bissstelle, die bereits anschwoll und sich rötete. Dass eine Ameise so heftig beißen konnte! Oder war es gar nicht der Biss selbst, der so schmerzte?

War das Insekt etwa *giftig*?!

Emma wurde es heiß und kalt vor Schreck. Offensichtlich benutzte Purlimil sie als Anschauungsobjekt für die Wirkweise von Gegengiften. Aber wenn das nun alles Aberglaube war und die Mittel der Eingeborenen das eine Mal funktionierten, das andere Mal aber nicht?

Plötzlich überkam Emma eine große Schwäche, und sie hätte sich am liebsten hingesetzt. Doch sie vermutete weitere giftige Ameisen auf dem Boden, und so kämpfte sie darum stehen zu bleiben.

Warum hatte sie nur nach Giften fragen müssen? Warum hatte sie ihren Arm entblößt? Warum stand sie überhaupt in diesem Regenwald, inmitten einer gefährlichen, unberechenbaren Natur, die ihr nun zum Verhängnis geworden war …

Tränen stiegen Emma in die Augen.

»Was hast du?« Purlimil blickte sie erstaunt an. »Alles gut! Du keine Angst! Komm mit.«

Mit zitternden Knien ging Emma mit der Eingeborenen zurück an den Bach. Bei einem Farn mit mächtigen, meterhohen

Wedeln blieben sie stehen. Purlimil rupfte ein Stück von der Pflanze ab und rieb damit über die pochende Stelle auf Emmas Arm. Offensichtlich enthielt der Farnwedel irgendeinen Saft, denn Emma fühlte sich augenblicklich, als habe ihr Arm Feuer gefangen. Sie stöhnte gequält.

Doch dann ebbte der Schmerz ab. Die Schwellung ging so rasch zurück, dass Emma ihren Augen nicht trauen mochte. Das Pochen in ihrem Arm wurde schwächer und hörte schließlich ganz auf, und kurze Zeit später war von der Bissstelle nichts mehr zu sehen als eine leichte Rötung.

»Morgen ganz weg«, sagte Purlimil zufrieden.

Als ihr Blick auf Emmas riesige Augen und den offenen Mund fiel, lachte sie hell auf. »Ihr Weißen so viel Angst! Medizin ist doch hier, überall. Die Ahnen haben uns gegeben.«

»Ach, wirklich?«, fragte Emma schwach. Etwas Intelligenteres fiel ihr nicht ein. Sie war einfach nur froh, dem Tode entronnen zu sein.

»Wirklich«, sagte Purlimil nachsichtig. »Und, hast du noch Frage?«

Eilig schüttelte Emma den Kopf. Für heute, fand sie, hatte sie der Wissenschaft intensiv genug gedient.

Wider Erwarten hatte sie den Schock, den Purlimils anschauliche Darstellung des Prinzips Gift und Gegengift ihr versetzt hatte, bald überwunden. Als sie am Abend mit Carl durch die blaugrüne Dämmerung zum Lager zurückkehrte, fühlte sie sich sogar ein wenig stolz. Carl hatte ihr einen Auftrag erteilt, und sie hatte es geschafft, ihn noch am selben Tag auszuführen.

Nun konnte sie Carl ihre Ergebnisse präsentieren, und er würde sehen, dass sie als Forscherin etwas taugte!

Ihr Hochgefühl erhielt einen Dämpfer, als sie beim Abendessen Oskar wiedersah. Sie brachte es kaum fertig, ihm einen guten Abend zu wünschen, und in die Augen schauen konnte sie ihm schon gar nicht: Stets musste sie an die »ehelichen Laken« denken. Widerlich.

Carl ignorierte ihn beharrlich. Da Emma es ihm nicht gestattet hatte, Oskar eine Entschuldigung abzufordern, sprach er nun eben überhaupt nicht mehr mit ihm. Die eisige Stimmung am Tisch erreichte ihren Tiefpunkt, als Carl seinen Forschern von den Eingeborenen erzählte und betonte, wie viel er bereits von ihnen über die Pflanzen des Regenwaldes gelernt hatte.

»Sie sollten einmal mitkommen«, sagte er zu Krüger und Pagel.

»Besten Dank, aber nein. Bin misstrauisch den Kerlen gegenüber, kann nichts dagegen machen«, lehnte Pagel ab. »Gegen die Weiber hätt ich nichts einzuwenden, aber die Männer … nein.«

Oskar grinste. »Ja, so eine fette schwarze *Gin* käme mir auch recht. Vielleicht sollten wir doch mal mit zum Lager gehen. Ein weißes Weib kriegt man hier ja nicht.«

Emma erstarrte. Fing Oskar etwa schon wieder mit seinen Provokationen an? Wollte er sich von nun an jeden Abend mit Carl schlagen? Das waren ja schöne Aussichten.

»Sie, Crusius, hatte ich nicht gefragt«, sagte Carl. »Wenn Sie Wert darauf legen, weiter bei uns zu bleiben, rate ich Ihnen dringend, Ihr Mundwerk endlich im Zaum zu halten. Sonst muss ich Sie leider bitten, uns zu verlassen.« Der Blick, den er Oskar zuwarf, war kalt wie blaues Eis. »Zur Not auch sofort. Ich bin sicher, die Regierung wird meine Gründe nachvollziehen können.«

Oskars Grinsen wich einer hasserfüllten Grimasse, als ihm aufging, dass Carl als Forschungsleiter am längeren Hebel saß. Zwischen zusammengepressten Zähnen quetschte er hervor: »Verstanden.«

Dann sagte er für den Rest des Abendessens überhaupt nichts mehr.

Auch Emma hielt sich mit Beiträgen zur allgemeinen Unterhaltung zurück. Solange Oskar mit am Tisch saß, fühlte sie sich beklommen und gehemmt, und sie fragte sich bang, ob sich dieser Zustand in der nächsten Zeit wohl wieder ändern würde. Immerhin war sie nun fester denn je entschlossen, die Arbeit für Oskar in derselben Minute niederzulegen, in der sie eine positive Nachricht von der Kolonialregierung bekommen würde. Bis dahin konnte sie nur hoffen, dass Oskar sich freiwillig von ihr fernhielt.

Sie musste sich eingestehen, dass sie sich, seit sie am Vorabend einen Einblick in seine Fantasien bekommen hatte, in seiner Anwesenheit äußerst unwohl fühlte. Beim bloßen Gedanken daran, mit Oskar allein im Zeichenzimmer zu sein, lief es Emma kalt über den Rücken.

# 27

War es die durch Oskar ausgelöste Furcht, war es der Einfluss der Baumgeister, waren es Reste des Ameisengiftes? Emma konnte den Grund für ihre Qual nicht benennen. Sie spürte nur, dass die Erinnerung sie zu überwältigen drohte.

Unruhig wälzte sie sich in der nächtlichen Hütte auf ihrem Feldbett hin und her und versuchte mit aller Macht, in der Gegenwart zu bleiben. So sehr es sie danach drängte, ihre Erinnerung wiederzuerlangen, so wenig wollte sie, dass es ausgerechnet in dieser Nacht geschah. Morgen, ja. Aber nicht jetzt!

Sie brauchte äußere Stabilität, um sich dem inneren Chaos stellen zu können; eine gewisse Seelenruhe, um nicht im Aufruhr ihrer Gefühle unterzugehen. Nun, da sie spürte, dass die letzte Erkenntnis unmittelbar bevorstand, hatte sie plötzlich das Gefühl, noch gar nicht bereit dafür zu sein. Erst wollte sie ihre Angst vor Oskar in den Griff bekommen, sich als Forscherin etablieren, mehr über die Marmbeja erfahren, die ihr helfen wollten … Ihr fielen tausend Gründe ein, warum es noch zu früh war.

Doch ihre Seele nahm keine Rücksicht auf derlei Überlegungen. Unerbittlich stürmten Erinnerungsfragmente auf Emma ein, konfrontierten sie mit einem Ich, das sie längst nicht mehr war, und zogen den Vorhang vor den schwarzen Tagen zurück – ob sie es wollte oder nicht.

*»Wiedergutmachen?« Emma starrt Ludwig an. »Ich muss nichts wiedergutmachen! Ich weiß, dass ich recht habe, dass es sie gibt*

*und … dass du mich verlassen wirst. Gib mich einfach frei, wenn du mich sowieso nicht mehr liebst, Ludwig. Ich kann nicht mehr. Und ich will nicht mehr.«*

*Die letzten Worte flüstert sie nur noch.*

*Unerbittlich macht er sich an seiner Hose zu schaffen.*

*»Was du dir immer einredest! Komm, verschaff mir ein nettes Viertelstündchen, und dann vergisst du den ganzen Unsinn.«*

*Sie merkt, dass er sie nicht versteht, und plötzlich weiß sie, dass er sie noch nie verstanden hat. Nicht, was sie von ihm wollte, und nicht, dass sie unendlich unter dem gelitten hat, was er von ihr wollte.*

*Ihr wird schlecht. Sehr schlecht.*

*Sie presst sich die Hand vor den Mund, ihr bricht der kalte Schweiß aus, und sie weiß, wenn Ludwig sie nicht augenblicklich gehen lässt, wird sie sich hier vor ihm übergeben.*

*»Was ist denn jetzt schon wieder los?«, fragt er stirnrunzelnd.*

*Sie antwortet nicht, rennt nur an ihm vorbei und erbricht sich auf den Fußboden, noch bevor sie die Tür erreicht hat.*

*»Mein Gott, Emma!« Angewidert starrt Ludwig sie an. »Warum sagst du die Klavierstunde nicht ab, wenn es dir so schlecht geht?«*

*»Mir geht es in den letzten Wochen immer schlecht«, sagt sie mit Tränen in den Augen. »Es hört gar nicht mehr auf. Und ich bin auch so schwach. Ich fühle mich so komisch, Ludwig!«*

*Seine Augen verengen sich. »Dir ist ständig übel?«*

*Sie nickt unglücklich.*

*»Schmerzen deine Brüste?«*

*Sie schluckt. »Wie bitte?«*

*»Du hast mich sehr gut verstanden«, bellt er. »Also?«*

*Sie nickt wieder.*

*Er fährt sich mit zitternder Hand durch die goldblonden Haare, plötzlich sieht er so bleich aus, wie sie selbst sich fühlt.*

*»Wann hast du das letzte Mal geblutet? Sag schon, Emma!«*

*Auch wenn sie nicht versteht, warum er das fragt, rechnet sie nach.*

*»Vor acht Wochen.«*

*Sie starren einander an, und Emma weigert sich zu verstehen, was sie tief in ihrem Herzen längst weiß.*

*»Du bist schwanger, verdammt!«, sagt Ludwig heiser.*

Mit einer gewaltigen Kraftanstrengung riss sie sich zurück in die australische Nacht. Ihr Herz hämmerte in der Brust, sie war schweißüberströmt.

Schwanger, dachte sie bestürzt, ich war schwanger, ich hätte ein Kind bekommen sollen. Wo ist es? Wo ist das Baby? Was ist mit mir passiert?

Tränen schossen ihr in die Augen. Unfähig, sich zu beruhigen und klar zu denken, vergrub Emma schluchzend das Gesicht in den Armen.

Sie weinte eine lange Zeit, und auch als keine Tränen mehr kamen, fand sie keinen Schlaf. Unaufhörlich dachte sie an das Kind, das sie hätte bekommen sollen. Ihr Baby. Wie hatte Ludwig es bloß geschafft, dass sie es verloren hatte? Was hatte er ihr angetan? Oder hatte Emma etwa selbst … nein. Nein! Nie hätte sie ein Baby umgebracht, ihr eigenes Kind!

Es war auch Ludwigs Kind, flüsterte eine unerbittliche Stimme in ihr, hättest du ein Kind von diesem Mann wirklich gewollt? Das Balg hätte deinen Untergang bedeutet …

Sie zwang sich, diese grausamen Gedanken zu stoppen. Nicht denken! Nur nicht mehr denken! Blicklos starrte sie in die Dunkelheit. Wenn sie sich darauf konzentrierte, nicht zu denken, dann konnte sie auch nicht zu dem Schluss kommen, dass sie das Baby vielleicht selbst … Oh Himmel, hilf!

Trotz ihrer verzweifelten Bemühungen drehte sich die Spirale in ihrem Kopf weiter. Einer der Toten war ihr ungeborenes Kind gewesen. Aber es hatte zwei Tote gegeben. Wen hatte Emma noch umgebracht? Denn dass sie auch für den zweiten Toten verantwortlich war, erschien ihr nur folgerichtig. Wer einmal tötete, konnte es auch zweimal tun.

Die bloße Möglichkeit ihrer Schuld überwältigte Emma, und plötzlich spürte sie nichts mehr als nackte Angst. Die Angst erfüllte die Dunkelheit, stürmte von den Wänden auf sie ein und schien sie gleichzeitig von innen her zu zerfressen. Wispernde Geräusche drangen an ihr Ohr. War es das Zirpen und Summen der Insekten, oder waren es böse Geister, die sich an Emmas Entsetzen weideten? Sie wusste es nicht. Sie wusste gar nichts mehr.

Nur dieses Eine: Mit der Einsicht, eine Doppelmörderin zu sein, würde sie nicht weiterleben können.

Als sie sich zum Frühstück schleppte, lagen unter ihren Augen graue Schatten. Erst gegen Morgen hatte sie in einen kurzen, erschöpften Schlaf gefunden, den der »lachende Hans« jedoch bald wieder beendet hatte.

Nun fühlte sie sich zittrig und leer. Immerhin aber war sie in den langen Stunden, die der Panikattacke gefolgt waren, zu dem Schluss gekommen, dass sie nicht zwangsweise eine Mörderin war. Es war möglich – aber es war nicht sicher! Das letzte entscheidende Stück ihrer Erinnerung fehlte, und vielleicht würde dieses ihr doch noch enthüllen, dass sie unschuldig war. Sie klammerte sich an die Hoffnung, dass es so war. Wie sollte sie sonst weitermachen? Wie aufstehen, wie zum Frühstück gehen, wie die anderen Forscher begrüßen?

Wie Carl in die Augen schauen, der so fest an sie glaubte?

Im hellen Morgenlicht schämte sich Emma für ihre nächtliche Weigerung, die Erinnerung bis zum Schluss durchzustehen. Wenn das nun ihre einzige Chance gewesen war? Sie hatte seit Monaten darauf hingearbeitet! Wie hatte sie kurz vor dem Ziel nur so feige sein können?

Ihr Ärger verdrängte die Reste der Angst, und als sie das Haupthaus betrat, schwor sie sich, beim nächsten Mal der Wahrheit ins Auge zu sehen, egal was dabei herauskam. Sie dachte an das ungeborene Leben, das sie verloren hatte, und unwillkürlich legte sie die Hände auf ihren Bauch.

Da ist es drin gewesen, und ich habe einfach vergessen, dass es je existiert hat, ich, seine Mutter, dachte sie. Seltsamerweise schmerzte Emma dies am meisten.

Carl sah sofort, dass etwas nicht in Ordnung war. Beunruhigt sprang er auf und lief auf sie zu, doch sie wehrte mit einem leichten Kopfschütteln ab. Wenn es gar nicht stimmte, dass sie eine Mörderin war, dann hatte sie Trost auch nicht nötig. Wenn es doch stimmte … dann hatte sie Carls Trost nicht verdient.

Carl akzeptierte ihre Reserviertheit, ohne mit der Wimper zu zucken. Doch im Laufe des Frühstücks ertappte sie ihn mehrmals dabei, wie er ihr besorgte Blicke zuwarf. Ganz im Gegensatz zu Oskar, dessen Blicke mal wieder eindeutig lüstern waren.

Je mehr ich ihn verabscheue, desto mehr scheint er mich zu begehren, dachte Emma müde.

Sie spürte Oskar gegenüber nun keinerlei Beklommenheit mehr, sondern nur noch gleichgültige Verachtung. Was konnte er ihr schon anhaben? Die wahre Gefahr, das wusste Emma nach dieser Nacht besser denn je, lag in ihr selbst.

Nach dem Frühstück kam Oskar zu ihr ins Zeichenzimmer. Er verhielt sich, als sei zwischen ihnen niemals etwas vorgefallen, und erklärte ihr sachlich, dass Godeffroy Wert darauf lege, nicht nur pflanzliches, sondern auch tierisches Material geliefert zu bekommen. Da er diesen Bereich bisher eher vernachlässigt habe, wolle er sich von nun an ausschließlich der australischen Tierwelt widmen.

Emma hörte ihm zu, so gut sie konnte. Seit sie sich an ihre Schwangerschaft erinnert hatte, war ein Teil von ihr ständig – in jeder Stunde, jeder Minute, jeder Sekunde – damit beschäftigt. So musste sie ihre Gedanken auch jetzt beharrlich in die Gegenwart zwingen, wenn sie merkte, dass sie schon wieder ein, zwei Sätze verpasst hatte, weil sie nur über das letzte fehlende Stück ihrer Erinnerung gegrübelt hatte.

»… und deshalb wirst du heute diese fliegenden Hunde zeichnen«, sagte Oskar gerade. Er hielt ihr eine Flasche mit Spiritus hin, die drei fledermausartige Wesen enthielt. »Prächtige Exemplare, wenn sie auch etwas verschreckt schauen. Der Tod scheint ihnen nicht geschmeckt zu haben.« Er lachte.

Emma griff mechanisch nach der Flasche mit den toten Tieren und fragte sich, wie sie Oskar jemals hatte nett finden können.

»Ich will alle Ansichten«, sagte er, »zeichne sie von vorne, von hinten und von der Seite. Das dürfte dir keine Probleme bereiten, die Viecher halten ja schön still.« Wieder lachte er, als habe er einen guten Witz gemacht.

Sie wandte sich wortlos um, stellte die Flasche auf ihren Tisch und legte Bleistift und Papier zurecht – als unmissverständliches Zeichen, dass sie anfangen wollte.

»Ich werde dann später wiederkommen«, sagte Oskar, »und deine Fortschritte begutachten.«

Eine Antwort hierauf sparte sie sich, lediglich zu einem Nicken konnte sie sich durchringen. Ihr fiel zwar selbst auf, dass sie im Umgang mit Oskar inzwischen jegliche Höflichkeit vermissen ließ, aber das schlechte Gewissen zwickte sie nur kurz.

Oskar war herzlos, er verachtete sie, er begehrte sie auf die gleiche demütigende Weise, auf die Ludwig sie begehrt hatte, und er machte sich einen Spaß daraus, sie zu beschämen, vorzugsweise im Beisein aller anderen Forscher. Nein, diesem Mann schuldete sie überhaupt nichts.

Das tote Baby schob sich sofort wieder vor ihr inneres Auge, als sie sich widerstrebend den kleinen Kreaturen in der Glasflasche zuwandte. Aber es half ja nichts – was Godeffroy verlangte, das bekam Godeffroy.

Seufzend machte Emma sich an die Arbeit.

Wider Erwarten beruhigte die vertraute Tätigkeit nicht nur ihren Kopf, sondern auch ihr Herz. Ohne dass sie sich darum bemühen musste, drehten sich bald all ihre Gedanken nur noch um den nächsten Strich, die perfekte Linie, die Haltung der kleinen Beinchen und die genaue Farbbezeichnung, die Emma auf die Rückseite des Blattes schreiben wollte. Die Sorgen fielen von ihr ab, und als sie mit der Seitenansicht des ersten Flughundes fertig war, nahm sie sich die Rückenansicht vor, ohne die kleinste Pause einzulegen. Mit jedem Strich wurde ihr klarer, wie sehr sie das Leben liebte – und nicht nur ihr eigenes. Dass Emma sich von Tierfleisch ernährte, war von Gott so eingerichtet, davon war sie überzeugt. Aber Tiere für die Forschung töten? Nein, das würde sie niemals fertigbringen. Wenn sie die Arbeit für Oskar endlich niedergelegt haben würde, wäre endgültig Schluss damit, kleine Leichen zu zeichnen.

Kann ein Mensch, der so empfindet, Leben mutwillig vernichten?, durchzuckte es sie. Das eigene Kind?

Natürlich nicht, wisperte sanft der Lufthauch, der durch ihr Fenster wehte.

Die Marmbeja?

Ob es nun die Baumgeister waren oder ihre Einbildung, Emma fühlte sich getröstet.

Noch bevor sie mit der Rückenansicht des Flughundes fertig war, kam ihr ein neuer Gedanke. Sie stützte ihr Kinn in die Hand und sah zum Fenster hinaus.

Wenn die Baumgeister ihr wirklich helfen wollten, dann würde sie jemanden brauchen, der sich mit dieser Art der Hilfe auskannte.

Vielleicht wurde es ja Zeit, dass sie Purlimil und Birwain ihr Vertrauen schenkte.

Sie würde ihnen offen von ihrem Problem erzählen müssen.

Emma kam nicht gleich dazu, ihren Entschluss in die Tat umzusetzen, denn Oskar hatte das Jagdfieber gepackt. Er brachte ihr so viele – zugegebenermaßen interessante – getötete Tiere, dass sie die Arbeit beim besten Willen nicht nachmittags niederlegen konnte. Eine ganze Woche lang zeichnete sie von Sonnenaufgang bis Sonnenuntergang weitere Flughunde, Tauben, Papageien, schillernde Käfer, Eidechsen, einen jungen Koala und namenlose Beuteltiere aller Art.

Als sie Carl endlich vorschlug, wieder einmal den Clan zu besuchen, ließ er seine Arbeit augenblicklich ruhen. Offensichtlich zog es auch ihn zu den Eingeborenen, und er hatte nur darauf gewartet, dass Emma Zeit dafür finden würde.

Yileen kam Emma und Carl lächelnd entgegen, als er sie auf das Lager zukommen sah.

»Wir schon gewartet«, sagte er zu ihnen. »Wo ihr gewesen?«

»Wir haben gearbeitet«, erklärte Carl ihm freundlich. »Ein Teil unserer Forschungen findet im Regenwald statt, der andere Teil aber leider in Studierzimmern.«

Diese Erklärung schien Yileen zufriedenzustellen. »Und heute Regenwald dran?«, fragte er nur.

Carl nickte.

»Gut«, sagte Yileen, löste etwas von der Schnur an seiner nackten Hüfte – Emma wagte es nicht, allzu genau in die verfängliche Richtung zu schauen – und drückte es Carl in die Hand. Nun sah Emma, dass es eine Schlagkeule war.

»Dann heute du mit auf Jagd«, sagte Yileen.

Carl wog zögerlich die Keule in der Hand.

»Ich bin nicht sicher, dass ich euch bei der Jagd viel nützen werde. So eine Waffe trage ich heute zum ersten Mal.«

»Du willst lernen, wie wir leben, oder?«, fragte Yileen. Als Carl nickte, sagte er bestimmt: »Dann du kommen mit. Sonst du lernen nichts.«

»Da bleibt dir wohl nichts anderes übrig«, lächelte Emma.

»Sieht ganz so aus«, grinste Carl zurück. »Aber was wirst du in der Zeit tun, während ich weg bin?«

»Purlimil um sie kümmern«, sagte Yileen an Emmas Stelle. »Graben zusammen Wurzeln.«

So fand Emma sich kurze Zeit später mit einem langen Grabstock bewaffnet neben Purlimil auf der Erde hockend wieder. Zwischen ihnen stand eine hölzerne Tragschale für die Früchte ihrer Arbeit: Wurzeln, Insekten und Würmer. Emma hoffte, dass sie eher auf Wurzeln stieß als auf Getier; die Vorstellung, sich windende Würmer mit den Fingern greifen zu müssen, fand sie doch recht abschreckend. Dass die Eingeborenen das Getier sogar aßen, erfüllte Emma nach wie vor mit Ekel.

Sie bemühte sich, Purlimils Grabtechnik so gut wie möglich nachzumachen. Gerade zog die Eingeborene ihre erste Wurzel tief aus der Erde. Emma hingegen schabte immer noch an der Oberfläche des Bodens herum.

»Gar nicht so leicht«, sagte sie. Es war ihr ein wenig peinlich, dass sie sich so ungeschickt anstellte.

»Du üben. Dann bald besser«, sagte Purlimil unbekümmert.

Einige Minuten lang arbeiteten sie schweigend weiter. Dann endlich fasste Emma sich ein Herz.

»Gibt es eigentlich nur gute Geister, Purlimil?«

Die junge Frau hielt im Graben inne. »Ich schon gewundert, dass du nicht nach Geistern fragst. Haben dich besucht und getröstet, sagt Birwain.«

Emma schluckte. Sie fand Birwains Wissen, vorsichtig ausgedrückt, mysteriös. Aber vielleicht hatte der Alte auch nur geraten.

»Das stimmt«, sagte sie vorsichtig.

»Ich dir erklären. Es gibt Geister in Wirbelwinden, heißen Bulies. Können gut oder böse sein«, begann Purlimil. »Und gibt Wirrinuns, das sind … sind …« Offensichtlich fiel ihr das englische Wort nicht ein.

»Auch Geister? Oder Zauberer?«, schlug Emma vor, doch Purlimil schüttelte den Kopf.

»Hexen?«

»Ja! Hexenmeister, Mann oder Frau. Ein Wirrinun ist Meister über seinen Mulli-Mulli. Mulli-Mullis von andere Menschen heißen Duwies.«

»Aha«, machte Emma. Das war ja fast so kompliziert wie das uraustralische Verwandtschaftssystem.

Purlimil lachte, als sie Emmas verwirrten Gesichtsausdruck sah.

»Ist ganz einfach: Jeder Mensch mindestens drei Geister, den Jowie, den Traumgeist Duwie und den Schattengeist Mulluwil. Duwie wird zu Mulli-Mulli, wenn Mensch ihn beherrscht. Wenn nicht, kann Duwie in Träumen herumwandern, wie er Lust. Böse Träume, gute Träume – alles so, wie Duwie Lust. Aber wenn Duwie einem Mulli-Mulli von mächtigem Wirrinun begegnet, dann gefährlich! Traumgeister kämpfen auch, weißt du?«

Emma verstand gar nichts mehr.

»Ich glaube, das musst du mir noch ein paar Mal erklären«, sagte sie ehrlich.

»Wenn du bei uns bleiben, dann du verstehst«, sagte Purlimil tröstend. »Nach Eukalyptusfeuer du entscheiden, ob du bleibst, sagt Birwain.«

Nachdenklich fing Emma wieder an zu graben. Was meinte der alte Schamane nur immer damit, dass sie »bleiben« würde? Von dem Eukalyptusfeuer war er ja regelrecht besessen. Er schien sich sehr sicher zu sein, dass Emma diesem Feuer beiwohnen würde. Ob es ein Stammesritual war? Oder ein Fest?

»Gehen alle Mitglieder deines Clans zum Eukalyptusfeuer?«, fragte sie Purlimil.

»Aber nein.« Purlimil hielt eine fette weiße Made in die Höhe und sagte feierlich: »Nur du, Emma! Eukalyptusfeuer für dich ganz allein.«

Gegen Mittag gingen sie mit der gefüllten Tragschale und einer weiteren Schale voller saftiger Beeren zu Purlimils und Yileens Hütte.

»Yileen und Carl bald zurück von Jagd«, prophezeite Purlimil. »Wir zusammen essen, dann ich bringe dich zu Birwain. Du kannst ihm Kummer erzählen.«

Ruckartig wandte Emma ihr den Kopf zu. Woher wusste die junge Frau, dass Emma den Entschluss gefasst hatte, sich Birwain zu offenbaren?

»Du bist mir fast ein bisschen unheimlich, Purlimil«, sagte sie mit einem unsicheren Lachen.

Gelassen schüttelte die andere den Kopf. »Ich nur weiß ein bisschen mehr als andere. Aus mein Herz. Das ist alles. Kein Geheimnis.«

Emma konnte Purlimils Meinung nicht teilen: Sie fand Birwains Fähigkeiten und die seiner Enkelin sogar höchst geheimnisvoll. Doch sie sagte nichts. Vielleicht würde sie das alles umso besser verstehen, je länger sie bleiben würde …

Spontan schüttelte sie den Kopf. Jetzt dachte sie selbst schon daran hierzubleiben. Dabei wusste sie doch überhaupt nicht, was die Zukunft ihr bringen würde.

Fest stand nur die allernächste Zeit: Sie würde mit den Männern essen und dann zu Birwain gehen und ihm ihre Geschichte erzählen, ihre Ängste bekennen und ihre Zweifel gestehen.

Ob er ihr wirklich helfen konnte? Oder ob er das alles schon wusste, wie er auch wusste, dass die Marmbeja sie besucht hatten? Dann würde er …

Ihre Gedanken wurden jäh unterbrochen, als am Rande des Lagers mehrere Kinder aufgeregt zu schreien begannen. Männer und Frauen liefen durcheinander, bildeten eine Traube um irgendjemanden herum und riefen immer wieder ein Wort, das Emma nicht verstand. Hilfesuchend sah sie zu Purlimil, die mit schreckgeweiteten Augen auf die Szene starrte und eine Beschwörung vor sich hin murmelte.

»Was ist denn los, Purlimil? Was ist dort hinten passiert?«

Purlimil drehte ihr langsam den Kopf zu. »Dein Mann«, sagte sie. »Ist gebissen. Von Schlange.«

Emma starrte Purlimil an, als könne sie die Eingeborene nur missverstanden haben. Carl? Ihr Carl? Von einer Schlange gebissen? Aber nein, das war unmöglich. Hier waren doch so viele Schlangen giftig, manche sogar tödlich! Carl konnte nicht gebissen worden sein, denn das würde ja heißen …

Das plötzliche Begreifen fühlte sich kälter an als Eis.

# 28

Wie im Traum zogen die folgenden Minuten an Emma vorbei. Oder waren es Sekunden? Emma hatte jegliches Zeitgefühl verloren. Die Männer trugen Carl zu Birwains Hütte, wobei sie ihre Arme wie zu einer Trage miteinander verschränkt hatten, so dass Carl liegen konnte.

»Darf nicht bewegen, sonst Gift gleich überall in Körper«, erklärte Purlimil Emma hastig, als sie zusammen auf die Hütte zurannten.

Als Emma endlich einen Blick auf sein Gesicht erhaschte, erschrak sie zutiefst. Carl war totenbleich, sein Gesicht schweißüberströmt. Sie wollte zu ihm, wollte ihm Mut zusprechen, doch bevor sie sich ihm nähern konnte, hatten die Männer ihn bereits in Birwains Hütte getragen.

Als Emma ebenfalls in die Hütte wollte, hielt Purlimil sie am Arm zurück. »Nur für Männer«, sagte sie.

»Was?« Das war ja nicht zu fassen! »Ich muss aber zu ihm!«

»Wenn Birwain um Carl kümmert, wir nicht dabei. Gibt Zauber von Männer, und gibt Medizin von Frauen. Wir auf andere Art helfen, Emma.«

Emma holte tief Luft, um ruhig zu bleiben, und kämpfte ihre Panik nieder. »Aber wie sollen wir das tun? Müssen wir nicht sofort anfangen? Was macht Birwain da drinnen mit Carl?«

»Birwain schaut, ob Carl sterben muss. Wenn nicht, Birwain vertreibt böse Geist. Und ich mache Medizin. Du helfen?«

Emma schluchzte auf. Aber nur ein einziges Mal. Zum Heulen, das wusste sie instinktiv, war bei einem Schlangenbiss keine Zeit. Mangels Taschentuch zog sie geräuschvoll die Nase hoch.

Dann sagte sie entschlossen: »Das fragst du noch? Zeig mir, was ich tun soll, Purlimil. Aber zeig es mir schnell.«

In Windeseile sammelte Purlimil Kakerlaken. Dabei kam ihr das Wissen über die Lieblingsorte der Tiere zugute, das sie schon bei den Ameisen unter Beweis gestellt hatte. Als sie drei große Kakerlaken beisammen und in einen Beutel gesteckt hatte, holte sie einen dünnen, spitzen Stock aus ihrer Hütte, dann lief sie zu einem kleinen Feuer vor einer anderen Hütte. Die Frau, der die Hütte gehörte, machte bereitwillig Platz, ohne Fragen zu stellen. Offensichtlich wusste jeder hier, dass höchste Eile geboten war.

Emma folgte Purlimil überallhin, doch die Eingeborene hatte sie bisher noch kein einziges Mal um Hilfe gebeten. Nun aber wandte sie sich an Emma.

»Du spießt Kakerlake auf Stock. Ich fange Saft auf.«

Verwirrt wollte Emma fragen, welchen Saft Purlimil denn aufzufangen gedenke, doch diese sagte ungeduldig: »Du immer darfst fragen, aber nicht jetzt! Jetzt aufspießen!«

Emma gehorchte. Unwillkürlich zuckten ihre Finger zurück, als sie in den Beutel griff. Die Kakerlaken waren so riesig, und wie schnell sie sich auf ihren kleinen Beinen fortbewegen konnten … Emma schauderte.

Carl starb an Schlangengift, und sie traute sich nicht, eine Kakerlake anzufassen?!

Sie schluckte ihren Abscheu hinunter und holte mit festem Griff das erste Krabbeltier heraus. Als sie sah, wie es zwischen ihren Fingern zappelte, überkam sie erneut der Ekel. Doch sie ignorierte ihn. Nachher konnte sie sich übergeben, so lange sie wollte. Jetzt würde sie alles tun, was Purlimil von ihr verlangte. Wenn es nur Carl am Leben hielt!

Sie spießte die Kakerlake auf die Spitze des dünnen Stocks.

»Halt über Feuer«, befahl Purlimil. »Nein, nicht so nah! Darf nicht verbrennen.«

Das Insekt hörte auf zu zappeln. Purlimil hielt eine kleine Holzschale unter die Kakerlake. Langsam löste sich ein Tropfen Flüssigkeit aus dem Bauchraum des Tieres und fiel in die Schale. Noch einer und noch einer.

»Ist leer«, sagte Purlimil knapp. »Nächste aufspießen.«

Sie wiederholten die Prozedur mit den beiden anderen Kakerlaken, und als sie fertig waren, hatte sich eine winzige Menge Flüssigkeit auf dem Boden der Schale gesammelt.

»Jetzt wir müssen zu deine Mann. Schnell, schnell!«

Benommen lief Emma neben Purlimil zu Birwains Hütte. Einige Kinder trieben sich noch davor herum, doch die Männer, die Carl getragen hatten, standen nun in respektvollem Abstand von der Hütte entfernt.

Sie duckten sich und betraten das dämmerige Innere der Behausung. Emma zuckte zusammen, als sie Carl still und bleich auf dem Boden liegen sah, Birwain neben ihm kniend, die Hände des Schamanen lagen auf Carls linkem Fuß.

»Ah, da kommt die Medizin«, sagte er und lächelte Emma beruhigend zu. »Setz dich zu ihm. Ich behandle währenddessen die Bisswunde.«

Sie ließ sich neben Carl auf den Boden sinken und griff nach seiner Hand. Er wandte ihr langsam den Kopf zu, seine Finger schlossen sich um die ihren.

»Es wird alles gut«, sagte sie und schluckte ihre Tränen herunter. »Du wirst sehen, Birwain heilt dich.«

Carl versuchte sich an einem Lächeln, doch es gelang ihm nicht.

Der Schamane strich die Flüssigkeit, die aus dem Bauchraum der Kakerlaken gekommen war, auf die Bissstelle an Carls Fuß.

»Das betäubt die Schmerzen«, krächzte er. »Schon bald wird er dort, wo ich den Saft aufgetragen habe, nichts mehr spüren.«

»Aber …« Emma konnte sich nicht mehr zurückhalten. »Wird er überleben, Birwain? Nur durch Kakerlakensaft kann man einen tödlichen Biss doch nicht heilen?« So sehr sie sich auch bemühte, nun strömten die Tränen aus ihren Augen.

»Natürlich nicht. Wenn er von einer tödlich giftigen Schlange gebissen wurde, können wir ihn nicht retten.«

Emma presste sich die Hand vor den Mund.

»Aber ich glaube, dass es eine recht harmlose Schlange war«, fügte Birwain rasch hinzu. »Sonst hätte Carl jetzt schon starke Bauchschmerzen und Krämpfe, außerdem wäre er wahrscheinlich bewusstlos. Da er dich noch anschauen kann«, Birwain folgte lächelnd Carls Blick, »dürfen wir annehmen, dass er nur sehr wenig Gift abbekommen hat.«

»Er wird also …«, flüsterte Emma.

»Ja. Er wird überleben.«

Sie schloss die Augen. Unaufhörlich liefen ihr Tränen über die Wangen, aber nun war es ihr egal. Carl würde nicht sterben! Vor Erleichterung wurde ihr fast schwindelig.

Als sie die Augen wieder öffnete, fing sie Carls Blick auf. Sie beugte sich über ihn und küsste ihn zart auf den Mund.

»Wenn du gedacht hast, dass ich dich gehen lasse, dann hast du dich geirrt«, sagte sie und schniefte.

»Für diese Aussage und einen Kuss noch dazu hat sich der Biss doch schon gelohnt.« Carls Stimme war leise und schwach, doch seine Augen lächelten.

»Wie konnte das nur passieren? Wenn du nun eine größere Dosis Gift abbekommen hättest … ach, Carl!«

»Ich hatte meine Stiefel ausgezogen, um so zu jagen, wie es die

Eingeborenen tun«, murmelte er zerknirscht. »Aber sie scheinen ein besseres Gespür für den Waldboden, für Tiere und Gefahr zu haben als ich.« Er grinste schief, obwohl das Sprechen ihn anzustrengen schien. »Während sie immer barfuß laufen und ihnen selten etwas zustößt, stöbere ich gleich beim ersten Mal eine Schlange auf. Pech, wenn man dann keine Stiefel anhat.«

»Pech? Das war in höchstem Maße unvorsichtig!« Die Anspannung der letzten Stunde entlud sich in Zorn. »Wie konntest du nur deine eigenen Regeln so missachten? Wie oft hast du mir Vorsicht gepredigt? Dich kann man wirklich keine Minute allein lassen, Carl Scheerer!«

»Dann musst du wohl von jetzt an immer bei mir bleiben«, sagte er, und der Ausdruck in seinem blassen Gesicht war ernst.

»Carl braucht jetzt Ruhe«, mischte Birwain sich ein. »Geht hinaus, ich wache über ihn. Sobald die Medizin gewirkt hat, bringen wir ihn zu eurem Lager, Emma.«

Sie drückte Carls Hand ein letztes Mal, dann folgte sie Purlimil, die die ganze Zeit über schweigend dabeigestanden hatte, ins Tageslicht. Erst jetzt merkte sie, dass sie zitterte.

»Du aufgeregt«, sagte Purlimil nach einem prüfenden Blick in Emmas Gesicht. »Wir gehen zu Bach, da kannst du ausruhen. Carl die nächsten Tage noch schwach, du musst pflegen. Du brauchst Kraft.«

Sie setzten sich auf die warmen Steine am Bachufer, die ihrer beider Lieblingsplatz waren. Emma schloss die Augen und wandte ihr Gesicht der Sonne zu. Das Zittern ließ nach, und allmählich erfüllten sie Ruhe und eine tiefe Dankbarkeit dafür, dass Carl mit dem Leben davongekommen war.

»Woher spricht Birwain eigentlich so gut Englisch?«, fragte sie Purlimil nach einer Weile. »Er hat mir die Symptome nach einem Schlangenbiss so perfekt erklärt, als wäre er selbst ein weißer Arzt.«

»Hat auch bei Arzt gelernt«, erzählte Purlimil freimütig. »Birwain war immer Schamane, aber hat auch immer interessiert für eure Medizin. Als ich klein, er gegangen auf andere Seite von Berg, wo Regenwald zu Ende. Dort ist ein Jahr geblieben bei Arzt.«

Staunend fragte Emma: »Er ist bei einem Weißen in die Lehre gegangen?«

»Beide gelernt, Birwain und Arzt. Birwain sagt, er musste lange suchen, bis gute Arzt gefunden. Viele Ärzte wollten nicht lernen und auch nichts zeigen. Wollten nur, dass Birwain bei Schafe und Rinder hilft. Aber dann …« Sie lächelte. »Birwain stolz, wenn er davon erzählt. Haben ein Jahr zusammengelebt, er und Arzt. Arzt hat von Birwain gelernt, und Birwain von Arzt. Seitdem er kann auf Englisch erklären«, ihr Lächeln wurde breiter, »was er vorher auch schon gewusst. Aber ohne Worte.«

Fasziniert dachte Emma, dass sich so mancher Arzt an diesem wissbegierigen, couragierten Schamanen ein Beispiel nehmen konnte. Von ihrem Vater wusste sie, dass sich die medizinische Behandlung bei vielen Doktoren auf Aderlass, Chinin und die Gabe von Wein beschränkte, egal woran der Patient litt.

»Du liebst sehr Carl«, unterbrach Purlimil ihre Gedanken.

Emma sah sie an. »Ja, Purlimil. Ich liebe ihn sehr. Auch wenn ich ihm das noch nicht gesagt habe.«

»Dann dein Babygeist kommt wieder«, sagte die Eingeborene ernst. »Durfte nicht kommen bei dir zu Hause, aber wartet.«

Emma schluckte. Vielleicht musste sie Purlimil überhaupt nichts erzählen; die Eingeborene schien sowieso schon alles zu wissen.

Leise vergewisserte sie sich: »*Mein* Babygeist, Purlimil? Nicht deiner?«

»Meiner wartet auch. Vielleicht warten zusammen?« Purlimil lachte, dann streckte sie Emma die Hand hin, sprang auf und zog sie mit sich hoch.

»Wir genug ausgeruht«, sagte sie. »Jetzt wir bringen Carl in euer Lager zurück. Ich auch komme mit.«

Die Eingeborenen ließen es sich nicht nehmen, Carl den ganzen Weg über zu tragen. Yileen schleppte die Hauptlast, da er offensichtlich ein schlechtes Gewissen hatte, Carl zur Teilnahme an der Jagd ermuntert zu haben. So wagte er sich diesmal auch ganz bis zum Wohnplatz der Forscher, obwohl ihm der Ort nach wie vor nicht geheuer zu sein schien.

»Fürchtest du dich vor irgendetwas hier?«, fragte Emma ihn freundlich.

Zu ihrer Überraschung gab er sofort zu, dass sie mit ihrer Vermutung Recht hatte. »Böser Geist hier«, sagte er. »Will mich fangen. Ich schnell zurück in Regenwald.«

Emma runzelte die Stirn. Sie hatte zwar auch schon das Gefühl gehabt, dass die Baumgeister ihr etwas zugewispert hatten, aber dass Geister so real waren, dass sie Jagd auf Menschen machen konnten? Nein, so weit ging Emmas Glaube an Gespenster nun doch nicht.

Krüger war nirgends zu sehen, als sie Carl über den Platz trugen. Pagel und Oskar aber traten mit alarmierten Mienen und schussbereiten Gewehren aus dem Haupthaus.

»Stehen bleiben!«, schrie Pagel.

»Was machen die Wilden hier?«, rief Oskar Emma zu. Nach einem Blick auf Carl sagte er: »Haben sie Scheerer umgebracht?«

»Das hättest du wohl gerne«, entgegnete Emma grimmig. »Sie haben ihn aber nicht getötet, sondern ihn gerettet. Er wurde von einer Schlange gebissen.«

Pagel erbleichte und ließ das Gewehr sinken. »Da hol mich doch der Teufel!«

»Aber er lebt?«, vergewisserte sich Oskar.

Tatsächlich schien er ein wenig enttäuscht, dass er weder Carl losgeworden war noch seine Aggressionen an den Eingeborenen auslassen durfte. Immer noch hielt er das Gewehr auf die Schwarzen gerichtet, die sich furchtsam zusammendrängten und es nicht wagten, sich zu bewegen und Carl in seine Hütte zu tragen. Carl selbst war zu schwach, um den Forschern Erklärungen oder Befehle zurufen zu können.

Emma stemmte genervt die Hände in die Hüften.

»Ja, Oskar, er lebt! Er wird wieder ganz gesund werden. Aber dafür braucht er Ruhe und Pflege. Was er hingegen *nicht* braucht, sind Menschen, die uns aufhalten und die seinen Helfern am liebsten eine Kugel in die Brust jagen würden!«

Pagel griff hastig nach Oskars Gewehrlauf und drückte ihn nieder. »Richtig, Fräulein Röslin, richtig«, sagte er, und an die Eingeborenen gewandt: »Na los, bewegt euch, bringt unseren Leiter in seine Hütte. Lasst ihn nicht fallen, sonst gibt's Saures.«

Zögernd setzten die Schwarzen sich in Bewegung. Emma warf Pagel und Oskar einen wütenden Blick zu. Wenn sich viele Weiße so benahmen wie diese beiden Forscher, grenzte es an ein Wunder, dass die Eingeborenen Carl nach dem Biss nicht einfach sich selbst überlassen hatten.

»Sie meinen das nicht so«, sagte sie auf den letzten Schritten zu Carls Hütte entschuldigend zu Yileen und Purlimil.

»Doch«, sagte Purlimil unverblümt. »Aber du und Carl anders. Das ich weiß.«

Beschämt biss Emma sich auf die Lippen. Sie wagte es kaum, Yileen anzusehen. Ob er ebenso großmütig auf die rüde Behandlung durch die Forscher reagieren würde?

Doch Yileen blickte starr nach vorne, trug Carl mit den anderen Helfern in seine Schlafhütte und kam wieder heraus, alles ohne ein Wort zu sagen. Offensichtlich war er beleidigt.

»Es tut mir leid, Yileen«, sagte Emma. »Nicht alle Weißen sind so, weißt du? Diese beiden haben viele Vorurteile. Sie wissen nichts über euch, und …«

»Ich nicht böse«, unterbrach Yileen ihre Entschuldigung. »Aber ich jetzt weiß, in wem Geist wohnt, der mich fangen will.«

Emma folgte seinem Blick. Bei Oskar blieb er hängen.

»Holla, junge Frau, willst du nicht auf ein Stündchen bei mir bleiben?«, rief der gerade Purlimil zu, während seine Blicke gierig über ihre nackte Gestalt glitten. »Kriegst auch eine warme Mahlzeit dafür.«

Purlimil wandte sich gedemütigt ab.

»Oskar!« Emma schrie ihren Zorn über den Platz, sie konnte nicht anders. »Wenn du nicht auf der Stelle damit aufhörst, meine Freunde zu beleidigen, dann … dann …«

»… sagst du es unserem Buschkönig?« Oskar grinste verächtlich.

Langsam kam er näher, Pagel folgte ihm. »Der ist ja wohl außer Gefecht gesetzt, hm? Wenn ich also Lust habe, die kleine Hure mit in meine Hütte zu nehmen, kann nichts und niemand mich daran hindern.«

Breitbeinig baute er sich vor Emma, Yileen und Purlimil auf.

»Es reicht, alter Freund«, sagte Pagel neben ihm unbehaglich. »Auch wenn ich in der Sache Ihrer Meinung bin, ist Scheerer doch immer noch unser Leiter. Bedenken Sie, er ist nur verletzt! Er wird wieder gesund. Dann bekommen Sie mächtigen Ärger, wenn unser Fräulein hier«, sein Blick huschte zu Emma, »erzählt, was Sie mit den Schwarzen getrieben haben.«

Oskar zögerte.

Emma spürte die Aggression, die er ausstrahlte, so heftig, dass sie am liebsten zurückgewichen wäre. Doch dann hätte er gewonnen. Also zwang sie sich stehen zu bleiben.

»Geht«, sagte sie leise zu ihren Freunden, ohne Oskar aus den Augen zu lassen. »Geht zurück in den Regenwald. Wenn Carl gesund ist, kommen wir wieder zu euch.«

Wortlos drehten Purlimil und Yileen sich um, winkten die anderen Schwarzen zu sich und verließen eilig den Platz. Die ganze Zeit über fixierte Emma Oskar und Pagel, als könnte sie allein mit ihrem Blick verhindern, dass die Forscher sich an den Eingeborenen vergriffen – auf welche Art auch immer.

Erst als nichts mehr von ihren Freunden zu hören war, atmete Emma auf.

»Ich schäme mich für dich, Oskar«, sagte sie kalt. Sie drehte sich um und trat in Carls Hütte.

Er schlief.

Birwain hatte ihm beim Abschied im Regenwald noch einen heilenden Trank verabreicht, und offensichtlich machte das Gebräu nicht nur gesund, sondern auch müde. Andernfalls hätte Carl die Aufregung vor seiner Hütte kaum überhören können.

Zärtlich sah Emma ihn an. Ihre Wut verflog und machte einer stummen Traurigkeit Platz. Ob die Eingeborenen sie und Carl je wieder in ihr Lager lassen würden, nachdem sie auf dem Wohnplatz der Weißen so ungastlich behandelt worden waren? Oskar hatte Purlimil beleidigt, und Yileen …

»Ich weiß jetzt, in wem der Geist wohnt, der mich fangen will.«

Das waren seine Worte gewesen. War er wirklich davon überzeugt, dass der Geist in Gestalt von Oskar ihm etwas antun wollte?

Energisch sagte Emma sich, dass Oskar trotz allem immer noch ein Mensch war. Yileen musste sich irren; der Aberglaube der Schwarzen war eben doch sehr groß. Bestimmt würde Oskar nie mehr mit ihm zusammentreffen, und so bestand für Purlimils Mann auch keine Gefahr.

Es würde alles gut werden.

Während Emma neben Carl auf dem Boden saß und mit den Fingerspitzen sanft über seine Wange strich, bemühte sie sich tapfer, ihren eigenen Gedanken Glauben zu schenken.

Ganz gelang es ihr nicht.

# 29

April 1859

In den nächsten Wochen blieb Carl im Lager.

Zwar ging es ihm, nachdem die betäubende Wirkung der Medizin nachgelassen hatte, wesentlich besser, das Gift hatte in seinem Körper offensichtlich keinen Schaden angerichtet, und er konnte sich glücklich schätzen, dass die Schlange eines der ungefährlicheren Exemplare gewesen war. Doch Carls Seele schien nicht so glimpflich davongekommen zu sein. Er war ernst und in sich gekehrt. Zu den Mahlzeiten gesellte er sich zu den anderen, danach zog er sich jedoch sofort wieder in sein Arbeitszimmer zurück. Den Forschern gegenüber gab er vor, noch Ruhe zu brauchen und deshalb nicht in den Regenwald zu gehen; zu Emma sagte er, dass er etwas mit sich selbst auszumachen hätte, und dafür bräuchte er Zeit.

Sie ahnte, dass es dabei um Elizabeth ging. Hatte Carl nicht gesagt, dass ihr ein Unglück widerfahren war? Vielleicht hatte sein eigener Unfall eine alte Wunde aufgerissen.

Emma war ratlos. Sie hätte Carl liebend gerne geholfen, doch sie wusste nicht, wie. Sie suchte ihn zwar beharrlich jeden Tag in seinem Arbeitszimmer auf, saß für eine halbe Stunde neben ihm und plauderte mit ihm über dieses und jenes. Aber ihre Gespräche blieben an der Oberfläche. Carl schien weder bereit zu sein, seinen Rückzugsort zu verlassen, noch wollte er Emma in seine Qual einweihen. Stattdessen wirkte er insgeheim erleichtert, wenn sie wieder ging und ihn seiner Einsamkeit überließ.

Sie füllte die langen, leeren Stunden ohne ihn mit Zeichenarbeit aus. In den Regenwald wollte sie nicht gehen, nicht ohne ihn – denn sollte er doch einmal nach ihrem Beistand verlangen, wollte sie nicht abwesend sein. Müßig herumzusitzen allerdings kam nicht in Frage. Die Sorge um Carl trieb Emma zu sehr um. Wenn sie zu viel Freizeit hatte, machte sie sich bloß unaufhörlich Gedanken um ihn.

Außerdem lauerte in einem Winkel ihres Herzens ständig der letzte entscheidende Teil ihrer Erinnerung darauf, sie zu überfallen. Da sie aber fest entschlossen war, bei der Bewältigung ihrer Schuld – sofern sie eine Schuld auf sich geladen hatte – die Hilfe des alten Schamanen in Anspruch zu nehmen, musste die Erinnerung noch ein wenig unter Verschluss gehalten werden. Erst musste Carl sich wieder fangen, dann mussten sie zusammen die Eingeborenen besuchen und ihnen noch einmal versichern, dass sie nicht auf Oskars und Pagels Seite standen. Erst dann konnte Emma sich daran machen, die letzte Tür zu ihrer Vergangenheit zu öffnen.

Bis dahin musste sie sich ablenken, und da erschien ihr das Zeichnen als die sinnvollste Möglichkeit.

Sie mied Oskar, so gut es ging. Er, Pagel und sogar Krüger hatten angefangen, über Carl zu tuscheln, und das blieb Emma natürlich nicht verborgen. Also hielt sie sich bald auch von den beiden anderen Forschern fern. Ihr Kontakt beschränkte sich auf die Mahlzeiten und – zumindest in Krügers Fall – auf höfliche Banalitäten, wenn sie sich zufällig auf dem Platz über den Weg liefen. Ansonsten verliefen Emmas Tage nun ebenso einsam wie Carls.

Emma sehnte sich von ganzem Herzen ein Ende dieses Zustands herbei.

Abends lieferte sie Oskar unaufgefordert die fertigen Zeichnungen ab, morgens brachte er ihr neue Tiere. Zeitweilig glich

Emmas Zimmer einem wahren Gruselkabinett, wenn von überallher die toten Augen der Vögel, Beuteltiere und Reptilien auf sie starrten. Sie ignorierte, so gut es ging, den Schatten des Todes, der über ihrer Arbeit hing.

Es war hoffentlich bald vorbei.

Aber wenn sich nun alles geändert hat?, grübelte sie an einem regnerischen Tag. Wenn das alte Unglück Carl wieder so gegenwärtig ist, dass er sich entscheidet, das Risiko der Liebe niemals mehr einzugehen?

Sie verbot sich, die bangen Gedanken weiterzuspinnen, und tauchte wieder in ihre Arbeit ein. Es half alles nichts – sie musste abwarten.

Warten und hoffen.

Es war merklich kühler geworden. Während zu Hause nun die Frühlingsblumen blühten, zog in Australien der Herbst ins Land.

Diese Vorstellung stimmte Emma melancholisch. Vielleicht war es aber auch einfach Carls Verschlossenheit, die ihr zu schaffen machte. Wie konnte sie fröhlich sein, wo doch der Mann, den sie liebte, sich völlig von ihr zurückgezogen hatte? Außerdem vermisste sie Purlimil. Die gelassene Heiterkeit der jungen Frau wäre genau das gewesen, was Emma jetzt gebraucht hätte. Aber Carl allein lassen – nein, das war ausgeschlossen.

Das Blatt wendete sich an einem nebeligen Morgen.

Sie saß gerade bei ihrer ersten Tasse Tee allein im Haupthaus, als Carl die Tür aufriss und entschlossenen Schrittes auf sie zukam.

»Hast du Zeit für mich?«, fragte er ohne Umschweife. »Ich möchte dir etwas erzählen.«

Die Überraschung verschlug ihr die Sprache. So nickte sie

nur und beobachtete Carl, der sich ebenfalls einen Tee holte und sich ihr gegenüber an den Tisch setzte. Sein Blick war gerade, und sie ahnte, dass sein Ringen mit sich selbst an ein Ende gekommen war. Carl würde ihr hier und heute seine Schuld beichten, und es würde an ihr, Emma, liegen, was danach aus ihnen beiden werden würde.

»Ich dachte, ich kann alleine damit fertigwerden«, begann er, ohne zu zögern. »Aber ich habe mich geirrt. Es war alles in Ordnung, solange ich dich noch nicht kannte. Ich konnte akzeptieren, einen Fehler gemacht zu haben – einen verhängnisvollen Fehler – und dass ich damit würde leben müssen. Aber jetzt betrifft das alles nicht mehr nur mich, sondern auch dich, Emma. Weil du ein Recht darauf hast zu erfahren, was mit Elizabeth geschehen ist. Und du sollst es erfahren, *bevor* du dich an mich bindest.«

Sie griff nach seiner Hand.

»Mir ist wieder bewusst geworden, wie rasch alles vorbei sein kann, Emma, wie sterblich wir sind. Nach dem Schlangenbiss dachte ich, mein letztes Stündlein hätte geschlagen.« Er brach ab und starrte an ihr vorbei ins Leere. »Es ging alles so schnell, genau wie bei Elizabeth. Um ein Haar hätte sie ihr Leben verloren, von einer Sekunde auf die andere. Eine gesunde, blühende junge Frau. Nur weil ich so dumm war, sie mitzunehmen und nicht nachzufragen.«

»Was ist denn geschehen?«, fragte Emma sanft. Aus seinen Andeutungen wurde sie nicht schlau, doch sie war entschlossen, endlich die ganze Wahrheit zu erfahren.

Carl holte tief Luft. »Also gut. Von Anfang an. Wenn du sicher bist, dass du alles hören willst.«

Als sie nickte, begann er leise: »Ich habe Elizabeth bei den Dunnings kennen gelernt, bei denen sie zu jener Zeit auf Besuch war. Mr. Dunnings ist ein Freund ihres Vaters. Ich war noch nicht lange in Australien, war unbeschwert und voller Abenteuerlust, und sie war ein hübsches Mädchen, das ungeniert mit mir flirtete. Ich muss zugeben, ich ging darauf ein, ohne viel nachzudenken.« Er warf Emma einen unsicheren Blick zu. »Tut mir leid, aber das gehört zur Geschichte.«

»Schon gut«, sagte Emma gefasst.

Sichtlich verlegen fuhr er fort: »Ich habe das alles nicht ernst genommen, und das war mein erster Fehler. Denn Elizabeth war es durchaus ernst. Das merkte ich, als ich mich von ihr verabschiedete, um eine mehrtägige Forschungsreise zu unternehmen. Sie wollte unbedingt mitkommen, da sie es, wie sie sagte, keinen Tag ohne mich aushalten würde.« Er räusperte sich. »Meine Güte, das alles zu erzählen ist doch schwieriger, als ich dachte!«

»Falls du dir um mich Sorgen machst, ich halte das schon aus«, sagte Emma tapfer, obwohl sie im Geheimen schwer mit ihrer Eifersucht zu kämpfen hatte. »Erzähl einfach weiter.«

Er schenkte ihr ein dankbares Lächeln.

»Nun gut. Elizabeth wollte also mit mir in den Busch kommen, doch ich lehnte ab. Sie kam schließlich aus gutem Hause, hatte einen Ruf zu verlieren, und wir waren nicht verlobt. Wir kannten uns ja erst ein paar Tage. Ich fand sie anziehend, das schon, aber ob ich in sie verliebt war – darüber hatte ich noch nicht einmal nachgedacht. Tja, ihr gefiel meine Weigerung, sie mitzunehmen, überhaupt nicht. Offensichtlich war sie es gewöhnt, immer ihren Willen zu bekommen. Und so stand sie am Abreisetag plötzlich vor mir, mitsamt Gepäck für einige Tage und ihrer Zofe als Anstandsdame. Sie sagte, nun könne ich nichts mehr gegen ihre Begleitung einwenden. Die Zofe schütze ihren Ruf, und den Gefahren des Busches werde sie schon trotzen. Sie habe schon viele solche Reisen unternommen, mit ihrem Vater und auch allein mit ihren Brüdern. Strapazen sei sie also gewöhnt, ja, sie liebe sie sogar, sie sei praktisch damit aufgewachsen. Deshalb sei sie robust wie ein Pferd, sagte sie lachend.«

Er schüttelte den Kopf.

»Wie dumm ich war! Ich habe ihr tatsächlich geglaubt. ›Ist Mr. Dunnings denn einverstanden mit deiner Entscheidung?‹, fragte ich sie. Er vertrat schließlich während ihres Besuches in Brisbane ihren Vater. Sie versicherte mir, Mr. Dunnings habe sofort seine Einwilligung gegeben, und da beging ich meinen zweiten Fehler: Da ich noch in derselben Stunde abreisen wollte, sparte ich mir aus Ungeduld die Zeit, persönlich bei meinem Freund nachzufragen. Ich vertraute Elizabeth, dass sie die Wahrheit sagte. Und das hätte ich nicht tun dürfen.«

Er schwieg, mit den Gedanken ganz in der Vergangenheit. Als Emma fast glaubte, er habe ihre Anwesenheit vergessen, sagte er:

»Es ist schon am zweiten Tag passiert. Es war sehr heiß, und entgegen ihrer Aussage war Elizabeth keineswegs robust wie ein Pferd. Sie war genervt und müde, konzentrierte sich nicht mehr auf den Weg, und plötzlich stolperte sie und stürzte einen kleinen, felsigen Abhang hinunter. Ich kletterte natürlich sofort hinterher, aber es war zu spät: Ihr Arm wies einen offenen Bruch auf, den ich in der Wildnis unmöglich so versorgen konnte, wie es nötig gewesen wäre. Außerdem blutete sie am Kopf und hatte das Bewusstsein verloren. Ihre Zofe fing an zu zetern, dass sie es ihrer Herrin ja gleich gesagt habe, und wie ich so verantwortungslos sein könne, eine junge Lady mit in den Busch zu nehmen. Währenddessen versuchte ich, Elizabeth zumindest wieder zu Bewusstsein zu bringen, aber es gab weit und breit keinen Schatten, und das warme Wasser, das wir zum Trinken dabei hatten, nützte gar nichts.«

Er strich sich mit der Hand über die Augen.

»Elizabeth war körperlich vollständig zusammengebrochen. Sie wäre um ein Haar gestorben, Emma, und das nur, weil ich es nicht fertiggebracht hatte, ihr ihre Bitte abzuschlagen. Sie war einfach zu zart für den Busch. Ich hätte das wissen müssen.«

Er hob den Kopf und sah sie an.

»Verstehst du jetzt, warum ich mich anfangs so dagegen gesträubt habe, dich mitzunehmen?«

»Ich bin nicht Elizabeth«, sagte Emma fest.

»Nein. Aber eine Frau. Es hätte wieder passieren können. Sollte ich sehenden Auges das Risiko eingehen, dass du ein Quäntchen weniger Glück hast als Elizabeth und meine Sorglosigkeit mit dem Tod bezahlst?« Er schüttelte den Kopf. »Sie hat überlebt, aber nur knapp. Ich habe sie sofort zurück nach Brisbane gebracht, doch sie hat lange Wochen gebraucht, um sich vollständig zu erholen. Und was für sie das Schlimmste war …«

»Ja?«, ermutigte sie ihn leise.

»Der Arm, an dem sie den komplizierten Bruch hatte, ist steif geblieben. Elizabeth ist regelrecht hysterisch geworden, als ich ihr eröffnen musste, dass sie den Arm nie mehr würde bewegen können. Sie schrie, sie sei entstellt, ein Krüppel, ein Monstrum, und ihr Leben sei ruiniert. Kein Mann würde sie so noch wollen.«

»Was hast du ihr gesagt?«

Er seufzte. »Das Einzige, womit ich dachte, ihr helfen zu können: Ich habe sie gefragt, ob sie mich heiraten will.«

Eisiger Schrecken durchfuhr Emma. War er doch verheiratet? Aber warum war …

»Sie hat abgelehnt«, unterbrach Carl ihre ängstlichen Gedanken. »Sie gab mir die Schuld an allem, was geschehen war, also auch an dem steifen Arm. Wenn ich sie nicht mit in den Busch geschleppt hätte, hätte sie nicht ihre Gesundheit verloren, warf sie mir an den Kopf. Mit einem Mann wie mir würde sie nicht einmal mehr sprechen, geschweige denn ihm ihr Jawort geben. Auch als Arzt wollte sie mich nicht mehr in ihrer Nähe dulden. Also bin ich gegangen, und seitdem haben wir uns nie wieder gesehen.«

Unwillkürlich atmete Emma auf.

Sie musste zugeben, dass sie Elizabeth recht kindisch fand, auch wenn sie ihr natürlich leidtat. Ein bisschen jedenfalls.

»Was ist aus ihr geworden?«

»Sie ist bis zu ihrer Genesung bei den Dunnings geblieben und dann zurück nach Sydney zu ihren Eltern gereist. Ihr Aufenthalt bei den Dunnings war sowieso kein großer Spaß mehr für sie, denn meine Freunde waren recht verstimmt. Mr. Dunnings hatte Elizabeth nämlich keineswegs die Erlaubnis gegeben, mich zu begleiten, stattdessen war sie klammheimlich verschwunden. Sie hatte lediglich ein Briefchen zurückgelassen, in dem stand, dass sie mit mir in den Busch gehen und ihre Zofe mitnehmen würde.«

Er zuckte mit den Schultern.

»Die Dunnings haben mir ein ums andere Mal versichert, dass sie Elizabeths Verhalten nicht guthießen und dass ihre Vorwürfe ungerecht seien, aber das konnte mich nicht von meinem schlechten Gewissen befreien. Einem jungen Mädchen die Zukunft zu zerstören … Tja, wenig später hat sie dann doch einen Mann gefunden, der sie mitsamt ihrem steifen Arm geheiratet hat: einen älteren, nicht sehr vermögenden Rinderzüchter. Ich hoffe, sie ist glücklich mit ihm geworden.«

Es klang zweifelnd.

Eine ganze Weile schwiegen sie.

Schließlich fragte Emma: »Wie alt war Elizabeth damals?«

»Zwanzig. Was tut das zur Sache?«

»Nun, dann war sie alt genug, um die Konsequenzen ihrer Handlungen absehen zu können, meine ich.«

»Aber sie war eine junge Frau, und ich bin ein Mann.«

»Na und?«

»Emma bitte! Ich hätte für sie entscheiden müssen. Stattdessen habe ich ihr Leben ruiniert.«

»Ruiniert ist ein bisschen übertrieben, oder? Und wenn man es schon so sehen möchte: Findest du nicht, dass sie das selbst getan hat?«

»Nein. Ich hätte ihr Ansinnen ablehnen müssen. Eine Frau gehört nicht …«

»Ja, ja, eine Frau gehört nicht in den Busch«, sagte Emma ungeduldig, »ach, Carl, du siehst doch an mir, dass man es sich mit so einer Aussage zu einfach macht! Jede Frau ist anders, oder nicht?«

Er war noch nicht überzeugt. »Als Mann – und als Arzt – hatte ich aber die Verantwortung für sie.«

»Jeder erwachsene Mensch trägt die Verantwortung für sein Tun selbst«, sagte Emma bestimmt. »Als Arzt hast du das einzig Richtige getan: Du hast sie zurück nach Brisbane gebracht. Hast du etwa nicht, ohne zu zögern, deine Forschungsreise abgebrochen?«

»Doch, aber …« Ratlos verstummte er. Dann fing er an zu lachen. »Emma, du bringst es wirklich fertig, alles auf den Kopf zu stellen! Jahrelang war ich davon überzeugt, dass die Schuld ganz allein bei mir lag, weil Elizabeth als Frau eben nicht rational entscheiden konnte.«

Emma zog die Augenbrauen hoch.

»Oh, sieh mich bitte nicht so an! Ich gebe ja zu, seit ich dich kenne, weiß ich, dass auch Frauen …«

»… denken können?«

»Nein! Doch. Natürlich können sie denken. Aber was ich erst durch dich gelernt habe, ist, dass Frauen wie du … Wie soll ich es ausdrücken?« Nachdenklich betrachtete er sie. »Vielleicht so: Du musst zwar auch manchmal beschützt werden, zu anderen Zeiten aber bist du durchaus in der Lage, die Seiten zu wechseln.« Er lächelte. »Wenn ich an die Sturmnacht denke, in der du Orlando gerettet hast … oder an deine Hilfe bei der Zubereitung der Medizin gegen meinen Schlangenbiss … Was war das eigentlich für eine Flüssigkeit?«

Sie dachte an die röstenden Kakerlaken. »Das willst du nicht wirklich wissen.«

»Jedenfalls habe ich durch dich einiges gelernt. Obwohl ich mir nicht sicher bin, ob das alles für jede Frau gilt oder nur für dich.« Er stand auf, kam um den Tisch zu ihr und zog sie an den Händen zu sich hoch. »Du bist etwas ganz Besonderes, Emma. Eine wie dich werde ich kein zweites Mal finden. Und deshalb musste ich dir die Wahrheit sagen, denn du hast es nicht verdient, sie irgendwann einmal von einer Klatschbase in Brisbane oder Sydney zugeflüstert zu bekommen. Ich möchte nicht, dass du enttäuscht von mir bist.«

Sie schluckte, und schlagartig stand ihr wieder ihre eigene Vergangenheit vor Augen. Wenn Carl sich so mit Vorwürfen plagte, nur weil er Elizabeth mit in den Busch genommen und ihr vertraut hatte – was würde er dann zu ihrer Schuld sagen? Zu ihrem ehebrecherischen Verhältnis, zu ihrer Schwangerschaft, zu Tod und Verderben?

Er hob die Hand und spielte mit einer blonden Locke, die sich aus ihrem geflochtenen Zopf gelöst hatte.

Leise sagte er: »Wenn ich dich richtig verstehe, kannst du also mit meiner Vergangenheit leben?«

Sie nickte und dachte: Und du mit meiner? Könntest du das auch?

Erleichtert schloss er sie in die Arme.

»Dann ist alles gut«, murmelte er in ihr Haar. »Wenn du mich nur willst, werde ich mit allem fertig.«

»Auch mit einer neuerlichen Lüge?«, entfuhr es ihr gequält. Sie biss sich auf die Zunge, aber es war zu spät: Sie hatte es gesagt.

»Elizabeths Lüge und das, was daraus entstanden ist, haben mir eigentlich gereicht. Warum fragst du?«

Emma hätte sich ohrfeigen können, aber das nützte nun auch nichts mehr. Sollte sie versuchen, sich herauszureden? Sie hatte nun schon so lange geschwiegen ... Kam es da auf ein paar weitere Tage an? Auf eine Lüge mehr oder weniger?

Eine Lüge nach der anderen, dachte sie niedergeschlagen. Hat er das verdient? Plötzlich wusste sie, dass sie es ihm sagen musste, jetzt sofort. Carl hatte mit offenen Karten gespielt, sogar auf die Gefahr hin, Emma mit seinem Geständnis zu verlieren. Nun hatte er ein Recht darauf, dass sie es ihm gleichtat.

»Elizabeth ist nicht die Einzige, die dich belogen hat, Carl.«

Seine Hand ließ ihre Locke los und sank herunter.

Gepresst sagte sie: »Ich habe es auch getan. Ich musste unbedingt mit auf deine Expedition, damals in Brisbane, ich kannte doch niemanden außer Oskar. Und du warst so unversöhnlich in deiner Haltung, keine Frauen mitzunehmen. Also habe ich gesagt ... wir haben gesagt ...«

»Ja?« Er verschränkte die Arme vor der Brust.

Emma leckte sich nervös über die trockenen Lippen. »Wir haben gesagt, dass wir verlobt seien.«

Er runzelte die Stirn. »Das weiß ich doch.«

»Ja. Aber die Wahrheit ist, dass wir eben nicht verlobt waren. Oskar und ich waren nie etwas anderes als ein Forscher und seine Assistentin.«

Er starrte sie an. »Ihr habt euch meine Zustimmung mit einer erfundenen Verbindung erschlichen?!«

»Was hätte ich denn tun sollen?« Sie suchte in seinen Augen nach einem Funken Verständnis. »Zurück nach Deutschland konnte ich nicht, und alleine in Brisbane, in einer fremden

Stadt, auf einem fremden Kontinent … Ich hatte doch keine Wahl!«

»Die ganze Zeit über hast du mich belogen?« Er klang, als könne er es nicht recht glauben. »All die Monate, die wir uns nun schon kennen?«

Sie wollte ihm versichern, dass es nur diese eine einzige Lüge gewesen war und dass ihre Beziehung damit nichts zu tun hatte. Aber würde er das verstehen? Machte sie es sich nicht zu einfach, wenn sie von ihm verlangte, die Lüge nicht zu schwer zu nehmen?

Carl sprach leise, wie zu sich selbst: »Wenn ich Oskar auf seine Pflichten als dein Verlobter hingewiesen habe, hat er innerlich über mich gelacht, hm? In der Silvesternacht, als ich dich gebeten habe, ihn nicht zu heiraten – tja, das Versprechen ist dir dann wohl leichtgefallen.« In seinen Augen stand der Schmerz. »Jetzt ist mir auch klar, wieso Oskar zugestimmt hat, die Verlobung zu lösen. Es gab ja gar keine!«

»Carl …«, gequält suchte Emma nach den richtigen Worten, »was ich für dich fühle, hat nichts damit zu tun, dass …«

»Dass du mich in der gesamten Zeit, die wir uns kennen, zum Narren gehalten hast? Wolltest du das sagen?«

Plötzlich klang er zornig. Fassungslosigkeit, Enttäuschung und verletzte Liebe kämpften in seiner Miene miteinander, und er trat einen Schritt zurück, als könnte er Emmas Nähe nicht mehr ertragen.

»Ich habe dir vertraut, Emma. Ich hätte mit allem leben können, was du in deiner Vergangenheit getan hast, mit allem! Weil ich zutiefst überzeugt davon war, dass ein Mensch wie du nichts wirklich Schlimmes getan haben konnte. Aber jetzt …« Er schüttelte den Kopf und fuhr sich durch die Haare. »Was soll ich jetzt noch glauben? Kenne ich dich überhaupt, Emma? Wenigstens ein bisschen?«

Tränen traten ihr in die Augen. »Natürlich kennst du mich. Es war nur diese eine Lüge, Carl.«

»Eine Lüge, die all unsere Gespräche durchzogen hat, nicht wahr? Ein feines Paar seid ihr, du und Oskar. Und ich dachte, ich muss dich vor ihm beschützen!« Er lachte trocken. »Tja, Scheerer, du Idiot, das hast du dir doch immer gewünscht: noch einmal so belogen zu werden, ach was, *schlimmer* belogen zu werden als von Elizabeth. Wunderbar.«

Er sah Emma direkt in die Augen, sein Blick war dunkel vor Zorn. »Bei ihr flog die Lüge wenigstens nach ein paar Tagen auf. Du und Oskar hingegen, ihr habt das Ganze ja perfekt durchgehalten. Ich hoffe, ihr habt euch gut dabei amüsiert.«

»Das haben wir nicht«, sagte sie leise. »Ich hasse Oskar, und das weißt du.«

»Weiß ich das?«

Abrupt drehte er sich um und ging zur Tür.

»Ich muss weg. Sag den anderen, was du willst. Dass ich in Ipswich Verpflegung einkaufe, mich betrinken muss, nach Amerika abhaue, irgendwas. Dir wird schon was einfallen. Im Erfinden bist du ja gut.«

Seine Worte trafen sie wie Schläge ins Gesicht. Betäubt starrte sie ihm hinterher, und erst als sie Hufschläge über den Platz wirbeln hörte, löste sie sich aus ihrer Versteinerung. Sie rannte aus dem Haus in den nebligen Morgen, wollte Carl aufhalten, wollte ihn bitten … ja, was? Zu akzeptieren, was nicht zu akzeptieren war?

Als ihr klar wurde, dass es keine Entschuldigung für ihr Verhalten gab, blieb sie stehen und sah Carl in stummer Hoffnungslosigkeit nach. Ohne sich umzusehen, preschte er auf Orlando fort, weg von ihr, vielleicht für immer. Er hatte sich nicht einmal die Zeit genommen, etwas einzupacken, einen Mantel, Verpflegung, sein Gewehr. So eilig hatte er es, von ihr wegzukommen.

Verloren stand sie vor dem Haus und lauschte auf die leiser werdenden Hufschläge. Bald war nichts mehr zu hören als die Geräusche der Natur, das gleichmütige Pfeifen der Vögel und das Rascheln kleiner Tiere im Laub.

Carl war weg.

Sie schlich zu ihrer Hütte, ging hinein und ließ sich auf das kaputte Feldbett fallen. Ihr fiel absolut nichts ein, was sie hätte tun können, um Carls Liebe zurückzugewinnen und ihn davon zu überzeugen, dass die ihre stets tief und aufrichtig gewesen war.

Also tat sie das Einzige, was ihre Qual ein wenig zu lindern vermochte: Sie weinte.

# 30

Wie lange sie in ihrer Hütte gelegen und geweint hatte, wusste sie nicht. Es war ihr auch gleichgültig.

Denn er war nicht mehr da.

Sie verspürte keinen Durst, keinen Hunger, nichts als die überwältigende Sehnsucht, Carl ihrer Liebe zu versichern. Es klopfte an der Tür ihrer Hütte, doch sie drehte nicht einmal den Kopf. Sie wollte niemanden sehen und mit niemandem sprechen.

Erst als die Tür sich öffnete und Yileen zögernd seinen Kopf hereinsteckte, setzte sie sich auf.

»Yileen! Was machst du denn hier?«

Er trat auf leisen Sohlen ein, blieb vor ihrem Feldbett stehen und sah ernst auf sie herunter.

»Birwain mich geschickt. Er sagt, ist Zeit für Eukalyptusfeuer. Du lange nicht von selbst gekommen, darum ich dich holen.«

Emma schüttelte den Kopf. »Es ist alles zu spät. Carl ist weg. Wie sollte mir da ein Eukalyptusfeuer helfen?«

»Birwain gesagt«, wiederholte Yileen eigensinnig. »Ich auch nicht wollte kommen, aber er darauf bestanden.«

Sie rieb sich die verquollenen Augen. »Hattest du Angst vor Oskar?«

»Ja. Geist immer noch in diese Mann. Aber Birwain gesagt, wir müssen besiegen, und Angst kein guter Lehrer. Feuer guter Lehrer!«

Was sollte sie von alldem halten? Was hatte es mit diesem mysteriösen Feuer auf sich, von dem die Eingeborenen nicht müde wurden zu sprechen? Trotz ihres Unglücks verspürte sie einen Funken Neugierde. Und Hoffnung, bemerkte sie erstaunt.

Doch noch sträubte sie sich dagegen.

»Ich muss hier bleiben«, sagte sie halbherzig zu Yileen. »Wenn Carl zurückkommt, wird er mich suchen.«

Ach ja?, fragte eine Stimme in ihr spöttisch. Erstens wird er nicht zurückkommen, und zweitens: Selbst wenn er es tut, wird es ihm absolut gleichgültig sein, wo du dich herumtreibst.

»Wird dich bei uns finden«, sagte Yileen ungerührt. »Geister ihn führen.«

»Wir Weißen verlassen uns nicht auf die Geister«, sagte Emma. Sie hörte selbst, dass es überheblich klang.

»Wäre aber besser«, entgegnete Yileen, nicht im Mindesten gekränkt. »Komm, Birwain wartet mit Feuer.«

»Er wusste doch gar nicht, ob ich mit will!«

»Birwain alles wissen«, sagte Yileen drängend. »Jetzt komm, wir keine Zeit mehr! Geist-Mann bald da.«

Emma schüttelte den Kopf. »Wenn du Oskar meinst, der ist ganz sicher im Regenwald. Er sammelt Tiere, weißt du?«

Es klopfte.

»Emma? Bist du da drin? Mit wem zum Teufel sprichst du?«, ertönte Oskars Stimme vor der Hüttentür.

Yileen erstarrte.

Emma warf ihm einen schnellen Blick zu und legte warnend den Finger auf die Lippen.

»Ich rede nur so vor mich hin«, rief sie dann laut. »Was willst du, Oskar?«

»Ich suche Scheerer. Und dir habe ich Pflanzen und Tiere ins Zeichenzimmer gebracht, aber du warst ja nicht da. Was ist hier eigentlich los?«

»Nichts«, rief Emma schnell. »Alles in Ordnung. Carl ist … er ist … in Ipswich.«

Oskar lachte. »Und da verkriechst du dich in deiner Hütte? Hast du Angst rauszukommen, wenn dein Buschkönig nicht da ist?«

»Unsinn!«, versetzte sie ärgerlich.

»Dann ist es ja gut«, sagte er spöttisch. »Ich dachte schon, das Fräulein Kratzbürste hätte vielleicht seine Stacheln verloren. Wie dem auch sei: Mach dich langsam mal an die Arbeit. Auch den halben Lohn gibt's nicht umsonst! Fürs Faulenzen zahle ich dir kein einziges Pfund, klar?«

Am liebsten wäre Emma auf der Stelle aus der Hütte gestürzt, um Oskar ihre Kündigung an den Kopf zu werfen. Wenn sie kein Geld mehr verdiente, na und? In diesem Moment war ihr alles gleichgültig. Ihr Lebensglück hatte sie sowieso verspielt, denn Carl war weg, und selbst wenn er zurückkäme, würde er sie nicht mehr lieben. Sie konnte also tun und lassen, was sie wollte. Würde sie eben bei den Eingeborenen leben oder in Brisbane die Böden reicher Haushalte schrubben. Egal. Alles wäre besser, als weiter für Oskar arbeiten zu müssen.

Ein Blick auf Yileen aber hielt sie zurück. Der Eingeborene stand mit schreckgeweiteten Augen neben ihr und sah tatsächlich so aus, als hörte er draußen vor der Hüttentür den Leibhaftigen sprechen.

Mühsam bezwang Emma ihre Wut und presste hervor: »Ich brauche noch zehn Minuten, Oskar. Geh bitte voraus, wir treffen uns dann im Zeichenzimmer.«

»Also in zehn Minuten. Aber keine Minute später«, entgegnete Oskar herrisch.

Sie hörte, wie er sich von der Hütte entfernte, und hoffte, dass er ohne Umweg ins Haupthaus ging. Leider zeigte das kleine Fenster ihrer Hütte in die andere Richtung, so dass sie ihm nicht nachsehen konnte. Als sie dennoch einigermaßen sicher war, dass Oskar außer Reichweite sein musste, sagte sie leise zu Yileen: »Lauf zurück zu eurem Lager. Sag Birwain, ich komme, sobald ich kann. Erst muss ich hier noch etwas klären.«

Yileen sah immer noch erschrocken aus, doch er schüttelte entschieden den Kopf.

»Ich nicht gehe ohne dich. Birwain gesagt, du musst kommen.«

»Herrgott, Yileen! Willst du, dass Oskar wiederkommt? Was wird er denken, wenn er dich und mich zusammen in meiner Hütte findet?«

Sie öffnete die Tür einen Spalt breit und spähte hinaus. Kein Oskar. Rasch griff sie nach Yileens Hand und zog ihn mit sich ins Freie.

»Ich verspreche dir, ich komme später, aber jetzt geh, sonst ...«

»Wen haben wir denn da?«, fragte Oskar süffisant und trat hinter einem großen Eukalyptusbaum hervor. Lässig hob er das Gewehr, spannte den Lauf und richtete die Waffe auf Yileen.

»Schön stehen bleiben, mein Freund, sonst bin ich leider, leider gezwungen zu schießen.«

Emma und Yileen waren beide zusammengezuckt, nun starrten sie entsetzt auf Oskar, der mit erhobenem Gewehr auf sie zuschlenderte.

»Das macht natürlich mehr Spaß, als zu arbeiten, was, Emma? Ein Schäferstündchen mit einem schönen, starken Wilden. Aber was wundere ich mich eigentlich? Von dir war ja nichts anderes zu erwarten. Scheerer ist schließlich in Ipswich, da muss Ersatz her.«

Ohnmächtiger Zorn stieg in Emma auf. Gleichzeitig war sie wie gelähmt vor Angst um Yileen, denn Oskars Gewehrlauf zeigte nach wie vor auf den Eingeborenen.

»Lass den Unfug«, sagte sie zu Oskar. Ihre Stimme klang unnatürlich hoch. Bestimmt merkte er, wie schlecht sie ihre widerstreitenden Gefühle unter Kontrolle hatte, und das ärgerte sie nur noch mehr. »Ich erforsche Yileens Clan, die Heilkunde und …«

»… das Paarungsverhalten? Sehr engagiert, wirklich.«

Oskar lachte hässlich. Er hatte sie nun erreicht und tippte mit dem Gewehrlauf auf Yileens Brust.

»Weißt du, Emma, ich finde die Wilden ebenfalls spannend. Du kennst doch sicher die Debatte um die Grenze zwischen Mensch und Tier? Die Wilden stehen genau dazwischen, sie sind weder das eine noch das andere, und das macht sie so interessant für die Forschung.«

Ein kalter Schauer lief Emma über den Rücken. Deutete Oskar wirklich an, dass … Nein, so grausam konnte doch nicht einmal er sein.

»Die Skelette der Wilden sind wichtig für die Völkerkunde«, sagte Oskar im Plauderton. »Außerdem könnte Godeffroy die Köpfe in seinem Katalog anbieten. Ich bin sicher, sie wären das Glanzstück jeder privaten und wissenschaftlichen Sammlung.«

Er schaute Yileen in die Augen und setzte kalt hinzu: »Du solltest stolz sein, mein Freund, dass du der Erste bist, den ich auf die Reise nach Hamburg schicken werde. Wenn auch nicht lebendig.«

Yileen schloss die Augen und murmelte etwas. Emma erkannte mit Entsetzen, dass Yileen aufgab und sich auf den Tod vorbereitete. Sein übermächtiger Feind, der Geist, hatte ihn gefunden. Er würde ihn nicht mehr freigeben.

In ihrer Verzweiflung fragte sie Oskar: »Was kann ich tun, damit du Yileen verschonst?«

Oskar legte den Kopf schief. »Ach, plötzlich so brav? Aber das hilft dir nichts, meine Liebe. Dein Buschkönig ist nicht da, um zu verhindern, dass ich deinen schwarzen Liebhaber hier erschieße. Er wird die größte Trophäe meiner Forschungsreise sein, wird mir Geld und Ruhm einbringen. Was könntest du mir bieten, dass ich *darauf* verzichten sollte?«

Selbstvergessen zeichnete er mit dem Gewehrlauf kleine Kreise auf Yileens Brust.

In Emmas Kopf jagten sich die Gedanken. Yileen durfte nicht sterben, sie musste ihn retten, koste es, was es wolle! Birwain hatte den jungen Mann zu Emma geschickt, um ihr zu helfen, und er war trotz seiner Angst gekommen. Sollte sie schon wieder schuld daran sein, dass ein Mensch gewaltsam zu Tode kam? Zwei Tote in Stuttgart, ein weiterer Toter hier ... Würde es denn nie aufhören? Würde sie für den Rest ihres Lebens Unglück über unschuldige Menschen bringen? Aber was um Himmels willen konnte sie tun, um Oskar umzustimmen?

Denk nach, Emma, denk nach, denk nach, denk nach! Was will Oskar, was ist ihm wichtig, wonach sehnt er sich?

Sie sah in sein Gesicht, und schlagartig wusste sie es. Wichtiger noch als Geld und Ruhm war es diesem Mann, Macht auszuüben, vor allem über die, die sich ihm beharrlich entzogen.

So wie sie.

Ekel und ein fast unbezwingbarer Widerwille überkamen Emma, als ihr klar wurde, dass sie selbst der Preis für Yileens Leben war.

»Nun, Emma?« Oskar lächelte. »Gibt es da etwas, das du mir anbieten könntest?«

»Ich könnte ... vielleicht ...« Sie rang mit sich, brachte es aber nicht über sich, es auszusprechen.

»Ich warte.«

Sie senkte den Kopf. »Wir wissen doch beide, was es ist.«

»Ich will es aber hören, dein nettes kleines Angebot«, sagte Oskar leise. »Aus deinem Mund. Jetzt.«

Wie im Traum schaute Emma zu Yileen. Er durfte nicht sterben, nicht hier und nicht heute. Sie durfte nicht jeden um sich herum ins Verderben ziehen. Wenn Emmas Würde der Preis für Yileens Leben war, dann musste sie das eben akzeptieren.

Langsam wandte sie sich wieder Oskar zu. »Du kannst mich haben«, sagte sie.

»Wie, dich haben?« Er schien es zu genießen, sie zu quälen. »Drück dich doch bitte etwas genauer aus.«

Emma schloss die Augen. Vielleicht ging es leichter, wenn sie sich dabei in sich selbst zurückzog.

»Du darfst mich … bezwingen. Ein Mal. Das ist es doch, was du von Anfang an wolltest.«

Die sich ausdehnende Stille veranlasste sie, die Augen wieder zu öffnen. Hatte sie sich geirrt? War nicht einmal das – dieses letzte, widerwärtige Angebot – genug?

Doch da sagte Oskar mit einem Lächeln: »Ich habe es dir prophezeit, erinnerst du dich? Eines Tages würdest du vor mir zu Kreuze kriechen. Dieser Tag ist nun da, Emma.« Er sah fast glücklich aus. »Gott sei gepriesen.«

Nein. Gott sei verflucht, wenn er das hier zulässt!, dachte Emma verzweifelt. Doch sie schwieg.

Es gab kein Zurück.

Sie stand zitternd in ihrem Zeichenzimmer, den Rücken gegen die Wand gepresst. Draußen bewachte Pagel mit geladenem Gewehr Yileen. Nachdem sie sich einig geworden waren, wie Oskar es ausgedrückt hatte, hatte er mit einem Schuss in die Luft Pagel und Krüger zu Hilfe gerufen. Nach einem Blick auf Krügers entsetzte Miene hatte er diesem abfällig beschieden, wieder gehen zu können, da man für die Aufgabe, die zu erledigen sei, einen echten Mann brauche. Pagel aber, ganz echter Mann, war geblieben.

Oskar hatte ihm erklärt, dass er eine Wache für den Wilden benötige, mit dem Emma sich vergnügt habe. Er wolle mit

Emma in aller Ruhe über die Sache sprechen und dann entscheiden, wie weiter mit dem Wilden zu verfahren sei.

Dass er Emma vor Pagel bloßgestellt hatte, war nur eine weitere Gemeinheit gewesen, auf die es nun auch nicht mehr ankam, hatte sie müde gedacht. Pagel hatte sie kopfschüttelnd angesehen und die ehrenvolle Aufgabe, die Oskar ihm übertragen hatte, ohne Murren übernommen.

Als Oskar Emma ins Haupthaus geschubst hatte, hatte er leise gesagt: »Verzeih mir die kleine Vorsichtsmaßnahme, meine Liebe. Aber wenn ich deinen Liebhaber laufen lasse, überlegst du es dir vielleicht anders, sobald er in Sicherheit ist. Frauen sind ja so wankelmütig.«

Oskar hatte sie ins Zeichenzimmer dirigiert, und nun stand er so dicht vor ihr, dass sie seinen Atem riechen konnte. Sie drehte den Kopf weg und schloss die Augen.

»Nun, meine Liebe«, hörte sie ihn mit trügerisch weicher Stimme sagen, »was kann ich von dir erwarten? Sicher so einiges, hm? Erst Scheerer, dann der Wilde … und in Stuttgart warst du bestimmt auch keine Unschuld. Ja, ich bin sicher, du kennst alle Tricks, wie man einen Mann verrückt macht. Zeig sie mir, Emma, einen nach dem anderen. Egal, wie lange es dauert. Niemand wird uns stören; Scheerer ist ja in Ipswich.«

Sie spürte, wie er mit beiden Händen ihren Rock raffte. Dann strich er langsam ihren Oberschenkel entlang.

»Wir haben alle Zeit der Welt.«

Sie hielt die Augen fest geschlossen und kämpfte den Drang nieder, Oskar fortzustoßen und zu fliehen.

Für Yileen, hämmerte es in ihrem Kopf. Ich tue das für Yileen. Mein Stolz gegen ein Menschenleben. Yileen soll nicht für mich sterben. Nicht denken, Emma. Wegfliegen. Mein Geist wird einfach wegfliegen …

»Schau mich an«, forderte Oskar gebieterisch.

Sie zwang sich zu gehorchen, und der letzte Funken Hoffnung, dass sie das Ganze ungebrochen überstehen würde, erstarb. Sie sah die Besessenheit in Oskars Blick, erkannte, wie berauscht er war von seinem späten Triumph; davon, dass er sie endlich vollkommen in seiner Gewalt hatte. Und ihr wurde klar, dass er ihr nichts, überhaupt nichts erlassen würde.

Als habe er ihre Gedanken gelesen, flüsterte er ihr zu: »Ich will, dass dir von Anfang bis Ende bewusst ist, was du mit mir tust, Emma. Keine gedanklichen Fluchten, kein Wegdämmern, nicht einen einzigen, verdammten Augenblick lang. Du sollst dich dein ganzes Leben lang daran erinnern, dass ich dich bezwungen habe. Es wird dich nie mehr loslassen, verstehst du? Von jetzt an wirst du immer wissen«, seine Hände schlossen sich unter dem Rock schmerzhaft um ihr Gesäß, »wo dein Platz ist. Nämlich unten. Ganz unten.«

Er küsste sie, als wollte er sie beißen, und stieß ihr brutal die Zunge in den Mund.

Ich ertrage es nicht, dachte sie benommen, nicht das auch noch.

Urplötzlich hatte sie das Gefühl, neben sich zu stehen. Das war gar nicht sie, der das alles passierte, das war eine andere. Sie, Emma, würde nie Oskars Zunge in ihrem Mund dulden, und schon gar nicht seine Hände, die jetzt überall waren, ihre Beine auseinanderdrückten, sie gierig befummelten, und sie, Emma, würde auch nie gehorchen, wenn er wie jetzt keuchen würde: »Schau mich an, während ich es tue, Emma, na los, schau mich an! Jetzt sind es nur meine Finger, die sich in dich graben, aber nachher, du wirst schon sehen …« Es war nicht sie, die den Schmerz fühlte, als sie mit dem Kopf an die Wand krachte und schrie, nicht sie, um die der Raum sich drehte und die anfing zu schwanken, es war die andere, denn sie, Emma, hatte sich doch aufgelöst, sie war gar nicht mehr da …

Die Tür flog auf, und eine Stimme donnerte durch den Raum. »Lass sie los, oder ich bring dich um!«

Die andere Emma registrierte, dass die Stimme zu Carl gehörte. Oskar ließ die Hände sinken, ihr Rock fiel zu Boden, sie holte krampfartig Luft. Es konnte nicht Carl sein, dachte die andere Emma, es gab doch keine Rettung. Aber es gab diese offene Tür, da hinter dem Mann, der wie Carl aussah, und es gab den freien Platz, der jetzt zwischen ihr und Oskar war, denn er war herumgewirbelt und stand nun ganz starr, schaute mit aufgerissenen Augen in den Gewehrlauf, der auf sein Gesicht gerichtet war, und sie musste nur bis zur Tür kommen, nur bis zur Tür …

Blind stolperte sie durchs Zimmer, durch die Tür, aus dem Haus, über den Platz, an den letzten Hütten vorbei in Richtung Regenwald. Die wahre Emma schwebte über ihr, kam zögernd näher, umfing sie und tauchte schließlich in sie hinein, und als es geschah, fing sie gleichzeitig an zu schluchzen und zu rennen. Sie rannte, bis sie Yileen erkannte, der an der Stelle auf sie wartete, an der sie sich beim allerersten Mal getrennt hatten.

»Nimm mich mit, Yileen«, flüsterte sie erstickt.

»Dafür ich hier«, sagte er und griff nach ihrer Hand.

# 31

Die Eingeborenen hatten sie genötigt zu essen und zu trinken, und danach hatten sie Emma in eine leere Hütte gebracht, damit sie sich ausruhen konnte, bevor das Eukalyptusfeuer entzündet würde.

Emma hatte alles über sich ergehen lassen. Sie fühlte sich wie aus der Zeit gefallen, willenlos und von einer Kälte erfüllt, die nichts mit der Temperatur draußen zu tun hatte. Als die Dämmerung sich über das Eingeborenenlager legte, wurde Emma bewusst, dass ihr die erste Nacht bei den Schwarzen bevorstand. So hatte sie sich diese Erfahrung allerdings nicht vorgestellt; sie hatte sich als neugierige Forscherin gesehen, nicht als unglückliche Frau. Aber war es von Bedeutung, was sie sich gewünscht hatte?

War irgendetwas von Bedeutung?

Birwain betrat die Hütte und musterte Emma besorgt. »Ich hoffe, ich habe Yileen nicht zu spät zu dir geschickt.«

»Es ist für alles zu spät«, sagte Emma gleichgültig.

Wenn ihr überhaupt noch etwas leidtat, dann höchstens der alte Schamane. Er schien so große Hoffnungen auf sein magisches Feuer zu setzen, dass es sie traurig machte, ihn enttäuschen zu müssen. Denn enttäuschen würde sie ihn. Nichts konnte ihr helfen, schon gar nicht ein paar verbrennende Hölzer und Blätter, von welchem Baum auch immer.

Birwains Gesicht bekam einen entschlossenen Ausdruck. »Aufgeben ist niemals gut. Komm!«

Mit einer Geste, die keinen Widerspruch zuließ, bedeutete er Emma, ihm zu folgen, die lange Feder, die er an seinem Hüftgürtel befestigt hatte, wehte hin und her.

Ergeben trat Emma hinter ihm aus der Hütte. Wenn er darauf bestand, würde sie dem nutzlosen Ritual eben beiwohnen. Das würde Birwains Enttäuschung zwar nicht verhindern, aber immerhin hinauszögern.

Mittlerweile war es ganz dunkel geworden, hier und da erhellten kleine Feuer vor den Hütten die Nacht. Alles war still, niemand sprach sie an, obwohl ihr den ganzen Weg über neugierige Blicke folgten.

Fast war Emma erleichtert, als sie das Lager verließen und in den nächtlichen Regenwald eintauchten. Birwain ging schweigend voran. Emma bemühte sich, dicht hinter ihm zu bleiben, trotzdem stolperte sie immer wieder über Wurzeln und große Steine. Birwain hingegen bewegte sich mit traumwandlerischer Sicherheit durch die Nacht, die sie nun undurchdringlich wie schwarze Tinte umgab.

Wo führt er mich eigentlich hin?, fragte sich Emma, der das Ganze immer weniger gefiel. Sollten wir nicht bald ankommen?

Da, ein schwaches Licht zwischen den Bäumen!

Birwain steuerte direkt darauf zu, und Emma ahnte, dass sie am Ziel waren. Was würde nun mit ihr geschehen, hier in der Dunkelheit, fern jeder menschlichen Behausung? Sie musste zugeben, dass ihr mulmig zumute war.

Dieses Gefühl wich blankem Entsetzen, als sie sah, was der Schamane für sie vorbereitet hatte.

Auf einer kleinen Lichtung lagen drei Felsen mit rundem Rücken, die wie urtümliche, versteinerte Schildkröten aussahen. Sie lagen in Form eines Dreiecks beieinander, und genau in der Mitte des Dreiecks erhob sich eine Holzkonstruktion, auf die Birwain nun feierlich deutete: In etwa eineinhalb Metern Höhe befand sich, getragen von vier starken Holzstützen, eine Art Bett aus neben- und übereinander gelegten Ästen. Auf dem Boden darunter brannte das kleine Feuer, dessen gespenstischen Schein Emma durch die Bäume hindurch gesehen hatte.

Da sollte sie hinauf? Wollte er sie grillen?!

Unwillkürlich dachte sie an die Kakerlaken, mit denen sie und Purlimil Carls Medizin hergestellt hatten. Die Tiere waren ruckzuck an Rauch und Hitze gestorben … Nein, sagte sie sich sogleich, sie musste sich irren. Niemals würde der Schamane von ihr verlangen, sich über ein Feuer zu legen!

Birwain jedoch forderte sie mit einer Handbewegung auf, die Konstruktion zu erklimmen, und als er Emmas Gesichtsausdruck sah, grinste er.

»Ah, dein Leben ist dir also doch noch etwas wert. Das ist ein gutes Zeichen.«

»Sehr lustig.«

In Emmas Brust lieferten sich Angst und Ärger einen Kampf, sie wusste nicht, ob sie lieber die Beine in die Hand nehmen und fliehen oder das alles für einen Scherz halten sollte.

»Was soll das werden, Birwain? Du glaubst doch nicht, dass ich mich im Namen irgendwelcher Baumgeister bei lebendigem Leib rösten lasse?«

Der Schamane beantwortete ihre unwirsche Frage mit einer gelassenen Gegenfrage. »Sieht dieses Feuerchen so aus, als wäre es imstande, einen Menschen zu rösten?«

Die Nachsicht in seiner Stimme beruhigte sie. Sie musste zugeben, dass er Recht hatte: Das Feuer war wirklich sehr klein, kaum Flammen, eher Qualm. Sie beobachtete Birwain, der in einen Beutel an seinem Hüftgürtel griff und eine Handvoll Eukalyptusblätter herausholte. Er streute die Blätter andächtig auf die brennenden Äste, und augenblicklich verbreitete sich duftender Rauch auf der kleinen Lichtung.

»Es ist ein Qualmfeuer, das nur wenig Hitze verursacht«, erklärte Birwain. »Wenn du dich auf die Äste darüber legst und der Rauch dich umhüllt, wird es dem bösen Geist in dir so ungemütlich, dass er das Weite sucht. Dann bist du frei. Und die Marmbeja können dir helfen, die Antworten auf deine Fragen zu finden.«

Wenn es nur so einfach wäre, dachte Emma resigniert.

»Klettere hinauf«, drängte Birwain. »Das Feuer brennt schon eine ganze Weile, es wird Zeit für dich! Ich helfe dir, wenn du es nicht alleine schaffst. Ihr Weißen seid doch manchmal sehr ungeschickt.«

Er kicherte.

Emma war ganz und gar nicht zum Kichern zumute, als sie sich bemühte, die Holzkonstruktion zu erklimmen. Nur nicht daran denken, was passieren würde, wenn die Äste unter ihr zusammenkrachten! Wie weit war eigentlich der Bach entfernt? Nur für den Fall, dass sie ins Feuer fiele …

Der Angstschweiß brach ihr aus, als sie sich vorsichtig auf den Ästen niederließ.

»Leg dich hin«, sagte Birwain.

Sie schluckte, tat aber, wie ihr geheißen wurde. Wider Erwarten hielt die Konstruktion, sie wackelte nicht einmal! Einigermaßen beruhigt bettete Emma sich auf die Äste, und obwohl ihr kleine Zweige schmerzend in den Rücken pikten, flaute ihre Angst doch langsam ab. Ins Feuer fallen würde sie aller Voraussicht nach nicht.

Birwain griff nach der langen Feder an seinem Hüftgürtel, die Emma schon in der Hütte aufgefallen war, und begann, den duftenden Rauch um sie herum zu fächeln. Sie lag auf den Ästen und betrachtete ihn aus den Augenwinkeln. Er hatte die Augen leicht geschlossen und murmelte etwas vor sich hin, das sie nicht verstand – oder war es ein Lied?

Auf jeden Fall wirkte es einschläfernd, denn sie merkte, wie sie sich entspannte. Kurz kämpfte sie dagegen an; sie wollte die Kontrolle darüber behalten, was hier mit ihr geschah. Doch der Gesang war von solch fremdartiger Schönheit, der Qualm, der Emma umhüllte, von so narkotischem Duft, dass Widerstand zwecklos war. Ihre Augen tränten vom Rauch, und sie schloss sie mit einem Seufzer.

Nun denn.

Sollten Birwain und die Marmbeja mit ihr machen, was sie wollten.

War sie noch wach, oder träumte sie bereits? Sie dachte an Oskar und das, was er mit ihr gemacht hatte. Oskar, der es fast geschafft hatte, sie zu brechen. Seine Hände überall, ihre Schreie, die Erniedrigung, Oskar, Ludwig … Die Gesichter der beiden Männer vermischten sich, zogen sich wieder auseinander, flossen erneut zusammen. Sie hielt sich an Birwains Gesang fest, folgte ihm in den Himmel, und der Rauch des Eukalyptusfeuers trug sie durch Zeiten und über Meere hinweg, bis zur Tür ihrer Erinnerung, die nun sperrangelweit offen stand.

Hindurch …

… und dann war sie wieder im Klavierzimmer, den Geruch von Erbrochenem in der Nase, Ludwig vor ihr und zwischen ihnen wie eine dunkle Wolke die Erkenntnis, dass sie schwanger war.

*»Ein Baby?«, presst Emma hervor. »Kann es nicht einen anderen Grund dafür geben, dass … es so lange her ist?«*

*Ludwig hört ihr gar nicht zu.*

*»Du darfst dieses Kind nicht behalten, Emma!«*

*Mit beiden Händen greift er an ihre Schultern und hält sie fest.*

*»Du musst es loswerden. Ich bin verheiratet! Und du – dich will auch keiner mehr, wenn du ein Kind hast.«*

*Als er ihren fassungslosen Blick sieht, fügt er hinzu: »Das ist dir doch wohl klar?«*

*»Du willst mich verlassen? In dieser Situation?« Emmas Stimme ist nur noch ein Hauch. »Du hältst nicht zu mir?«*

*»Komm mir doch nicht mit solch romantischem Unsinn.« Er wird wütend, fängt an, sie zu rütteln. »Wach auf, Emma. Wir hatten eine nette Zeit, aber ein Kind kommt nicht in Frage.«*

*»Ich kann es doch nicht … unser Kind, Ludwig …«*

*»Und wie du das kannst. Ich verspiele doch nicht meine gesellschaftliche Zukunft für deine sentimentalen Befindlichkeiten!«*

*In Emma stirbt etwas. Alles ist taub und kalt. Ist es ein Stück von ihr selbst? Oder der Rest ihrer Liebe zu Ludwig?*

*»Ich werde mich erkundigen«, sagt Ludwig nervös. »Morgen schicke ich dir eine Adresse, da gehst du hin und lässt es wegmachen.«*

*Zum ersten Mal sieht sie ihn, wie er wirklich ist. Fast muss sie lachen. Monatelang hat sie die Augen verschlossen, dabei war es doch die ganze Zeit über offensichtlich … Wie dumm sie war. Wie unsagbar dumm!*

*»Nein«, sagt sie.*

*Er starrt sie an. »Nein?«*

*»Nein«, wiederholt sie und schaut in seine Augen, die nicht länger Sehnsucht in ihr wachrufen, sondern nur noch Abscheu. Sie dreht sich um, verlässt das Zimmer und hastet die Treppe hinauf. Sie will ihn nicht mehr ansehen müssen.*

*Doch Ludwig folgt ihr, erwischt sie oben in ihrem Schlafzimmer und krallt sofort wieder seine Hände in ihre Schultern.*

*»Hast du Angst, es dir wegmachen zu lassen? Das fällt dir verdammt spät ein.« Er sieht wütend aus, als sei sie ganz allein schuld an dem Kind in ihrem Bauch. »Dann überleg dir eben was anderes! Fall die Treppe runter, geh reiten und stürz vom Pferd, mach irgendwas, damit du es verlierst! Aber – du – kannst – es –*

*nicht – bekommen! Ist das klar?« Er fängt wieder an, sie zu rütteln, und wird laut. »Ob das klar ist, habe ich gefragt!«*

*»Lass mich los.« Sie versucht, sich seinem Griff zu entziehen, doch er hält sie eisern fest. »Du tust mir weh.«*

*»Ich tue dir noch viel mehr weh, wenn es dir nur zu einer Fehlgeburt verhilft«, knurrt er.*

*»Ich hasse dich«, sagt sie leise.*

*Mit einem Ruck befreit sie sich von ihm. Plötzlich weiß sie, was sie tun wird: sich ihren Eltern offenbaren, Ludwig zum Teufel schicken, das Kind zur Welt bringen und lieben. Weil es nicht nur sein Kind ist, sondern auch ihres. Wo ihr Platz in der Gesellschaft sein wird, ob sie überhaupt noch einen Platz haben wird – das bleibt ungewiss. Aber sie wird es überleben. Sie wird alles überleben. Unwillkürlich lächelt sie, so gut tut das Gefühl der Stärke, das sich in ihr ausbreitet.*

*Sie wirft ihm einen letzten Blick zu, entschlossen, diesen Mann niemals wiederzusehen. Sie wird sich jetzt umdrehen, aus dem Zimmer gehen und …*

*»Mutter«, haucht sie erschrocken.*

*In der offenen Tür steht Frau Röslin. Ihr Gesicht ist weiß wie die Wand, die Hände hat sie ineinander verkrampft. Mit ihren riesengroßen Augen, die auf Emma und Ludwig starren, sieht sie sehr jung und verletzlich aus.*

*»Du und sie?«*

*Noch nie hat Emma ihre Mutter so sprechen gehört – ein außer Kontrolle geratenes Krächzen.*

*»Du hast meiner Tochter ein Kind gemacht, Ludwig? Du? Meiner Tochter?«*

*Warum duzt sie ihn?, fährt es Emma trotz ihres Schreckens durch den Kopf. Sie schaut ihre Mutter an, registriert den verwundeten Blick. Langsam, ganz langsam dreht sie sich zu Ludwig um. Er blickt flehend, doch nicht zu ihr, sondern zu ihrer Mutter.*

*»Später«, sagt er im hilflosen Bemühen, eine Eskalation zu verhindern, »später erkläre ich es dir, ja? Vertrau mir.«*

*Emma steht zwischen Ludwig und ihrer Mutter, und keiner von beiden beachtet sie. Sie fühlt sich, als sei sie unsichtbar. Schlagartig begreift sie alles.*

*Eine seltsame Ruhe breitet sich in ihr aus. Sie wendet sich Ludwig zu.*

*»Du hast mit uns beiden geschlafen.«*

*Gehört die Stimme, die ohne zu zögern die schreckliche Wahrheit ausspricht, tatsächlich zu ihr?*

*Offensichtlich, denn ihr Mund öffnet sich bereits wieder, und die Stimme fährt fort: »Du hast jeder von uns vorgegaukelt, dass du uns liebst, nicht wahr? Mutter und Tochter. Wie pikant. Jetzt fliegt alles auf, weil eine von uns die Frechheit besitzt, dein Kind in sich zu tragen.«*

*Der Schrei in ihrem Rücken scheint nicht von einem Menschen zu kommen. Emma fährt zu ihrer Mutter herum, sieht deren verzerrten Gesichtsausdruck und weiß in derselben Sekunde, dass die Mutter Ludwig geliebt hat, mit jeder Faser ihres Herzens. Der Schrei schwillt an, die Mutter greift sich in die kunstvoll aufgesteckten Haare und reißt daran, ihre Spangen lösen sich, Strähnen stehen wild vom Kopf ab. Noch nie hat Emma sie so gesehen. Der Anblick erschreckt sie: ihre anmutige, stets um gutes Benehmen bemühte Mutter – ohne jede Haltung.*

*Ludwig macht einen Satz nach vorne, doch nicht auf die Mutter zu, sondern an ihr vorbei durch die Tür. Er entzieht sich der Situation durch Flucht, erkennt Emma, und zu ihrem Hass gesellt sich Verachtung.*

*»Ludwig! Bleib hier!«, kreischt die Mutter und will ihn am Arm greifen, doch er ist schon an ihr vorbei und pfeilschnell die Treppe hinunter. Die Mutter stolpert ihm hinterher wie ein tödlich getroffenes Tier, hat für nichts Augen als für ihren fliehen-*

*den Geliebten. Sie wankt zur Treppe, ohne ihr Kleid zu raffen, ihr Fuß verheddert sich in dem langen, seidigen Rock, sie greift fahrig nach dem Geländer, bekommt es jedoch nicht zu fassen.*

*Jetzt ist es Emma, die schreit, als sie die Mutter kopfüber die lange Treppe hinunterstürzen sieht.*

*Alarmiert durch das Gepolter, dreht Ludwig sich gehetzt um, sieht Frau Röslin fallen und reglos am Fuße der Treppe liegen bleiben. Er zögert, dann wendet er sich ab und rennt davon.*

*Er prallt gegen Herrn Röslin, der in der Haustür steht, noch in Hut und Mantel und mit offenem Mund.*

*Eine Schrecksekunde später drängt Ludwig sich an ihm vorbei und ist verschwunden.*

*Erschüttert schaut Emma auf die Mutter hinab. Wie im Traum beginnen ihre Beine sich zu bewegen, tragen sie die Stufen hinunter, knicken neben der Mutter ein. Alles Blut ist aus den vertrauten Zügen gewichen. Nein, denkt Emma nur immer wieder, nein, nein, nein, nein, nein …*

*Herr Röslin beugt sich über Frau und Tochter, sein Hut fällt zu Boden, und er stammelt fassungslose Worte, deren Sinn nicht bis zu Emma vordringt. Nichts dringt zu ihr vor, nur das Bild ihrer Mutter, ihrer geliebten Mutter, die zerschlagen und bleich wie der Tod auf dem Boden liegt.*

*Unendlich langsam öffnet die Mutter die Augen. Ihr Blick sucht den ihrer Tochter, und als sie ihn gefunden hat, lächelt sie schwach.*

*»Du bist bei mir«, sagt sie, jedes Wort eine Anstrengung, die fast zu viel ist.*

*Sie greift nach Emmas Hand, dann schließt sie die Augen wieder, krampfhaft holt sie Luft, ihre Brust hebt sich, senkt sich.*

*Hebt sich nicht wieder.*

*Emma kauert neben der Mutter, umklammert ihre Hand, und sie glaubt es nicht, wehrt sich verbissen. Als sie begreift, dass ihre*

*Mutter tot ist, frisst sich der Schock wie Säure durch ihren Körper. Ihr Bauch verkrampft sich, wieder und wieder, und sie hört sich selbst schluchzen und schreien und Ludwig für den Tod der Mutter verfluchen. Dann überwältigt sie der Schmerz, und sie krümmt sich auf dem Boden zusammen.*

*Erst als sie wie aus weiter Ferne die Stimme des alten Arztes hört, dass für die gnädige Dame nichts mehr getan werden könne, Gott sei ihrer Seele gnädig, dass aber Emma durchaus noch am Leben sei, trotz der Blutlache unter ihr, kommt sie wieder zu Bewusstsein.*

*Durch einen dichten Nebel registriert sie mühsam, was ihr Vater und der Arzt miteinander sprechen, hört »frühes Stadium« und »dennoch sehr wahrscheinlich« und »Gewebeteilchen, die dafür sprechen« und »dieser verfluchte Klavierlehrer« und sieht, wie der Vater sich die Hände vors Gesicht schlägt.*

*»Ah, sie ist wach.«*

*Der Arzt legt eine Hand auf Emmas Stirn und wiegt bedenklich den Kopf.*

*»Das Fieber steigt«, sagt er ernst zum Vater. Rasch, bevor sie wieder wegdämmert, fragt er nach ihrer letzten Periode, wie Ludwig vorhin, und als sie antwortet, nickt er grimmig.*

*Der Vater lässt die Hände sinken und schaut seine Tochter an, als sehe er sie zum ersten Mal. Sein Blick irrt zwischen ihr und seiner verstorbenen Frau hin und her.*

*»Du, deine eigene Mutter und dieser Heyn«, flüstert er. »Eine Ménage-à-trois unter meinem Dach. Das ist so … so unwürdig! Und jetzt ist sie tot. Mein Gott. Mein Gott!«*

*Die Hitze des Fiebers überwältigt Emma. Als sie erneut das Bewusstsein verliert, spürt sie für den Bruchteil einer Sekunde Dankbarkeit für die gnädige, alles umfassende Schwärze.*

*Dann ist auch dieses Gefühl erloschen.*

Als Emma wieder wahrnahm, wo sie sich befand, war in ihr nur Platz für einen einzigen Gedanken.

Meine Mutter ist tot.

Sie roch den Duft des Eukalyptusfeuers und schmeckte das Salz der Tränen, die sich in ihren Mundwinkeln gesammelt hatten. Sie fing an zu schluchzen, konnte gar nicht mehr damit aufhören. Endlich konnte sie um ihre Mutter weinen, und im Schutze der Dunkelheit und des Qualms, der sie umhüllte, überließ sie sich der Trauer und dem Schmerz.

Gleichzeitig aber spürte sie fast so etwas wie Glück. Ihre Mutter hatte sie nicht einfach verlassen, wie sie all die Monate über geglaubt hatte; Emmas Schicksal war ihr nicht egal gewesen. Sie war ihr nicht einmal böse gewesen! Emma brauchte nur an den letzten Blick ihrer Mutter zu denken, an ihre letzten Worte und daran, dass sie nach ihrer Hand gegriffen hatte, um tröstliche Gewissheit darüber zu fühlen: Die Mutter hatte Ludwig die Schuld gegeben, nicht ihrer Tochter.

»Du bist bei mir«, hatte sie gesagt.

Ja, Mutter, dachte Emma, und ihr Herz wurde trotz des Kummers weit, ich bin bei dir. Ein Teil meiner Seele ist immer bei dir, wo du auch sein magst.

Der andere Teil jedoch, das wusste Emma nun, würde hier unten bleiben – im Leben. Die Tränen flossen weiter, doch es waren keine Tränen der Verzweiflung mehr. Emma konnte den frühen Tod der Mutter betrauern, sich nach ihr sehnen und sie vermissen und bei alldem doch immer wissen, dass die Mutter sie bis zuletzt geliebt hatte.

Ludwig hingegen hatte in Emmas Herz keinen Platz mehr. Nicht eine Träne floss für ihn. Er hatte alle betrogen, Auguste, die Mutter und sie, Emma. Ihnen allen hatte er Liebe vorgegaukelt; ein Spiel mit dem Feuer, das ihre Mutter das Leben gekostet hatte.

Hatte Herr Röslin ihn zur Verantwortung gezogen? Oder hatte Ludwig nach Frau Röslins Sturz und Emmas Fehlgeburt – nach zwei Todesfällen, an denen er zumindest moralisch die Schuld trug – weitergelebt wie zuvor? Hatte er die beiden Geliebten, Mutter und Tochter, aus seinem Dasein gestrichen wie eine überflüssige Fußnote? Ja, sogar das traute sie ihm zu.

Der Qualm wurde schwächer, die Blätter waren verbrannt, und mit dem Erlöschen des Feuers versiegten auch Emmas Tränen. Als schließlich nur noch eine dünne, duftende Rauchfahne übrig war, die der Wind erfasste, noch bevor sie sich in den Himmel erheben konnte, wusste sie, dass es vorbei war.

Sie setzte sich auf mit einem Gefühl, als sei sie von einer langen, beschwerlichen Reise zurückgekehrt. Mit wackeligen Beinen kletterte sie von der Holzkonstruktion herunter. Der weiche Boden der Lichtung schwankte ein wenig unter ihren nackten Füßen.

»Wie ich sehe, haben die Marmbeja den bösen Traum mitgenommen«, sagte Birwain. Die Feder baumelte schon wieder an seinem Hüftgürtel, und er lächelte sie zufrieden an, wobei sich unzählige Fältchen um seine Augen bildeten.

»Ja«, sagte Emma, und ihre Stimme gehorchte ihr nicht ganz. »Ich bin endlich aufgewacht, Birwain. Dafür danke ich euch mehr, als Worte es ausdrücken können. Dir und den Marmbeja.«

Er lachte krächzend. »Dann glaubst du endlich, dass es sie gibt, unsere Geister?«

»Sieht ganz so aus«, sagte Emma und sandte ihren Dank in die dunklen Zweige und Blätter über ihr, die im kühlen Nachtwind wisperten.

# 32

Sie hatte gedacht, dass die Heilungszeremonie mit dem Erlöschen des Eukalyptusfeuers zu Ende war, doch sie hatte sich getäuscht. Birwain erklärte, sie müsse sich nun niedersetzen und unverzüglich alles, woran sie sich erinnert hatte, laut in Worte fassen. Die Marmbeja würden sich betrogen fühlen, wenn sie nur als Boten durch Zeit und Raum missbraucht würden, die Geschichte danach aber nicht erzählt bekämen.

»Es ist wichtig, dass du wirklich laut sprichst«, ermahnte er sie. »Sonst hören dich die Marmbeja nicht!«

Emma fand das zwar komisch – hatten Baumgeister so schlechte Ohren? –, doch sie beugte sich Birwains Anordnung. Hatte er ihr nicht auch mit dem Eukalyptusfeuer geholfen? Wenn er nun verlangte, dass sie ihre Erkenntnisse rekapitulierte, würde das schon seinen Sinn haben.

Er ließ sie allein, versprach aber, dass ihr an einem heiligen Platz wie diesem niemals etwas Böses widerfahren würde. Die Schildkrötensteine seien sichtbare Teile der Himmelswesen, die in der Traumzeit das Land durchstreift hätten. Hier, am Ort des Eukalyptusfeuers, seien die Kräfte dieser Wesen noch lebendig und würden Emma beschützen.

Die ergreifende Erfahrung, die Emma gerade gemacht hatte, ließ sie dem Schamanen vertrauen.

Birwain kündigte an, dass sie ins Lager zurückkehren dürfe, sobald die Geschichte erzählt und die Heilung abgeschlossen sei. Sie fragte ihn mit leicht schlechtem Gewissen, ob er vorhabe, in dieser Nacht gänzlich auf seinen Schlaf zu verzichten, es musste bereits auf Mitternacht zugehen, und er nickte.

»Besondere Nächte erfordern eben kleine Opfer«, sagte er mit einem Lächeln. »Und ungewöhnliche Methoden.«

Wie meinte er denn das nun wieder?

Sie hörte das Knacken der Zweige unter seinen Füßen, als er sich entfernte. Fast klang es so, als käme er danach wieder, denn sie glaubte das Geräusch von Schritten ganz in ihrer Nähe zu vernehmen. Emma spähte in die tiefschwarze Nacht, sah aber nichts als Schatten und undefinierbare Umrisse.

Es ist niemand hier, schalt sie sich nervös.

Sie räusperte sich. Wie bizarr es war, in vollkommener Dunkelheit und Einsamkeit australischen Geistern eine Geschichte zu erzählen!

Sie setzte sich auf den Boden neben einen der Holzpfähle, die ihr Astlager trugen. Noch immer hing der Duft des verbrannten Eukalyptus in der Luft. Stockend begann sie zu sprechen.

Sie fing ganz von vorn an, mit der ersten Begegnung zwischen Ludwig und ihr in jenem Herbst. Wenn die Geister schon wissen wollten, wie alles geendet hatte, mussten sie auch wissen, wie es begonnen hatte, fand Emma.

Es war schmerzhaft, alles noch einmal zu durchleben – die Verliebtheit, die Zweifel, die Erniedrigung –, doch sie merkte auch, dass es ihr guttat, sich die Vergangenheit von der Seele zu reden. Ihr hörte zwar kein menschliches Wesen zu, aber vielleicht konnte sie gerade deshalb so offen sprechen, wie sie es einer Freundin gegenüber niemals gewagt hätte.

Sie erzählte den wispernden Zweigen von ihrem schlechten Gewissen Auguste gegenüber, von ihrem Entschluss, alles zu beenden, und von dem seelischen Druck, den Ludwig auf sie ausgeübt hatte. Ihre Schuldgefühle sparte sie ebenso wenig aus wie ihre Verachtung dem ehemaligen Geliebten gegenüber. Als sie zu ihrer Schwangerschaft kam, meinte sie, jemanden scharf einatmen zu hören, doch da täuschte sie sich gewiss. Es war ja niemand hier – nur die Baumgeister und die Kräfte der Himmelswesen, die Emma angeblich beschützten. Unwillkürlich flog ihr Blick zu dem schwarzen Umriss des Schildkrötensteins vor ihr.

Dann erzählte sie weiter. Von ihrem Erwachen aus dem hohen Fieber, das der Fehlgeburt gefolgt war. Von ihrem Gedächtnisverlust. Von der Panik, als niemand ihr auf ihre Fragen antworten wollte: Wo war die Mutter? Warum kam Ludwig sie nicht besuchen? Warum war sie so krank?

Keine Antworten. Und in ihr nur Schwärze.

»Endlich vorbei«, sagte sie aufatmend zu den Marmbeja.

Sie lehnte sich an den Holzpfahl und sah in die glühende Asche. Auch wenn die Ereignisse in Stuttgart schrecklich gewesen waren, fühlte sie sich doch, als sei ihr ein Felsbrocken vom Herzen gefallen. Sie war keine Mörderin! Ihre Mutter und auch Emmas Baby waren infolge des Unfalls und des Schocks gestorben. Wenn es einen Verantwortlichen für die Todesfälle gab, dann war es Ludwig. Emma hatte keine größere Schuld auf sich geladen als die, einer falschen Liebe nachgegeben zu haben. Das, so gestand sie den Baumgeistern ein, erleichterte sie über alle Maßen, auch wenn sie noch lange um ihre Mutter und um ihr ungeborenes Kind trauern würde.

Aber jetzt? Wie ging es weiter?

Zwar hatte sie endlich begonnen, ihre Vergangenheit zu bewältigen, doch es gab ja auch noch die Gegenwart. Und in der würde sie von nun an ohne Carl leben müssen.

Emma seufzte tief.

Dann fing sie wieder an zu sprechen.

Sie erzählte den Geistern, wie sehr sie es bereute, dass sie

Carl gegenüber nicht aufrichtig gewesen war. Sie hatte aus Not und Verzweiflung gehandelt, aber das würde er niemals verstehen. Zwar hatte Carl sie vor Oskar gerettet, aber hieß das auch, dass er ihr vergeben hatte? Keineswegs. Er hatte bestimmt nur seinem Gefühl für Anstand gehorcht, als er ihr geholfen hatte. Sie musste sich damit abfinden, dass sie ihn verloren hatte, ihn, den sie für den Rest ihres Lebens lieben würde. Einen anderen konnte es nach ihm nicht mehr geben, auch wenn das hieß, dass sie allein bleiben würde.

Warum war er wohl zurückgekommen?

Emmas Redefluss versiegte. Ob die Marmbeja die Antwort auf ihre Frage wussten? Nachdenklich schaute Emma hoch in das Blätterdickicht. Nein, es war unmöglich. Dass die Marmbeja ihr auch noch bei diesem Problem helfen sollten, war ganz sicher zu viel verlangt.

Sie stellte die Frage wider jede Vernunft. »Ihr könnt es mir nicht sagen, oder? Dass Carl nicht fortgeblieben ist … hatte das etwas mit mir zu tun? Warum ist er zurückgekehrt, Marmbeja?«

Sie verstummte. Wie albern sie war! Glaubte sie wirklich, Menschen und Geister konnten sich einfach so miteinander unterhalten?

Nicht weit von ihr, am Rande der Lichtung, bewegte sich etwas zwischen den Bäumen. Aus der Dunkelheit löste sich ein großer Schatten, und Emma zuckte vor Schreck zusammen.

Der Schatten kam näher.

Großer Gott, ein Geist! Wo war bloß Birwain? Er hatte doch gesagt, an diesem heiligen Platz könne ihr nichts geschehen …

Doch da sagte der Schatten mit rauer, sehr irdischer Stimme: »Warum Carl zurückgekehrt ist? Weil er erkannt hat, dass er ein selbstgerechter Dummkopf war.«

Emma überlief es heiß und kalt zugleich. Um Himmels willen – das war *er*! Hatte er etwa alles mitangehört? Ihre ganze elende Geschichte, die kein menschliches Ohr je hätte vernehmen sollen? Und ihre Liebeserklärung?

»Er hätte nicht so hart über sie urteilen dürfen. Er hat sein Pferd gewendet und ist geritten wie der Teufel, um ihr zu versichern, dass es ihm leidtut und dass er ihr vertraut.«

Emma versuchte fieberhaft, sich einen Reim auf Carls Anwesenheit zu machen, während er auf sie zukam. Er musste ihr in den Regenwald gefolgt sein, nachdem er Oskar gestellt hatte, und dann hatte Birwain … oh, der Verräter! Birwain musste Carl erlaubt haben, Emma von Anfang bis Ende zu belauschen. Von wegen, die Geister seien böse, wenn sie Emmas Geschichte nicht hören durften. Nur für Carl hatte Emma das alles rekapituliert! Deshalb hatte Birwain sie auch ermahnt, laut zu sprechen. Geister hatten zwar keine Ohren, aber Menschen durchaus.

Vor Entrüstung blieb Emma die Luft weg. Der ganze Mumpitz war nur ein Vorwand gewesen, damit Carl die volle Wahrheit erfuhr, aus ihrem eigenen Munde.

Carls Stimme riss sie aus ihren Gedanken.

»Er dachte sich, dass Emma wohl ihre Gründe gehabt haben musste, ihn zu belügen. Und er hat beschlossen, ihr rückhaltlos zu vertrauen. Er kann gar nicht anders! Weil er … weil er sie … nun, weil er eben …«

Er verstummte, und dann hatte er sie erreicht. Ganz dicht vor ihr blieb er stehen. Emmas Empörung fiel in sich zusammen, nichts existierte mehr als Carl und ihr eigenes Herz, das so laut und heftig klopfte, als wolle es zerspringen. Hörte er das nicht?

Carl holte tief Luft.

Dann sagte er fest: »Weil er sie liebt. Er liebt sie mitsamt ihrer Schuld, ihrem Kummer und ihren Verfehlungen, mit dem ganzen Leid ihrer Vergangenheit. Er liebt sie mit ihrem Mut und ihrer Beharrlichkeit, ihrer Klugheit und ihrem guten Herzen. Sie ist die außergewöhnlichste Frau, die er je kennen gelernt hat, und er möchte ihr die Zukunft schenken, die sie verdient hat.« Leise setzte er hinzu: »Ich sehne mich seit Wochen danach, dir das sagen zu dürfen, Emma. Ich liebe dich. Ich liebe dich wie verrückt.«

Plötzlich war der Himmel sehr nah.

Küsste sie ihn, oder küsste er sie? Ihre Lippen lagen aufeinander, ihr Atem vermischte sich. Nichts war Emma je so köstlich erschienen wie dieser zarte, endlose Kuss.

Er war zu ihr zurückgekommen! Er war zu ihr zurückgekommen, er wusste um ihre Vergangenheit, und er liebte sie trotzdem.

Es erschien ihr wie ein Wunder, dass sie ihn berühren durfte, ihre Arme um ihn legen, seinen Rücken streicheln, ihre Lippen für seine Zunge öffnen. Carl zog sie an sich, und sie schmiegte sich eng an seinen Körper. Ihre Umarmung wurde leidenschaftlicher, der Kuss drängender, Vorbote von etwas, das sie beide wollten.

Jetzt ist es gut, wisperte es in den Blättern über ihnen.

Sie wunderte sich nicht, als sie feuchte Hitze zwischen ihren Beinen spürte. Der moosige Waldboden schien wie gemacht dafür, dass sie und Carl darauf niedersanken, ineinander verstrickt, weil keiner den anderen mehr loslassen wollte, und sei es nur für einen Augenblick. Sie befreiten sich so hastig von ihren Kleidern, als hätten sie seit Ewigkeiten genau darauf gewartet und als zählte nichts mehr als Emmas Hände um seine Hüften, Carls warmer Mund auf ihrem Hals, auf ihrer Schulter, ihrer Brust. Nur wenig später lag Carl auf dem Rücken und zog sie auf sich – eine Stellung, fuhr es ihr durch den Kopf, die Ludwig in all den Monaten weder verlangt noch erlaubt hatte.

Kurz hielt sie inne. Die Hast wich einem Moment der atemlosen Vorfreude, in der die Zeit stillzustehen schien. Sie schauten sich nur an, und Emmas Glück spiegelte sich im Glanz seiner Augen.

Dann war sie endgültig über ihm, ließ ihn mit einem Stöhnen in sich eindringen. Sie setzte sich auf, um Carl noch tiefer in sich zu spüren. Und als die Lust sie überwältigte, fühlte es sich zum ersten Mal in ihrem Leben ganz und gar richtig an.

# 33

Später lag sie in der Dunkelheit in seinen Armen. Das Moos unter ihren nackten Körpern war daunenweich, und gegen die nächtliche Kühle hatten sie ihre Kleider über sich gebreitet wie Decken.

Schläfrig sagte sie: »Ich bin so froh, dass du nicht nach Ipswich geritten bist. Oder irgendwohin sonst.«

Er drückte ihr einen Kuss auf das aufgelöste Haar. »Es tut mir leid, Emma. Ich hätte dir vertrauen müssen. Dich anhören.«

»Immerhin bist du schnell zur Besinnung gekommen«, sagte sie und kuschelte sich an ihn. »Sonst wäre die Nacht nicht nur für mich böse ausgegangen. Ob Pagel und Oskar Yileen wirklich hätten laufen lassen … Ich bin mir da gar nicht mehr so sicher.«

»Ich habe mich ganz schön erschreckt, als ich zurückkam«, sagte Carl. »Ich wollte ja eigentlich sofort zu dir, um mit dir zu reden. Statt deiner finde ich meinen Forscher, der hasserfüllt und mit geladenem Gewehr den armen Yileen bewacht!«

»Und was ist dann passiert? Ich weiß ja nur, dass du plötzlich ins Zimmer gestürmt kamst …«

»Ich habe Pagel angeherrscht, er solle die Waffe weglegen, und habe mich sofort bei Yileen entschuldigt. Aber der war erstaunlich gefasst.« Carl schüttelte bei der Erinnerung den Kopf. »Obwohl er zitterte wie Espenlaub, bestand er darauf, dich mitnehmen zu müssen. Birwain habe es befohlen, und es sei dringend. Ich bat Yileen, zumindest ein Stückchen in den

Regenwald zu laufen, weil ich ja gar nicht wusste, was geschehen war – und was noch geschehen würde. Es schien mir nötig, ihn aus der Schusslinie zu bringen, im wahrsten Sinne des Wortes.«

»Er hat tatsächlich ganz in der Nähe auf mich gewartet«, sagte Emma nachdenklich. »Trotz seiner Angst. Purlimil kann stolz auf ihren Mann sein.«

Carl nickte. »Als er weg war, fragte ich Pagel, was überhaupt los sei. Er erzählte mir eine wilde Geschichte von dir und Yileen, dass ihr ein Schäferstündchen gehabt hättet und Crusius dich nun ›verhören‹ würde. Da sah ich rot! Du hattest ja kurz zuvor zu mir gesagt, dass du ihn hasst, und nun hatte ich solche Angst um dich, dass mein Verstand vollkommen aussetzte.«

Carl zog sie unter den Kleidern noch näher an sich heran.

Emma spürte, wie sich bei der Erinnerung an die Geschehnisse im Zeichenzimmer die Härchen auf ihren Armen aufstellten. Wenn Carl nicht gekommen wäre – nein, nicht daran denken. Es war vorbei.

»Ich rannte ins Haupthaus, und da hörte ich dich schreien. Als ich die Tür zum Zeichenzimmer aufriss und dich mit ihm sah …«

Er brach ab. Sie spürte seine Anspannung, als er leise sagte: »Bei Gott, ich hätte ihn am liebsten umgebracht. Aber er war zu nah an dir dran, es wäre zu gefährlich für dich gewesen. Also habe ich mich darauf beschränkt, ihm zu drohen. Und dann bist du weggerannt.«

»Wie ging es weiter, Carl?«

»Hm, darauf bin ich nicht stolz. Ich habe mich benommen wie ein Revolverheld.« Er warf ihr einen beschämten Blick zu. »Ich befahl Crusius, er solle auf der Stelle packen, sein wissenschaftliches Material und sein Pferd mitnehmen und sich nie wieder blicken lassen. Sollte er es je wagen, noch einmal in deine Nähe zu kommen, dann sei er so tot wie die Tiere in seinen Spiritusgläsern.«

Emma musste lachen. »Eindeutige Worte.«

»Ja, umso mehr, als sie von meiner Gewehrmündung unterstützt wurden.« Er räusperte sich. »Emma, denk bitte nicht, dass dies die übliche Art ist, wie ich meine Probleme löse!«

»Oskar war ja eher mein Problem als deins«, sagte sie und schmiegte sich in Carls Arme. »Ich bin dir so dankbar, dass du mich vor ihm gerettet hast!«

»Eines verstehe ich allerdings immer noch nicht«, sagte Carl. »Hat Pagel nicht Lunte gerochen, was Crusius vorhatte, als der dich ins Haupthaus geschleppt hat? Ich meine, du bist ja bestimmt nicht freiwillig mitgegangen? Dich der Vergewaltigung preiszugeben … das hätte ich Pagel denn doch nicht zugetraut.«

Emma zögerte. Dann entschied sie sich dafür, Carl die Wahrheit zu sagen. Auch wenn Lügen und Schweigen im ersten Moment leichter erschienen, brachten sie doch nur Unglück. Wenn sie aus der Vergangenheit eines gelernt hatte, dann das.

»Ich hatte Oskar angeboten, dass … dass er mich haben darf. Einmal. Als Preis für Yileens Leben.« Sie schluckte. »Er wollte ihn töten, Carl, töten und nach Hamburg verschicken. Wie ein wildes Tier! Godeffroy sollte Yileens Skelett in seinem Museum ausstellen, und Yileens Kopf sollte verkauft werden. Das konnte ich doch nicht zulassen!«

Carl schwieg, wich ihrem flehenden Blick aber immerhin nicht aus.

»Es war das Einzige, was ich ihm anbieten konnte«, sagte Emma leise.

Langsam nickte er. »Zum Glück ist es nicht dazu gekommen, dass du diesen Preis bezahlen musstest.«

Er drückte ihr einen Kuss auf die Stirn.

Emma atmete auf.

Eine Weile lagen sie nur beieinander, während über ihnen leise ein Nachtvogel zwitscherte.

»Glaubst du, dass Oskar wirklich gegangen ist?«, fragte sie schließlich.

»Es ist ihm wohl nichts anderes übrig geblieben. Ich habe ihm gesagt, dass ich dich suchen würde, und wenn er bei meiner Rückkehr noch im Lager sei, würde ich meine Drohung wahrmachen. Sein Gewehr habe ich ihm zur Sicherheit abgenommen. Damit er nicht auf dumme Gedanken kommt.«

»Aber Pagel und Krüger …«

»… werden sich hüten, Crusius beizustehen«, sagte Carl grimmig. »Pagel weiß, dass ich noch ein Hühnchen wegen Yileen mit ihm zu rupfen habe, und er weiß auch, dass ich Crusius angewiesen habe, das Lager zu verlassen. Krüger habe ich ebenfalls noch kurz gesehen, bevor ich dir gefolgt bin. Er ist zerflossen vor Reue, dir und Yileen nicht beigestanden zu haben.«

»Das nützt mir allerdings wenig«, sagte Emma.

Sie gestand sich ein, dass sie von Krüger enttäuscht war. Er mochte nett und umgänglich sein. Vor allem aber war er schwach. Um selbst nicht in Schwierigkeiten zu geraten, hätte er ruhig in seiner Hütte ausgeharrt, bis alles vorbei gewesen wäre – Emma vergewaltigt und Yileen erschossen. Nein, ein Held war Krüger wirklich nicht.

»Ich habe die beiden angewiesen, auf mich zu warten. Die Konsequenzen aus dem, was geschehen ist, würden wir später besprechen, sagte ich ihnen. Ich wollte ja so schnell wie möglich ins Eingeborenenlager, um dich zu finden!«

Emma runzelte die Stirn. »Dann bist du schon fast genauso lange im Regenwald wie ich? Warum bist du denn nicht zu mir gekommen?«

Carl seufzte. »Birwain hat mich nicht gelassen. Er sagte, du bräuchtest Ruhe, und wir müssten die Nacht abwarten. Das Eukalyptusfeuer. Immerhin durfte ich ihm helfen, dieses seltsame Hochlager hier aufzubauen.«

Emma richtete sich auf und starrte ihn ungläubig an. »Du hast sogar das Ritual mit vorbereitet?!«

»Ja. Birwain hat mich in alles einbezogen, nur nähern durfte ich mich dir nicht. Da war er unerbittlich. Auch als er dich abends hierhergeführt hat, durfte ich euch zwar folgen, aber nur mit gehörigem Abstand. Er meinte, was du nun erleben würdest, sei geheim und ganz allein deine Sache. Er hat mit mir zusammen auf das Erlöschen des Feuers gewartet, während du da oben im Rauch lagst. Erst danach, sagte er, wärest du ›befreit‹.« Carl grinste. »Birwain war völlig gelassen, aber mir war das alles nicht geheuer. Ich bin die ganze Zeit über auf und ab getigert wie ein gefangenes Tier. Ich glaube, ich habe ihn wahnsinnig gemacht.«

»Das wäre ihm ganz recht geschehen!« Emma schaute Carl streng an. »Dir auch, übrigens. Dass du mich belauscht hast, finde ich unerhört, weißt du?«

Carl besaß den Anstand, schuldbewusst auszusehen. »Du hast ja Recht. Aber Birwain sagte, es gehöre zum Ritual, dass du nach dem Feuer den Geistern und mir eine Geschichte erzählen würdest. Ich sollte mich in deiner Nähe verbergen und ganz genau zuhören, denn die Wahrheit sei die Wurzel unseres zukünftigen Glücks.« Bittend sah er Emma in die Augen. »Letztendlich war es doch auch so, oder?«

Als sie daran dachte, dass Carl ohne die Heimlichtuerei des Schamanen nun wohl kaum neben ihr liegen würde, lächelte sie.

»Ja, so war es.«

Sie betrachtete Carl, und obwohl es dunkel war, meinte sie alles genau erkennen zu können: die schwarzen Locken, die gerade Nase, den Mund, der so gut küssen konnte, die breiten Schultern, von denen die provisorische Decke gerutscht war. Ihr wurde wieder bewusst, dass sie beide unter dem dünnen Überwurf aus Kleidern nackt waren. Auch Carl schien sich dieses Umstandes zu erinnern, denn in seinen Augen blitzte Begehren auf. Er rollte sich auf die Seite und stützte den Kopf auf die Hand.

»Weißt du eigentlich, dass du unglaublich schön bist?«, fragte er.

Sie lächelte verlegen und streckte den Arm aus, um die Finger in seinem Haar zu vergraben.

Carl schob das Hemd, das auf ihrem Oberkörper lag, sanft zur Seite und fing an, sie zu streicheln. Als seine Hand sich ihren Brüsten näherte, erwachte auch in ihr das Begehren wieder.

»Ich träume jede Nacht von dir, Emma«, sagte er leise. »Von der Abenteuerlust in deinem Blick. Vom Goldbraun deiner Haut.« Er beugte sich über sie und küsste sie. »Von deinen Ohrläppchen. Vom Duft deiner Haare.« Seine Hand wurde kühner. »Soll ich dir erzählen, wovon ich sonst noch träume?«

»Nein«, flüsterte Emma und schlang ihre Arme um ihn. »Dafür ist die Nacht zu kurz. Zeig es mir lieber.«

Das ließ er sich nicht zweimal sagen.

Als es dämmerte, gingen sie gemeinsam zurück zu den Eingeborenen. Überall war es ruhig, so früh am Morgen schienen noch alle zu schlafen. Die zahlreichen kleinen Feuer waren erloschen, und ein fast unwirklicher Frieden lag über dem Lager. Die Einzigen, die bereits eng umschlungen vor ihrer Hütte auf dem Boden saßen, waren Purlimil und Yileen. Offensichtlich hatten sie auf Emma und Carl gewartet.

Emma fühlte ihre Wangen brennen, als sie im Halbdunkel auf ihre Freunde zugingen. Mussten diese nicht auf den ersten

Blick erkennen, was Emma und Carl die halbe Nacht über getan hatten? Tatsächlich grinste Purlimil breit, als sie sich neben ihnen auf dem feuchten Boden niederließen.

»Ah«, sagte sie zufrieden, »du aufgewacht aus böse Traum! Birwain guter Schamane. Aber wir auch geholfen, Yileen und ich: ganze Nacht Energie geschickt. Carl jetzt dein Mann?«

Emma warf Carl einen verlegenen Blick zu, ehe sie nickte. Doch Carl legte wie selbstverständlich den Arm um ihre Schultern, und als sie sich an ihn lehnte, fühlte sie, wie ihre Befangenheit verflog. Ja, sie war seine Frau – zwar nicht offiziell, aber im Herzen.

Ich hätte ja nichts dagegen, Carl in aller Form zu heiraten, ging es ihr durch den Kopf. Aber wenn er findet, dass eine Ehe hier im Regenwald nicht nötig ist, werde ich damit schon zurechtkommen.

Emma fühlte bei diesem Gedanken einen winzigen Stich im Herzen, doch sie ignorierte ihn. Sie würde sich hüten, Carl an die Leine legen zu wollen und ihn damit womöglich gleich wieder zu verlieren. Hier gehörten sie zusammen, vor sich selbst und vor allen anderen. Das allein zählte.

Dass Purlimil und Yileen auf ihren Schlaf verzichtet hatten, um sie geistig bei der Bewältigung des Rituals zu unterstützen, rührte Emma. Gerade wollte sie den Mund öffnen, um sich bei ihnen zu bedanken, als sie in Purlimils Blick las, dass es keiner Worte bedurfte. Die kluge Eingeborene und ihr Mann verstanden auch so, was Emma ihnen sagen wollte. Schweigend lächelten sie einander an, und Emma empfand eine nie gekannte Verbundenheit.

Und das mit Menschen, die mir doch eigentlich so fremd vorkommen müssten!, dachte sie staunend. Kann es sein, dass ich wirklich angekommen bin? Kann es sein, dass hier, an diesem unzivilisierten Ort, mein Platz sein soll?

Sie zögerte mit einer inneren Antwort, und doch spürte sie, wie alle Anspannung von ihr abfiel. Aufatmend überließ sie sich dem Augenblick – dem einträchtigen Schweigen, dem Gefühl von Freundschaft und dem Glück, Carls Nähe zu spüren.

Währenddessen erwachte mit dem Tag auch das Leben im Lager. Die ersten Kinder kamen schon munter aus den Hütten, und wenig später sahen sie Birwain, der sich gemächlich näherte. Er sah übernächtigt aus. Dennoch lächelte er, als er Emma und Carl bei Purlimil und Yileen sitzen sah.

»Da seid ihr ja wieder! Arm in Arm, wie ich sehe«, krächzte er ohne Umschweife. »Mein ungewöhnliches kleines Ritual war also erfolgreich, und ihr habt eine glückliche Nacht miteinander verbracht. Sehr schön, sehr schön!«

Er wachte bei dieser Vorstellung sichtlich auf, und sein Lächeln wurde zu einem breiten Grinsen.

Emma biss sich auf die Unterlippe. Verbundenheit hin oder her, ganz konnte sie nicht aus ihrer alten Haut: Die unverblümten Anspielungen auf ihre nächtlichen Aktivitäten waren ihr enorm peinlich. Carl schien zu merken, dass sie mit ihrer Verlegenheit kämpfte, deshalb übernahm er es, sich in ihrer beider Namen mit warmen Worten bei Birwain zu bedanken.

Danach wandte er sich an Yileen. »Wo wir schon dabei sind: Bei dir möchte ich mich noch einmal ganz offiziell entschuldigen. Ich bedaure unendlich, dass unsere Forscher dich bedroht haben.«

»Du nicht deine Forscher, also du und ich alles in Ordnung«, sagte Yileen großzügig. »Nur schade, dass Geist-Mann nicht tot. Er wiederkommen, und dann gefährlich. Für mich und für euch.«

Carl schüttelte den Kopf. »Keine Angst, Yileen. Du wirst Oskar Crusius nie wieder begegnen, denn er wird es nicht wagen, noch einmal in unsere Nähe zu kommen.«

Yileen tauschte einen skeptischen Blick mit Birwain.

Der wiegte bedenklich den Kopf und sagte: »Ob der böse Geist wirklich besiegt ist, wird die Zukunft zeigen. Nun, wir haben immer noch den schwarzen Zauber. Unsere Geister sind uns wohlgesonnen, sie werden uns beistehen.«

Beide Männer nickten entschlossen.

Unwillkürlich schauderte Emma. Wie mächtig die Geister waren, hatte sie am eigenen Leib erfahren, als diese sie zurück in die Vergangenheit gebracht hatten. Was einem Menschen widerfuhr, dem sie Böses wollten, mochte Emma sich lieber nicht vorstellen, selbst wenn es sich bei diesem Menschen um Oskar handelte.

Für Birwain, Yileen und Purlimil war die Angelegenheit damit jedenfalls erledigt, zumindest bis der Oskar-Geist sich wieder blicken lassen würde. Händereibend ging Birwain zu praktischen Fragen über.

»Wie wäre es jetzt mit Essen? Es sind noch Reste von dem schönen, weißen Mehl da.« Erwartungsvoll sah er Purlimil an.

»Verstanden«, schmunzelte diese. »Ich backe Kuchen mit Mehl von Forschern. Du hilfst, Emma?«

»Aber natürlich!«

Dieser Vorschlag kam Emma gerade recht, denn sie musste unbedingt noch mit Purlimil alleine sprechen – über etwas, das nicht für Männerohren bestimmt war.

Wenig später formte Emma flache Mehlkuchen aus einer Pampe, die nicht aussah, als könne sie jemals zu etwas Essbarem werden. Wahrscheinlich lag das daran, dass sie einfach nicht bei der Sache war. Ihre ganze Konzentration kreiste um die Frage, wie sie das Gespräch mit Purlimil vorsichtig darauf lenken konnte, was ihr auf dem Herzen lag.

Schließlich gab sie sich einen Ruck und fiel einfach mit der

Tür ins Haus. »Darf ich dich etwas zu den Babygeistern fragen, Purlimil?«

Die Freundin nickte, und Emma fuhr stockend fort. »Der Babygeist, von dem du damals gesprochen hast … du weißt schon, derjenige, der mit deinem zusammen irgendwo hier wartet … ist das wirklich derselbe wie der des Kindes, das ich verloren habe?« Sie schluckte. »Ist es also möglich, Purlimil, dass ich mein verlorenes Kind doch noch kennen lerne?«

Purlimil ließ die teigverklebten Hände sinken. »Natürlich du lernst verlorene Kind kennen! Ich dir doch schon erklärt. Wartet auf dich, hier in Regenwald.«

»Dasselbe Kind?«, vergewisserte sich Emma. »Auch wenn der Vater ein anderer wäre?«

»Hat doch nichts mit Vater zu tun!«, sagte Purlimil mit nachsichtigem Tadel. »Wenn Babygeist zu dir kommen will, kommt Babygeist zu dir. So einfach. Du ganz beruhigt.«

Emma lächelte. Genau das hatte sie hören wollen. Sie war sich zwar nicht sicher, ob sie Purlimil glaubte, doch allein die Möglichkeit, dass diese Recht haben könnte, fand sie ungeheuer tröstlich. Sie hatte das Gefühl, dem Tod ein Schnippchen geschlagen zu haben. Zumindest in diesem Fall.

Im Plauderton fuhr Purlimil fort: »Vater nicht wichtig. Manche Babygeister kommen sogar *ohne* Mann, weißt du.«

»Oh!« Das erschien Emma nun doch recht unwahrscheinlich. »Irrst du dich da nicht, Purlimil? Nach allem, was ich weiß, braucht man durchaus …«

»Hier nicht«, schnitt Purlimil ihr das Wort ab. Ihr Ton ließ keinen Widerspruch zu. »Ohne Mann, du bekommst Kind, das wir nennen Geistkind. Kein Problem.« Sie verzog den Mund zu einem spitzbübischen Grinsen. »Aber du lieber kein Geistkind. Carl guter, starker Mann. Kindmachen mit ihm bestimmt schön.«

»Ähm … ja.« Emma wurde rot.

Purlimil klopfte stolz auf ihren Bauch. »Yileen auch guter Mann. Mein Babygeist jetzt hier drin.«

Es dauerte einen Moment, bis Emma begriff. »Du bist schwanger? Ach, Purlimil, wie wunderbar!«

»Ja«, nickte die junge Frau. »Du auch bald Mutter, dann Kinder können zusammen spielen.«

Sehnsüchtig stellte Emma sich die Szenerie vor. Sie, Carl und ein Baby, das inmitten der fröhlichen Kinder des Clans aufwachsen würde … Das war fast zu schön, um wahr werden zu können.

In diesem Moment wurde Emma klar, wovon sie bei ihren Gedankenspielen ganz selbstverständlich ausging: dass sie im Regenwald blieb, bei Purlimil und ihrem Clan.

Wollte sie der Zivilisation tatsächlich auf unabsehbare Zeit den Rücken kehren?

Wie es schien, hatte sie diese Frage innerlich bereits beantwortet.

Nach dem Frühstück – wider Erwarten war doch annehmbares Gebäck aus Emmas Mehlpampe geworden – zog Carl sie kurz beiseite.

»Ich muss zurück ins Forschungslager, zu Pagel und Krüger«, sagte er.

Ihm war deutlich anzusehen, dass er wenig Lust darauf verspürte. »Die beiden warten immer noch darauf, dass ich ihnen sage, wie es weitergeht. Und auf meine Standpauke warten sie auch noch.«

Er grinste schief.

Emma schmiegte sich in seine Arme. »Ach, Carl, ich würde das Lager am liebsten nie mehr betreten. Wenn ich Pagel und Krüger sehe, wird es mich bloß dazu drängen, ihnen gehörig die Meinung zu sagen; und wenn ich an mein Zeichenzimmer denke …«

Sie biss sich auf die Lippen. Stets würde ihr wieder das grässliche Erlebnis mit Oskar vor Augen stehen, wenn sie in diesem Zimmer wäre.

»Möchtest du vorerst hierbleiben? Ich kann heute auch alleine gehen«, sagte Carl und streichelte ihr zärtlich über den Rücken. »Oskar wird zwar inzwischen weg sein, aber es ist schon möglich, dass die Unterhaltung mit Krüger und Pagel unerfreulich wird.«

»Carl …« Früher oder später musste sie es ihm sagen. Warum also nicht gleich jetzt? »Ich würde gerne hierbleiben, ja. Aber nicht vorerst. Sondern für lange Zeit.«

Ihr Ton ließ ihn aufmerken. Er fasste sie bei den Schultern und schob sie ein kleines Stück von sich weg, damit er ihr in die Augen sehen konnte. »Wie meinst du das?«

»Ich habe nachgedacht, Carl. Ich möchte die Eingeborenen nicht nur besuchen, sondern bei ihnen wohnen, ihren Alltag teilen. Ich bin der Meinung, dass ich ihr Heilsystem nur so wirklich begreifen kann. Es geht ja nicht nur um Husten und Schnupfen! Nimm mich als Beispiel: Ein Qualmfeuer hat meine Seele geheilt. Aber das versteht man nicht, wenn man es nicht erlebt; wenn man nicht ganz und gar in die Welt der Eingeborenen eintaucht.« Sie holte tief Luft. »Ich bin sicher, ich werde die Kolonialregierung mehr als zufriedenstellen, wenn ich für einige Jahre hierbleibe und direkt von Birwain und Purlimil lernen kann. Immer vorausgesetzt natürlich, mein Antrag wird bewilligt.«

»Für einige Jahre«, wiederholte Carl.

»Ja.«

Er schwieg.

Leicht verunsichert fuhr Emma fort: »Wir könnten zusammen hier leben und forschen, du und ich. Ab und zu müssten wir das Lager natürlich verlassen, um Forschungsmaterial zu kaufen oder um die Berichte an die Kolonialregierung zu schicken.«

»Und um Kleider zu kaufen?«, schlug Carl vor. »Oder möchtest du dich auch in diesem Punkt den Eingeborenen anpassen und in Zukunft nur noch eine Schnur um die Hüfte tragen?«

»Carl!« Wider Willen musste Emma grinsen. »Natürlich werde ich weiterhin Kleider tragen! Du nimmst mich nicht ernst.«

»Ich habe nie einen Menschen ernster genommen«, sagte er bestimmt. »Mir ist nur nicht klar, wie das gehen soll – jahrelang hierbleiben, einfach so.«

»Wir müssen ein Gefühl für diesen Clan bekommen, Carl. Für die Menschen, ihre Heilungszeremonien, ihre Rituale, ihr Verständnis von Krankheit und Gesundheit. Leben wir weiterhin abseits von den Eingeborenen und kommen nur hierher, um sie zu beobachten, dann nähern wir uns ihnen wie … wie Tieren oder wie exotischen Pflanzen. Nein, Carl, wir müssen ein Teil ihrer Gesellschaft werden, um sie wirklich zu verstehen. Aber das braucht Zeit. Viel Zeit.«

Emma strich sich eine Strähne aus der Stirn. Vor Eifer war ihr richtig warm geworden.

Langsam fragte Carl: »Du möchtest gar nicht mehr zurück nach Brisbane?«

Entschlossen schüttelte sie den Kopf.

»Du möchtest keine Pflanzen mehr zeichnen?«

»Doch. Nebenher.«

»Aha. Aber du möchtest keine weiteren Expeditionen in andere Regionen Australiens unternehmen?«

»Nein.«

»Und da du immer von ›uns‹ sprichst, nehme ich an, dass

auch ich keine Expeditionen mehr unternehmen soll, die mich von dir wegführen? Wir sollen uns auf diesen Regenwald, diesen Clan beschränken, richtig?«

Sie zögerte mit einer Antwort. Konnte sie das wirklich von ihm verlangen? Konnte sie ihm – dem renommierten Wissenschaftler Carl Scheerer – tatsächlich vorschreiben, was er von nun an erforschen sollte?

Natürlich kann ich das nicht, fuhr es ihr durch den Kopf. Er erforscht das, was ihm interessant erscheint – genau wie ich.

Emma sank der Mut.

Als sie schwieg, sagte er mit gerunzelter Stirn: »Du stellst dir das so einfach vor. Man hat mich für Expeditionen angestellt, ich kann meinen Auftrag nicht einfach eigenmächtig umwandeln. Ich müsste mir das Einverständnis der Kolonialregierung holen, sonst fließt kein einziges Pfund mehr in meine Forschungen. Aber die Herren in Sydney davon zu überzeugen, dass die Medizinkenntnisse der Eingeborenen dermaßen viel wert sind …« Er seufzte. »Das Ganze nebenbei zu erforschen ist eine Sache. Aber alle anderen Forschungsbereiche dafür zu vernachlässigen – jahrelang! –, das steht auf einem ganz anderen Blatt. Auf Dauer hier zu leben, alle übrigen Regionen Australiens für unbestimmte Zeit links liegen zu lassen, das durchzusetzen wird schwierig werden, Emma. Sowohl was deine Anstellung betrifft als auch meine. Das wird *sehr* schwierig werden.«

Niedergeschlagen musste sie zugeben, dass er Recht hatte. Wahrscheinlich stellte sie sich alles viel zu einfach vor. Es war ein Traum.

Ein Traum, der zu groß für sie war.

Doch da verzog sich Carls Mund zu einem Lächeln. »Es wird schwierig. Aber vielleicht nicht unmöglich.«

Ruckartig hob sie den Kopf und starrte ihn an. »Du meinst, du willst es probieren?«

Er nickte, seine Augen blitzten. »Was wäre das Leben ohne neue Herausforderungen?«

Mit einem Jubelschrei fiel sie ihm um den Hals. Und dann, fand sie, hatte er einen sehr langen Kuss verdient.

Zu Pagel und Krüger ritt er an diesem Tag nicht mehr. Die beiden Forscher konnten warten. Emma und Carl hatten Wichtigeres zu tun – und weitaus Angenehmeres.

# 34

## Mai 1859

In den nächsten Wochen gab es eine Menge zu regeln, zu bedenken und vorzubereiten.

Zuerst mussten sie natürlich Birwain fragen, ob sie überhaupt als Mitglieder auf längere Zeit willkommen waren. Doch sie hätten sich nicht zu sorgen brauchen: Der alte Schamane wirkte weder überrascht noch zögerlich.

Zufrieden sagte er zu Emma: »Nun ist es also soweit. Ich bin glücklich, dass du die richtige Entscheidung getroffen hast. Die Geister haben noch viel mit dir vor!«

»Hoffentlich nur Gutes«, sagte Emma lächelnd. »Dann dürfen wir also bei euch bleiben und von euch lernen, wie ihr heilt? Und den anderen Weißen davon berichten?«

Birwain lachte. »Wenn ihr jemanden findet, der sich dafür interessiert …«

Emma dachte an Pagel und Oskar und deren Weigerung, irgendetwas ernst zu nehmen, das von Menschen kam, die ihrer Meinung nach auf der Entwicklungsleiter kaum höher standen als Tiere. Doch dann fielen ihr die Dunnings ein und der Arzt, bei dem Birwain gelernt und dem er im Gegenzug seine Kenntnisse nahegebracht hatte. Es gab also durchaus weiße Menschen, die sich für Fremdes interessierten, ohne es von vornherein abzuwerten.

Sie hob das Kinn. »Das werden wir, Birwain«, sagte sie fest. »Ganz sicher.«

»Dann«, sagte Birwain gelassen, »ist ja alles geregelt. Ich zeige euch jetzt eine leere Hütte, in der ihr wohnen könnt, Carl und du.«

Eine kurze Stille folgte seinen Worten.

»Zusammen?«, fragte Emma.

»Warum nicht?«, sagte Birwain und grinste.

Einige Tage später machte Carl sich endlich auf den Weg ins Forschungslager. Er blieb viele Stunden fort, und Emma begann bereits, sich Sorgen zu machen, als er im letzten Abendlicht zurückkehrte. Er führte Orlando und Princess an den Zügeln, beide Pferde waren schwer bepackt.

Emma lief ihm entgegen und rief: »Du bringst schon das Material mit? Ist denn mit den Männern alles geklärt?«

Carl band die Pferde an einen Baum, dann zog er Emma an sich und küsste sie. Erst als mehrere kleine Kinder anfingen, lachend um Carl, Emma und die Pferde herumzuhüpfen, ließ er sie widerstrebend los.

»Den Rest des Kusses gibt es, wenn wir weniger Zuschauer haben«, sagte er. »Aber bevor ich dir alles erzähle, möchte ich dir etwas zeigen. Ich habe es in deiner Hütte gefunden, als ich deine Kleidung für dich eingepackt habe. Wirklich, Emma, es ist zu schade, dass du nur noch nebenher zeichnen willst!«

Fragend hob sie die Augenbrauen. Wenn Oskar fort war, hatte der doch bestimmt alle Zeichnungen mitgenommen! Aber Carl griff zielsicher in Princess' Packtasche und zog ein Papier heraus. Er entfaltete es sorgfältig und betrachtete es einen Augenblick lang.

»Ein Meisterwerk, finde ich«, sagte er und reichte es ihr.

Emmas Gesicht überzog sich mit tiefer, heißer Röte. Oh Gott, die Zeichnung von Carl, wie er halbnackt im Wasser stand, sein muskulöser Oberkörper, die nasse Hose, die dunklen Härchen zwischen Hosenbund und Bauchnabel – alles da.

»Das war … rein wissenschaftliches Interesse«, stammelte sie. »Anatomische Studien, gewissermaßen.«

Er lachte. »Süß, wenn du so verlegen bist.«

Trotz der Kinder um sie herum zog er sie wieder in seine Arme.

Sie überspielte ihre Verlegenheit, indem sie streng fragte: »Hast du noch etwas anderes erreicht, oder hast du nur meine Sachen durchsucht und dein Bild bewundert?«

»Ah, Madame will Ergebnisse«, neckte er sie. »Nun gut, die sollst du haben. Wo fange ich am besten an?« Er überlegte kurz. »Bei Crusius, denn das ist schnell erzählt: Er ist weg.«

»Die beste Nachricht seit Langem«, sagte Emma aufatmend.

Carl nickte. »Pagel sagt, Crusius habe wilde Drohungen ausgestoßen, etwas von Rache und unerhörtem Benehmen arroganter Wissenschaftler gefaselt, und dann habe er in Windeseile gepackt und sich mitsamt Pferd und einem Ochsen auf und davon gemacht. Den sind wir los.«

»Dein Wort in Gottes Ohr«, murmelte Emma, denn ihr fielen Birwains und Yileens düstere Prophezeiungen ein.

»Was Pagel betrifft, der hat sich für sein Verhalten entschuldigt«, fuhr Carl fort. »Ich hatte aber nicht das Gefühl, dass er wirklich Reue empfindet. Noch bevor ich etwas sagen konnte, hat er mir mitgeteilt, dass er die Expedition abbrechen und vorzeitig zurück nach Deutschland reisen wolle.«

»Er gibt auf?«, sagte Emma überrascht. »Wieso das denn?«

»Er sagte, er habe Spaß und Abenteuer erleben wollen, deshalb sei er nach Australien gekommen. Sich mit Wilden herumzuärgern, die tun und lassen dürften, was sie wollten, ganz im Gegensatz zu ihm selbst, sei aber keineswegs das, was er unter einem netten Abenteuer verstehe.«

»Wenn er Yileen hätte erschießen dürfen, wäre er also geblieben?!«

»Ganz so hat er es nicht ausgedrückt. Aber er hat es wohl so gemeint.«

Carls Blick fiel auf die schwarzen Kinder, die sich inzwischen neben ihnen auf den Boden gesetzt hatten und mit Stöckchen und Steinen spielten. »Wir können froh sein, dass er freiwillig geht. Ich hätte nicht mehr mit ihm zusammenarbeiten mögen. Schon gar nicht hier! Wer weiß, was da noch passiert wäre.«

Emma dachte an Krüger. Die zwei Jahre, die er von Antonia entfernt verbringen sollte, konnten noch nicht ganz vorüber sein. Vorsichtig fragte sie: »Wird Krüger Pagel begleiten?«

»Nein. Er will sich noch ein wenig in Australien umsehen. Vielleicht Melbourne, hat er gesagt. Aus unerfindlichen Gründen scheint es ihm wichtig zu sein, nicht nach Deutschland zurückzukehren, bevor genau zwei Jahre vergangen sind.«

Emma verkniff sich ein Grinsen. Geschah Krüger recht, dass er noch einige Zeit alleine ausharren musste. Das war die Strafe für seine Feigheit!

Danach soll er heim nach Hamburg und seine feurige Antonia heiraten, dachte Emma versöhnlicher. Hoffentlich werden sie glücklich miteinander.

»Wann werden die beiden das Lager verlassen?«, fragte sie laut.

»Heute Abend. Sie wollten nicht noch länger warten.«

Emma nickte. Dieser Abschied schmerzte sie nicht, auch wenn sie wieder einmal nicht Lebewohl hatte sagen können.

Eine Frau rief etwas in ihre Richtung, und die Kinder sprangen auf und liefen zu ihr hin. Schlafenszeit.

»Es ist schon dunkel«, sagte Emma. »Lass uns in unserer Hütte weiterreden.«

»Reden?«, fragte er, den Blick auf ihre Lippen geheftet.

»Reden!«, sagte sie und lächelte. »Unter anderem.«

Es war aufregend, schön und auch ein wenig beunruhigend, fand Emma, eng umschlungen mit Carl in der stockdunklen Hütte zu liegen und zu wissen, dass dies nur eine von vielen Nächten war, die sie hier noch mit ihm verbringen würde.

»Ob es richtig ist, im Regenwald zu bleiben?« Sie streichelte seine nackte Brust.

»Wir werden es nicht herausfinden, wenn wir es nicht ausprobieren«, sagte er unbekümmert. »Lass es uns einfach versuchen.«

»Wirst du es nicht bereuen?«

»Was denn?«

»Deine Pläne umgeworfen zu haben. Für mich. Schließlich änderst du deine berufliche Laufbahn, wenn du nicht mehr auf Expeditionen gehst. Wer weiß, ob du sie damit nicht ganz aufs Spiel setzt.«

Er drückte ihr einen Kuss auf die Stirn. »Wenn unsere Forschungsgelder bewilligt werden, ist das alles, was ich mir wünsche. Es geht mir nicht um persönlichen Ruhm und Ehre. Sondern darum, zu leben, wie es mir gefällt, und zu tun, was ich als sinnvoll empfinde. Das müsstest du doch inzwischen wissen, Emma.«

Mit einem Mal erschien ihr alles ebenso so leicht wie ihm. »Weißt du, dass dein Übermut ansteckend ist?«

»Das hoffe ich«, grinste er und zog sie auf sich.

Am nächsten Tag machte Purlimil ein langes Gesicht, als Emma ihr eröffnete, dass sie und Carl für kurze Zeit würden verreisen müssen. Sie hatten in der Nacht noch lange darüber gesprochen und waren zum Schluss gekommen, dass dieser letzte Aufschub ihres Lebens im Regenwald unvermeidlich war.

»Aber ihr bei uns bleiben!«, sagte Purlimil. »Ich mich gefreut!«

»Wir sind ja auch nicht lange weg«, beruhigte Emma die

Freundin. »Aber wenn wir für einige Jahre bei euch bleiben wollen, müssen wir davor unsere Angelegenheiten regeln.«

»Angelegenheiten?« Purlimil sah sie verständnislos an.

Emma versuchte, es ihr zu erklären. »Wir müssen unser Hab und Gut hierherholen, das liegt ja noch alles in einem Gasthof in Brisbane. Wir müssen die Ochsen verkaufen, die jetzt, wo kein Forscher mehr in Mr. Hays Hütten lebt, ganz allein im Lager sind. Wir möchten einer lieben Freundin und ihrem Mann – sie heißen Mrs. und Mr. Dunnings – einen Besuch abstatten und ihnen erzählen, was wir vorhaben. Außerdem werde ich einen Brief an meinen Vater schicken. Vielleicht können wir uns ja doch noch versöhnen. Wenn auch nur aus der Ferne.«

Sie schluckte, doch bevor sie beim Gedanken an Herrn Röslin sentimental werden konnte, fuhr sie fort: »Tja, und natürlich brauchen Carl und ich neues Schreibzeug und all die anderen Dinge, die man für Forschungen benötigt. Ganz wichtig ist auch unsere Reise nach Sydney …«

Emma brach ab. Noch immer erfasste sie eine fieberhafte Erregung, wenn sie an den geplanten Besuch in Sydney dachte. Sie hatte Carl vorgeschlagen, die zuständigen Wissenschaftler persönlich aufzusuchen, um sie davon zu überzeugen, ihrem gemeinsamen Vorhaben eine Chance zu geben.

Carl hatte zugestimmt. Obwohl Emma in diesem Moment Angst vor der eigenen Courage bekommen hatte, war sie fest entschlossen, nicht zu kneifen. Sie hatte bislang so viel durchgestanden, da würde sie diese letzte Hürde vor der Verwirklichung ihres Traumes auch noch nehmen.

Hoffnungsvoll hob sie wieder an: »Wenn die Gelder für unsere Forschungen bewilligt sind, dann kommen wir wieder zu euch.«

»Dann unsere Kinder zusammen spielen?«, vergewisserte sich Purlimil.

Emma nickte. »Jeden Tag.«

Carl hielt nichts davon, ihre Abreise hinauszuzögern. Mit leichtem Befremden registrierte Emma, dass er mit jedem weiteren Tag, den sie bei den Eingeborenen verbrachten, unruhiger wurde. Mit einem Mal schien er regelrecht besessen von dem Gedanken fortzukommen.

An einem kühlen Abend Ende Mai ging er lange vor ihrer Hütte hin und her, ganz so, als ringe er mit einem schweren Entschluss. Sie wartete drinnen auf ihn, und ihre Sorge wuchs. Was war bloß mit ihm los? Bis vor Kurzem war doch noch alles in Ordnung gewesen, aber nun …

Als er endlich hereinkam und sich neben sie legte, konnte sie nicht länger an sich halten.

»Hast du es dir anders überlegt?«, fragte sie nervös. »Zweifelst du an unserem Entschluss? Oder warum zieht es dich plötzlich so sehr von hier weg?«

Er antwortete nicht, sondern knetete bloß seine Finger und starrte an ihr vorbei an die Wand aus Rinde und Gras.

»Carl?«, drängte Emma. Plötzlich hatte sie Angst vor dem, was er sagen würde.

Da endlich schaute er sie an. »Du hast Recht, Emma. Es gibt einen Grund dafür, dass ich fort will.«

Nein, dachte sie erschrocken. Lieber Gott, lass nicht zu, dass jetzt noch etwas Schlimmes kommt.

»Es hat allerdings nichts mit unserem Entschluss zu tun. Der steht fest. Vielmehr drängt es mich zu dieser Reise, weil wir etwas ganz Bestimmtes erledigen können, wenn wir wieder in der Zivilisation sind.«

Hm. Carls Worte und auch seine Stimme klangen eigentlich nicht so, als wolle er sie verlassen oder ihr auf eine andere Art den Todesstoß versetzen. Emma beruhigte sich ein wenig.

Aber wenn es nichts Schlimmes war, das er ihr mitzuteilen hatte, was war es dann?

Langsam sagte er: »Ich weiß, es ist dir sehr wichtig, nicht von meinem Geld zu leben. Deshalb hast du wahrscheinlich gar keine Lust auf das, worum ich dich bitten möchte. Aber ich, weißt du, ich würde es schon gerne tun. Wir sind immerhin ein Mann und eine Frau, wir lieben uns und möchten unser Leben zusammen verbringen. Da wäre es doch nicht ehrenrührig! Vielleicht bekommst du auch bald ein Kind, und das hätte bestimmt auch gerne, wenn seine Eltern ... Was ich sagen will, Emma, wir könnten auf dieser Reise, vorausgesetzt, du bist einverstanden, also, dann könnten wir doch ...«, ein letztes hartes Schlucken, »... heiraten.«

Wie vom Donner gerührt starrte sie ihn an. Und dann explodierte das Glück in ihr – wurde zu einer alles umfassenden, überschäumenden Seligkeit, die es ihr unmöglich machte zu sprechen.

Er strich sich eine Locke aus der Stirn und setzte hastig hinzu: »Sag bitte nicht gleich nein. Lass es mich dir erklären. Vielleicht hätte ich einen romantischeren Augenblick abwarten und meine Worte besser wählen sollen. Aber glaub mir, ich habe lange darüber nachgedacht, wie ich dich fragen soll, damit du nicht sofort ablehnst. Ich weiß ja, dass du etwas, hm, unkonventionelle Ansichten darüber hast, wie du leben möchtest.«

Er drehte sich zu ihr, zog sie fest an sich und fragte mit rauer Stimme: »Könntest du dir trotzdem vorstellen, meine Frau zu werden?«

Sie wollte antworten, unverzüglich, doch ihre Stimme versagte ihr den Dienst. Also verlegte sie sich darauf, Carl so heftig zu küssen, dass ihm die Luft wegblieb.

Als sie am nächsten Tag erwachte, schlief er noch. Emma setzte sich auf, schlang die Arme um die Knie und schaute zärtlich auf ihren schlafenden Geliebten, der bald ihr Ehemann sein würde. Sie lächelte. An diesem schwerelosen Morgen, nach einer Nacht voller Sterne, kam es ihr so vor, als könne ihr niemals mehr etwas Schlimmes passieren.

Ein Gefühl tiefen Friedens erfüllte sie. Sie würde Carl heiraten, mit ihm leben und arbeiten, und alles andere würde sich fügen.

Leise stand sie auf und trat aus der Hütte. Tief sog sie die kühle Morgenluft ein. Sie hatte das Gefühl, dass sie von nun an jede Schwierigkeit überwinden konnte, solange sie nur hierbleiben durfte: So wie sie war, mit ihrer Geschichte und ihren Träumen. In der Gesellschaft von Menschen, die sie annahmen, ohne sie zu verurteilen, und die ihr zu Freunden geworden waren. Im grünen, magischen Regenwald, in dem auf einer Palme, einem Farn oder einem moosbedeckten Felsen ihr Babygeist auf sie wartete. Und nicht nur auf sie, sondern auch auf Carl, der von nun an immer an ihrer Seite sein würde.

Sie legte den Kopf in den Nacken und schaute hinauf in die flüsternden Baumkronen hoch über ihr. Was die Marmbeja wohl noch mit ihr, Emma, vorhatten? Oskar fiel ihr ein, die bösen Geister, schwarze Magie. Yileens Angst. Birwains Entschlossenheit zu kämpfen. Ihre eigene Unsicherheit, ob ihr Antrag von der Kolonialregierung bewilligt werden würde. Konnte sie es wirklich schaffen, als Forscherin zu arbeiten, sie, eine Frau? Würde sie die Herren in Sydney überzeugen können, ihr eine Chance zu geben?

Einfach würde die Zukunft wohl nicht werden.

Carl trat aus der Hütte und legte verschlafen seine Arme um Emma. Sie lehnte den Kopf an seine Brust, und unwillkürlich lächelte sie.

Nein, einfach würde es nicht werden.

Aber wunderschön.

# Nachwort und Dank

Meine Figur *Emma*, eine für die damalige Zeit ziemlich moderne Frau mit unkonventioneller Lebensweise und einem großen Freiheitsdrang, hat ein historisches Vorbild.

Denn tatsächlich gab es im 19. Jahrhundert eine deutsche Frau, die im Auftrag des Hauses Godeffroy Australien erforschte: Amalie Dietrich. Von 1863 bis 1873 sammelte die erfolgreiche Autodidaktin Tiere und Pflanzen mit einem Eifer, der an Besessenheit grenzte, und sprengte mit ihrer abenteuerlichen Lebensweise die engen Grenzen, die ihrem Geschlecht normalerweise gesetzt waren.

Leider war Amalie Dietrich nicht nur mutig, sondern auch mitleid- und skrupellos. Anders als Emma war sie keine Freundin der Aborigines. Was Oskar in meinem Roman in Erwägung zieht, das setzte Amalie Dietrich in die Tat um: Sie schickte zahlreiche Schädel und sogar ganze Skelette von Eingeborenen nach Hamburg. In den meisten Fällen stahl sie dafür die Leichen aus Bäumen, wo sie aufgebahrt worden waren. Mindestens einmal soll Amalie Dietrich Siedler darum gebeten haben, einen Aborigine eigens für das Museum Godeffroy zu erschießen. In ihrer Verachtung der Eingeborenen blieb sie also leider ganz Kind ihrer Zeit – wie es im Roman Oskar Crusius und Georg Pagel verkörpern.

Das Eukalyptusfeuer, das Emma zurück in die Vergangenheit versetzt, ist ebenfalls keine reine Erfindung von mir. Qualmfeuer werden bei den Aborigines zur körperlichen und geistigen Reinigung, aber auch zur Heilung von Entzündungen angewendet. Danach wird dem Patienten üblicherweise ein Trank aus zermahlenen Ameisen eingeflößt. Das habe ich meiner Emma lieber erspart. Carl hingegen konnte ich den Kakerlakensaft nicht ersparen – auch dies ein Heilmittel, das wirklich angewendet wird, da Kakerlaken als antiseptisch und betäubend gelten.

Am liebsten würde ich allen Autoren einzeln danken, die mir mit ihren Büchern die Geschichte, die Magie, die Unbarmherzigkeit und die Faszination des historischen Australiens nähergebracht haben. Ich beschränke mich hier jedoch auf zwei Männer aus dem 19. Jahrhundert: auf den Abenteurer Ludwig Leichhardt sowie auf den Arzt und Naturwissenschaftler Hermann Beckler.

Leichhardts Expeditionstagebücher sind ebenso wie Becklers Briefe und Aufzeichnungen eine Fundgrube an sachlichen Informationen, scharfsinnigen Beobachtungen und sinnlichen Eindrücken. Dank Leichhardt und Beckler hatte ich das Gefühl, das historische Australien nicht nur zu sehen, sondern es auch zu hören, zu schmecken, zu fühlen und zu riechen. An ihm zu leiden und es zu lieben.

Aus dem 19. springe ich ins 21. Jahrhundert und möchte folgenden Menschen ganz herzlich danken:

Meiner Agentin Julia Abrahams für ihr Vertrauen und dafür, dass sie mich mit bewundernswerter Geduld beruhigt, wenn mal wieder die Selbstzweifel an mir nagen.

Meiner Lektorin Karin Ballauff für die sensible Bearbeitung des Manuskripts, die durchweg berechtigten Verbesserungsvorschläge und die sehr angenehme Zusammenarbeit.

Dr. Barbara Heinzius vom Goldmann Verlag für ihre schnellen, netten und aufbauenden Rückmeldungen.

Olaf Nägele für ermutigende Worte im richtigen Moment.

Dr. Britta Zubler für ein ausführliches Gespräch über frühe Fehlgeburten.

Karin Heß vom Deutschen Auswandererhaus Bremerhaven für Informationen zur Auswanderung.

Dr. Thomas Jestädt für einen zielsicheren Griff ins Bücherregal.

Dr. Dorothea Jestädt für vieles: fürs Mitfiebern und Mitfreuen, Brainstormen, Testlesen, Aufspüren von Schwachstellen und für konstruktive Kritik.

Meiner Mutter Karla Steinle dafür, dass sie mir ohne zu zögern aus einer Betreuungsnotlage geholfen hat und immer für mich da ist, wenn ich sie brauche.

Und am meisten danke ich meinem Mann und meinen Kindern – für ihre Liebe, ihre Unterstützung, ihre Begeisterung – einfach für alles.